U0577958

〔清〕錢謙益　撰集

許逸民　林淑敏　點校

列朝詩集

第八册

中華書局

列朝詩集目録

丁集第三

陸永新粲一十七首

附見　陸秀才釆五首

屠諭德應埈九首

施縣丞漸五十六首

豐主事坊二十九首

丁集第四

周山人詩一十首

徐處士讎三十九首

丁集第五

梁主事有譽三十六首

徐布政中行四首

丁集第六

黎參議民表四十首

丁集第七

張秀才正蒙二十首

列朝詩集丁集第三

陸永新粲一十七首

粲字子餘，一字浚明，長洲人。嘉靖丙戌進士，選翰林庶吉士，七試皆第一。當授官，復試第一。張、桂方驟貴，爲翰長，子餘約諸庶吉士不往揖，乃密疏中之，内批授工科給事中。及張、桂繼相，子餘以試事還朝，抗疏劾其姦，上感動，爲罷二相。無何，用霍詹事韜言，召還二相。謫貴州都勾驛丞，稍遷永新令。久之，念其母，乞歸。里居凡十八年，論薦皆報罷。霍亦有疏薦子餘，子餘曰：「天下事大壞於僉人之手，尚欲以餘波汚我耶？」子餘疏眉目，美鬚髯，面骨棱棱起，嗜學，無不通，尤悉本朝典章，扣之若引繩貫珠，纚纚不可窮也。詩不多，獨出機杼，不落窠臼。文尤雅健典則，自成一家。少授《春秋》，所著《春秋左氏鐫》附注《胡傳辨疑》，皆可觀。

俎上翁

廣武城邊列旗鼓，重瞳拔山氣如虎，手提老翁坐高俎，漢王嫚語項王怒，俎上老翁心獨苦。心獨苦，兒不聞，兒言但索杯中羹。兒自生，翁自死。三軍縞素爲何人，幸有君臣無父子。君不見當日陰山沙磧中，胡兒鳴鏑親射翁。

畫虎行

山人視我畫虎圖，邀我爲作《畫虎行》。我行城郭不識虎，向來浪説真無憑。自從謫居傍夷落，時驚夜嘯風生壑。似聞行旅遭搏食，往往白骨撑叢薄。朝來擊鼓驅獵徒，於菟中箭人歡呼。兒童奔走我亦俱，近前諦視摩其鬚。初觀據地疑未死，金睛熒熒吻血紫。却歸更與展圖看，意態猙獰宛相似。畫手爾何人？誰遣爲此筆？丹青淺事何足問，物理試思堪太息。我聞太平世，野獸恒避人。吁嗟猛虎今爲群，渡河無復逢劉昆。黄公赤刀倀鬼竊，裴旻李廣俱澌滅。書生徒手無寸鐵，對面空令雙眦裂。還君畫，爲君歌，道上虎迹今轉多。

邊軍謡

邊軍苦，邊軍苦，自恨生身向行伍。月支幾斗倉底粟，一半泥沙不堪煑。盡將易賣辦科差，顆粒那曾入鍋釜。官逋私債還未足，又見散銀來糴穀。去年糴穀揭瓦償，今年瓦盡兼拆屋。官司積穀爲備荒，豈知剜肉先成瘡。近聞防守婺州賊，盡遣丁男行運糧。老弱伶俜已不保，何況對陣臨刀槍。宛宛嬌兒未離母，街頭抱賣供軍裝。閭閻哭聲日震地，天遠無路聞君王。君不見京師養軍三十萬，有手何嘗捻弓箭。太倉有米百不愁，飽食且傍勾欄遊。

擔夫謡

擔夫來，擔夫來，爾何爲者軍當差。朝廷養軍爲殺賊，遣作擔夫誰愛惜。自從少小被編差，垂老奔走何曾息。祇今丁壯逃亡盡，數十殘兵渾瘦黑。可憐風雨霜雪時，凍餓龍鍾强驅逼。手摶麥屑淘水餐，頭面垢膩懸蟣蝨。高山大嶺坡百盤，衣破肩穿足無力。三步回頭五步愁，密箐深林多虎迹。歸來息足未下坡，郵亭又報官員過。朝亦官員過，暮亦官員過。貴州都來手掌地，焉用官員如許多。太平不肯恤戰士，一旦緩急將奈何。噫吁嚱！一旦緩急將奈何！

朐岡行贈遲户部兼簡馮汝强伯仲

君不見朐山之岡矗立千萬重，高者盤躩如虬龍，下者偃蹇蹲踞如貔熊。中起雙尖屹相向，青天突兀安屏障。靈棲仙宅信孤迥，碧澗紅泉亦清壯。東州遲侯愛山者，茅堂窈窕岡之下。饑鼯緣屋蘿雨垂，老鶴啄階松雪灑。時登巉巖入幽絶，萬壑陰霞倏興没。天風蕭蕭日欲墮，野色蒼然上眉髮。一從獻策金門去，寂寞岡前舊遊路。竹户留詩碧蘚封，石床散帙紅霞護。竭來持節下三吴，樓船伐鼓凌江湖。酒邊向我誇故山，令我耳熱歌嗚嗚。遲侯爾勿言，且復共飲酒。我生夙抱山水癖，往曾楚粤窮林藪。祇今潦倒意未衰，决策東行定非久。朐岡之遊亦何有，泰岱雲松落吾手。海門虹月踏飛梁，蓬閣煙濤坐虚牖。因君寄語大小馮，肯同躡屩追從否？

賦内閣芍藥

金門柳色縈深緑，上苑春餘雜花撲。夭桃已歇穠李衰，紅藥翻階正芬鬱。此花初種自宣皇，百曲雕闌七寶妝。融風窈窕昭陽殿，暖日輕盈白玉堂。玉堂學士看花早，賦成芸閣留詩草。捲幔頻看碧霧流，揮毫正耐紅雲繞。憶昨宣皇居法宫，太平樂事君臣同。宸遊每出濯龍裏，曲宴偏臨翔鳳中。是時南苑飛霓旌，熳爛仙葩綺繡明。臨風宛轉如矜妒，俯者如愁仰如訴。半沾微雨妖紅濕，太真泣憑闌干立。至尊一顧六宫回，茜裙霞帔俱羞澀。華萼樓頭雨露偏，芳容贏得美人憐。君恩爲與分春色，詔許移來種閣前。閣前復道連金谷，翠輦經過幾迴矚。内家敕進賞花詞，昭容傳制黄門促。沉吟此事六十載，當日繁華宛然在。紺幰金輿絶幸臨，黄扉紫禁留風采。不羨揚州寶帶圍，長安紅紫競芳菲。五侯七貴同邀賞，寶馬香車疾若飛。争似名花出天上，霧閣雲窗儼相向。浪蝶遊蜂未許窺，酒徒詞客空惆悵。江南三月足豪華，繡幕圍香富貴家。亦有幽姿在空谷，風雨憔悴天之涯。燕山遊子江南客，獨對名花感今昔。草木何知人自憐，逢時亦復升沉隔。世間榮辱偶然事，不獨此花何嘆息。

送待詔文徵仲先生致仕

文星南指斗牛遥，先生拂袖歸江皋。平原蒼莽晨車發，霜天突兀玄雲高。憶昨先生登玉堂，千鈞筆力開混茫。手翻翠虹霓，翰飛赤鳳凰。陰崖絶海垂絢練，文章不獨詞林羡。琴瑟具諧清廟音，圭璋已備明堂薦。却從綸閣夢雲林，山水長懸故國心。燕山東望渺吴越，草堂何處閒風月。茶磨峰前緑樹低，行春橋畔花如雪。杖屨今來續舊遊，顧盼溪山增秀發。先生雅志追古人，有道何嘗羞賤貧。平生氣與秋旻迥，未肯低眉事要津。山巔水際從自得，龍騰鶴起誰能馴。我師太常更清真，一官白首從明禋①。諫書三上排紫闥，釣竿歸抱澧湖濱。共爾完名宛雙璧，況也意氣同膠漆。丈夫要自能勇退，人生富貴何終極。我曹胡爲空役役，蟲臂鼠肝争得失。君不見林屋山人名世才②，幾年爲客鷄鳴臺。消夏灣前畫樓起，木奴千樹煙花紫，主人不來誰對此。君歸儻爲寄雙魚，好共相邀弄雲水。

① 原注：「錢澧湖先生。」

② 原注：「蔡九逵。」

遊大西洞天

疇昔覽山經，名迹等大酉。乾坤遼闊吴楚長，倚劍青冥只翹首。誰云萬里今獨來，快意兹遊信非偶。主人亦清真，同余紫霞想。旋披榛莽度巉岩，細窺陰洞琅玕長。側身初下覺黯黑，却立斯須忽爽朗。千年古壁玉爲色，垂乳晶熒翠猶滴。仙人去後石函空，緑煙銷盡藏書室。金燈閃倏知有無，瑶草紛蕤亂朱碧。吁嗟此奇觀，乍到神欲竦。盤渦嵌竇深不測，鳴流泄瀨驚奔澒。臨厓拄杖聽猶疑，白晝或恐風雷動。我從放逐西南陬，裹糧遍入名山遊。桃源逼側嶽麓小，眺遠未得開雙眸。終然靈境諧夙好，造物似爲踦人謀。根盤路轉更礧砢，石田如掌琪花䩞。奮衣欲往心翻然，水深泥滑愁無那。何當秉炬破幽暗，净掃雲牀相對坐。高秋晴日儻更來，待余爲啟青銅鎖。

太息行贈平湖謝贊府

太息復太息，悲風動河梁。浮雲翳中天，白日不回光。謝子廬江來，修髯宛清揚。伏闕三上書，雅道陳虞唐。九重天聽高，臣愚不自量。臣有肺腑言，譬彼俗醫方。和緩倘見收，足使疲癃康。退謁相國門，持書立堂皇。卑之無高論，笑爾書生狂。歸來逆旅中，哀歌不成章。顧余伸前議，意氣何慨慷。聽之重爲嘆，淚下沾我裳。紛紛肉食者，俯仰隨班行。而子飯藜藿，抗言一何張。坐令吾徒慚，喑默中自傷。嚴冬霜雪集，子行返南疆。薄宦栖遠邑，别路悠且長。握手爲子言，努力慎所將。明明辟皇闈，元化方日昌。嘉謀會當酬，良賈善深藏。勢位無崇卑，名節要自臧。空言顧何施，令德有遐芳。

憶家君

林若撫云：「貞山先生七歲時作。」

白髮人千里，朱門月半扉。燕山雲去遠，澤國雁來遲。無夜不成夢，有書空道歸。遥憐北風勁，尋便寄寒衣。

寄葛太守子中

憶爾投荒日，依依戀翠華。亦知行萬里，不是爲丹砂。郡古留銅狄，堂深繡土花。何須憂瘴癘，意遠即煙霞。

送祝參政之雲南

高官仍外省，地遠更南荒。十月繁霜白，千山落葉黄。虎應窺日没，鳥亦倦天長。夷落知迎候，單車見祝良。

秋水亭

夷門秋水亭，梁王古臺下。臺前舊堤路，盡日無車馬。

送陳太僕察謫教海陽二首

世情應笑賈生疏，諫草誰傳太息書。惟有潞河南柳色，暖風吹上逐臣裾。
天涯芳樹綰離旌，遷客遲回戀聖明。曉夢依稀度閶闔，尚隨殘月聽流鶯。

送汪僉事之湖南

驄馬長鳴飲碧流，花銀鏤帶鷫鸘裘。行人大別山頭望。雲外雙旌下鄂州。

長門怨

金屋承恩事已非，玉顔憔悴度春暉。無因得似宮前柳，時有長條拂御衣。

附見 陸秀才采五首

采字子玄。給事中子餘之弟，都少卿玄敬之婿也。少爲校官弟子，不屑守章句。年十九，作《王仙客無雙傳奇》，子餘助成之。曲既成，集吴門老教師精音律者逐腔改定，然後妙選梨園子弟登場教演，期盡善而後出。性豪蕩不羈，困於場屋，日夜與所善客劇飲歌呼。東登泰岱，賦《遊仙》三章。南逾嶺嶠，遊武夷諸山。年四十而卒。

遊仙

明車拂天罡，白日駐軒蓋。招摇舞青霞，芝髓滌玄薤。仙者四五人，黄眉笑相邂。玉虬偃靈風，瑶鞭静垂帶。謂余來何遲，羞以盤龍膾。雙雙紫鴛鴦，遊戲蓬池内。静婉歌未窮，雨師肅歸轡。望望紅羽旂，追之了無際。

感　事

東城有佳人，艷色動鄰里。家貧寡脂澤，不爲蕩子喜。終年守荆扉，空復憐稚齒。煌煌青樓倡，妍華詎容比。珠綺盛妖惑，車馬日如市。世事誰不然，美玉淪泥滓。所以抱石翁，含悽自沈水。

春遊虎丘

閶闔東風揚柳柔，萬家絃吹水西樓。蘭橈夜逐桃花浪，明月歌殘下武丘。

十六夜與朱都二子酌月承天寺二首

藍若延佳賞，蕙肴留好賓。共聽聯袂曲，不見折香人。僧掃苔間坐，雲生頭上巾。石牀渾失寐，清照一吟身。

絳氣浮芝宇，芳風襲芰衣。仙游傳鳳吹，龍卧净雲霏。片葉浮霜小，丸鴻貼漢微。此時瞻眺遠，直欲攬支機。

屠諭德應埈九首

應埈字文升，平湖人。嘉靖丙戌進士。太保康僖公勳之子也。選庶吉士，出爲□部主事。乙亥，詔選宫僚，以禮部祠祭郎中改修撰，進侍讀，陞太子諭德，以病乞歸。卒年四十三。王元美曰：「宫諭輝焰奕奕，奄忽永終。德謝冉牛，因起斯人之嘆；才同盧照，遂偕赴水之徵。」嘉靖丙戌，吴士與館選者四人，姑蘇陸浚明、袁永之，錫山華子潛，檇李則文升也。已而並除他官。浚明、永之以讁謫久廢，子潛、文升復由郎署改授館職。未幾，文升病免，而子潛亦被言乞休。此四君進退之大略也。浚明之撰述，希風經濟。子潛之巖居，寄託冲雅。永之、文升並以詞藻角勝，永之矜局雕繪，響附李、何，文升之才長於永之，長歌縱横，翩翩自喜，顧其音節激昂，往往揣摩北地，而未必發源於古人也。一時風尚漸靡，入人之深如此，爲之嘆息。

高陽行

菁山先生讁傳保定。保定，古高陽也。于是門人屠應埈爲作《高陽行》。

君不見高陽酒徒氣若虹，酒酣仗劍謁沛公。褒衣側注反遭駡，竪儒瞋目稱而翁。軍門拾謁使者入，麾矛雪足來趨風。儒冠自昔爲人下，豪士累累走中野。公卿半屬舞刀人，塵埃誰是彈冠者。侯門峨峨仁義存，金貂白玉多殊恩。九逵車馬若霆擊，中臺咳吐如春温。丈夫風雲不自致，寧能咿嚘齷齪趨華軒。

菁山先生真崛奇，文章重世光陸離。懸黎結琭世莫識，《陽春》《白雪》和者誰？憶昔予爲門下士，諸子森森並蘭峙。白晝行歌秦駐雲，醉後清心越溪水。即今已及十餘年，人事升沉豈堪紀。鳳儀未上金門書，呂生尚曳東郭履。逢掖雖負鴻漸翼，失勢青雲未能舉。去年有詔收駿骨。霜蹄十蹶始一起。先生豈是百里才，驥伏鹽車垂兩耳。幾年卧遊湘水東，洞庭雲夢清若空。青蠅營營止叢棘，白露颯颯摧孤桐。長安春半氣猶烈，上林木冰柳條折。潞水方舟不得行，匹馬蕭蕭踐冰雪。高陽客舍行人疏，糜珠斧桂爲晨餔。天寒苜蓿芽未茁，夜深鼯鼬時相呼。鵠袍諸生半僵卧，玉署談經能聽無。君不見黄金峨峨千尺臺，昭王樂毅俱蒿萊。漸離擊筑已絶響，荆卿易水歌空哀。吁嗟乎！人生得失何須數，尊前俯仰成今古。時來北闕繫金魚，歸去南山射猛虎。

送林僉憲汝雨兵備潁州

虚庭落日明嘉林，薰風吹我堂上琴。故人言别赴河潁，使我不覺生離心。援琴欲奏商聲沈，感時懷昔多哀音。憶昔與君同侍輦，奏書朝聞夕稱善。扈聖親登太乙壇，承恩數奉甘泉宴。須臾雲雨各西東，北風栗烈南飛鴻。君度石梁看曉日，予隨蘭省卧秋蓬。故人才高人所羡，飛藻如煙煒如電。建節鸞臺日月懸，横經彤署星辰爛。寒霜飛空凄北堂，三年入謁來明光。此時正奏甘露至，金莖不動天風香。露乳聯珠瑩飛雪，松雲晝開暮還結。故人新自故鄉來，應飽瑶華弄松月。夜談坐聽填填雷，驚霄碧玉翻空摧。閉門共讀祥異志，出門向人還語誰。九逵車馬朝來會，共議明堂草書對。近臣新册定陵功，常侍總承開府貴。君不見人生得失難自量，天道盛衰寧有常。朱陽受節蘭蕙芳，零露夕變蒹葭蒼。時來立取封侯印，老去猶爲執戟郎。又不見披裘採薪登後車，筌篌在御朱桐虚。歲歲南山叩哀角，年年東觀著遺書。君行梁臺度潁水，梁苑莓莓夕烟起。汴水微茫晝不分，惟見村原暮雲紫。鳳城東山龍作盤，萬年陵闕天南端。黄河千曲浄回練，蒼崖百叠騫高鸞。此中騎士俱羆虎，故人有文兼有武。嵩少雲生拂羽旂，淮海風清雜鉦鼓。煌煌絳節坐臨戎，俎豆長垂鼎鉉功。縱使沙場親校獵，絶勝芸閣賦雕蟲。

太乙壇歌

太乙壇高凌紫氛，宫中夜夜延神君。金盤千尺瀉朱露，莖臺五色飛龍雲。撞鐘鳴鼓邀百祥，回旌駐蹕瞻景光。石檢親封緑文闕，河圖著紀赤符昌。九華燈明列星爛，八變樂終萬靈見。至尊端笏禮中天，北斗垂芒指前殿。皇皇圭璧奠甘泉，奕奕樓居通列仙。侍祀獨有東方朔，登歌新協李延年。白茅授册侯五利，青鳥銜書作前使。貝闕徘徊河漢沉，絳節繽紛王母至。武皇北面來相迎，稽首至道聞要精。能驅三尸煉五魄，可以閲世爲長生。帝聞斯言再拜受，宴罷言歸樂無有。祈年何必汾水陰，無爲自享南山壽。

送陳約之謁祀孝陵

萬歲橋山路，三春草木青。乾坤黄鉞在，風雨翠華扃。北極通群帝，中天覲百靈。當時貔虎佐，一一扈青冥。

甘露寺次韻

甘露千年寺，群公攬轡過。樓空吴楚盡，江闊雨雲多。蜃氣連蒼海，琳宫隱碧蘿。更聞幽絶處，白日走黿鼉。

病中柬張郎中臯

閉閣經時思悄然，緑階芳草欲芊芊。啼鶯日送千門曉，宫樹晴含萬井煙。東第綺羅淹白晝，西園桃李照芳年。何時試共張京兆，走馬章臺垂柳邊。

遊城東觀

病起尋遊强杖藜，琳宫寂寂枕迴溪。繁花向日俱宜笑，幽鳥逢春各異啼。雲滿客衣庭樹合，氣薰山酌芷蘭齊。郊行亦有桃源在，明日重來路不迷。

春日過瀛海公第有感

千家樓閣映朱軒，猶見沙堤接禁垣。有劍只慚吴季子，無人重過趙平原。花明戟户春常寂，鳥識雕楹晝自喧。試看五侯歌舞地，玉臺金埒鎖黄昏。

再和嚴相公詔賜直廬有作次韻

臺垣奕奕紫庭西，地近蓬萊瑞色齊。雙觀月臨鳷鵲迥，五樓春見鳳凰棲。層霄夜永傳仙漏，中使時臨捧御題。爲識履聲天上聽，錦袍猶有異香攜。

袁僉事袠一十四首

袠字永之，吴縣人。嘉靖丙戌進士，選庶吉士。會有詔翰林官並除郎署，授刑部主事，改兵部，上官未幾，兵部火，下詔獄，謫戍湖州。會赦歸，以薦起補南職方員外郎。出爲廣西提學僉事，歲餘，移疾乞休。尋卒，年四十六。永之七歲即能爲歌詩，讀書中秘，博習國朝典故。歸田後，讀書横山别業，著《皇明獻實》、《吴中人物志》，甫脱稿而卒。伯兄表、仲兄褧，皆博學多藏書。子尊尼，字魯望，嘉靖乙丑進士，授南禮部主事。歷考功，陞山東提學副使。好學能書，有集十二卷。

大駕視牲南郊

大路調仙馭，朱旗列禁城。帝牛三月繫，田燭九衢明。日並龍旒出，山將綵旄迎。横汾卑漢詠，禋祀秉皇情。

大明門候駕

虎旅驅中道，鈎陳警六飛。圜丘群望華，宣室受釐歸。旭日迎芝蓋，晴雲拂羽旂。笙歌前路擁，拜舞接光輝。

自柳至平樂書所見四首

象郡極蕭條，賓州頗沃饒。趁虚多醜女，互市半良猺。箬裹檳榔貴，花妝茉莉嬌。輶軒叨使者，異俗采風謡。

藤峽韓丞績，崑崙狄帥功。左江仍略定，八寨未全通。舞劍狼家健，彎弧達舍雄。盧蘇誰養寇，何事枉姚公。

鬱白方言似，潯梧瘴氣賒。蚺蛇晴挂樹，射蜮晝含沙。屋覆湘君竹，山紅蜀帝花。《夷堅》收未盡，《博物》待張華。

昭平灘險惡，最險是龍頭。藥弩弦齊彀，銅刀鞘㕓抽。紅巾翻把隘，白晝競鈎舟。倘得山韓將，狐群豈足憂。

楊花

點點飄仍聚，盈盈密更稀。輕窺朱幌入，亂繞玉窗飛。雪作漫天舞，春從委地歸。章臺無限恨，零落竟誰依。

燕

最愛堂前燕，高飛忽復低。趁風穿柳絮，冒雨掠花泥。簾影朝雙舞，梁塵晚並栖。緑窗離思切，腸斷各東西。

秋興二首

金陵自古帝王都，太祖開基孕寶符。王氣千年盤日月，山河百二擁荆吴。宫城曲抱秦淮水，寢殿平臨玄武湖。寂寞遺弓龍去遠，宸遊今日自歡娱。

仙仗行宫舊内居，花間往往駐鑾輿。徒聞漢帝横汾曲，不見長卿諫獵書。天子射蛟開水殿，奚官牧馬遍郊墟。蒹葭苜蓿秋無限，悵望煙雲萬里餘。

長干曲

停橈暗相語，妾在長干住。郎亦秣陵人，便可同舟去。

西蘆詞

秋雁集復飛，寒潮明更滅。日暮風起時，蘆子花如雪。

金陵歌

夾岸垂楊起畫樓，秦淮煙浪接天流。朝朝桂槳來江口，夜夜蘭燈集渡頭。花發臺城苑殿荒，六朝遺事使人傷。翠華想像宸遊處，碧草萋萋輦路長。

附見　袁提學尊尼一首

春暮

乳燕流鶯相和鳴，曉風吹滿送春聲。桃花落盡千溪暖，柳絮飛殘幾樹輕。紫陌青驄回首恨，朱簾粉面斷腸情。少年已去如無及，爲語遊絲莫謾縈。

華讀學察一十五首

察字子潛，無錫人。嘉靖丙戌進士。與吴人陸粲、袁袠、屠應埈同館，並有才名。選庶吉士，當軸者不説，出爲户部主事，進車駕郎中。再召入爲修撰，遷侍讀學士，掌南院，以給事御史論罷。家本素封，罷官里居，修其業而息之，田園第宅甲於江左，食不三豆，室無侍媵，其儉約韋布如也。詩名《岩居稿》，王道思序之，以謂意象之超越，音韻之淒清，不受垢氛而獨契溟涬，若木居草茹、隱遁棲息者之所爲言，非世人語也。王元美亦稱之曰：「刊洗浮華，獨見本色。清淡簡遠，遠勝玉堂之作。」

過煙水莊

垂楊蔭平田，湖畔多菑畬。茫茫煙水中，結茅成隱居。閑門閉白日，密竹臨清渠。行隨溪上雲，倦枕牀頭書。客至時命酒，興來兼捕魚。願言託幽迹，卒歲同樵蔬。

晚至湖上僅初和韻

山中讀書罷，來憩澄湖濱。緑陰暗溪路，草堂静無塵。平生滄洲意，煙波夢垂綸。石梁度落景，花渚藏餘春。閑情狎魚鳥，悠然適吾真。雲天澹晴霽，空水明衣巾。未遂乘桴願，徒懷江海人。

澄觀樓曉坐和僅初韻

曉色澄秋林，霞明映山翠。貪奇事夙興，爽氣醒殘醉。空霜日夜繁，坐見木葉瘁。天高宿霧收，白雲出平地。初日照重巖，寒流響虚隧。景物清心魂，泠然起遐致。

秋夜送户部家叔登黄皐

離亭對衰柳，落日送行客。秋聲在孤嶼，興來恣探陟。臺殿澄夕陰，明燈照禪室。夜静山月高，潭虚映空色。水鏡清道心，超然垢氛滌。浮雲亦何意，聚散隨所適。風葉逐歸蓬，霜空起寒笛。

秋日觀稼樓曉望

日出天氣清，山中悵幽獨。登高一眺望，風物凄以肅。流水映郊扉，炊煙散林屋。秋原一何曠，薄陰翳叢竹。時聞鳥雀喧，因念禾黍熟。悠悠沮溺心，千載猶在目。

五月望夜與諸君山中再酌和僅初韻

仲夏苦晝永，薰風起將夕。圓景海上來，照此山中客。坐令微暑消，兼使衆累釋。興至時命觴，露下復移席。因耽水竹居，遂同魚鳥迹。盤遊豈忘返，玩物聊取適。臺空人影疏，夜静潭氣白。參差樹杪峰，歷歷辨咫尺。超然悟真境，萬物一虚寂。

山臺曉望懷僅初不至和姚山人韻

初日照臺上，興來成獨遊。天高宿霧盡，木落空山秋。曉色侵殘鬢，新寒上故裘。吴門隔煙水，悵望空悠悠。

惠山寺與子羽話别

看山不覺暝，月出禪林幽。夜静見空色，身閑忘去留。疏鐘隔雲度，殘葉映泉流。此地欲爲别，諸天生暮愁。

吕禹城見過

直道多見黜，故人俱罷官。偶來棲隱處，一盡平生歡。日暮烏飛疾，雪晴山氣寒。相過寧厭數，歲晚論交難。

與僅初再過任大理别墅

溪南讀書處，秋晚數經過。寒照隱城樹，蒼煙深壁蘿。窗明山翠近，地静葉聲多。叢桂空巖暮，徒懷招隱歌。

夜宿田舍

郊居觀獲罷，暝色滿荆扉。歲事山田薄，人家茅屋稀。荒野寒照歛，獨樹暮禽歸。夜静然燈坐，高窗黄葉飛。

與僅初過思閑草堂

繞屋藝桑柘，何年此卜居。山齋客到後，村杵飯香初。已是相過數，猶言宴會疏。坐看新月上，黄葉散寒墟。

夜訪金秀才

獨夜山陰客，停橈江月斜。溪深聞犬吠，葉盡見人家。荒徑存生事，寒燈映鬢華。坐看霜氣白，宿雁滿平沙。

答同年李仁甫寄點蒼山石

故人消息阻河關，萬里題緘泪欲潸。雲寄遠心將片石，月隨清夢到蒼山。詩成却笑窮逾拙，身退猶憐老未閒。悵望昆明池草色，春風南雁幾時還。

寄同年陸給事

著書經歲掩蓬扉，江左才名重陸機。宅近寒塘黄葉滿，窗開遠岫白雲飛。山中春草輕朱紱，夢裏晨鐘隔瑣闈。自惜蠻荒投竄後，至今朝省諫書稀。

王僉事問九十首

問字子裕，無錫人。嘉靖壬辰進士，擢第後歸里，讀書六年，然後廷試。釋褐除户部主事，改南職方，以便將父。歷車駕郎中，擢廣東按察僉事，行至桐江，徘徊不欲去，筮得「甘節」之卦，賦詩十二章，投劾而歸。父殁，遂不起。築室於湖濱寶界山，焚香讀《易》，興至則爲詩文，或行草書數紙，或點染竹石花鳥，不矜研削，用自娱説。年八十乃終。子鑒，亦舉進士，以武定州守遷稽勳郎。子裕趣令之官，鑒月日爲治裝計，故爲事失期，而要諸父老故人前謝子裕，子裕乃聽之。亦用清望，官至太僕卿。子裕自言：「願屏居三十年，讀盡天下有字之書，撰述以畢志。」强仕歸田，四十年杜門掃軌，卒行其志。同時華子潛爲五言詩，步趨韋、杜。而蕭閒疏放，冲然自得，則子裕之詩有餘味焉。惟其有之，是以似之，豈不然哉！

楊村驛與鎮山秉燭言懷

北路饒長風，方舟成奄泊。遲遲通路亭，彌彌活水曲。辛勤洲渚間，委心在行役。俱抱虛曠懷，己志在空谷。羲和無停軌，己事如轉矚。長盧猶爲謬，而況杞人哭。嘉德爲我憐，良晤行可續。勿忘秉燭言，皓首以自勖。

將至徐作

平生秉微尚，况是多疢疾。弱冠弄柔翰，名忝薦賢籍。辭歸班生廬，無事纏胸臆。閒居五六年，門無車馬客。親友勸我出，結束赴朝列。驅車入市門，悲鳴衢路側。回回歷三春，僶俛就兹役。於心已不競，亦復滯文墨。幸存昔賢軌，吾願自此畢。

恭謁孝陵

皇祖仗黄鉞，奮起逐天狼。腥風一以蕩，功烈冠百王。明明二三臣，規畫參世綱。闞石與和鈞，仰成維後皇。神京控六服，松柏鬱崇岡。一朝鼎湖升，珠襦永斯藏。玄居肅休穆，瞻禮虔弗遑。小臣守末位，願言覲耿光。

與諸從遊登燕子磯

西曹日休暇，出郭偕所歡。朝雲結輕陰，微雨灑纓冠。歷石乃澄霽，始愜昭曠觀。隔浦净風煙，上流明百巒。回眺都城壯，皇圖正全安。列堠靡一警，軍韡静江干。將軍肆高會，虎士有餘閒。智者見日中，君子防未患。吾無東山略，能不懷素餐。

閱軍後坐憑虚閣

崇壇建牙旗，虎帳羅干將。甲士既森列，車騎亦騰驤。迴翔雲鳥合，翕忽風雷張。軍容雖具陳，疇爲選其良。閣中見雙闕，省署鬱相望。憶昔定鼎年，我武正維揚。亦有熊羆士，勇略靖百疆。今時且寧謐，所志在張皇。秩卑力不任，憑檻虚感傷。

元夕

南國首時雍，共此清夜娱。傾城出遊觀，士女塞莊衢。燈火九霄通，綺紈三市俱。就中誰最奢，五侯聲價殊。過門誇結乘，入市耀先驅。邀賓高堂上，酒漿盈玉壺。燃燈如白日，照耀紅氍毹。歌曲繞飛梁，舞者名都姝。中厨薦豐膳，櫪下秣華駒。清漏漸向盡，但樂不知徂。

宴徐將軍園林作

白日照名園，青陽改故姿。瑶草折芳徑，丹梅發玉墀。主人敬愛客，置酒臨華池。階下羅衆縣，堂上彈清絲。廣筵薦庶羞，艷舞催金卮。國家多閒暇，爲樂宜及時。徘徊終永晏，不惜流景馳。

涇上觀菊

涇上一老人，愛菊如愛稼。踏葉到林丘，散襟茅茨下。青柯吐芳英，采采漸盈把。眷言五色姿，陽春似相假。晚節良可親，予懷自舒寫。有物苟會心，那辭在荒野。歲晏不可留，紫車夙云駕。奕奕車馬客，誰解閒行者。

甘節堂作

思彼京洛間，田竇勢莫倫。託婚椒蘭殿，甲第上干雲。晝日再三接，廣衢翻朱輪。傾城咸來趨，綦履填高門。委心事罄折，願假一顧恩。一舉起窮廢，榮枯立可分。誰爲脱屣人，清風振高旻。長謡《歸去來》，甘心守柴藩。江東與栗里，千載此道存。

抱一廬繹志

上古一真人，容若春華敷。憂樂通四時，動止常于于。登高靡爲栗，入水不能濡。問之胡能爾，涵神同太虚。下士晚聞道，山中來結廬。苫茅蔽風雨，斬荆揉爲樞。委形寄虚榻，闔户動旬餘。寒梅倚清艷，素心自如如。情知無因觸，悠然反其初。

湖莊觀穫

清川泛容與，輕颸動微波。霜氣日夕寒，歲暮栖岩阿。遹觀湖上農，子婦紛取禾。甌婁盈筐箱，比屋廩嵯峨。釃酒燕鄉社，擊缶笑以歌。仰荷皇澤覃，早得謝鳴珂。絶軌車馬途，何由逢轎軻。優游養餘齒，但願豐年多。

南莊觀穫作

畇畇涇上田，粒養歲所需。黽勉事朝夕，聊爾謀一盂。歸來已十年，取足不願餘。澤澤稼事勞，念爾苦沾塗。予也觀厥成，靦彼荷蓧徒。四體不常勤，而有此廩庾。長日茅茨下，擊缶歌烏烏。上以供粢盛，下以奉親娱。以惠我周親，布德賙比閭。

繡嶺下弔施子羽

述者終已矣，存者日以衰。秋風感人情，胡能不悲思。胤子至我前，楚楚有令儀。謂從嘉祥月，奉君掩藁梩。託體青山阿，夜臺閟音輝。昔君常相近，今者隔泉闈。隴下一杯酒，酹君詎能知。

南莊示子侄

歸來南城隅，幽懷似堪寫。言有二子俱，豈謂儔侶寡。庭花發故叢，新雛亂簷瓦。日抽架上書，方春已徂夏。出户更蕭散，矚目向平野。人耘舍北田，鳥泛青蒲下。喬木蔭古臺，長日自休暇。吾自愛吾廬，非因傲世者。

齋中聽談琴師彈歸去來辭

閒齋白日静，時至變鳴禽。凱風來自南，飄飄吹帶襟。談師本道流，窗下拂素琴。歷歷七絃上，泠泠發清音。唯有歸來曲，可以寫吾心。

夏日洞虚道院樓上示諸生

炎月苦不輟，暇日登兹樓。高棟多凉氣，户牖辟四周。俯檻見方塘，淵然與心謀。游魚不驚人，藻下自沉浮。自予棄簪組，簡牘寡所投。永謝車馬客，澹然無世憂。溽暑自昏劇，吾意良悠悠。偕汝二三子，常得來宴游。

禪悦院與葉殷二生

暇日自娱樂，步入西山中。山木敷清華，群卉亦青葱。僧堂晝逾静，閒齋來清風。吾子事幽討，墳典歷三冬。豈止别同異，亦復求其宗。皇家設圭組，稷下盡才雄。莫負今所學，肉食但懷榮。吾衰久無夢，晞發滄海東。

樹下課諸孫

茅茨宴荒徑，獨有嘉樹存。藏書子能讀，復以訓諸孫。義孫讀《論語》，頗將孝理敦。道孫誦《大學》，路孫初學言。言念里中兒，顧復但知恩。漸次長驕仿，耻僇難具論。蹇性厭華縟，嗣引希後昆。慎爾守純素，顧名思默渾。

山中贈友人

情性各有營，繫予在山水。昔出暫相違，今兹返桑里。鱸鱖正鮮肥，扁舟自能理。與君衡門下，行歌互相倚。下渚亂鳧飛，湖中夕風起。

涇上與田父言

歸來葺舊廬，場圃向東阡。聊爲卒歲謀，耕鑿自年年。充腹不願餘，短褐庶自完。涇水饒灌溉，自足涇上田。田夫就餉罷，樹下來憩眠。霡霂甘雨後，話歲共欣然。

自　述

老氏之流沙，莊生蘧然臥。寥寥宇宙間，疇能體純素。大道本無垠，陰陽互爲户。有欲觀化樞，無名探氣祖。心生如有因，亦復爲心誤。少小涉人塗，蹀躞半生度。終將契玄虚，愧此衰年悟。

溪上送陳生遊湖湘

故園足栖遁，況值秋風時。溪鳥日來去，竹露光參差。與君心境閒，可以彈素絲。大雅久不作，高音諒難知。飄飄歧路間，日暮寒猿悲。車輪無停聲，漸違空谷姿。

早起聞雀聲

朝聞寒雀喧，薄暮亦來歸。鳴啄自無患，叢竹欣相依。凉風吹衡宇，明月照素帷。寄傲此窗下，太息往事非。今兹已息交，門外車馬稀。慰我閒居夕，歲寒良不違。

洗桐

梧桐生高岡，菶菶貽夏陰。挹取葉上露，爲予洗其心。有時藉稿君，閒情寄徽音。何以報爾德，激泉濯朝林。永日影相對，忽使塵涴侵。

往山舍值雨不得至

輕舷遲出溪，玄雲黯如墨。率彼涇水涘，霡霂凉樹積。湖口跂予望，彌彌浪花白。鬱哉西山岑，雲林坐相失。悵然命迴橈，乃與初志别。契契終有懷，撫事重嘆息。

寄贈華鴻山學士

憶昔步薇省，羡君專白麻。自君解龜後，並藝東園瓜。湖上偶相見，閱兹三歲華。陋廬依巖竹，自比顔闔家。閉門常覓句，幾度落藤花。

湖上

山水多清賞，幽情更閒適。歸來慰夙心，湖中趣非一。窮月微苦風，蘆葉鳴淅淅。儵魚冰上潛，罧穴丙尾集。裘笠在扁舟，偏宜釣寒雪。

吕道士樓悵然有作

洞府湛清虚，樓居鎮常寂。髹几檢道書，露臺點羲易。倏爾四十年，重來感陳迹。落日照軒欞，分明睹疇昔。玄侣故相知，常得分講席。向予展殷勤，往事猶記憶。爾顔向衰槁，黄白竟何益。别去一潸然，遥天度雲碧。

送陳鳴野還稽山舊廬

溪上與君飲，即從溪上歸。溪雲向暮生，飄飖隨君衣。渺渺越江渡，遥遥想容輝。草《玄》心自苦，常掩子雲扉。

贈山陰陳海樵

十年製一斧，三日採一薪。白石自堪煮，赤松爲爾鄰。入市嘗聞卜，移家非避秦。獨乘遼東鶴，高揖謝時人。

山中即事與陳山人

月下獨乘舟，訪君南陌頭。松門尚未掩，移棹向中流。吟弄歸草堂，君去予自寢。明日携酒來，還期石上飲。

山中陡寒

居人忘歲年，忽聞寒風發。曉起衣裳單，呼兒理新袷。香粳應時刈，壞室初置缶。一飽仍偃卧，山中意已洽。

落葉

枕上聞朔風，夜半聲策策。曉來繁林空，落葉卷庭石。乘運固其然，芬菲豈自惜。悟彼歸根言，獨與至人説。

山行阻風宿湖口

早從泛舟役，湖水白彌彌。山程無喧呼，沿洄摘芳芷。風水無常期，扣舷亦自喜。向晦焚膏油，獨卧深葦裏。

與楊世卿徐顧二生至寶界山居

遥水映微旭，濕雲猶在山。幽居隱深谷，空濛煙樹間。歲序忽復變，樵歌常自閒。與子不忍去，躊躇暮方還。

雨中懷陳山人

冥冥濕雲流，漠漠飛白鷺。寒生湖上村，雨暗山中路。眷彼空谷人，纏綿結中慕。悵望松嶺東，沮洳不可度。

自山中泛湖歸

登踐窮幽深，下山日已晚。餘照留青蘋，歸雲度蒼巘。對此生遠心，返棹意自緩。川塗風浪平，沿流弄清淺。

洞虚錢道士樓居

涼風動高梧，登樓挹清暑。於心無所營，永日自閒處。流雲生遠空，當晝忽微雨。江禽帶濕回，枝上相對語。

雨後喜楊世卿至

久暘鬱成暑，一雨遞微涼。琴書忽無緒，繩牀幽夢長。草徑暮生霽，客來還命觴。簾帷逗疏影，竹日含蒼蒼。

始至山家

斜日挂西嶺，林影初在地。鷗散曲湖陰，鴨眠莎草際。風急露蟬沈，徑紆竹門閉。豹脚飛幽房，山猿寶中吠。

江郊

江郊四月時，蠶老麥始熟。隔竹啼青鳩，遠村出黄犢。臺上夏陰濃，護田溪水緑。徑畔無人行，鳴雞上墻屋。

觀束薪

山椒露未晞，松約多樛枝。林疏古苔出，錯崿雲根倣。坐此觀捆載，落日樵腹饑。歸爨秋籬下，薪濕煙火遲。

悵陳山人不至

寂寂復寂寂，山深無行迹。有客期不來，值此風雨夕。齋中闃晤言，陰蟲鳴四壁。出門還入門，黯黯燭光滅。

雪泊溪上

乘輿晚出溪，雨雪暝前路。遂違青山期，繫船溪邊樹。柔櫓時一鳴，歸漁投涷浦。晤言夜未央，蕭蕭燭花吐。

東郭見故人

笋輿出東郭，青陽應初候。融氣薰林皋，靈風在襟袖。行至野田中，角角聞雉雊。偶見支頤人，執手嘆耆舊。

早秋涇上作

兹晨暑氣平，涇上自容與。返照入柴扉，蟬聲在高樹。涇水静不流，蘋花發西渡。五湖秋色中，欲乘扁舟去。

越女辭

盈盈越川女，川上採蓮花。花深隱紅妝，輕風吹臂紗。花葉糾零亂，隔浦弄明霞。日暮獨歸去，雲門是妾家。

吴　姬

少小入金宫，韡如芙蓉姿。明晨趨蘭殿，暮歸華清池。零露凄皓腕，弄波月上時。芙蓉卷秋水，幽芳良自持。

秋　陌

肅霜雕枯楊，城門飛黄葉。客子衣裳單，陌上饒風色。草短思故園，芳歇聽鶗鴂。悲傷搗衣婦，亂砧響寒月。

臨高臺送喬景叔之金陵

臨高臺，瞻帝里，五侯七貴歌鐘起。陌上黄塵飛塞天，大車央央續車前。朝遊鬬鷄坊，暮入長楸裏。少年寶劍青絲囊，錦帳如雲百餘里。臨高臺，歲將暮。西風川上旌，吹向維揚渡。金陵草色半青青，檻外長江百丈清。白鷺洲前官舸發，石頭城下暮潮平。回眺雒城中，萬事予何有。身上鷫鸘裘，可换新豐酒。爲予買却清江槎，逢君須及白門花。江上尊罏秋更美，早看君去倍思家。

白苧辭

吴姬將白苧，裁爲歌舞衣。燭花銖銖夜凝輝，玉纖停絃寶瑟希。舞筵絡繹錦匝圍，掌中參差燕雙飛。吴王正擁西施醉，月落江波未放歸。

翠翠辭

翠翠復翠翠，雙飛亦雙止。西風吹老芙蓉枝，水冷河清魚不起。朝從南海去，暮仍珠樹歸。娟娟波心影，氄氄身上衣。今日沙頭忽不見，點上吴宫美人面。

閨情

月隱雕櫳光有無，刺繡沉吟棲鳳孤。空牀凄凄湘簟冷，愁心斷續隨金壺。妾容誤比春花色，朝來擷錦暮飛雪。留將鉛粉待君歸，金鵲臺前不自識。

樊司馬草堂雪霽歌

太白樓前風獵獵，驃騎營中凍旗立。岱嶽晨光結作霞，緑野雲開雪在沙。司馬碧油寒未起，日射轅門虎士喜。新從淮蔡破虜歸，擬將銀甲天河洗。節鉞時聞丹壑遊，林間散騎卸吴鉤。飛塵一道連清濟，中使西來爲賜裘。

武林登晴暉樓簡臬司諸公

湖水明於鑒，晴暉共徘徊。洲隨碧山轉，寺逐金沙開。海上神山宛相似，絳樓紺殿虚無裏。歲歲遊人踏落花，日月清明與上巳。星軺西望荆湘遠，猶爲名湖生繾綣。隨君玉節上高樓，水色山光在欄楯。爾來值春暮，水邊桃杏稀。輕陰拂朝林，尚見春禽飛。春禽飛，春草碧，落花飛絮何嗟及。此中興亡感慨多，轉眼相看已成惜。君不見宋家中葉驚胡沙，南國曾經度翠華。遂將此作龍池水，一日栽遍離宫花。湖中遊人洛陽客，戀却江南忘河北。芙容苑落野馬嘶，常使精忠眼流血。吁嗟此情不可道，徒將宿惜傷懷抱。山中諸陵歲月長，鄂王祠在松杉老。昭代車書全盛時，况復多賢盡在兹。訟平江清出遊豫，風日正與人相宜。東山出雲西山雨，樓下樂鳴樓上舞。與君有酒但飲之，别後相思渺何許。

大洪行

君不見石龍嶔崎蹙海鯨，伏甲盡是蒼山精。帝遣石龍鎮東海，勢拔十州傾五城。又不見河伯狂奔自西極，獨挽黄流向東射。兩雄相遇未肯降，誰哉鑿斷石龍眷。龍門碻磝秋水高，千載猶聞石怒號。峽聲如雷日酣戰，斗落千尺飛鳴濤。銀河倒青天，併作三洪水。灎澦瞿塘不足方，輓舟咫尺論千里。爾來雲帆接帝州，上洪下洪俱穩流。儋耳明珠貢萬斛，江東玉粒寬九愁。君不見應圖真宰持天紀，石龍低首黄龍從。

呈李閣老

明星爛爛迴銀河，紫微宫中瑞氣多。勤政樓前曙色動，洞開閶闔奏雲和。日臨虎陛黄金屺，花映鴛聯白玉珂。共瞻玉柱承乾棟，白日丹霄儼不動。論道常參太上謀，風淳露滿琉璃甕。朝罷委蛇下紫宸，重瞳天子臨軒送。泰階六符光上浮，古來相業唯伊周。黄閣文章拖緑紱，出入四朝今黑頭。願祈靈壽齊天曆，千秋高歲歌同遊。

江南樂影城作

朔風吹沙暗河縣，隔水桃花不相見。江南春早花滿蹊，上枝下枝鶯亂啼。此時水曲豪華盛，碧榭紅樓相隱映。浦口浮橈蘭桂香，陌上流車翡翠光。三吴貴遊秦川女，流盼出隅隔花語。邀入紫雲吹鳳簫，風飄歌曲度寒宵。千金邀賞雙鴛起，今日花前爲君死。樓船錦筵猶夜開，燭光清凝緑水迴。美人醉後金鈿落，忘却銀箏在山閣。

鞦韆行顧園作

東風桃李鬭芳辰，城邊陌上啼鶯新。當窗美人罷針綫，並結秋千招比親。百尺長繩挂香霧，結束衫裙學仙舉。一回蹴踏一回高，漸絶飛塵逼清宇。幼女十五纔出閨，舉步嬌羞花下迷。自矜節柔絶輕趫，不倩人扶獨上梯。春意撩人重離析，每出邀歡不知夕。柳暗沙昏未肯歸，汗濕鮫綃不愛惜。此戲曾看北地多，三三五五聚村娥。笑聲遠出垂楊裏，倦遊歸客意如何。今日江南初見此，麗人如花映瑶水。金飾丹題綵作繩，宜在君家院墻裏。

露坐觀星

秋風吹衣帶，凄凄生微凉。絡緯啼井闌，玄蟬噪疏楊。仰觀河漢間，星辰爛高張。三臺明泰階，齊色儼成行。朱鳥藩臣位，軌道向中央。此時自許箕山隱，少微含光射東畛。五斗曾經嘆折腰，歸掃松筠伴螻蚓。蘿屋柴門逐浦沙，具區之上幾千家。楂頭每斫銀絲膾，圃内常生五色瓜。綺錯溝塍桑竹映，山中豈解歌堯舜。萬樹桃花洞口迷，春來莫遣漁郎問。

畫松下老人歌

朝來寫素絹，夭矯爲長松。須臾變精思，松下貌一翁。形如列仙雙玉瞳，常隨野鹿披蒙茸。此翁腹中何所儲，曾讀黄虞千卷書。一乘軒車意不樂，荷衣早拂身巖居。此翁室中何所有，三尺囊琴一斗酒。倚醉高歌三徑紆，風流豈落柴桑後。我欲招之翁不言，松陰槁坐静於禪。不覺對此意轉澹，擲筆牖下風泠然。

書似樓卷呈古沖太宰

君不見滄海漚，聚珠如山瞥眼收。又不見青山雲，長空去住徒氤氳。人生如寄亦何有，世上榮華只翻手。五陵原上秋田兒，昔日華駒金作羈。秋風蕭蕭吹白草，空留徑路令人悲。咸陽宫殿亦消歇，麟閣雲臺總騷屑。世上認假皆成真，鹿夢還從夢中説。君家茅屋山之幽，仿佛天邊十二樓。谿風徐來簾上鈎，落葉滿山松竹秋。何時與君携手登上頭，當窗浩歌消百憂。胡爲勞形死不休，醉看蜃海成山丘。

築城謡常熟縣作

築城入荒草，白沙無烟莽浩浩。築城上高山，崩崖錯嶀青冥間。我生不辰可奈何，昔日防胡今備倭。馮馮一杵復一杵，丁夫如雲汗如雨。星火出門露黑歸，野田苗稀黄雀飛。今年縣官復徵税，城下相逢只垂淚。

海鶻行贈陳少嶽兵憲

九月十月天有風，江門萬里吹雲空。霜寒草枯野火滅，雉兔飛穴原田中。鞲上蒼鷹卸絛鏇，目睛滚粟勢力雄。横霄瞥電翻曙色，下捎平岡吻血紅。君不見汾陽令公今在朝，兩河兵甲不敢驕。又不見白衣將軍世莫比，纔脱兜鍪虜夜徙。何況區區東嶠夷，朝食即爲齏粉期。仍將大勇存恩信，載戢干戈包虎皮。

官軍來

白鶴鋪前沙日黄，湖渚草長倭走藏。柘林舊賊驕不去，新舶正發南風狂。寶帶橋西蛟起舞，白石山邊逐虓虎。湖南六郡多旌旗，賊勢西來疾風雨。城頭戍鼓聲如雷，十城九城門不開。刲羊宰牛具宿酒，日夜祇望官軍來。

團兵行

銷鑱钁，鑄刀兵，佃家丁男縣有名。客兵貪悍不可制，糾集鄉勇團結營。寧知縣官不愛惜，疾首相看畏占籍。奔命疲勞期會繁，執戟操場有饑色。星火軍符到里門，結束戎裝蚤出村。將軍令嚴人命賤，一身那論亡與存。保正同盟衛鄉里，何期遠戍吴淞水。極目沙堧白骨堆，向來盡是良家子。

楊山人尋仙歌

鬢髮盡白雪垂肩，玉顔桃花如少年。人言世事了不對，坐中往往愛逃禪。一朝尋仙遊五嶽，踏穿芒鞋不停脚。朝登快閣挹流霞，暮宿雲房擣靈藥。會言曾見裴慶父，棄妻走入真人府。卧處草深三尺餘，每入空山騎饑虎。陌上忽逢銅鼓張，一片青氈單掩陽。暝歸岩洞抱龍宿，腥涎滿身聞異香。大嶽人傳大造化，夜走深山及奔馬。人問真言一字無，只把圓圈手中畫。後來作者張雪樵，雪山枯坐影蕭蕭。

自云參透元宮事，已見三花頂上飄。龍宮主人楊伯雨，嗇精煉形如處女。百尺梯橋萬丈潭，攜至希夷講經處。七星巖下張光明，施藥歸來眼倍青。怪松無枝洞底黑，日日鞭龍上太清。大聶小聶見最晚，氣爽神清意誕散。半榻山雲千卷書，相過一飽黄精飯。歸來招予早避名，人間寂寞道初成。盤陀石上跏趺坐，固守虚無專養嬰。

洞虚道院訪鶴山道士

洞虚清寒十二時，絳樓簾幕鎮長垂。庭中槭槭卷風葉，玉露雕落青梧枝。身騎飛龍逐流電，聞君受法通明殿。萬里雲霄鶴一聲，夜静歸來月如練。

彼倭行

去年倭奴劫上海，今年繹騷臨姑蘇。横飛雙刀亂使箭，城邊野草人血塗。五郡陳紅王外廪，洪武以來無一警。自從妖嘯失農耕，伐鼓敲金窮旦暝。四月五月圩水平，甿丁悉索驅上城。官軍豈無一寸鐵，坐勸彼倭來横行。

潘海癡

潘海癡，發離披，行年五十而無雌。踏伏燒營賊皺眉，口不要賞索餔醨。三千廣兵帥者誰，錯金刀頭市上嬉。射雉城南夜黑歸，大呼城門將吏欺，歲給巨萬奚以爲！

芳　樹

園中芳樹，靚妝春駐。拂檻臨池雜俎新，佳辰常與東風遇。樹下雙鬟雲霧綃，濕紅新䩞薔薇露。珠箔銀床獨自棲，陌上才人暗相許。祇愁花信妒風多，曉來忘却啼鶯處。

固窮居士歌

居士幼哭父失聰，長拙生理，以善楷法遊於貴卿之門。嘉靖己未，年六十，爲作是歌。

固窮居士黔婁風，鬢毛毿毿兩耳聾。人言世事不可對，揶揄一笑輕貴公。邑中昔日連雲第，荒井今朝草不薙。落日蕭蕭院壁空，凄風入欄花委地。固窮居士心悠悠，暇日常穿敝袴遊。人生取足一飽耳，何必營營執算籌。

贈俞憲部謫武昌

送子南遷路，悠悠逼歲除。遥看帆挂處，常是聽猿初。漢口故人遠，荆門古樹疏。兹行獨有詠，須寄武昌魚。

蔚林州

舊屬蒼梧郡，今通南海軍。峒中風轉惡，嶺外氣全分。怪蟒呼人姓，陰蛟吐瘴雲。夷歌起樵牧，幾度隔墟聞。

雨夜懷歸

秋雨入幽蛩，墻陰稿亂蓬。旅人淮水上，歸夢雨聲中。水隴稻粱熟，山園橘柚紅。竹深閒詡徑，還與去時同。

久雨新霽訪施子羽洞虛道院

迢遞思吾子，春晴坐絳紗。回風凄徑竹，積雨滯林花。落日過仙院，吹笙隔紫霞。相逢不盡意，一倍惜年華。

與客夜登開利寺觀鵝亭

野寺寒雲外，猶傳晋永和。逢君非有約，踏月偶相過。廢沼水棱淺，荒亭霜氣多。懷思倚欄者，書罷獨籠鵝。

山中晚歸

早從溪上發，暮仍溪上歸。每歸漁樵話，莫言儔侶稀。高松延霽景，殘日下山扉。回眺經行處，蒼蒼在翠微。

漁　舟

出郭盡漁家，家家飛楝花。溪鯖酣漲水，村罟上浮槎。近墅戎戎亂，衝波片片斜。予非羨魚者，相伴立平沙。

過府博舊舍

不見侯門護，言過水曲居。門仍舊時竹，壁有故人書。稚子能留客，閒庭只種蔬。登堂一灑淚，尚憶夜相於。

大司馬統師至姑蘇久旱霖雨適降

方召佐周宣，王師動以天。式瞻靈雨降，恰在福星前。殺氣窮桑海，華滋潤芋田。山農有謠頌，應並凱歌傳。

謁功臣廟

清高崇廟貌，階下禮元公。佐聖恢皇造，同心纘武功。裔封垂帝德，歲薦啟祠宮。會睹過周曆，棲神萬樹中。

宿莊嚴寺與僧

落日荒江外，春風野寺中。蓬心無定着，萍迹任西東。近墅鶯猶澀，繞堤花欲紅。惟應把明燭，一宿與談空。

九里涇懷陳山人

擾擾風塵後，重來涇上宮。門臨寒水次，秋盡葉聲中。歲序忽復暮，幽懷誰與同。思君西嶺下，蓬户掩深松。

聞　警

皇家設險在居庸，薄伐誰當上將功。胡騎盡從青海至，邊烽遥傍黑山紅。薊門羽士頒新竹，巡水徵書下朔風。聞道移營向山後，可令堅壘白羊東。

顧影自嘆

幾番夢裏脱根塵，覺後翻嫌再有身。今夜月明還在地，任渠明滅影中人。

春山獨步

春深原樹緑初齊，山擁芙蓉水漫溪。獨自携筇上山去，小亭猶在萬峰西。

贈吴之山

城柝聲悲月未央，江雲初散水風凉。看君已是無家客，猶自逢人説故鄉。

春日江上别梅屋

改歲桃開楊子津，蔡家洲上獨傷春。客懷欲向愁中盡，又折殘花别故人。

施縣丞漸五十六首

漸字子羽，無錫人。以諸生歲貢，授海鹽縣丞，尋罷去，歸老蠡川田舍。子羽稚年從從父之官平樂，過楚紀行詩有云：「巴雲青洞庭，郢水寒夢澤。」又有「千里月明來楚峽，五更猿斷憶巴城」、「桃花浪闊三江水，楊柳絲長百尺樓」之句。邵文莊激賞之曰：「《風》《雅》之流也。」平生安貧樂志，爲詩不騖浮華，刻意磨洗，評者以爲如春竹積雪，寒松浮翠，又如寒雅數點，流水孤村。其卒也，華學士爲詩哭之，云：「憐君家徒四壁立，中歲罷官常不給。生前獨行殊寡諧，歿後遺文更誰輯。」蓋其詩與其人約略相似云。

示兒陽得

喟然置琴書，白日閒如此。共以蓬蒿身，相去南北里。高樓多遠心，流雲過如水。有意不能言，悲來但思爾。

晨起行園治蔬

處痾情方愆，覽籍亦棼結。止跡丘樊間，喜與荷鋤列。晨星沐未遑，周葺幸餘力。夙英始斂華，密露若瑩雪。螽趯感離歌，鶗鳴及豳月。萋萋瓜畔空，厭厭豆畦歇。觀化有消虛，徵情既伸屈。庶幾東陵隱，豈伊公儀哲。永此藿食資，耕鑿藏吾劣。

初夏田居偶言

乞身去賤吏，榮慕非所關。此形諒偶寄，乘委須共還。田間理初務，務畢仍自閒。頹罌惜無酒，開尊聊怡顔。高禽迎新枝，輕雲投前山。俯仰一如此，勿云時命慳。

齋中雨歇自述

高窗晦積雨，連晨娱篇帙。耽慵情方宜，嗜寂意尤密。風柔園條變，溜濕階蔬茁。宿陰漸已收，幽禽時唧唧。隱几欲忘言，斜光透雲日。

晚步池上

弄翰乘暇日，池上步逍遥。寒魚翻在藻，落葉亂鳴條。流序忽如此，寸心久自要。蓬飛定有止，意遠不嫌囂。常念沮溺輩，躬耕趣獨超。

贈金山智公

四顧水皆繞，所成幽出塵。齋鐘不到岸，漁火自來鄰。心共寒潭徹，經翻貝葉新。住山知有道，一叩了無因。

冬日遊天竺寺

緣湖始欣往，遐覽歷幽尋。山到不容路，雲藏猶有林。階前寒澗落，榻下白雲深。積雪千峰裏，寥然空世心。

靈谷寺善上人誦經處

釋子豈不見，持心世絶無。悟因諸部入，定似一身枯。林靄凝香氣，山光積坐趺。寥然斷塵伴，惟與法王俱。

病移南窗下作

南窗堪處默，病裏率天真。静閲莊生傳，閒觀物外身。疏槐千點雨，反照滿衣塵。何事常留此，東林謝主人。

答王仲山見訪溪上田居

同歸五湖住，一水見君家。漁父迷初路，居人認落花。禦貧多種菽，爲圃却宜瓜。共是裘羊侣，往來忘歲華。

自邸趨歸荆溪口作

久客不得志，束裝歸舊山。休爭逆旅席，早覺主人顔。意比溪雲懶，形同秋水閒。蜀中相共笑，揚子又空還。

久雨齋中志静

深似山中住，偏多風雨時。鶯稀出谷響，葉暗到門枝。老氏但柔氣，愚公寧有知。跫然習已久，不自覺春遲。

白白氏别業歸齋中

自喜茅齋僻，經時草木深。見人稀倒屣，抱膝或長吟。疏雨喧庭雀，閒窗澄夕陰。會心方在寡，碌碌豈知音。

暑中閒述

宿雨未爲深，晴光已滿林。微風松際歇，涼靄竹間沉。地僻容身散，交疏少物侵。常嫌子桑户，今日廢衣衿。

冬日溪行尋唐荆川太史

野水將孤楫，晴天霧半收。寒禽自向日，殘葉尚如秋。好道寧辭晚，謀生豈解愁。思君時一見，猶免失東丘。

再和補庵新正三日同往山中值顧憲副

孟月逢春早，時芳欲滿林。偶同長者席，况似谷中音。斜日下清磬，高雲過客襟。迴舟傍微月，猶聽隔溪吟。

元夕齋中獨坐

獨憐今夜静，紅燭對人清。户密凝香氣，窗虚納市聲。華鐙自鬭彩，滿月却嫌明。一步疏簷下，春星縱復横。

早春齋居漫興二首

此地寓來僻，清渠正繞廬。數畦聊學圃，一徑不容車。圖列壁間岫，書翻几上魚。謀生已無術，元不慕相如。

静裏心常覺，塵中人豈知。柴門獨掩後，春草復生時。澤國爲漁晚，江湖好道遲。總能談寂寞，祇費子雲辭。

賦得江帆送蔣氏歸儀真

挂席發秋早，微風已滿檣。中流片影去，遠水一舟將。海雨忽來重，江雲相帶凉。知投孝廉宅，三徑接蒼茫。

道院暮春有感作

物境俱玄寂，客心常少歡。非因無酒賞，祇是到花殘。夜雨深林葉，春塘平釣竿。羈棲幸堪託，終日懶衣冠。

揚州道中送李司訓還金陵因赴任河内

初見即如故，愛君無世情。官惟舊經術，家祇一蓬衡。鄉樹千重雨，江門幾日程。還過大梁市，試爲訪侯嬴。

秋日與華從龍俞汝成泛湖上

相攜出井邑，輕舟泛秋水。樵響滿晴山，游靄緣原起。濯足湖上流，浩思方如此。

和萬吴二明府夜集俞汝成讀書園

去市未爲遠，到門終是幽。小池階下滿，嘉木雨餘柔。鳥影高臺近，春香各徑浮。不妨車馬客，暫此共林丘。

春日齋中遣興

信是陶潛宅①，爲園已就荒。術疏堪借隱，名賤豈相妨。日暮閒心曠，春陰藥徑芳。流年愧蘧氏，一使是非忘。

① 原注：「屋主作令。」

辛丑初春再至南都

客衣又見染緇塵，纔到京門是早春。舊寺逢僧已隔歲，同鄰問友半歸人。寒輕遠岫煙中緑，水滿平湖雪後新。自嘆不如沮溺輩，却忘畎畝去尋津。

送倪郴州

遠郡皆言不易爲，如君才術總相宜。彈琴自可安甿俗，長策何須事外夷。一水湖湘連網罟，滿田禾稻映山埤。到來幾許登臨興，五嶺人歸說與知。

訪子裕户部漆塘新居

湖上青山隔市塵，久聞樵採滿荒榛。閒雲無主還歸壑，槲葉成陰少住人。高士偶來輕漢綬，桃源從此是通津。知君不厭裘羊迹，斜日松間一掛巾。

閉齋自述寄王駕部

始知蓬藋蔽門深，豈是幽居避物心。舊業盡荒秋雨裏，一身閑卧碧溪陰。園空三徑人稀到，名在諸生老半侵。幾度憶君相共語，高山無伴只囊琴。

秋日園居

一逢秋日已凄其，却卧園廬有所思。高士遊方婚嫁畢，仙翁賣藥世人疑。寒蟬斷續猶知晚，旅雁浮沉亦後期。流水不將心事遠，閒湍空自向東馳。

蘭溪唐君錫將訪人江上夜會華明伯席作

疇昔相聞已有情，朅來一見各心驚。笑言千里不自意，霜露滿衣猶欲行。江口雁飛逢歲暮，渡頭人去趁潮平。看君到處多迎送，定向王生叩《論衡》①。

① 原注：「唐携所著《時務論》示余。」

初夏偶作

道院春歸寂不知，過林新葉接鄰枝。青山藥長已忘約，别墅花殘祇悔遲。勝事每同幽士往，高車絶少故人期。翻嫌貧賤閒如此，芳徑時來聽鳥啼。

送萬君應召之京

如君爲政豈謀身，當寧知名有幾人。解棹猶餘五湖興，匣琴方見一官貧。楚山偏是淮南緑，舊友何如帝里親。却望清班隔塵世，秋風茅屋更誰論。

雨夜溧陽野泊寫懷

野水悠悠歲易闌，客舟行處亂峰攢。山中一雨諸溪滿，湖上孤村獨夜寒。世事已將樗共朽，浮名猶是雁求磬。莫因旅食空彈鋏，今日侯門少問湌。

春日過長蕩湖野望

不因修禊過春山，誰得澄湖一望間。頓覺塵心空水上，偶逢漁父語沙間。幾多沃野桑麻蔽，半是荒畬雁鶩還。日夕微茫僧問渡，雙峰寂歷掩禪關。

京邸感興

到來園柳已菲菲，客舍經春未改衣。學道豈能辭衆笑，隨人終愧失初機。窗間曉漏臨丹闕，户外晴嵐對翠微。僻興止宜耽寂寞，獨翻書史度斜暉。

病卧縣齋呈諸僚長

豈是官卑易去留，未能高蹈愧林丘。公庭積夏常虚訟，弱質逢秋已製裘。雨帶潮聲偏傍枕，山連雁影恰當樓。世途轉覺蕭疏甚，始信嵇康薄宦遊。

歸田自述二首

佐邑無功自劾歸，尚疑趨府倒裳衣。下流應笑難爲吏，僻路于今亦有機。與客解潮前日謬，逢僧授偈一身非。卧來轉覺人群遠，惟有閒窗鳥雀飛。

未論薄俗賤爲儒，自顧無如返舊廬。瓜美寧思故侯禄，身閒遍讀外家書。林逢秋日收香草，門傍寒江市白魚。歲晚誰同濠上想，惟餘惠子共躊躇。

寄唐荆川

雪裏從君今早秋，不羈踪迹轉沉浮。身同逆旅家常隔，道遍名山訪未休。野寺老僧傳近作，江潭黄葉識孤舟。相逢每怪經年别，此别經年半白頭。

立秋日居田園有感

霏霏輕靄薄朝暉，又見凉飈一葉飛。氣早疇官已應閏，天移星火欲流輝。黍苗遍野勞歌少，杞菊成畦生事微。誰謂門閒可羅雀，秋風轉覺雀來稀。

寓居寺閣晚坐遣興

高閣東林出翠微，萬家煙樹晚依依。凉風入院僧初定，片月臨窗鳥獨歸。學道但令知我少，逃空始覺足音稀。社中何用求玄度，久住深山自息機。

憶山中舊遊

還將踪迹共飄蓬，不但離家似客中。春水看來隨意遠，林芳約後幾時空。説《詩》豈解令人笑，繕性多慚與俗同。聞道山間更幽寂，每尋鳴鶴造支公。

南山隈

一因摇落後，悵望秋天空。向晚尋歸徑，村村夕照中。

網集潭

朝向湖上去，暮從湖上歸。漁家自成市，曬網及斜暉。

漫興二首

門外清渠映葛衣，偶來觀物上漁磯。秋風蘋末鷗鷺起，始悟山人未息機。

久不逢人道姓名，從來愚谷寡將迎。教兒莫漫除秋葉，庭葉自深人自行。

臘月望對月次答汝成

葉盡林皋影正圓，歲闌相對總淒然。年年獨卧衡門下，只是清輝照舊顔。

春雪稍積林樹扶疏可愛因憶城中諸友

日晏論文雪滿林，春寒還似歲殘深。遥知郭裏無人見，獨對高原生遠心。

贈歐道士賣茶

静守《黄庭》不煉丹，因貧却得一身閒。自看火候蒸茶熟，野鹿銜筐送下山。

秋日望山中寄舊僧二首

秋原落日見青山，遥識僧居杳靄間。指點却疑身已到，滿窗蘿葉上人閒。

身慵常愧扣朝鐘，每聽楞伽是夢中。今日别來應共笑，猶懸舊榻待秋風。

聞吹簫

夜半聞聲莫問誰，急將幽怨向人吹。秋風不與閑心會，祇有窗前明月知。

題倪元鎮小畫

片石叢篁豈在多，丹青只論意如何。若能咫尺看千里，即是瀟湘壁上過。

中夜有感

牽牛西轉雉樓高，殘月亭亭午夜潮。客久不知顔鬢改，一聲城角起苕嶢。

海上

秦山青截海門斜，萬筏凌秋叠淺沙。聚落蕭疏耕讀盡，潮來潮往是生涯。

王山人懋明二十一首

懋明字僅初，長洲人。蚤歲英爽，讀書經目輒誦，裒撮舊聞，多所撰述，人稱爲經笥。爲華學士子潛所知，僑居錫山，華贈詩云：「達人能固窮，朝夕恒晏如，願言日相過，多聞時起予。」又云：「客子本大雅，主人亦好文。饔飧以養賢，無勞事耕耘。」此足以觀僅初矣。同時有姚咨者，字舜咨，隱居錫山，教授鄉里，與僅初俱客於學士，日相倡和。時以子潛、僅初、舜咨及施子羽爲「錫山四友」。

移家湖上作

夙昔厭喧擾，湖堧聊聚廬。五柳陰到門，客子携家初。歡言治隱計，織屨兼藝蔬。妻孥哂荒陋，而我良自舒。魚鳥適幽性，水竹澄貧居。開簾峰翠繁，停舟潭月虚。心與勝概遇，跡將城府疏。養生黄精飯，銷憂老氏書。了悟損益理，何須儋石儲。食力愧伯鸞，攻文匪相如。所長惟達命，天地寧窮予。

始家湖上寄城中諸友

負郭無緒業，因家濠湖濆。扁舟歸草堂，東溪生夏雲。居然滿幽致，得與木石群。兹地風俗厚，所事不尚文。童年已樵採，壯者俱耕耘。予懷太古風，出門日訢訢。税地給家食，借書廣前聞。野趣足心目，水流滌炎氛。群山映五柳，空翠常氤氲。隱居以求志，殷勤謝諸君。

舟中與隆池彭丈酌酒

訪舊迴蘭橈，風光適和煦。捲帷望春山，幾處含殘雨。偶爾擕一樽，歡焉閲衆甫。清言兼古今，滿引無賓主。桃花笑欲言，鷗鳥翔可取。煙波娱性靈，逝將友漁父。

宿玉陽山房

澗道行轉深，餘霞滅殘景。然燈宿山房，枕席雲泉冷。始知玉潭隈，乃有真仙境。翠微一磬幽，霽月廖天静。葉落霜漸寒，秋高夜彌永。不寐若有懷，啼鼯下松嶺。

山中待施少府

美人太古心，一見即傾倒。自别梁溪花，相思長秋草。緘書昨寓言，山中共論討。把袂雖有期，挂席苦不早。涼月映桂林，夜思傷懷抱。

毛氏樓居即事

樓居山郭外，登眺起幽思。片雨沉江暗，孤煙上嶺遲。雁還逢寄字，花發滯歸期。遠念吴山勝，春遊恐後時。

同鴻山公過思閑草堂

黄葉滿村巷，幽人成隱居。水田禾刈後，家甕酒香初。地僻鳥群逸，天寒山翠疏。衡門笑語罷，新月映前墟。

同孔加淳父諸君集時濟山齋分賦得主人林館秋

寂寂揚雄宅，清凉几席虚。萸香饋來酒，螢死讀殘書。霜砌花仍發，風林葉向疏。客懷同宋玉，摇落竟何如。

湖上隱居秋日漫興四首

寂寥桑柘外，秋日賦閒居。天氣清行藥，溪聲和讀書。每于幽事遇，不覺世情疏。近復增頹惰，經旬髮未梳。

閒來北窗下，了了見雲峰。未釋形骸累，徒懷禽尚蹤。晤言清夜月，留客翠微鐘。數畝長荒穢，無心學素封。

僻境但流水，秋風隱計貧。石門槐葉暗，茅屋豆花新。晚食忘兼味，天游懶徇人。將師廣成子，澹泊葆吾真。

屢空亦自得，偃息有衡門。不出人間世，時爲象外言。撫琴聊永日，藝圃任無藩。此意何人會，裁書與巨源。

春日留别諸子

勝會嗟無幾，同心苦易離。花前不酩酊，别後徒淒其。山鳥調新語，風楊舞弱枝。徘徊春渚上，落景愴分歧。

冬日同濬坤道丈過學士公適志園作

客地罕登覽，平泉聊共攀。到亭全見野，遵徑每逢山。木落岩陰散，魚藏水態閒。旅懷將物候，蕭瑟自相關。

春日懷金陵舊遊六首

仙觀青門外，嘗從金馬過。桃花霞際吐，黄鳥日邊歌。晚酌醒池水，春衣暖徑莎。自聞清樂後，長使夢雲和。

右神樂觀。

長干風景地，臺上每淹留。雲樹空濛色，烟江縹渺流。席前芳草暮，鐘外雨花收。夢寐城南路，何年尋舊遊。

右雨花臺。

去年修禊日，曾往莫愁湖。心醉歡娱地，春隨歌詠徒。風花香不斷，煙柳弱難扶。一别無由到，空悲歲月徂。

右莫愁湖。

禪宫雄帝里，傳是報恩開。慧鳥聞鐘聚，香霞望樹來。塔中觀世界，畫裏識輪回。遠别維摩室，塵心未盡灰。

右報恩寺。

匹馬依叢薄，曾因訪化城。松深藏梵響，谷杳藴秋聲。畫壁巢禽污，蘿扉倚樹成。老僧招引處，猶記説無生。

右靈谷寺。

王孫開邸第，窈窕遠人寰。花樹春連夏，樓臺水雜山。舉觴空翠裏，上馬月明間。勝賞牽情性，時令憶往還。

右西園。

同鴻山公遊吴尚寶水雲居　時吴復官京師。

公子高標抗俗氛，翠微開館坐氤氲。回塘暗引荆溪水，虚閣常蒸玉洞雲。花隱房櫳春不去，席依松竹晝疑曛。主人却有家山勝，鶴怨空岩詎忍聞。

姚學究咨〔一〕四首

咨字舜咨〔二〕，無錫人。

〔一〕「學究」，原刻卷首目録作「山人」。

〔二〕「咨字舜咨」四字原闕，今據陸燦刻《小傳》本補。

送人遊句曲

髡鬝鶴袍辭世紛，望三峰下禮茅君。祈年欲啖金光草，好道寧披玉檢文。絶巘琳宫當日見，上方清磬隔花聞。山中倘遇陶弘景，願乞松風與白雲。

贈鄧爲山

移家遠就古城隅，流水春來日滿渠。蹤跡已同貞士隱，殷勤不廢古人書。當窗鳥語開簾後，泛几晴光灑翰初。五十爲儒方自得，肯從京洛趁長裾。

山臺曉望懷僅初不至

客舍起常早，曠然思遠游。彌傷歲華晚，來眺高臺秋。落葉滿山徑，塞風吹敝裘。夫君獨不至，湖水空悠悠。

郊居自遣

前溪烟水路漫漫，長日郊居性所歡。老去自知雙鬢改，春歸一任百花殘。閒窗寂寂晴絲繞，高樹陰陰鳥夢寒。學《易》由來諳物理，慣將消息静中看。

附見　唐詩一首

詩字子言，無錫人。遊於王、姚之間。

擬漢武還長安

漢武巡歸萬姓歡，旄旗千里入長安。銘功碣石東封畢，罷獵長楊五漏殘。玉輦不愁馳道遠，銅盤惟恐露華乾。阿嬌金屋門還閉，萬樹宫花待共看。

顧布政夢圭一十五首

夢圭字武祥，崑山人。嘉靖癸未進士，授刑部主事，改南京吏部。與高陵吕仲木在郎署會飲，吕公擷梅花，謂曰：「武祥如此花矣。」擢廣東參議。歷福建按察使，陞江西右布政，未上，疏請致仕。爲人敦重，所至闔户讀書，自奉如寒素。年少登科，愛嗜文學，宜在清華之地，而久滯外省，非其所樂，嘗語所親曰：「北河棹船者邪許之聲曰『腰彎折』，此今人以喻兩司官也。」其不能無望如此。

擬　古

雍雍雲中雁，八月徂南方。念彼北風來，怛焉懷稻粱。九月氣已凄，十月繁冰霜。生來毛羽單，高飛不成行。君門有鐘鼓，聽之徒自傷。

感　事

殷王禱桑林，斷爪念衍咎。春秋志災眚，法戒垂不朽。臺寺布貞純，何必生三秀。笥有千歲龜，不如人壽耇。煌煌寶鼎歌，詎協咸英奏。鷃雀爲鸞鳳，伊人獨顔厚。

雜擬

妾住越江邊，江花照顏色。清晨下機杼，日昃不停織。綉出雙鴛鴦，鄰媪屢嘆息。采蘭以自衣，掇椹以自食。綺户閟芳春，戀此父母側。伯姊嫁五侯，少妹備宫掖。含羞謝良媒，掩鏡長默默。

澇縣行

入城半里無人語，枯木寒鴉幾茅宇。蕭蕭酒肆誰當壚，武清西來斷行旅。縣令老羸猶出迎，頭上烏紗半塵土。問之不答攢雙眉，但訴公私苦復苦。雨雹飛蝗兩傷稼，春來況遭連月雨。綿城之西多草場，中官放馬來旁午。中官占田動阡陌，不出官租地無主。縣中里甲死誅求，請看荒墳遍村塢。

雷雪行二首

昨夜雷轟今日雪，安德門前西山裂。河南檄報人貪子，更聞飛蝗滿江浙。千古高人魯兩生，漢文謙讓流英名。精衛年年負木石，海中波浪何時平。

群方水旱歲不虚，郡國正奈無倉儲。何人建議募輸粟，只恐米來民半無。天子親耕后親織，轉見民間多菜色。明堂清廟事且遲，一土一木民膏脂。

裘葛行

夏月行部至雷州，思製一葛且復休。冬月行部至廉州，思製一裘且復休。故衣雖穿尚可補，秋毫擾民民亦苦。先朝不有軒尚書，墮水忍寒却新襦。千縑萬鎰入私槖，碩鼠碩鼠心何如。

感事六首

柏梁新營建章起，武帝雄心殊未已。金楹玉碣千萬重，駘蕩春光侔太紫。海東鞭石血横流，燕雀徜徉綵雲裏。君不見天庖椎牛犒大匠，荷鍤丁夫誰饋餉。

翩翩獵騎臨邊城，邊城草深山路平。豐狐狡兎各有穴，鳴鏑張罘殊不驚。邇來地氣南徙北，廣莫風至猶無冰。君不見桃蟲拚飛即鵰鳥。首下尻高咎非小。

昭陽前殿玉樹枝，榮華不奈秋風吹。慶雲甘露永乖隔，鳳管鸞簫增我悲。千金買得相如賦，豈識人心難轉移。君不見楚江文鱗巧相接，復使龍陽淚承睫。

長安一日封五侯，輝煌華轂擁貂裘。明珠萬斛來海嶠，朱邸何人中夜投。羊公緼袍徒寂寞，趙生擊筑歌伊優。君不見即且甘帶鵄嗜鼠，雲際龍鸞自翔翥。

鸞旌孔蓋幸汾陰，丹霞紫霧瑶壇深。陽靈千官儼簪紱，太乙招揺皆顧歆。虙妃揚臚玉女笑，穰穰降康萬福臨。君不見通天洪臺耀日月，未得金莖調絳雪。

畫戟門前車馬稀，東市灑血沾朝衣。雙眸只辨斗間氣，中臺轉盼無光輝。華亭清淚如哽咽，月中空喚行人歸。君不見法家火瓮吁可怖，他年恐墮厓州户。

謁康陵

早霧籠山暝，新松匝殿稠。三邊餘武烈，八駿想神遊。花萼皇情遠，衣冠歲事修。傷心大官酒，猶得獻千秋。

周太僕復俊三首

復俊字子吁，崑山人。嘉靖壬辰進士。歷工部郎中，陞四川提學副使。歷四川、雲南左右布政使，遷南京太僕卿致仕。子吁器度純雅，風神韶令，弱冠與王同祖、顧夢圭稱「崑山三俊」。居官貞介三十年，一節里居，杜門掃軌，凝塵晏然。至滇中，交楊用修，雅相矜許。爲監司，久於滇、蜀，故遊履歌吟，於西南爲多。

寒江釣雪

嵐雲凍不飛，江水明素練。千林冥若空，遥峰隱還見。漁歌巖下起，落日聲猶轉。

詠落葉

朔風厲修坰，三浦氣方肅。竅竅山崩雲，耿耿葉辭木。騂騂下萍川，槭槭翻蘿屋。飄飄任迴環，零亂鮮矚束。莫以九秋凋，惋彼三春縟。蕭條紫煙岑，超忽丹林麓。於兹欲何言，歲暮偃修躅。

有所思西水舟次作

去年三月滇水陰，今年二月沅州路。風光晼晚愁殺人，春色飄回忽遲暮。楊溪昨夜春泉發，竹寨沙邊弄明月。始見繁花復亂飛，愁多不願理春衣。花飛已怯傷春別，何忍還聽喚子歸。沅湘兩岸垂楊碧，白日牽絲送行客。草際煙横浦溆香，江聲千轉流雲長。夢魂驚載寤，水廣何由度。王孫天末未歸來，公子江南先有賦。公子王孫散夜愁，愁人難下杏花樓。樓臺窲鬱回清漢，山水清圓映去舟。停橈日欲晚，紫嶂猿啼遠。何處積幽思，幽思似隴坂。臨流歌復歌，濯纓瀟湘裏。菁菁芳草心，卷余紛何已。浮雲有時卷，草色幾時結。相送過吴宫，殷勤向君别。吴宫翹望轉逶迤，層層玉樹蔭連欐。芳菲帆浦迷香徑，窈窕菱潭帶竹池。萬里淹仍西復東，一年凉暑春徂夏。春臨絶嶼叩文鶯，曉涉空津浮白馬。我日思歸今得歸，山中美人音信稀。東風浩蕩吹梧樹，極目天南鴻鴈飛。

潘治中德元三首

德元字鄰玉，崑山人。領嘉靖甲午鄉薦，授商河知縣。轉信陽知州，同知承天府，陞應天府治中。能詩，兼工書翰，爲歸太僕所稱。王伯稠校定其遺集。

落　梅

一從風信過元宵，南北枝頭並寂寥。人有新妝江燕在，樹無殘怨粉痕消。難憑驛使傳千里，忍使春波渡六橋。總有逋仙詩百首，香魂狼籍不堪招。

無　題

月向天邊夜夜生，秋風何處綵雲横。魚無密信來青海，蟢有閒絲掛晚晴。春玉漸看腰似削，愁城不怕酒如兵。而今只合籠鸚鵡，能向琵琶喚小名。

秋江釣者

江湖最樂是漁翁，何地無天着釣篷。見慣白鷗渾不避，一絲晴颺蓼花風。

包御史節六首

節字元達，華亭人。嘉靖壬辰進士，以東昌府推官拜監察御史。出按湖廣，抗章劾守陵大璫廖斌驕横不法狀，斌格其章不得上，反誣奏震驚陵寢，逮詔獄，減死，戍莊浪衛。九年，聞母訃，已又聞弟孝卒，哭益悲，竟不起，遺言以斬衰絰入棺。有《湟中稿》行世。孝字元愛，乙未進士，爲南臺御史。元達遠戍，孝奉母家居，母喪，哀毁而卒，兄弟同日祀瞽宗。

臨淮遇雪贈劉漸齋侍御謫居

白簡彤庭幾抗章，一麾銅墨便爲郎。關門變柳猶飛雪，縣郭無花只避霜。雲接楚山聊隱吏，地臨淮海舊興王。可應禁闥違長孺，帝念中都是沛鄉。

同周岐麓臺長泛西湖遂宿藕花居

湖畔乍逢驄馬使，沙行同入鷺鷗群。六橋水抱珠林月，兩竺峰盤寶界雲。岸柳藏鶯侵坐密，園花隱麝隔溪分。况同佛院移蓮榻，共息塵機理貝文。

晚望蒼山即事

吏散庭閑静掩扉，點蒼西望翠霏微。雲裁玉葉和烟潤，瀑濺珠花映雨飛。石洞經秋龍不起，松枝將暝鶴初歸。泠然忽動餐霞思，擬陟丹梯一振衣。

夏日雨後過陳園

選勝遵郊郭，衝泥試杖藜。溪承新瀑水，山渡欲晴霓。看竹人先至，穿花鳥自迷。笑予來幾度，才識小亭西。

將入京即事

歇馬津樓望禁城，鳳凰宫殿鬱雲行。遊人盡醉新豐酒，野樹群飛上苑鶯。山扼九關開帝闕，地縈八水繞神京。風前遥度鈞天樂，疑是君王御紫清。

秋　夜

凄清旅館寂，徙倚對明河。庭樹銷潘省，寒蟲避翟羅。雁歸砧響急，烽至角聲多。不寐殷憂者，長更奈若何。

莫布政如忠三首

如忠字子良，華亭人。嘉靖戊戌進士，授南虞衡主事。改儀制，擢貴州提學副使，道遠不能將母，投劾歸。家居十五年，補湖廣副使。歷河南參政、陝西按察使、浙江布政，乞歸。子良束修自好，恬于榮進。貴溪相死，西市門下士皆避匿，獨奮身經紀其喪，朝士以此多之。善草書。爲詩尤工近體，有《崇蘭館集》。王元美初登第時，子良爲前輩稱詩，元美因仲山人往交，稱其詩清令，蔚有唐風。晚年爲之詩曰：「子良豈不文，宛若田父社。餞來玩清泌，衡門亦瀟灑。」

和董紫岡

頻年不復賦秋悲，秋盡江城昨始知。身向閒居寧論拙，客來問字久無奇。中厨黍熟焚枯後，小閣樽開釀菊時。聞道窺園猶懶性，肯携吟興過東籬。

即事弔古

驛路紅梅始着叢，春光將半未全融。蓬扉曙色經冬雪，麥隴餘寒盡日風。殘劫有灰秦故國，疏鐘籠月漢離宫。古來無限興亡概，莫倚肴函百二雄。

留都

一自先朝敕守臣，千秋魚鑰鎖流塵。班休禁旅譏訶卒，頭白中璫給掃人。泰畤有基松橡合，寢園無狩鹿麋馴。祇餘雲氣時來往，想憶離宮望幸辰。

張雲南祥鳶一十五首

祥鳶字道卿，金壇人。嘉靖己未進士，爲户曹郎十餘年，出爲雲南知府。鎮静有體，執法平亐，觸迕當路，遂請告歸。讀書賦詩，足迹不入城市。病劇，作詩二章以告終。道卿與七子同時，亦相還往。其詩以清潤爲主，不染叫囂之習，故不爲時人所稱。有《華陽洞稿》二十二卷。先祖贈宫保府君，公之同年進士也，嘗有警句云：「雁嘶江塞月，人枕戍樓霜。」公亟賞之，以爲獨絶。篇章散佚，未能成家，謹附記於此。

秋晴泛舟過董家舍

秋水碧如玉，秋樹紅於花。酒船緣岸轉，溪路逐村斜。菱荇亂柔櫓，鳧鷖狎淺沙。所親居近遠，隔浦問人家。

新秋泛舟過西莊聽雨話舊三首

放船秋水落，能載兩三人。坐愛清波影，輕摇白氎巾。到門纔繫纜，藉草便垂綸。野飯無兼味，嘉魚色勝銀。

蓬蒿長門徑，客到旋教鋤。稚子炊菰米，鄰家饋野蔬。浦沙雲淰淰，梧竹雨疏疏。草閣晝如水，坐聽兒讀書。

歷歷齠年事，分明昨與今。不因清話久，那悉故情深。歲月且遲暮，官曹寧陸沉。所欣同巷陌，伏臘每招尋。

重陽後庭中晚步

叢菊幾枝吐，重陽昨夜過。美人别我去，懷抱奈秋何。月露閑階砌，衣裳舊薜蘿。手攜小兒女，顧影舞婆娑。

五月望潞河舟夜

潞水雨餘漲，燕山雲外微。又圓篷底月，頻换客中衣。路近心逾急，鄉遥夢亦稀。漢京冠蓋滿，懷抱欲何依。

渡淮春曉

朝辭桐柏水，時序又殊方。河抱中原轉，天圍遠樹蒼。緒風啼鳥變，紅雨落花忙。坐惜春芳晏，高歌西日黄。

早春野望

新水没漁磯，遥林收夕霏。柴門堪小立，沙鳥自孤飛。臘閏梅花早，官休賓客稀。所欣元夕近，不夜月輝輝。

園　居

入境重重隔，溪流宛宛分。竹陰飛翠雨，花氣結晴雲。籬缺牽蘿補，園蕪植杖芸。禽言能細譯，幽事賴先聞。

同韓雙湖泛舟訪直峰昆季

野航坐知已，盡日話閒情。木落青山遠，波澄白鳥明。揚帆沙岸過，吹笛浪花生。知近高人宅，横塘竹外清。

初夏曉起

已知無客到，亦復啓晨扉。刺水新秧長，從人乳燕飛。書聲隔篁竹，荷氣透絺衣。百畝欣常稔，無嗟生事微。

雨晴晚步

晚霽乘輕屐，溪遥步落花。夕陽低草閣，烟水帶漁家。巢暖鴉雛長，風柔燕子斜。無嗟紅似雨，新緑喜交嘉。

積雨

積雨蓬門掩，連陰草閣凉。荷香池上榻，雲氣竹間凉。岸岸新流没，村村濕霧黄。釣船迷去住，長繫短籬傍。

省夜

㚟㚟明河帶苑墻，蕭蕭亂葉下微霜。風迴寒柝沉遥堞，天近疏鐘出未央。共過漢庭方貴少，可知顔駟尚爲郎。一官無補思田里，歲晏南中橘柚黄。

無題

不見當年團扇郎，雙垂紅淚濕流黄。樓空燕子憐無主，剩有歌塵在畫粱。

方侍郎弘静四首

弘静字定之，歙人。嘉靖庚戌進士，知東平州，遷南户部員外。歷郎中，出爲四川僉事。閲歷藩臬，累官廣東左布政，以右副都御史撫浙，起治鄖陽，召爲南京户部右侍郎，請老。年九十五而卒。定之初冠，與鄉人王仲房、陳達甫爲詩社。迨入仕，汪伯玉方擅時名，倡䜿中社，再三招致，匿謝不肯往。晚年稍自發舒，多所結撰，其於大函，深所不滿，而未嘗見諸筆舌，蓋其爲長者如此。王仲房曰：「定之抱性幽閑温秀，故其修詞吐氣有似於人。若『流水不知處，幽禽相與飛』、『不知春色減，忽見林花飛』、『永日空山寂，幽蟬時自吟』、『春色驚人早，雲山與世違』、『舊業微蟬翼，窮途信馬蹄』，宛然王、孟遺響也。」

東巖

岩端曙日暉，岩下啟松扉。流水不知處，幽禽相與飛。青山常對席，白髮久忘機。試與西鄰叟，攜壺上翠微。

訪程山人不遇

避喧來谷口，愛此青松陰。永日空山寂，幽蟬時自吟。花源應未隔，蘿徑杳難尋。稍覺塵襟豁，方知仙境深。

題李山人草堂

岩前宿鳥飛，林外曉光微。春色驚人早，雲山與世違。泉流採藥徑，花映釣魚磯。借問金門士，誰同蘿薜衣。

送王以珍

爾抱鸞凰志，云何枳棘栖。十年猶未達，斗酒惜分攜。舊業微蟬翼，窮途信馬蹄。贈言無自薄，風雨有鳴鷄。

徐宫保學謨四首

學謨字思重，嘉定人。嘉靖庚戌進士。本名學詩，朝士有同姓名者抗疏劾分宜相，故改焉。以禮部祠祭郎中出爲荆州府，坐遼藩事，逮繫。得白，遷副使，守荆南道，拜僉都御史，巡撫鄖陽。通達國故，諳曉吏事，所至皆有聲迹，江陵才之。用外僚特拜禮部尚書，江陵没之明年，被言而去。文集凡百卷。别有《世廟識餘録》，記載時事，多可觀。

醉中題醉人圖

我從燕山望京闕，五陵豪客傷離别。相逢不飲君奈何，瓮潑葡萄色如血。須臾吸盡三百壺，西陵之日驅金烏。眼中誰是高陽徒，醉來忽見醉人圖。圖中之人誰最醉，美而鬒者眦如泪。翻身跳浪招且號，夜半山精引群魅。東隅之叟頹不禁，擁爐鼻作蒼蠅吟。夢中舒拳賭六博，猶呼一擲千黄金。蹲者陰崖仗餒虎，走者風舠蕩小櫓。何人仰面獅作吼，何人歌咽水升戽。何人露頂髮不梳，咄誰持酒澆其顱。何人掉臂揮大斗，一瀝沾唇苦於荼。謾道真珠兼琥珀，翠屏錦縟聲喀喀。流涎殘沫迸地走，珊瑚鋪滿金吾宅。衆中飲者誰最多，裒衣之客傾江河。恰如廉頗老善飯，眼看醉者皆么麽。么麽累累何足較，或鼓或泣或大嘯。玉山自在誰能推，欲上青天挽雙曜。劉伶畢卓俱塵埃，幕天席地安在哉。今宵不聞婦人語，明日看花我復來。

喜宋山人夜過府署

南紀蕭疏老客星，鵝池遥憶草堂靈。滿城何處堪携杖，深夜相過聞扣扃。秋遠江聲寒小簟，月高烏影在閒庭。自來公府無拘束，一任狂歌醉復醒。

省僚夜集南館觀教坊樂部

一去湘江散酒徒，重開鑾館夜呼盧。休憐前席心飛動，且問當年興有無。老去梨園猶黑髮，春來桃樹更玄都。醉看殘月摧歸客，誰倩玲瓏馬上扶。

賈傅祠

一疏危明主，千秋怨未平。湘累如有待，宣室竟無成。夜雨湖南草，春風江上城。可憐卑濕地，還復祀先生。

茅副使坤七首

坤字順甫，歸安人。嘉靖戊戌進士，知青陽、丹徒二縣。擢禮部儀制主事，改吏部稽勳，謫廣平府通判，遷南京車駕主事，出爲廣西按察司僉事，陞副使，備兵大名，中吏議罷歸。林居五十餘載，至萬曆中年九十乃卒。順甫自命有文武才，好談兵事，在廣西府，江賊據鬼子等寨，督撫將會兵大剿，順甫曰：「會兵非數十萬不可，賊走險旅拒，老師費財，非計之得也。」請簡練五千人，自署以往，多縱反間，携其黨與，以奇兵直搗其巢，連破十七寨。以一書生提一旅之師，深入崖箐，蕩累年負固之賊，大功不賞而吏議隨其後，於是乎息機摧撞之思浩然不可挽矣。家居多暇，用其心計，修業治生，不以寂寞自廢。嘉靖末年，東南中倭，胡績溪爲制府，以同年生虚心咨訪，料敵設謀用順甫之策爲多，順甫亦沾沾自喜，以爲扣囊底餘智，猶足以辦倭也。爲文章滔滔莽莽，謂文章之逸氣，司馬子長之後千餘年而得歐陽子，又五百年而得茅子。疾世之爲僞秦漢者，批點唐、宋八大家之文以正之。人謂順甫之才氣殆可以追配古人，而惜其學之不逮也。順甫於同時惟推荆川一人，胡績溪嘗以徐文長文示之，詭云荆川，順甫贊嘆不已，曰：「非荆川不能作。」已而知爲文長也，復取視曰：「故是名手，惜後半稍弱不振耳。」其自負護前如此。子國縉，舉進士，爲工部郎。少子維，孫元儀，皆名士，與余好。

南山行爲梅林司馬賦四首

行行入南山，蘼蕪日以深。不見津亭吏，但聞鼪鼯音。夕陽猶在樹，谷風起中林。下有種豆歌，欷歔傷我心。

我心空自摧，太息今與古。上山多饑鳶，下山多猛虎。道路寂無人，日暮楚三户。停車一以悲，深林有巢父。

巢父無名子，相對語瓜田。夜聞李都尉，醉獵南山前。射殺白額虎，飛鳥落青天。歸來感往事，叱詫黄金鞭。

金鞭勿復揮，古來事如此。仲連破聊城，辭爵歸田里。子房定漢室，言從赤松子。何如酌金罍，酒酣猶熱耳。

夜泊錢塘

江行日已暮，何處可維舟。樹裏孤燈雨，風前一雁秋。離心迸落葉，鄉夢入寒流。酒市那從問，微吟寄短愁。

登叢臺

一眺叢臺上，孤城秋暮時。綺羅言已寂，芳草暗含滋。泣露蛩移堞，銜花雀隱枝。忽聞雍里曲，併落照眉池。

首春次安肅

山城喧社鼓，遊冶屬芳晨。陌上探丸騎，林中射雉人。年光浮綺吹，日氣抱紅塵。馬首多春色，還憐旅鬢新。

徐奉化獻忠五首

獻忠字伯臣，華亭人。嘉靖乙酉舉於鄉，再試不第，授奉化知縣，約己惠民，殊有民譽。故人爲寧波守，用手版相臨，伯臣笑曰：「若以我不能爲陶彭澤耶？」即日棄官歸。樂吴興山水，遂徙居焉。時棹小舫，扣舷吟弄，以天隨、玄真自況。生平著述外無它嗜好，《白蓮》、《羽扇》、《蘆汀》、《靈泉》諸賦，皆爲時人傳誦。憫松民解布之苦，作《布賦》一篇，讀者咸酸鼻焉。論詩法初唐、六朝，雜組成章。工真草書。所著書數百卷，《樂府原》、《吴興掌故》皆行於世。卒年七十，私謚曰貞憲先生。

自小晦至西晦與曹新昌議民事

行縣淹朝雨，盤山轉路遲。溪聲連壑起，雲氣併峰移。候鳥催耕急，梯田貼石危。農官方在野，端爲有年期。

癸卯應朝北上晴泊清口

野泊斜陽近，江村亂水明。帆墻千客語，凫雁一群輕。凍嚙寒沙淺，風離古燒平。昔年淮上月，猶自照韓城。

金陵

南朝王氣昔分明，盛業千年始作京。春樹久迷江總宅，寒江長傍秣陵城。三山落日明秋練，六苑輕風動早鶯。聞説高皇初駐蹕，閲江麾蓋定專征。

奉懷射陂朱子

久别烏程令，經秋思轉微。林光暮烟發，菊氣早寒歸。出縣看山近，開衙報客稀。還將蕭瑟意，遥逐白雲飛。

携孺子果定居吴興守望

湖上雲山費掃除，半生心迹始酬予。兵戈轉眼催人老，旅食隨年作計疏。鴻寶竟難參洞籙，陰符只合讓農書。郊坰不作南陽隱，行路人猶説草廬。

俞文獻二首

文獻字伯初，德化人。嘉靖甲辰進士。

送聶子静南還

十年纔返國，何事復南歸。歲月冰霜晚，江湖鴻雁稀。青山還舊業，落日上初衣。去住乾坤裏，無嗟與世違。

送少司成朱文石之金陵

鍾阜龍蟠赤帝庭，更從北斗借文星。燕臺仙侶憐雙管，白下諸生有《六經》。璧水細通玄武曲，講堂朝對孝陵青。請看松柏參天處，翠輦當年竟日停。

胡苑卿安三十首

安字仁夫，餘姚人。嘉靖甲辰進士。歷官知衡州府、陝西苑馬寺卿。

有　感

晴雲挂壁無人收，時見樹影横中流。晚風借凉催夢到，一片明月依虚舟。長江東流不可止，宦海飄摇亦如此。斜風細雨歸去來，誰知世有玄真子。

江上

松間岸幘不知暑，滿地花香夜來雨。枕流漱石客未從，明月自隨波影去。不倚清溪即對山，正憐倦鳥帶雲還。朱門華屋多車馬，何似幽人早閉關。

江村

緑柳陰陰深幾許，閑心欲共黄鶯語。背指滄江坐晚風，客帆何事瀟湘去。隔江煙柳掩孤村，渡口飛花欲到門。自折松枝向茶竈，客來應得當清尊。

溪行

岸影映溪似溪淺，溪光覆岸如岸遠。扁舟盡日溪岸間，花香拂衣簾半捲。興長不礙孤雲飛，心閑恰與明月遲。漁歌欸乃聲斷續，有酒不飲當何時。

古意二首

種松常待雪，種禾常及春。榮悴雖有時，違性彌失真。折腰彭澤畔，濯足滄浪濱。此理亦易達，今人空問津。

濛濛雲畔月，離離雨底花。花發雨偏妒，雲過月倍華。盛衰如行跡，往來何足嗟。世無園綺徒，遂覺商嶺賒。

客亭松

蒼松當幽厓，自謂傲歲寒。移來華屋間，屈節若所安。無復霄漢志，未直先摧殘。將與花卉同，嫵媚令人歡。草木亦有知，何顏見芝蘭。

秋日

朝見芙蓉霜，暮聞梧桐雨。縱有清夜月，秋光復幾許。賓鴻自北來，野泊未有主。耿耿銀河開，無人見牛女。老至自悲秋，空階聽蛩語。流螢照我牀，餘凉生白紵。樽中酒不空，與君忘爾汝。

有感

花開復易謝，花謝令人哀。泫然厭春雨，何如花莫開。月來復易落，月落傷人懷。中宵寒露零，何如月不來。有琴欲絶絃，有酒欲傾杯。譬若已逝波，誰能使重回。來者日以近，去者日以違。故人今已矣，已矣將安歸。依依夢中見，安知是與非。

有感

長笑何時向碧山，歲華誤落利名關。梅如輕别隨風下。潮似多情帶月還。攬鏡誰能饒白髮，開尊暫許借朱顔。欲如徐福尋蓬島，縱未長生亦得閒。

秋思

袖手長吟悲路窮，綈袍不是怯西風。縱嘲小草應終出，欲賦長楊恐未工。皂帽久依遼水曲，黄冠願隱鑒湖中。菊花滿插休相笑，老態還知少壯同。

擬隱

荒園小徑上蒼苔，猶有花前舊月來。憑客莫談經亂事，曉時且舉賞春杯。遠山雲起隨鴻去，芳徑泥融待燕回。兩水平流江岸闊，更誰解作釣魚臺。

飲酒

菊間被酒竹間行，待得雲銷看月明。莫笑郎當鮑老態，已知傾倒曲生情。丹楓葉落分溪色，黄鳥群鳴雜雨聲。曉起憑闌紵衣薄，秋風吹夢墮江城。

客館

閒中詩卷愁中酒，漫向殘春惜落花。栽柳已多陶令宅，藏書將擬鄴侯家。苔痕受雨初行屐，潮候兼風欲泛槎。歷歷青山湖上路，似從遊子送年華。

送別

洲畔蘆花至野橋，曉風吹浪伴歸潮。醉中捉月憐波淺，别後看雲恨路遥。江月繞闌非故國，霜華驚夢又明朝。問君鼓枻遊何處，閒向髯翁試洞簫。

金陵

時平更覺宦情閑，次第春光煙水間。獨向尊前問明月，多從馬上看青山。陵藏衣劍傳龍遠，臺繞笙歌想鳳還。可道繁華同上國，只憑清夢到朝班。

秋思

長堤選樹蔭微風，擊節高吟酒欲空。梧葉乍零秋色裏，雁聲相續月明中。依依釣艇歸何暮，隱隱山城望未通。客路鄉心爭歲月，百年笑口幾人同。

山館

秋螢嘗照小窗書，流水青山是客居。自許閒心如野鶴，誰知餘樂及池魚。雲踪來往清風後，萍葉分離驟雨初。曾約明晨訪巖屋，殷勤折簡未應虛。

遇風

連日尋春到酒家，東風作惡暗黄沙。已曾報過平安竹，祇是吹殘富貴花。冷落茅檐閑社燕，微茫水澤鬧官蛙。流鶯何處傳消息，却讓垂楊得歲華。

秋日閒行

蒼松偃蓋覆吾廬，俯視澄潭可數魚。風到乍迴流去葉，螢飛時照讀殘書。西山拄笏氣應爽，北海開尊坐未虛。遊屐轉從雲畔入，朱門寂寞近何如。

山舍

茅屋初成蕙水濱，空思陶謝作芳鄰。月如佳客過清夜，花似離人去隔春。萍掩小池魚躍驟，棗垂深院烏啼頻。每嫌佳景多遲暮，欲問陰晴竟未真。

江村

常年抱病卧江村，貰得春醪手自温。閉户草《玄》心獨苦，臨池飛白興猶存。欲開未放花依檻，似別重來月到門。此意市朝渾未解，塵機贏少共晨昏。

固原

柳色凋殘雨未收，陽關西去更堪愁。平川落照連秦苑，古道炊烟覆驛樓。刁斗風清初禁夜，氈帷月冷盡防秋。雲山最是凄凉地，今夜邊關第一州。

衡嶽雜興

幽泉自泣石厓銷，度壑寒雲去未遥。松畔茯苓無處劚，倒騎黄犢自吹簫。

湘江雜興

百丈牽風浪作山，别情何必恨陽關。蕭蕭客坐依燈影，知是瀟湘夜雨間。

旅途雜興二首

春水微茫驛路長，夢魂先自到瀟湘。不應更向盧溪住，夜雨蕭蕭對客牀。
小窗雨夜滴枝殘，客館燈寒歸夢遲。明日猶尋西路去，青山長似越中時。

有感

樗櫟材庸歲月深，松筠避地竟何心。託根空向高岡上，秖作溪園數畝陰。

柳枝詞

惜取楊枝暮復朝，未經攀折欲魂消。閒中喜得無離別，緩步春風灞水橋。

客窗雜興

酒渴呼童汲井華，借眠苔徑月初斜。小窗紅葉時飛下，誤作春風送落花。

程主事列〔一〕三首

列字惟光，歙人。嘉靖己丑進士。歷官工部主事。王寅曰：「惟光博學苦吟，虛中取友數篇一出，振譽天朝。若『朔風如有鍔，寒日欲無光』、『山形關塞北，日影樹林西』、『孤舟不同載，行露有深悲』，康路方馳，萬里在目，逸足未駐，房曜沈輝。前有以正，後有惟光，才並可憐，壽俱不逮。」

〔一〕「主事」二字原缺，據原刻卷首目録補。

送李伯華餉軍宣府便道還家

聞道胡塵動，那堪使節忙。朔風如有鍔，寒日欲無光。殺氣邊雲上，鄉心濟水傍。離筵予尚爾，把酒憶南荒。

春日同皇甫子循遊吉祥寺

尋春同出郭，下馬問禪栖。花梵流清靄，雲鐘度遠溪。山形關塞北，日影樹林西。老衲能留客，歸途渾欲迷。

過露筋祠

古廟清淮口，相傳烈女祠。孤舟不同載，行露有深悲。日向菰蒲落，山隨洲渚移。千秋一感慨，爲誦浣紗詞。

許給事相卿 四首

相卿字台仲，海寧人。嘉靖丁丑進士，兵科給事中。引疾歸山中四十年，累徵不起。有《雲邨集》十卷。

除夕感懷

酒冷香銷夢不成，逼人殊覺歲崢嶸。老如舊曆渾無用，醉戀殘燈亦暫明。雪霰已應隨臘盡，梅花寧復與春爭。向來筋力虚名盡，白髮無愁也自生。

月林僧舍

月午天霜破衲寒，梵音蕭颯度林端。經殘香燼秋寥泬，時有風枝語夜闌。

金山吞海亭

江面峰頭巧著亭，澄波玉宇兩争清。倚闌客子心如水，何事沙鷗亦浪驚。

扇畫

遠路歸來已白頭，豐厓猶似舊時秋。長藤短褐行吟處，不道山翁是故侯。

張尚書時徹七十三首

時徹字惟静，鄞縣人。嘉靖癸未進士，兵部武選主事。改禮部儀制，出爲提學副使。歷官南京兵部尚書，以日本入犯，勒歸。有《芝園集》五十六卷。尚書詩學殖富有，工力深重。樂府古詩標舉興會，時多創獲。七言今體塵坌蕪穢，若出兩手。楊用修評其詩云：「頃得縱觀全集，自四言以至六言，冲澹穠粹，沉鬱雄壯，匠意鑄詞，色具體備。七言之什，自鄶無譏。」用修可謂能言矣。

采葛篇

種葛南山下，春風吹葛長。二月吹葛緑，八月吹葛黄。腰鐮逝采掇，織作君衣裳。經以長相憶，緯以思不忘。出入君篋笥，長得近輝光。層冰布河水，中野皓凝霜。吴羅五文采，蜀錦雙鴛鴦。君恩當斷絶，嘆息摧中腸。中腸日以摧，葛葉日以衰。願留枯根株，化作萱草枝。

有所思

清鏡久不御，朱鉛那復施。忍看雲並雁，愁見月穿帷。華燈冷紅艷，庭草委芳蕤。不及梁間燕，雙雙啄紫泥。

隴頭流水歌三疊

隴水下隴頭，東西南北流。浮萍逐隴水，一去不復收。
隴坂回九折，七日乃得越。如何下隴水，瞬息成訣絶。
殘月寶刀白，微霜隴樹黄。笛中聞折柳，那得不思鄉。

長安道

曙動開長樂，鶯鳴繞建章。龍媒馳道出，鳳吹彩旌揚。繡陌生朱霧，銅溝映緑楊。渭橋春水漲，日日泛鴛鴦。

昭君怨

虜帳風沙粉黛摧，空將青冢瘞娥眉。人生不用如花貌，只把黄金買畫師。

俠客行

登君堂，把君肘，生從衛霍遊，復與金張友。主仇尚不報，肝膽向誰剖？脱下驌驦裘，換得新豐酒。千錢作使邯鄲倡，北斗闌干掛朱牖。平明走馬長安市，翻身戲折章臺柳。

子夜四時歌八首

春歌

朝朝聽鵲報，日日掩重闈。莫踏門前草，留踪待郎歸。

乍來結女伴，江頭去浣紗。問訊郎消息，夜來燈燭花。

夏歌

女郎宛轉歌，輕舟棹碧波。打動明珠碎，團團落青荷。

日出望車塵，徘徊至日曛。拾得紅蒨草，染就石榴裙。

秋　歌

凄凄復凄凄，月出光尚微。郎衣猶未綻，何得理儂衣。
惻惻復惻惻，桑黄秋露白。持麋不能湌，持麻不能織。

冬　歌

夜來風似箭，晨起雪盈床。侯門教歌舞，剪綵鬭紅妝。
河水結層冰，疾風吹曠野。嗟爾衣裳單，獨宿在車下。

宛轉歌

明星粲，露華泫。宛轉歌，歌宛轉，月白烏夜啼，紘長曲何短。緑水芙蓉夜夜開，芭蕉葉落心常卷。

幽澗泉

幽澗泉，飛珠玉。道傍白花細如粟，繩樞小户架山麓。翁析薪，婦煮粥。小兒敲冰斷青竹，風吹草屋寒肅肅。

潯陽歌五首

九江江水九流盤，彩鷁朱旗霄漢間。七十二峰今夜月，龍門相對駱駝山。

龍虎開天取上游，旌旗東下定神州。檣帆直照黿鼉窟，日月雙懸錦繡樓。

錦雲堆樹浪花長，桃李飛來片片香。打鼓鳴橈何處客，怪來驚散兩鴛鴦。

澤北喧喧商賈廬，澤南隱隱蛟龍居。蓬頭赤脚沙中子，蕩槳拏鈎學捕魚。

漁郎渡頭燈火明，潯陽市上酒旗横。沙白水清煙水冷，琵琶猶作斷腸聲。

古别離

春思已無那，如何又早秋。偏將一片葉，飛作萬重愁。鳳枕蘭香細，瑶階霜杵柔。暗揮雙淚眼，一望大刀頭。

行路難三首

君不見太行山，撑天拄日高鬱盤。君不見黄河水，翻雲倒霧千萬里。渡河苦無梁，上山苦無羽。颯沓蓬蒿常傴僂，我往訴帝帝我拒。虎豹當關攫人肉，雄鳩佻巧不爲理。時運苟未逢，材藝棄如土。蘇秦空上咸陽書，韓信猶蒙里兒袴。

君不見連城璧碎不復完，平地水覆難再收。昔日彈冠取卿相，片言不合興戈矛。雷開被寵比干死，竇嬰失勢灌夫囚。道旁荆棘汝自力，進退惟谷心煩憂。綽約春華豈久妍，青青松柏委山丘。君如念東門之黄犬，何如彼西域之青牛。

御君文茵暢轂之寶車，升君旋題刻桷之華堂。飲君蒲萄琥珀之美酒，服以華袿繡結之衣裳。妾顔不如花與玉，妾心自比雙鴛鴦。朝奉君前，夕侍君旁。承君之歡，不出洞房。豈知貴貌不貴心，轉眼秋風霜霰侵。明月長虚文錦帳，清宵不斷白頭吟。行路難，心煩冤。自家結髪尚如此，路上之人何足言。

梁父吟

朝上泰山，鬱何盤盤。崩崖薛嵲，石齒闌班。虺蛇横樹，虎豹當關。憭哉栗栗，曷以盤桓。一解　暮上泰山，白日西匿。前有榛莽，後有鬼蜮。道險天寒，饑不得食。欲見雲君，何由可得。二解　泰山巍巍，魯邦所宗。智矣齊相，七國之雄。二桃何甘，以殺三士。惟其忍心，嗟嗟晏子。三解　虞羅藏機，蜂蠆致螫。口舌之微，慘慘戈戟。長沙竄誼，汨羅沉平。誰爲始禍，嗟嗟晏嬰。四解

結客少年場行

少年縱飲博，落魄廢生涯。陰謀師鬼谷，勇氣薄荆軻。象齒飾雕弧，黄金裝莫邪。較獵平陵下，一發中五豝。横行都市中，殺人如刈麻。官司急追捕，埋名魯朱家。親交易名姓，劇孟相經過。投我千金贈，

白刃重摩挲。驅胡出上谷，轉戰入交河。就食大宛城，飲馬條支波。錢刀買首級，捋蒲百萬多。生當甘鼎鑊，死即棄山阿。

空城雀

空城索索，鼠穴狐棲。白骨不葬，悲風淒淒。嗟爾黄雀，何不去此逃？朝鳴啾啾，夕呼嗷嗷，慊慊長苦饑，爾生一何勞。雀聞心中苦，口噤不能語。大澤饒風波，其上鴟鳶多。東人挾彈，西家張羅，各自懷機智，愛惜田中禾。覆車之粟人尚收，官倉之儲寧汝由？何如闃踢空城裏，草根木實無人主。經年不見有行踪，蓬蒿跳踉誰禁汝。蚩蚩爾黄口，慎莫生咨嗟。待得毛羽成，努力自爲家。

陌上柳

陌上柳，陌上柳，春風披拂長短條，不知攀折誰人手。爲問去年折柳人，今年柳發歸來否？雉朝飛，車轔轔，柳花飛飛愁殺人。

留郎曲

三月以來無一晴，郎今欲行猶未行。日日鳥啼行不得，郎心不定妾心驚。芳花盡被淫雨妒，出門只尺迷毒霧。風吹白浪立如山，勸郎莫問江頭渡。哀猿叫月不可聞，妖蜮銜沙詎如數。深林魑魅巧弄人，百尺長蛇斷行路。黄金之印大如斗，數奇不得懸君肘。有時錯誤犯刑書，咄嗟那復保身首。此時遊魂何處歸，此時空房難獨守。不如炊黍且蒸藜，相對繩樞與甕牖。

北征雜詠三首

客寢不能寐，舊慮雜新思。申旦鷄初鳴，呼童理裳衣。初日照疏牖，倉皇臨路歧。風塵塞四野，車馬若雲馳。去者未云息，來者復如斯。鼎鼎百年内，形神空爾疲。顧彼蓬蒿士，旦暮偃荆扉。蒸藜以爲食，編麻以爲衣。不知有朝市，豈復辨雄雌。芳餌非所羨，網羅安得施。

牦牛不爲麟，西施不負薪。貴賤各有尚，知者察其真。周公下白屋，天下乃歸仁。田竇相傾奪，玉石俱見焚。大雅秉明哲，富貴成浮雲。昨日趨蹌地，今爲灰與塵。濟濟鴻都士，何者結交親。我欲竟此曲，此曲難具陳。

東澗結層冰，西澗涵清冷。北枝方委葉，南枝已含榮。本是一氣物，炎涼不同形。何况雲間翼，翻飛豈能並。朝客孟嘗門，日夕投信陵。得意膠漆歡，失意尋戈兵。仇多終自賊，豈獨喪其朋。不念王貢交，千載揚芳名。

武陵莊雜詠二首

秉願物外遊，結欣在何許。覓路辨青山，沿洄遵枉渚。丹丘忽戾止，烟霞密如堵。中有千年松，滴翠紛成雨。叢篁茁新玉，樛木羅珍羽。眺聽不勝奇，日夕憺容與。碧巘插雲端，銀河投澗底。苔生階布繡，花發户施綺。況有蟲鳥鳴，仿佛諧宫徵。河水何瀰瀰，白石何齒齒。誅茅以爲宫，閑曠絶閭里。鷄犬不復聞，漁樵時至止。

積雨簡嘉則

陰風吹宿雨，陰霧冪庭墀。怯寒花委砌，避濕鳥分枝。天暝非因夜，泥深不辨蹊。親賓斷來往，孤負黄流卮。兀坐悄無聊，一賦愁霖詩。詩成再三嘆，四顧將寄誰。爲語雲棲者，啟户當知之。

秋懷詩四首

虎兕狎曠野，鱒魴懷廣池。如何遊客子，飄蕩無返期。朝發扶桑阿，夕息望崦嵫。山谷屢徂遷，寒暑互推移。艱難經百務，鬢髮變成絲。腰帶不盈束，中心惄如饑。

朝登太行坂，雪滿太行山。改轍渡黄河，天寒冰塞川。處世多網羅，憂患坐相牽。哲士鄙龔勝，佞臣趣董賢。如何卑執戟，投閣空自捐。

木落尚可榮，水涸尚可盈。如何蓬蒿士，抱藝竟無成。神龍制螻蟻，斥鷃嗤鵾鵬。小大各有遇，得失安可憑。達將連駟騁，窮即蓬累行。

蝜蝂不畏重，蝸牛好高升。涎盡不返宅，力疲竟顛傾。華亭悲鶴唳，上蔡思蒼鷹。光寵難久持，機阱互相仍。寧甘首陽餓，無作五鼎烹。

君房下第歸至

在在有芳草，處處有青山。君去與之去，君還與之還。燕臺空駿骨，漢宮擯朱顏。自古有如此，沉冥且閉關。

郊居八首

朝出野田遊，暮向林皋宿。策杖入蓬門，溪雲猶在足。赬霞鳥背翔，皓月江心浴。樵釣共爲徒，庶幾鄭子谷。

幽居屏煩喧，觸目恣遐眺。烟霞茁屢奇，峰巒互騰踔。宿鳥競陽枝，寒泉迸陰竅。欣兹十畝宮，託迹亦窈窕。

村居何所有，歷歷多修行。明星閣樹頭，白雲飽溪腹。釣月引鱒魴，樵霞卧山麓。枯槁故所耽，飲啄亦自足。

籬菊欲辭榮，林楓亦隕赤。清尊湛芳醑，園果繁以碩。鄰里相勸酬，酣歌擊白石。俯視池中魚，仰睇雲間翼。

寄遁匪云遠，清溪即故棲。崇樓邀月近，列岫泄雲齊。鳥至自相悦，人來乍欲迷。言訪蓬瀛路，丹丘倘可梯。有鼓不自鼓，有琴不自彈。端居習清燕，闃寂寡所歡。寒泉盤户碧，墜葉滿庭丹。采采芙蓉花，雲露何溥溥。種禾已堪炊，種蔬已堪摘。梧竹儼成行，展矣幽人宅。鳥篆文苔階，雲衣罥蘭澤。翹首望長空，青山淨如拭。伏枕不成寐，側聽司晨嗥。嚴霜切重衾，疾風梳敗蕉。寒燠固有常，龍蛇由所遭。集菀本非羨，白首甘蓬蒿。

新城謡

城烏啞啞夜未旦，城上擊鼓角聲亂。南來使客未遣行，北來夫馬急須辦。里長抱芻肩負穀，無錢顧馬將兒鬻。吏胥逃避屋啄烏，苦遭官府相剌促。君不見朱甍連雲列畫戟，盡是將軍内官宅。里中户口半流移，沙田草没無人犁。縣官縣官奈爾何，乞休不得淚滂沱。

江上行

東風乍雨還乍晴，十里百里聞流鶯。春波渺渺淨素練，春山簇簇行畫屏。江上花飛已如霰，澤中蒲柳何青青。五陵俠客金騕褭，瀟湘美人瓊玉箏。珊瑚寶玦照碧草，飛絲急管喧層城。繡服凌雲悲翠動，香輪壓霧鴛鴦驚。日中鬬鷄馳道塞，日暮捶鼓紛吹笙。金陵美人鸚鵡杯，桂櫂蘭舟不計傾。相看莫放赤日落，白石清沙無限情。鳳凰臺上烏初下，白鷺洲前笛一鳴。歸途況值明月光，回首猶聞《白苧》聲。

還山行贈林屋山人

秋風多，秋水波，行人擊汰歸山阿。朝辭鳳凰臺，夕宿蒲葦中。月照江流白，霜催山葉紅。征途已蕭瑟，鴻雁互西東。行看洞庭樹，遠在煙生處。結廬枕山石，時時戴雲霧。未種鹿門田，歲月奄已暮。山中九月甘菊黄，山家美酒鬱金香。蒼松蔭地百尺長，好呼仙客行羽觴。速絃柱促，玄鶴爲我舞，長歌紫芝曲。拂袖還沾隴上霞，著書應長門前竹。竹葉何青青，霞光何盈盈。辟谷餌金石，凌虚躡太清。靈巖瀑布日夜懸，下有野雉雊遠田。林間仿佛白玉童，雙吹鐵笛上青天。林屋之山清且虚，爲問瑶草今何如？湖上若逢雙鯉魚，煩君惠我尺素書。

陳都閫宅看煙火

正月初旬長晝昏，北風吹沙江吐雲。千門弱柳青裊裊，官院紅梅開正芬。雨霽張燈春不遲，將軍煙火夜偏奇。層層島嶼神仙見，燦燦雲霄星斗垂。寶塔峻嶒跨紫峰，青天削出金芙蓉。芳蘭映日瓊瑶碧，菡萏凌波瑪瑙紅。蠟炬光中戰馬鳴，奔如飛電突如鯨。戈矛寒帶陰山雪，旗甲晴揮瀚海星。野鴿雙飛乍欲没，銜枝喜鵲喳喳發。芍藥蒲萄懸翠屏，珊瑚寶貝流明月。空中捧出百絲燈，神女新妝五彩明。

真人斬蛟動長劍，狂客吹簫過洞庭。翩翩舞蝶戲穿花，海上樓臺散赤霞。須臾錦綉被滿地，明珠斗大紛如麻。城中小兒齊拍手，聲聲道好如雷吼。擊鼓彈筝時轉喧，河漢低迴掛朱牖。夜深賓客各言歸，主人長跪强牽衣。朱苞細拆漳南橘，白碗新盛北地梨。聯牀接席出豐膳，美酒平斟玉屈巵。清宵良會豈再得，今我不醉將何爲。

宿南渡

路出青山峽，雲移碧水艖。新蒲没洲渚，斜日照村家。林暝鳥翻樹，潮來月滿沙。緣知丘壑内，偏自有烟霞。

春日舟行四首

出郭便如意，春光盡眼中。雲衣浮石淡，樹杪着霞紅。野渡新添水，村禽各占叢。桃源在何許，宛轉未能窮。

爲愛春流好，初晴即放船。林皋青帶雨，江路澹生煙。漁唱因風亂，鶯花鬬日妍。瀛洲應不遠，凝望轉堪憐。

空聞玄圃勝，何似碧溪行。積雪千峰白，斜陽一鏡平。艫移頻挂藻，岸轉只聞鶯。信是滄浪好，中流試濯纓。

青雲將畫舫，步步可憐春。野草風吹緑，山峰雨洗新。花枝初綴蝶，燕語故招人。村叟亦何意，逍遥傍水濱。

曉起

晨星開曙色，風鐸響簷端。白髮綈袍敝，青山病骨寒。畦蔬鷄啄亂，園果鳥銜殘。竹裏收遺籜，新裁處士冠。

春日舟行次韻

春郊芳草色，步步引仙舟。未試登山屐，先爲載酒遊。輕雲籠過鳥，斜日趁歸牛。最喜初晴霽，群峰翠欲流。

渡黄河

黄河迴九曲，適郢乍經過。積雨初添漲，無風亦自波。人行沙岸小，樹近夕陽多。爲愛滄浪曲，因之鼓枻歌。

月夜燕客朱氏園亭

窈窕將軍宅，招邀長者車。彩霞秋竹亂，零露夕花舒。水抱庭除碧，屏開石鏡虛。尊前好明月，相對意何如。

廣陵曉發

征夫逐草露，夜夜月中眠。霧擁玄猿嘯，風吹白雁旋。有江能繪樹，無路不生煙。旭日秋光淡，芙蓉亦可憐。

竹墟宅宴集口占

誰下陳蕃榻，青山有逸民。來從芳草引，坐與碧山鄰。中酒無虛日，尋花及好春。相看莫相笑，同是竹林人。

新秋詠懷

芳杜秋草冷，蘭舟剡水遲。美人在何許，遠道本難期。皓月臨瓊樹，青樓出鳳吹。曲中有深怨，不奈妒娥眉。

隱居

島嶼春常在，桃源路不迷。山禽銜霧落，野鹿抱霞棲。蔓引青松弱，崖縣碧草齊。逍遥堪避世，從此覓丹梯。

秋日次南禺韻

緑樹千章合，玄蟬日夜聞。林疏不礙月，水静漫書雲。野艇從鷗引，漁磯與伴分。還因耕藝隙，一誦《太玄》文。

次南禺兄新月有懷

衡門緣徑啟，花榭倚雲成。照水月初出，近人蟲自鳴。疏鐘風外落，碧漢樹頭平。無限傷秋意，同誰次第評。

除夕次高屋山

天涯愁病總難除，况復殘年憶故廬。到處風塵還極目，由來泉石可安居。三巴未布平戎檄，四海空聞獻瑞書。坐對寒燈不成寐，呼童數問夜何如。

田家樂四首

茅舍東方日出，鄰家何處朝舂。黄鸝唤起春睡，猶在芳洲夢中。
海近長飛霧雨，山深自起朝霞。繞屋短長松樹，延籬紅白槿花。
籬外人行犬吠，樹頭日出烏驚。壁上高懸耕耒，織麻自補魚罾。
碧草自繞階前，青山正當屋角。驚開水鳥還來，掃却林花更落。

豐主事坊二十九首

坊字存禮，鄞縣人。嘉靖二年進士，除禮部主事。以吏議免官家居，坐法竄吴中，改名道生，字人翁，年老貧病以死。存禮高才博學，下筆數千言立就，於《十三經》皆别爲訓詁，鉤新索異，每託名古本或外國本，今所傳《石經》、《大學》、《子貢詩傳》，皆其僞撰也。家藏古碑刻甚富，臨摹亂真，爲人撰定法書，以真易贋，不可窮詰。爲人狂誕傲僻，縱口徇意，所至人畏而惡之。嘗要邑子沈嘉則，具盛饌，結忘年交，相得甚歡。或間之曰：「是嘗姍笑公詩。」即大怒，設醮上章，詛之上帝。所詛凡三等，一等皆公卿大夫有仇隙者，二等則布衣文士，嘉則爲首，三等鼠蠅蚊蚤虱。其狂易可笑，皆此類也。張司馬時徹序其集曰：「公質禀靈奇，才彰卓詭，論事則談鋒横出，摛詞則藻撰立成，士林擬之鳳毛，藝苑方諸逸駟。然而性不諧俗，行或螯中，片語合意輒出肺肝相啖，睚眦蒙嗔即援戈矛相刺。亦或譽嫫母爲嬋娟，斥蘭茎爲蕢菉，旁若無人，罕所顧忌，知者以爲激詭，而不知者以爲窮奇也。繇是雌黄間作，轉相詆諆，出有争席之夫，居無式閭之敬，鶉衣藍縷，濕突不炊，僮奴絶粒而逋亡，賓客過門而不入，顑頷煢獨，以終其身，不亦悲夫！」存禮負俗多累，蒙謗下流，司馬持論，瑕瑜不掩，使後人猶有撫卷嘆惜者，存禮可以無憾於九京矣。

感遇

夙懷愛幽僻，暇日聊遊戲。微風過庭蘭，新月移巖桂。欣然濯虚襟，不知人間世。民生常有終，身外何足計。

雜詩

孤松挺穹壁，下臨萬里波。激湍嚙其根，驚飈撼其柯。紛紛穴赤蟻，臭臭纏青蘿。群攻未云已，生意當如何。嚴霜一夕墜，高標復嵯峨。君子固窮節，感慨成悲歌。

小中元日夜泛月湖作

孤舟泛湖水，月色如寒玉。白雲忽滿衣，清風時濯足。不知人間世，因唱滄浪曲。歸臣讀書窗，蟪蛄啼草緑。

送人

缺月古城東，相送出蘭渚。游魚時避去，宿鳥忽空舉。頓望離别情，孤舟同笑語。今日掌中杯，明朝蓬上雨。

十月十一日作

去國已逾紀，玄節及兹臨。修晷何電逝，壯懷終陸沉。礨礨寒露結，戚戚悲風吟。芳草委遥澤，驚鳥翔空林。朝饔尚蠅羽，夕寐惟蟲音。疲精有斷簡，卒歲無重衾。餘悰奚足陳，雲海馳余心。孤燈未忍滅，凄然對露襟。

陽山草堂爲姑蘇顧大有賦

新暉送山青，點點入茅屋。平原秀芳草，流泉帶喬木。籬篁墮凉影，庭蘭動徐鬱。主人侵朝興，鶴衣巾一幅。净几發爐燎，就牀取書讀。坐中無俗賓，砌下有馴鹿。短扉竟日掩，香醪四時漉。閑情寄嶧桐，佳詞嘖湘竹。翹企孤山隱，想像柴桑築。延睇擁雲峰，滿聽濺霜瀑。久與市塵遥，已共山靈熟。後名諒非求，潛德思厚蓄。落梅正宿雨，予來破幽獨。

效古

我行逢暮春，惆悵辭山阿。鶯花徒爛熳，光陰已無多。慊慊城烏謠，烈烈耕田歌。椅梧生高崗，浮雲蔽其柯。豈無鸞與鶴，悲鳴將若何。

病馬行贈少宰何燕泉

路傍病馬棄不收，乃是天上真驊騮。君王玄默罷遠遊，爾輩逸氣空橫秋。憶昔山西戰争起，嫖姚手提三尺水。夜半傳呼振鐵衣，材官十萬同殊死。此時銀鞍出塞行，甲光一道如流星。宵突重圍忽拉解，晨馳厚陣皆奔崩。歸來步向丹闕東，圉人太僕俱動容。却疑房宿觸地裂，百仞躍出悲泉龍。茂陵蕭蕭土花碧，王良既死誰復惜。非關暫蹶損前功，端爲一鳴終見斥。陰雲高高八荒昏，灑泪不到長安塵。日落荒城烏棲背，天明野田霜滿身。聞説胡窺白登道，邊人被殺如刈草。用爾豈無騰驤力，冉冉年華坐成老。出門偶見令我哀，買骨誰置千金臺。試問天閑十二駟，即今未必非駑材。

鳴鳳行贈楊給事惟仁

君不見精衛一小鳥，銜石翻飛東海頭。不知身微海復巨，悲鳴誓欲填洪流。又不見螳螂奮臂當車轍，轍不可回軀已裂。安得長遇越勾踐，式蛙厲士皆激烈。吁嗟！二物之微古則傳，輕生血誠良可憐。哀歌慷慨我故態，今日送子鄞西船。問君此去何爲者，一鳴不隨立仗馬。鳳凰池頭何足戀，博取聲名滿天下。憶昔君王初納諫，終朝虚己明光殿。時有張劉與鄧安，正色危言稱鐵漢。諸公相謝忽幾春，世事變化如浮雲。龍蛇屈伸總神物，賢者括囊思保身。後江先生愚且狂，有口直欲旋天綱。一入諫垣數十疏，復睹鳴鳳鳴朝陽。君王寬仁等天地，何人却有移天勢。王章殺身君竟免，唐介高風今有二。吁嗟！先生非狂亦非愚，風前勁草真丈夫。感恩報國元自許，不然安用七尺軀。送君之行勸君酒，富貴於我亦何有。但作昂昂千里駒，何忍喔咿爲妾婦。東山驟雨西山晴，白鳥飛去天冥冥。人生夢幻亦如此，請君試聽《鳴鳳行》。

桃萼歌

東風一夜吹桃萼，桃花吹開又吹落。開時不記春有情，落時偏道風聲惡。東風吹樹無日休，自是桃花太輕薄。

余羈秣陵乞休累疏而格于新令鬱鬱之懷伏枕增劇遂效杜子美同谷體爲秣陵七歌時丙戌九月既望也

悲哉蒼天胡有知，遥遥瘴海無還期。丈夫生男不如女，人間安用吾生爲。黄金横腰矜氣焰，猩猩笑人唇未斂。狂呼九關死不開，痛極慷慨思伏劍。嗚呼一歌兮誰忍歌，秋風號動沅湘波。

吾家鄮邑之城西，百椽破屋餘竹籬。前年倭奴苦殺戮，祖母垂白走且啼。幸存餘生膽已裂，昨日書來驚病發。别時衣綫猶在身，菽水山中仗誰設。嗚呼二歌兮涕泗流，白日慘慘爲我愁。

我祖全歸鄮山穴，青山如簪水如玦。時殊勢失民共欺，宰木千章争斬伐。憶初射策酬祖願，願得幽泉開笑面。那知一别五六年，冢上無人澆麥飯。嗚呼三歌兮情更苦，陰雲四塞飛秋雨。

側身西望岷山長，長天隱隱白玉堂。人言士爲知己死，干旌一去愁茫茫。憶昔吴越幾千士，青眸偏矚真父子。言猶在耳孝與忠，悠悠此生堪愧死。嗚呼四歌兮調轉急，欲贈瑶華將何及。

有友有友來界塘，温其如玉白面方。步出西清日未午，握手談笑神揚揚。彗摇東壁館飛鵩，君身甫出鄒陽獄。嗟我生餘行路難，何似當年同鬼録。嗚呼五歌兮懷管鮑，落花紛紛滿庭草。

天下窮民我最苦，弟兄三四皆黄土。兀然獨留多病身，退不能得進何補。自從辭家室磬懸，古田春草自年年。《北山移文》誰與勒，萬古傷心《棠棣》篇。嗚呼六歌兮只自知，欲往訴之人共疑。

少年攻文耻爲吏，群公謬許青雲器。陸機詞賦何足奇，徒令四海知名字。黄鵠鎩翼無雄飛，邯鄲才人厮養妻。况復夫人有美子，折腰垂首端爲誰。嗚呼七歌兮歌且住，春來拔劍還山去。

南隱歌

步出城南門，曠然遠塵俗。江流奔白龍，山色凝蒼玉。丈人别業元近家，時鼓瑶琴對碧霞。曲終拂衣無一事，閒看仙人掃落花。

春遊曲

十旬風雨清明節，昨夜窗前見新月。喜謂春晴可出遊，平明攜樽南陌頭。陌頭不見花開處，城中城外多桑樹。桑樹連天緑葉濃，落花盡在春泥中。春泥浩蕩從馬踏，香魂宛轉蹄躞蹀。看花泪眼忽潸然，人生安得長少年。

贈太僕李遇齋北上

天門開，佚蕩蕩，風烟銷盡日月光，負圖龍馬滎河上。此時誰不幕彈冠，仗劍寧愁行路難。吴江桃李迎錦纜，長安楊柳拂銀鞍。君家高門百年舊，近者詩名遍江右。好學常過司馬門，時時酌我洲中酒。我病吴山歲載徂，何能把盞臨前除。贈君長鞭還四顧，王良伯坰今何如。

卧病述懷二首

短日悲年促，他鄉苦病侵。疏砧偏傍耳，歸雁忽驚心。塞柳猶含凍，江梅正滿林。衰羸難自强，早晚合抽簪。

宦况從來薄，幽居頗自厭。寒雲開遠岫，落日蕩虚簷。煮藥爐常活，題詩筆久拈。無人來問訊，向夕閒空簾。

極悶

繁憂中夜起，身世獨茫茫。過眼浮雲滅，傷心白髮長。荷衣霜意苦①，蘭砌露華凉。萬緒誰能理，懷沙欲弔湘。

① 原注：「用《琴操》事。」

和東沙春日言志

夢迴初隱几，黄鳥忽關關。静日無人到，春風共我閒。幽花迷曲徑，修竹滿東山。稚子慰岑寂，提壺貰酒還。

十六日晚歸見白樓

襤褸經過少，支離宇宙空。歸眠北窗下，消受滿樓風。浴罷移冰簟，吟成對草蟲。早知身是幻，寧復問窮通。

秋日即事二首

老農遺舊業，世事厭新聞。落日明蒼野，秋風散白雲。樹陰唯犢共，渚月許鷗分。寄語州仇輩，何心預此文。

入秋殘暑退，向晚病心清。露葉和螢墜，風條雜鸖鳴。最甘蔬飯潔，漸怯葛衣輕。坐聽西樓角，嗚嗚向月明。

除夕

白髮煙江戍，丹心日月懸。安危付童僕，骨肉限山川。有恨思填海，無言可問天。蕭條愁病裏，况復值窮年。

答俞子木見問

東海仙人枉尺書，問余宦况近何如。青山屋上雲常起，緑柳門前葉半疏。遣婢花間調小鳥，看兒蓮下養生魚。秋光日日催詩興，只是幽憂病未除。

六月十五夜

通宵幽月照清池，池上新篁動遠颸。誓墓文如王逸少，污人塵豈庾元規。雙雙宿鷺迷青岸，發發潛魚振緑漪。主聖官清烽火息，勺泉餐柏總相宜。

梔子花題畫

金鴨香消夏日長，拋書高卧北窗凉。晚來驟雨山頭過，梔子花開滿院香。

雪夜過西湖南屏山

千岩萬壑玉層層，夜半山腰見佛燈。竹影掃窗塵不到，滿牀風雪定中僧。

李車駕時行三首

時行字少偕，番禺人。嘉靖辛丑進士，知嘉興縣。晋南京兵部車駕主事，以事罷官，遂不復歸，遍遊吴、越、齊、魯諸名山，寄情詩酒，落落世故，若無所嬰於中者，有《駕部集》，文翰詔爲序。

經易州界

塞北時聞鐵馬嘶，薊門霜柳漸凄凄。天邊野燒連烽火，城下寒砧雜鼓鼙。陰磧草荒狐隊出，平原風急雁行低。尊前不見悲歌客，易水東流何日西。

有感

三輔頻年説募兵，黄龍羯虜幾時平。兒童月下吹蘆管，半是秋風塞上聲。

旅思

寒月下疏桐，清霜醉晚風。客心元自冷，不是爲秋風。

楊經歷文卿七首

文卿字子質，鹽山人。知稷山縣，陞南京都察院經歷。當路知其才，將擢用而遽卒。學博辭藻，有《鷗海集》、《秣陵吟》行世。

宿山寺遇雨

獨抗塵容過梵宫，殘陽猶自拖微紅。黄牛下坂前溪雨，緑竹摇窗曲徑風。石露危崖山骨出，水流深澗地喉通。繩牀兀坐清無寐，滿耳蛙鳴蘆荻中。

曉發京都

俗吏曾隨計吏來，可堪復别鳳城隈。清時自闢公孫閣，此日虚經郭隗臺。夾路笙簧山鳥哢，向人顰笑野花開。倚風南望滄江渺，擬上高堂壽一杯。

舊滄州鐵獅二首

獨倚遥空據道周，頹墉頑鐵兩悠悠。不辭瓦石形應醜，爲換人民恨未休。沆瀣飲殘猶枵腹，煙雲壓重自昂頭。真成久視仙人分，看盡豪華逐水流。

草埋金馬没銅駝，到處遺踪《麥秀歌》。聚鐵何人成錯誤，長年見汝欲摩挲。吼風泣雨縈愁劇，負燕冠雅受侮多。我意轉銷作農器，買牛耕稼夕陽坡。

秋日送曾公子實卿之延安書扇頭

車馬翩翩送汝行，離悉遽逐海雲生。三杯籬落菊花節，一路蛩螿豆葉聲。荒草濁河連古戍，悲笳明月動山城。鯉庭趨後勞相報，婚嫁如今累尚平。

經鹽山廢縣

何年移置青齊道，遺壞頹墉猶四圍。白露滿田牛上冢，淡烟浮廟草鉤衣。客過都當瓦礫後，鶴來豈止人民非。秦宮漢殿亦興廢，天地無窮哀雁飛。

過郭林宗墓

曾披漢史羨冥鴻，身脱虞羅漢已終。遥望仙舟悲逝水，獨留荒冢泣寒蛩。碑敧有字腰垂斷，樹老無枝腹半空。不敢折巾强自附，爲君沽酒酹秋風。

黄副使中三首

中字文卿，括蒼人，嘉靖中，以鄉薦知鉛山縣，擢監察御史，陞天津道兵備副使。錢唐田汝成叙其集，謂：「我朝括蒼詩派，倡自郁離子。郁離子没，凡二百年無聞，而有黄西野出焉。」

不寐

多病眠常早，移燈近卧牀。重翻經驗本，那有斷情方。樹響秋先到，窗虚月正凉。寂寥愁不寐，更漏以何長。

讀陳白沙詩

天風吹散鐵橋花，白日江門臥釣槎。欲問煙波舊消息，藤蓑今去落誰家。

過朱陽仲墓

江關詞賦舊凌雲，何事深山早築墳。天上豈真無李賀，人今猶自説劉蕡。西風歸鶴空留恨，落日啼猿不可聞。三十年前交誼在，獨來披草薦溪蘋。

廖希顔五首

希顔字叔愚，茶陵人。嘉靖壬辰進士。

題南山卷二首

上黨諸峰紫氣通，迤南山色繞王宫。關城萬井黄河壯，臺閣三秋白露中。長日琴樽歌有杞，往時圭璧憶分桐。最憐深谷巖前桂，信拂賢王殿上風。

三年爲客向并州，兩見南山屬暮秋。宋玉多愁應有賦，梁王高興幾登樓。爐煙孔雀新屏上，花氣芙蓉別殿頭。今日賡歌樽酒裏，瑶華豈少報應劉。

岱宗諫議謫鎮遠 時有星變。

明堂再續周王禮，宣室能容賈誼狂。亢世有人還諫草，清時憐汝獨遐荒。龍吟鎮澤千峰雨，雁度偏橋八月霜。去住天涯各何意，長星猶在太微傍。

送李約齋戴前峰二諫議謫象郡

客風吹雨送蕭森，行盡江南是桂林。萬死投荒明主惠，一封排闥杞人心。城臨曲斗桄榔出，花暗春山瘴癘深。彈劍長歌倍憐汝，許身吾亦愛南金。

送方兵備赴蜀兼懷楊芳洲座主

西路元戎看仗節，南宫詞賦起明經。天門初日餘殘雪，江國浮雲伴使星。乘興還移浣溪棹，幾時同過草《玄》亭。生憎楊柳催春發，故向愁邊却盡青。

陳副使子文一首

子文字在中，閩人。嘉靖八年進士，除麻城知縣。歷户部郎，出知長沙府。土賊尹大憲阻水寨自固，歷數守莫能捕，子文故緩之，盗畜犢甚多，竊出貿易，乃伏壯士數十人於水次，而遣一人微服買犢往誘之，伏兵卒發，生擒其渠魁。其方略如此。服除，知池州，遷湖廣副使，撫剿諸苗，以勞卒官。有《子山堂稿》。

夜泊浣城村舍

孤舟小泊初，遠寺疏鐘起。茅屋兩三家，懸燈深樹裏。

林員外垠一首

垠字天宇，閩縣人。嘉靖十年鄉貢，官桂陽知州。遷撫州同知，終户部員外郎。雅有詩名，居官以文學爲治，所至有聲迹。

沙河行宫

宫殿連雲起，城樓入漢低。寒鴉如望幸，朝夕自悲啼。

袁知府表三首

表字景從，閩縣人。嘉靖三十七年鄉貢。萬曆初，授中書舍人，遷户部郎，終黎平知府。與諸名士結社嵩山烏石間，精研格律，爲閩人所推。

梅花落

妝樓夕掩扉，獨坐望春歸。忽見梅花落，猶疑隴雲飛。因風點瑶瑟，亂月影羅幃。欲折南枝寄，邊庭驛使稀。

湘妃怨

烟波杳何之，汀洲鬱寒翠。一江春水生，是妾相思淚。

題漁梁客舍

漁梁渡頭新雨歇，大竿嶺外飛雲没。遲回不見故鄉人，却見雲間故鄉月。

何運使御 五首

御字範之，福清人。嘉靖十七年進士。歷官兩浙鹽運使。有《白湖草》十一卷。

符子入秦郊遊

寒日行白陸，朔吹揚飛塵。送客往廣陌，中情多苦辛。野雲覆長路，孰識東西秦。臨發執前綏，願爲陳所因。瞻彼二黄鵠，淚下不能伸。

有鳥歌

有鳥有鳥集華池，長嘴得食短嘴饑。何不彎弓射長嘴，前行丈人翻見嗤。有鳥有鳥在中逵，長嘴能飛短嘴遲。何不彎弓射短嘴，後行公子獨憐之。

山南作

小隱依陵藪，山南良可家。一洲環橘柚，十里蔭桑麻。白幘攲深醞，青鞋獵遠沙。倘逢李都尉，射虎亦生涯。

少年行

少年礪劍心含冤，潛入長安東郭門。怒髮上衝雙眦裂，問之舉腕無一言。日暮得仇策馬去，九衢凛凛黄□昏。莫怪此徒輕殺人，千金曾報一飯恩。

過慶原

野燒萋萋帶雨痕，半山斜日近黄昏。驛亭阻絶來時路，煙火蕭條戰後村。倦鳥驚人移浦樹，寒潮帶月上江門。長年書劍催行色，白首慚孤報主恩。

徐永寧棉二首

棉字子瞻，閩縣人。嘉靖末，以《易》學名家。明經歲貢，除茂名教諭，遷永寧知縣。有《徐令集》。熥，焞，其二子也。

落花怨

曉起西園望，空階散落紅。自嗟根蒂淺，不敢怨東風。

尋隱者不遇

杖藜徐步出荒原，漠漠寒雲掩洞門。流水桃花人不見，孤鶯飛過緑楊村。

列朝詩集丁集第四

皇甫舉人冲八首

冲字子浚，長洲人。順慶太守録之子也。録舉弘治癸丑進士，以博雅稱。子浚登嘉靖戊子鄉薦，而三弟：曰涍，字子安；汸，字子循；濂，字子約。皆舉進士。子安先卒，子循、子約宦不達，而子浚猶上公車，蹭蹬二十餘年而卒。庚戌下第，有《還山詩》一卷。壬子遊虞山，有《紀遊詩》一卷，自爲之序，詞致甚美。全集凡六十卷。子浚博綜群籍，留心世務。爲人甚口好劇談，宿學爲折角莫能難。又好騎射，通挾丸擊球、音樂博弈之戲，吴中文士與輕俠少年咸推爲渠帥。武宗即位，正法淩遲，撰《緒言》及《申法》。車駕南征，撰《己庚小志》。大同之變，撰《幾策》。幼好談兵，憤北虜薄城下，撰《兵統》及《滅胡經》。海寇突起，當事無策，撰《枕戈雜言》凡數十萬言。今與其全集皆不傳於世。金陵張文峙曰〔一〕：「四甫之才，子浚爲冠。」亦闡幽之論也。

〔一〕「峙」原作「寺」，據《明史·張可大傳》改。

燕歌行

秦軍未解邯鄲圍，燕丹新自秦城歸。仰天叩心發長嘆，燕山六月寒霜飛。質子當年苦拘迫，馬爲生角烏頭白。歸來傾國思報仇，不知誰是橋邊客。忽聞燕市多俠徒，時相哭泣時歡呼。百金求得趙七首，千里獻將燕地圖。慷慨於期頭在篋，落日征車猶未發。聲斷誰知筑裏心，歌殘試看冠中髮。荆卿一去不復還，至今易水流潺潺。黄沙迢迢照孤月，祇今行者凋心顔。

楊柳詞

上林新柳弄新暉，柳上春來春又歸。江南此日絮應盡，北地今來花未飛。一自離家五經月，夢裏垂楊別時折。春歸不逐梁間燕，春去其如花上鳩。人道京華別樣春，我獨逢春愁殺人。陽和偏到宇文樹，風力長吹庾亮塵。塵飛莽莽蔽白日，禁柳宮花自顔色。何事當年撫樹人，今日還來淚沾臆。臆淚沾衣不得乾，人生何似客中難。年華易逐東流去，白髮羞將鏡裏看。眼看白髮何能改，故園楊柳應猶在。婀娜長條拂地垂，莫使春光不相待。

袁抑之黄門防秋師還

秋風瑟瑟吹旌竿，廷臣護軍西出關。滿飲卮酒謝知己，擒戎只在笑談間。憶昔胡馬遼陽入，長屯短戍無完壁。烽火夜照蓬萊宫，黎民半死長安陌。天子履及寢門前，軍無見伍張空弮。本兵已受屬鏤死，元戎尚擁嬌娥眠。一朝戎酋念巢穴，引馬西歸捲吹葉。但道姚種非將才，那知馬植爲胡諜。權豪自古難爲終，倏忽有詔收姦雄。天子神明萬里外，何況區區掌握中。妖氛已静狼煙絶，邊戍防秋猶未輟。閫外誰專司馬謀，軍中須仗辛毗節。君騎紫馬朔方城，摐金伐鼓虜魂驚。將軍勒兵視馬首，左顧右盼英風生。羯胡戰敗無歸路，下馬濡毫作飛布。由來神武不勞師，杕杜承恩歲云暮。君歸解劍服錦衣，手持封事叩彤墀。上功幕府不相借，戇直惟有君王知。讀君封事若琬琰，中行聞之舌應捲。男兒意氣在封侯，投筆却慚班定遠。吾才不是洛陽生，况乃白髮垂星星。禁中頗牧有公等，何須重問《滅胡經》①。

① 原注：「予嘗著《滅胡經》十六卷。」

閏三月十日將别王甥與之痛飲醉後作將進酒

將進酒，解雙璧，敝裘羸馬長安陌。長安甕頭香可憐，一飲須當盡一石。手引六博狂叫呼，當盤一擲得五白。千古興亡亦爾爾，眼前得喪何曾惜。市上高陽吾不識，且聽胡歌彈虎拍。載進酒，君莫辭，人生失意亦有時。韓生不死淮陰市，寄食漂母身無資。歸來報恩召中尉，昔日王孫今是誰。狂風捲地吹飛塵，昏霾四塞白日沉。錦屏繡帳誰家子，羅珍列玉宵盍簪。皓齒呈歌細腰舞，樽前一笑輕千金。燈殘襦履紛交錯，折纓引袂招琴心。惟願泰山長不傾，豈知莠草生階陰。拂衣把酒對明月，莫令衰鬢煩憂侵。君不見阿房巍巍五千尺，黄金爲塗玉爲城。徐市東遊竟不歸，海上空傳巨人跡。漢武效之築建章，文成五利争輝赫。人生得受君王知，縱死猶勝守蓬蓽。又不見衛青元是侯家奴，會逢發卒征單于。破擄擒王拜大將，舊日侯家今有無？白首一經守文墨，笑殺申穆空爲儒。遂使班超奮投筆，恐負人生七尺軀。邇來投筆何所從，不知黄白能爲功。排金入紫若有神，馳卿走相如發蒙。馬遷四顧下蠶室，崔烈一日居三公。出門但見可憐子，斜封墨敕誇豪雄。笑謂吾徒不解事，赤手干謁誰與通。忍詬無言歸飲酒，哺糟啜醨復何咎。莫泣卞和璵，莫問揚雄甂。畢生浮甕中，劉伶祝婦口將從阮籍乞步兵，又似陶潛尋五柳。吁嗟此輩安在哉，明日解醒須五斗。

維摩寺雨坐

回嶺無仄徑，陟岡有夷壤。展睇入空濛，游心益昭朗。長風吹輕衣，飄摇翠微上。古寺迷夕煙，明燈澹綃幌。冥雨從東來，驚雷自西往。林巒忽不見，但聞山澗響。景寂非避喧，心瑩乃成賞。爲禮沉痾踪，因之知幻象。

從田橋石徑赴拂水

江光開初霽，山雲未全斂。輕煙尚棲花，積雨猶在蘚。攜屐遵迴麓，援蘿上修峴。環林何逶迤，磴道幾回轉。遊心自忘罷，策足乃知蹇。含章樂丘園，耽隱易台鉉。頓使昔念舒，乃得今抱展。將尋出世人，一往不復返。

於巖石上眺東西兩湖

旭踐山中蹊，午憩岩上石。雲移石欲墮，雨霽蹊猶濕。倚策眺兩湖，波光煥相襲。東若既紆青，西蘅亦凝碧。芙蓉落雙鏡，天影浮重璧。不睹水分流，但覺洲如織。檣烏有離聲，磯鷗無並翼。會兹物化情，感彼高深迹。從適得所遣，何爲苦拘迫。

見新草

北地無暄候，不知冬與春。朝來原上草，忽見一叢新。能亂行邊思，渾迷望裏神。天涯三月暮，猶作未歸人。

皇甫僉事涍五十六首

涍字子安，順慶之第二子也。嘉靖壬辰進士，除工部虞衡主事。尋改主客，累遷主客郎中。自虞衡至主客，凡歷四署，所在職辦。在儀制時貴溪爲宗伯，請建儲，表凡十上，皆子安起草。貴溪用是當世廟意，得超拜。會置東朝官屬，貴溪首推子安，遂補右春坊司直兼翰林檢討。車駕幸承天，子安以禮曹扈從，會改官，不果行，忌者乘間論劾，左遷廣平府通判，量移南刑部主事，進員外。陞浙江按察僉事，甫三月，坐南計論黜，未及赴調，鬱鬱不樂，發病卒，年四十九。子安自負高峻，與人居，非同調或竟日不發言。居官操切，既多忤物，又稍稍與時乖異，故宦屢躓不達。其卒也，蔡子木爲詩哭之云：「五字沈吟詩品絶，一官憔悴世塗難。」每爲人誦之，輒嗚咽流涕。子浚集其所作爲《少玄集》，而子循序之曰：「方其家食含章，與中表黄魯曾、省曾、洞庭徐縉稱詩，篤好少陵，既而李、何篇出，病其蹊徑，專意建安。嘗曰：『詩可無用少陵也。』解巾登仕，與蔡、王二行人廣搜六代之詩，披味耽説，雅許昌穀，乃曰：『詩可無用近體也。』又與王文部、李司封、唐、陳二編修劇談開元、天寶之盛，而心醉焉，乃曰：『詩雖《選》體，亦無使盡闕唐風。七言易弱，恐降格錢、劉也。』故其詩特工五言，而七言今體薄不加想。」魯曾之子河水，評其詩云：「司直含咀八代，苦心覃思，每製一篇，必經百慮，既薄杜陵之史，心醉殷璠之鑒，蓋東覽擾於諸集，而五言長於七言。」斯定評也。余觀國初以來中吴文學，歷有源流，自黄勉之兄弟心折於北地，降志以從之，而吴中始有北學。甫氏，黄氏中表兄弟也。子安雖天才駿發，而耳目濡染，不免浸淫時學，子循之序所謂「篤好少陵」者，非好少陵也，好北地師承之少陵也。已游於蔡、王，而軌躅始分。既游於唐、陳，而質的始定。於是壹意唐風，而盡棄黄氏之舊學矣。子循之所謂「無用少陵」者，非薄少陵也，薄北地剽擬之少陵也。子安刻《迪功外集》，皆昌穀未遇空同之作，深非李子守化之言，以爲知之未盡，厥有旨哉。子循之自序，與子安亦略相似。子安少折于李、何，子循長壓於王、李，文章之道，不惟以時代上下，抑亦以聲勢盛衰，良可慨也！自王元美《藝苑卮言》記吴中盛事，謂太原兄弟并擅菁華，汝南父子嗣振騷雅，至今海内流爲美譚。而中表因依研席，應求文章，問學風氣密移，非深思論世置身于百年以前，未能或知也。余故詳著之，以表微焉。

秋日雜詩三首

幽居測時化，節逝一何速。輕葉委前墀，遠郊氣已肅。臨窗啟玄玩，披襟會深矚。悠揚麗秋暉，凝光蕩巖澳。草蟲鳴空隅，悲人詠浚谷。駕言泛檜楫，乘流開情蓄。

涼風吹嘉樹，萬物遺光澤。嚴氣乘運流，華月歸如客。凝霜無停艷，違寒有來翮。嘆彼往化駛，感此淪歲迫。修慮時多懷，滯念誰與釋。固窮見天道，委順自夷懌。齊物遊恬漠，高翔出形役。

居世若浮雲，飄忽無定姿。滅影幾何間，垂彩在一時。存此豈不懷，長戚信自貽。四節更代謝，白日正西馳。寄身於飆塵，咄嗟復何之。願逐枋鳥游，不隨豐草萎。攬衣步列星，極目散所思。睆彼遥漢間，會合恒有期。營營非物化，琴歌爲我儀。

代古

朗月升東隅，流輝照苦顔。愁思撫清夜，房櫳凄以閒。玉墀花稍積，簷鳥雙飛還。凝薰空錦衾，遊塵集綺絃。馳波豈盡意，浮雲難結言。所恨千里遥，所望一水間。

雜詩

華節倏云逝，流芳尚可憐。分明婉孌日，不計別離年。聽燕語簷隙，看絮舞楹前。匪無合歡草，幽忿誰能蠲。

東齋枕上

閑卧東窗雲，遂得天然趣。枕上桃花源，花開不知數。啼鳥自無心，何事客驚寤。翩翩峰畔霞，亹亹溪前樹。俄頃夢還成，去盡春山路。

春朝雪後

拂曙啟荒扉，雪照蘭林瑩。迥榭眺氛氲，層原閲彌亘。春動鳥數聲，晴開煙一徑。欲訪垂綸人，悠然五湖興。

秋燕

廣庭浄霄色，良夜悦流玩。況對巢箕人，同懷發幽贊。散步林暝交，微星吐華粲。彼美雲中魄，徐駕升清漢。玉彩含霜來，金霏隨風散。繁絃起兩階，孰知我心亂。

謁伍子胥廟

列雉影滄波，望望深雲樹。迴照延清襟，芳阡引幽步。曲隅抗蘭寢，靈旗出殘霧。疇昔抱餘悲，悵矣前溪路。解劍邈英風，薦潦申遐慕。芳草忽復春，東門靄如故。煙明刹殿霞，風滿平池露。向月臨江洲，含情不能渡。

汶上分水

異縣值分流，客望倚孤舟。情雲南北散，離浪東西浮。堤柳依吹管，山花覆酒樓。惟當艷陽歲，含景送春愁。

發郡城之天台道中述所經覽寄孔謝二憲副趙何二僉憲同年

夕夢曾城阿，曉行滄波上。縈溪復含流，連岑時隱障。風湍信千轉，雲峰非一狀。錦繢紛迎玩，氤氳忽彌望。蘭泉芬可掬，苔壁險難傍。思偕同懷子，攜手追禽尚。

桐巖曉發

厲澗越南岑，拂霧趨東土。宿處惟蒼烟，遥天徑如縷。林光曙鳥散，海氣寒雲聚。憫勞感婦嘆，摇摇涉春雨。

過陶山作

奔濤邁我目，驚蓬頻異壤。朝徂嘆京周，夕宿怨河廣。近涉倦迴薄，遐眺極儻莽。乘菰泛星闌，挹流對秋爽。鮮雲隨風來，殘霞延月上。不寐懷古今，眷物徒慨慷。瞻淇非尺咫，歌瓠詎疇曩。壁彩終寥闃，龍文滋怳像。榮光竟誰睹，逝川空復往。何以宣我心，促柱發幽響。

癸卯除夕直北曹作

獨馬向寒烟，青陽眷明發。霜浄肅蘭池，雲沈迥丹闕。林阡麋易聚，江天雁難没。風物悵徂陰，芳菲詎久歇。紛庭默多懼，岧閫坐愁越。夙心愧盈尊，含情非華髮。

雨夜離思

清齋隱蘿月，簷暝滋林巒。澤國夜溪雨，亭皋春草寒。山光帶浼漭，池響交檀欒。憶處畏入夢，遥遥獨寤嘆。

秋日過莊居

千家樓閣俯溪流，一道銀河漾彩舟。花洲源裏通仙郭，屧廊山面接平疇。平疇靡迤趁荒陌，虎阜玲瓏望非隔。松菊歸來陶令居，雲霞宛對王珉宅。嗟予十載滯華臺，無復求羊問草萊。行披薜荔尋雲入，重搴芙蓉向水來。回看荏苒浮年度，物華慘澹臨秋素。棲禽半没滬魚蹊，落葉全深採樵路。君不見魚腸鑄水只殘流，鶴舞市門難辨處。念此令人感廢興，何流區區嘆遊寓。回棹夷猶未肯前，傷心寂寞寒烟樹。

紫薇花行有序

叔氏虞部貽余《梧亭懷舊》詩，未遑報章。秋日散步亭隅，薇花爛目，徘徊久之。亭故余讀書處也。昔嘗眷戀此花，爲之賦，有曰：「清風時動，明月微娟。悠悠我心，誰與晤言？悲春華之不實，絢紫閣而空傳。履閒庭以載嘆，時徙倚而屢遷。垂貞嘉於餘藻，永封殖於兹軒。」後余屢遊京臺，累踐華省，淪飄河魏。返迹敝廬，顧瞻此花，宛焉如昨，而余白髮被鬢，凄其改容，「春華」之句永矣悼心，「貞嘉餘藻」竟何徵耳。因作《紫薇花行》以泄懷舊之思，并以報叔氏云。

英菲窈窕緑窗前，艷影扶疏翠帀連。玉衡含照妍華夕，金風弄彩泬寥天。流風逝水驚離索，十載幽棲對花蕚。無情羈宦却歸來，有客傷秋嘆榮落。蘭宫桂殿鳳凰樓，帝臺仙客恣攀遊。可堪殘月鱸江夢，不奈連雲騎省秋。言追漁父賦歸歟，寂寞蓬蒿掩敝廬。旖旎繁英重入賦，婆娑生意最愁余。人情感物多惆悵，白髮紅顔兩相向。東籬併就菊松姿，北山豈孤猿鶴望。青葱摛藻記甘泉，潘陸春華此棄捐。未忘温室瓊瑶樹，虚擬湘源杜若篇。

翠華歌奉寄白巖喬司馬

翠華遥在鍾山側，五雲松柏空愁色。長干街頭飛落花，秦淮樹上啼早鴉。雁門旌旗塞江口，蛾眉哭聲徹南斗。翩翩漁獵百草長，紫鱗白額隨龍驤。赤心將軍射雕手，馬上彎弓天子傍。京塵北風暗麟王，梨園子弟争馳逐。彭蠡中丞思赤松，留都司馬哀黄竹。御苑朝天楊柳垂，錦纜牙檣那得知。寄書惆悵話王室，一夜秋風鬢欲絲。

雪山歌奉寄彭太保

雪山嵯峨控西極，寒井陰光混開辟。千秋鳥道無陽春，北風慘澹吹峨岷。羽書宵過褒斜道，火入靈關徹昏曉。愁雲百里填城河，帳中銀燭然盤陀。將軍狐裘細馬馱，彈箏伐鼓金叵羅。指麾羽扇白玉珂，背河一戰收蓬婆。銘功刻石報天子，麒麟閣上事已多。憶昔中原全盛日，八方無虞醴泉出。龍舉空悲劍舄藏，海南漠北俱蕭瑟。君王垂衣念西土，錢塘老子不足數。彭公大梁佇獻捷，已見彤弓出天府。持節心知主恩重，入關更識王臣苦。文武吉甫非公誰，臨洮健兒勇如虎。驥子朝披玉壘雲，魚文夜濕金堤雨。閬中一月見節制，烹羊宰牛割清酤。狼籍衣冠頌破竹，馬前父老稱安堵。園陵佳氣春氛氲，錦官城中日歌舞。當時匹馬更朝天，又逐輕車過酒泉。勳名豈數七十戰，至今邊卒高枕眠。歸來謁帝承明殿，世事那知一朝變。功成下吏古所悲，浮雲蔽日今曾見。天下驚聞柏臺火，匣内空留上方劍。壯士長歌《梁甫吟》，孤臣獨泣瑶池宴。蓮峰落月照黄河，榆谷飛塵暗蘭縣。武穆祠西秀水流，一望江山淚如霰。

西湖歌寄方思道

西湖窈窕三十里，柳絲含煙拂湖水。青山蕩漾春風來，蘇公堤邊花正開。玉缸春酒映江碧，幾醉江花柳花白。城頭日出照高樓，銀箏翠管喧行舟。吴姝如花捲綃幕，山水倒入金屏流。朝來復脱千金駿，還有床頭紫綺裘。人生行樂莫顧惜，落日松風吹古丘。我憶京華舊遊地，魚浦東看動愁思。醉裏空歌鏡湖月，夢中尚識孤山寺。信安使君還舊溪，應對花卮惜解攜。白沙翠竹無人問，湖上孤吟聞馬嘶。

長安官舍對新月次韻答宜俯

雨後延新月，杯前共此身。微輝不照綺，清漢欲生塵。自惜行將老，相看只合貧。開秋思無限，重感獨歸人。

余爲郎七載自被讁命忽爾逾年五日郡齋北望依依乃憶長孺禁闥之對子壽積戀之篇獨何爲哉聊申短述見古今之情有同焉耳二首

極目漳河畔，雲霞千里平。傷兹爲謫宦，頻夜夢華京。犬馬淮陽病，江湖魏闕情。雖微子公力，猶自憶承明。

昔忝含香貴，浮年屢已侵。自期酬白璧，誰道鑠黄金。命縷愁來續，恩波讁去深。荆南嘗積戀，行見鄙人心。

書感

衰年自多感，歲暮復驚心。失計終如此，窮愁底似今。溪前壓寒色，浪裏流殘陰。兀坐但羈影，空看沙際禽。

春朝對雨懷省中舊遊

山城看雨色，畫省憶蘭芳。春日京華遠，江天離思長。疏花開獨樹，新水亂寒塘。遊子今何去，聞鶯祇自傷。

季氏亭燕對

季也黄花酌，依然故里歡。留芳度冬序，遲候賞秋殘。細艷雲藏暖，疏陰月到寒。傷心倦歸者，容易兩年看。

宴東湖流杯亭送歐陽大參赴蜀

流杯亭上酌，修竹亂溪沄。暝樹煙常合，春山雨不分。别情依去鳥，客路入重雲。懷舊仍傷遠，勞歌夜獨聞。

出滁陰望楊柳村聊作

乘雲命傾蓋，帶月度征輪。地白翻疑水，村寒不悟春。霧交平谷樹，風散朔方塵。詎向耕夫問，垂楊宛舊津。

病中雜言四首

翛然秋色裏，斜日下庭蘿。蓬徑無人顧，空林落葉多。山光當户映，雁影掠窗過。静者今方適，何言久卧痾。

東軒微雨後，向夕引霞暉。緑竹陰常滿，青梧葉漸稀。無端疏酒盞，早已授寒衣。予本滄江客，將因謝病歸。

自予牽世網，展轉歲時侵。坐惜衰蓬鬢，空思返舊林。蟲鳴秋户急，月照客庭深。已分愁中老，愁逢病不禁。

經時謝朝謁，因病得閒居。日暗牛羊下，風吹薜荔疏。鄉心候秋水，晚計卜田廬。近訝交能絶，嵇康已著書。

有懷喬白巖司馬

風肅園陵樹，霜天戰角悲。後湖衰草色，空對漢官儀。辛苦趨朝日，驪危扈聖時。江都千萬舸，老淚不禁垂。

夜作

帆飛川路永，煙霧杳空溟。蓼積寒江渚，楓凋古驛亭。日沉昏溜影，雲起亂峰形。入夜看牛斗，安知有客星。

江上留别友人

風蓬去未已，煙蔓復牽情。分鴻下林影，別鶴上琴聲。征艫惜潮便，祖酌畏尊傾。離亭有青草，空識合歡名。

夕泛旅思

行行道轉遠，于役定何求。旅思依旌𢢼，鄉心向驛樓。霞陰凝雜樹，海氣逐驚流。此夕勞歌罷，惟應月伴愁。

自遂河登舟雜興

斂衽辭闕路，徙樂望川涯。水練開煙素，苔衣結浦華。雲行低合柳，江淺細澄沙。何必窮源使，言乘銀海槎。

彭城道中雨行

晚泝彭山道，歸雲暗幾峰。殘陽向湍没，飛雨度川重。誰遣長途思，還傷逐客踪。已看淮岸盡，鄉夢渺何從。

沛上旅懷寄兄弟

向暮勞歌起，川長緩去程。鄉迷淮樹隔，塞斷楚雲平。浪迹舟誰繫，縈憂酒獨傾。如何原上鳥，偏近旅人情。

湖興

客路浮清濟，西風引汶川。岩容摇浦岸，水色浄湖煙。旅雁青山外，殘虹緑樹邊。滄浪棹謳發，待枕月華眠。

靈巖溪口招范□生不至

倚棹待幽客，蕭蕭風滿林。遥知雲盡處，猶隔洞門陰。岸静渚花落，溪閒山鳥吟。真成獨往趣，自入武陵深。

自一雲至天平登白雲泉亭晚興

鐘聲緬迴策，秀色餘西岑。微徑不知處，白雲長自深。松堂散花雨，溪牖摇峰陰。獨夜泉亭月，寥寥期此心。

治平寺

風中到香界，獨往意泠然。步引花木亂，坐看洲島連。一林寄空水，滿院生雲煙。正此化心寂，鐘聲松外傳。

春暮偕以言海鄉之遊余時病不能詩旋途初月握手論交姑屬短句以代紀行

信宿滄波棹，殊傷昨日春。聊因泛海興，時偶逐潮人。萬水無他壑，三山即此津。乘桴應從我，吟待月華新。

瀧湫

誰云天路絶，瀑布已登臨。石壁煙霏亂，春山河漢深。一峰懸海色，諸壑下霄陰。悵望飛雲夕，摇摇此際心。

宿雁山靈巖寺

寥寥到真境，宿處傍風泉。遥靄引疏磬，群峰寒暮天。白雲滄洲賞，清夜石門禪。却笑桃源客，空從蕙路旋。

楓橋舟中與子循別

落日下離津，江天引望頻。黯然對尊酒，惜爾向風塵。白海迷來雁，清霜畏旅人。從知比柯葉，信是共沈淪。政理操刀暇，交情贈縞新。班荆懷雨露，投璧謝緇磷。阮籍窮途淚，平原世網身。何能亦漂泊，谷口正逢春。

淮陽

海畔淮陽郡，風煙奈此何。客心自容與，湖上幾經過。驛岸丹楓少，人家緑樹多。雲帆朝見市，津火夜聞歌。城郭連鴻雁，江山映綺羅。寒潮正相待，歸興滿滄波。

晚興

悵望林巒返照微，渚煙江樹净冬輝。籬邊黄菊人方逸，湖上青山興不違。斜月暗催漁唱起，片雲遥伴鶴飛歸。近來好事相過少，落盡寒霞獨掩扉。

河陽馬上看江寄謝司直

秋空立馬大江堤，天畔雲山望欲迷。何事愁心學潮水，朝朝暮暮秣陵西。

金陵絶句

長干已過落花辰，滿地楊花不見春。强折垂楊送歸客，勞勞亭畔共沾巾。

寒夜曲四首

碧殿金風生綺紈，宫槐吹盡不留殘。沉沉月到苔陰上，添却簾櫳無數寒。

空庭藹藹月凝霜，銀燭無光玉漏長。清漢數聲征雁度，夢回中夜憶遼陽。

寒切雕窗透錦茵，殘更望斷履綦塵。空閨不恨飛霜夜，總使春來益黯神。

玉衡低户夜無聲，月色籠寒照不明。燈火漸催迎早歲，緑窗愁殺近啼鶯。

鍾吾驛晚思

遥山白雲外，古驛青林端。惆悵川鳥盡，蒼然多暮寒。

皇甫僉事汸一百六十六首

汸字子循，順慶之第三子。嘉靖己丑進士。歷工部虞衡司郎中，謫黄州推官，召入爲南京吏部稽勳郎中，又謫開州同知，量移處州府同知，陞雲南按察司僉事，以大計免官。年八十乃卒。子循七歲能詩，順慶課之，輒得奇句。舉進士，名動公卿。分宜、南海諸公皆引與酬和，冠蓋歙集，其門成市。子循頗沾沾自喜，竟用是左官。丁憂里居，御史王言按吴，頗專横，民間爲之謡，疑其出子循也，捕繫欲殺之，亡命得解。罷官後，復爲陳御史所窘，破其家。其爲人和易，不修邊幅，近聲色，好狎遊，而不能通知户外事，以故數困。然信心而行，不爲深中多數，以文章游讌自娱，行遊湖山之間，擷芳采和，以老壽終其天年，近代文士所罕見也。子循少與伯仲氏及中表二黄稱詩，掉鞅詞苑五十餘年。其在燕中，則有高叔嗣、王慎中、唐順之、陳束。在留署，則有蔡汝楠、許穀、王廷幹、施峻、侯一元、中山徐京。再赴闕下，則有謝榛、李攀龍、王世貞。而謫楚，則交王廷陳。遷滇，則交楊慎。咸相與上下其議論，疏通其聲律。其自叙以爲本之二京，參之列國，江左、關洛、燕、齊、楚、蜀之音無所不備，變亦盡矣，心良苦矣。司直、司勳甫氏競爽，學問源流約略相似，始而宗師少陵，懲折洗之弊，則思追溯魏、晋，既而含咀六朝，苦緗績之窮，則又旁搜李唐。當弘正之後，暢迪功之流風，矯北地之結習，二甫之於吾吴，可謂傑然者矣。司直早世，司勛窮老，皆不能與弇州争名。子循自評其詩，以謂吾與我周旋，久自成一家，尚不肯學步少陵，而不能不假靈於王、李。元美之評子循，謂其今體風調頗似錢、劉，文學六朝，時時失步。子循著《解頤新語》，於時賢都無評騭，未知其評元美何如也。

樂府十二首 嘉靖丙寅作。

乘法駕

《乘法駕》者，正德壬午，武宗晏駕，大宗伯毛澄奉昭聖皇太后懿旨，恭迎興王繼序即天子位也。當漢《朱鷺》。

乘法駕，出潛邸。辭蘭坂，臻楓陛。握乾符，奉慈旨。橋中傾，碣呈字。從臣觀，稽首喜。應帝期，稱天子。泰階升，更化始。陋代來，劣春起。

《乘法駕》曲凡十六句，句三字。

釐廟制

《釐廟制》者，嘉靖甲申，追封皇考獻皇帝。越數歲，九廟成也。當漢《思悲翁》。

典禮成，四海謐。享祀禋，九廟翼。考明堂，筵太室。獻皇躋，烈祖匹。故鬼小，幽靈假。詠孝思，歆明德。

《釐廟制》曲凡十二句，句三字。

秩郊禋

《秩郊禋》者，歲庚寅，上可給事中夏言議，創建四郊。是歲日南至，肇祀圜丘也。當漢《艾如張》。

壇畤准圓方，神祇奠南北。夕郎奏既俞，春卿議僉集。睿想孚筮從，鴻圖表景測。胥燎迎初陽，寅威練嘉日。祼獻扆上公，參乘簡元戚。八駿夾雷馳，六龍戴星出。天路抗旌旄，雲門間琴瑟。殷薦升紫烟，告成瘞蒼璧。齊幄肅華班，旋塗厲清蹕。靈貺展斯今，仁孝光自昔。

《秩郊禋》曲凡二十句，句五字。

宬皇史

《宬皇史》者，歲乙未，上命考古金匱石室之制，以藏書，寶祖訓也。當漢《上之回》。

宬皇史，函帝籍。金爲匱，石爲室。籤匯綈緗部甲乙。邇文華，充武庫。簡鴻儒，讎豕誤，於萬斯年守之錮。

《宬皇史》曲凡十句，其八句句三字，二句句七字。

展陵

《展陵》者，歲丙申，上以壽陵之役巡游昌平，臣爲都水使者，除道西山也。當《漢翁離》。

帝眷園寢，謁款丘陵。馳道旦築，行殿宵營。亘帷成屋，列幔爲城。般雲謝巧，周日非靈。乾行玉輦，坤御金輿。六宫婉從，萬國賓趨。鑾鈴響遞，環珮聲徐。五臣供帳，百辟燕醑。朱明司辰，清和肇節。草樹蒙恩，禽魚騰悦。周歷皇畿，軫兹民業。遐攬邊關，洪思祖烈。去遵鸞輅，歸泛龍舟。山開陽翠①，川效安流②。柔情並暢，睿藻揚休。枚朔第頌，翊贊王猷。

① 原注：「嶺名。」

② 原注：「源出固安。」

《展陵》曲凡三十二句，句四字。

思舊邦

《思舊邦》者，歲己亥，上以章聖皇太后喪，卜宅原陵，駕幸承天。臣左遷黄州，獲預從事也。當漢《戰城南》。

南巡紀臚嶽，東幸緬懷豐。白水循往轍，丹陵訪故宫。江漢眺吾楚，霜露愴宸衷。雹奔翼八駿，雲興扈六龍。不有居者誰監國，皇儲旦截馳道出。翟相行邊細柳中，顧公鎖鑰青門北。晝發邯鄲道，夜渡黄河湄。軍容肅肅間官儀，豹尾後載班姬隨。衛火弗戢，漳流半湮。憲臣褫爵服，邦侯械以徇。旌旗蔽日指樊城，簫管具舉叠金鉦。父老稽首遮道迎，椎牛置酒宴鎬京。山川遍喜色，禽鳥遞歡聲。辟朱闈，掃青室。思履綦，存衽席。齋心望祀純德①間，周爰園寢凄天顔。詔發郢門邁燕關，格祖特告鑾輿還。

① 原注：「山名。」

《思舊邦》曲凡三十二句，其十四句句五字，十四句句七字，二句句四字，四句句三字。

管背漢

《管背漢》者，歲乙巳，吉囊犯邊，中國王三導之入，京師震恐，帝禱于上玄，兵未交刃，賊就擒，虜乃退也。臣在南司勳，代太宰草賀章云。當漢《巫山高》。

羯虜驕驁惟吉囊，自稱華裔屻先皇。長伎一邍百不當，誰爲諜者傖子王。憺威藉寵祈上玄，有征無戰神武宣，班師振旅歌凱旋。

《管背漢》曲凡七句，句七字。

寢盟

《寢盟》者，歲庚戌，虜擁衆大入，胡馬屯於轂下。帝赫斯怒，集群臣庭議，采司業趙貞吉言，飭兵振旅，虜乃退也。當漢《上陵》。

庚戌之秋虜大入，渡桑越碣逾古北。烽火夜照甘泉宫，旌竿晝蔽長安陌。驅我士女蒙毳衣，屠我牛羊爲湩食。鎮臣氣喪，邊將兵弛。侵職濫官，勤王者死。決勝豈有帷中謀，主和遂貽城下耻。天子旦集廷臣議，日中不決猶素紙。蜀郡才華久稱趙，慷慨挺身言致討。書生由來劍術疏，往繫單于惟餌表。議上始覺龍顔開，司馬授策，宗伯舉杯。登陴一呼，疾聲震雷。胡兒躍馬趨風回，群工獻壽詠康哉。

《寢盟》曲凡二十五句，其十七句句七字，八句句四字。

海波平

《海波平》者，倭夷間釁，辛、壬、癸、甲，殆無寧歲。越丙辰，司馬胡宗憲受命與司空趙文華蕩平之，繫王直，俘麻、徐等，奏功太廟也。當漢《將進酒》。

島夷日本稱最雄，髡首騈拇炯兩瞳。乘舟截險洪濤中，跳梁若蝶聚若峰。揭竿烈炬耀日紅，攻城掠邑誰嬰鋒。紅女休織田無農，帝命祀海惟司空。授脈秉鉞有胡公，狼兵苗卒集江東。夜縱巨艦突蒙衝，俘海繫直奏膚功，兔窮鳥盡艱厥終。

《海波平》曲凡十三句，句七字。

更極

《更極》者，歲戊午，三殿災，帝命新之，更奉天爲皇極、華蓋爲中極、謹身爲建極也。當漢《有所思》。

三殿災，雙闕燎。天子避寢，厭勝以禱。朝右個，御西清。玉食有減，金懸無聲。誰其梓慎窺大庭，流烏化雀將焉征。除舊布新承天意，司空飭材俾壯麗。宅中建極，欽哉從事。

《更極》曲凡十三句，其四句句三字，六句句四字，四句句七字。

遣仙使

《遣仙使》者，歲癸亥，上慕神仙之術，遣御史王大任、姜儆分道採訪，冀遇異人授秘書，求長生不死也。當漢《邕熙》。

周穆窮寰宇，漢武慕蓬壺。東生游調笑，西母宴歡愉。顛既厘纁幣，豐亦枉蒲車。緩齡韜上藥，御氣秘真符。臺端兩侍御，將命發天都。齊梁歷南楚，甌越盡東吴。姓名河上隱，物色市中趨。金簡探緑籍，瓊笈訪朱書。曾未三載還，幸與百年俱。築館禮上士，授粲出中厨。行聞避驄馬，歸見綰銀魚。稽首願玉體，壽考永無虞。

《遣仙使》曲凡二十四句，句五字。

考芝宫

《考芝宫》者，歲乙丑，獻廟産芝，碧光映室，乃建玉芝宫，以時致享，昭孝感也。當漢《太和》。

河清社鳴誕聖人，握符纘曆，靡瑞不臻。天垂卿雲景星現，地出醴泉澤曼衍。導禾六穗麥兩岐，嘉瓜並蒂連理枝。三足軒翥肉角嬉，龜鹿雀兔咸素姿。包匭驛貢贐四馳，芝草凝祥處處生。獻廟忽産屋之楹，瑶光瑩潔秀九莖，銅池芝房惡足稱。帝命作宫，時享以報。子孫千億，昌胤允紹。

《考芝宫》曲凡十八句，其十二句句七字，六句句四字。

芳樹

芳樹九華邊，春風一度妍。飄香承輦路，弄影向甘泉。綴葉紛千種，濯枝幸萬年。不作淮南桂，空山徒棄捐。

臨高臺

高臺望不極，臨佇意何窮。茂苑花爲苑，吴宫錦作宫。管絃虚夜月，羅綺罷春風。獨惜烏啼處，猶聞曲怨中。

有所思

春風吹繡户，明月鑒羅幃。同心阻芳訊，千里悵清暉。歌絃塵屢積，舞衣香漸微。别有關情處，梁間雙燕飛。

巫山高

蜀道連巴水，巫山接楚陽。情來爲雲雨，愁起見瀟湘。楓葉吟秋早，猿聲入夜長。何能降神女，仿佛夢襄王。

隴頭水

隴坂去何長，隴水復湯湯。咽處堪啼泪，流時更斷腸。三秋邊草白，萬里戍雲黄。辛苦交河使，西來憶故鄉。

折楊柳

不見隋堤柳，長條大道間。絲陰流水去，帶影逐春還。妒眉銷翠黛，聽笛損朱顔。日暮行人盡，思君可重攀。

梅花落

早見梅花落，江南春未遲。如何上苑葉，不似故園枝。影怯臨妝夜，香憐逐吹時。無人問消息，獨自寄相思。

關山月

故園千里月，流照入秦關。弓影同看曲，刀頭未卜還。迷雲度容與，映水咽潺湲。莫遣青樓去，摧殘少婦顔。

邯鄲行

寶馬邯鄲道，金裝遊俠過。一朝罷歌舞，千秋傷綺羅。臺榭風花盡，郊原煙草多。客心將夜月，滚滚向漳河。

冬宵引

冬宵不易曙，耿耿朔風凄。沙雁寒猶起，城烏半未棲。孤舟泊江上，征馬渡遼西。豈但金閨裏，能添玉箸啼。

烏夜啼

長樂宫中秋夜長，美人新得幸君王。别館不愁金作屋，曲池無羨玉爲梁。門前數報公車過，樓下時聞脂粉香。總是啼烏聲轉切，歡娱那解曲凄凉。

江南曲

錦帆西去繞横塘，畫舸携來悉粉妝。旭日籠光流彩艷，晚雲停雨净蘭芳。飛絲帶蝶粘羅幌，吹浪游魚戲羽觴。自是江南好行樂，採蓮到處棹歌長。

春江花月夜

空負芳樓約，愁逢江上春。月華天外潔，花影浪中新。詎是沉珠浦，將非濯錦津。争言蘭作舫，復擬桂爲輪。圓缺同今夕，飄零異昔辰。關山猶自隔，攀折贈何因。

擬中婦織流黄

金閨方永夜，翠袖理殘機。燈花斜落鏡，月光低鑒幃。寸心共絲斷，雙淚與梭揮。作伴除蛩響，驚眠惟雁飛。織就當窗素，裁爲遠道衣。徒令芳訊達，不及早旋歸。

擬伯勞東飛歌二首

蛺蝶雙飛燕並棲，秦樓燕市花成溪。誰家玉人當户窺，含羞斂笑横波馳。寶髻珠鈿明月光，羅幃翠帳秋夜長。秀顔皓齒纔十五，時向芳筵作歌舞。雀臺露寢生暮雲，空留可憐猶爲君。

夜烏悲啼朝雉鳴，青琴絳樹無限情。誰家臨鏡總新妝，雲鬟刻飾出意長。翠屏錦帳花連理，洞房仙居暗香起。年幾二七奉下陳，光彩流盼姿絶倫。春風東來吹落花，緑窗可憐虚歲華。

賦得處處春雲生

春色藹無際，朝雲最可憐。金枝紛映帶，玉葉綴聯翩。弄影交疏裏，含情飛蓋邊。長安遥向日，何處奉非烟。

鳥散餘花落

春來啼鳥伴，相逐百花中。棲處迷深緑，飛時帶淺紅。祇惜香沾羽，非關嬌惹風。回看意不盡，猶自戀芳叢。

空梁落燕泥

金閨春色早，玉關芳信賒。人歸翻後燕，淚盡每先花。户暗香泥積，梁低舞影斜。不作雙飛去，東鄰王謝家。

夏日湖泛作採蓮曲

雀航疑杯渡，虹橋似帶縈。湖光湛處全無暑，雲氣浮時半有晴。此時流水歌聲起，此日採蓮殊未已。帆迴櫓轉逐橋斜，樹裏溪邊是妾家。翠裙婀娜風前葉，紅粉嬌於水上花。花開花落獨含愁，人去人來不斷遊。玉斝醉霞何惜晚，瑶華零露易驚秋。秋露蒹葭没，秋水芙蓉蓉歇。菱鏡年年非故顔，荷衣夜夜空明月。

送楊子祐知興國

尋役謝皇畿，遄征辭帝闕。朱明垂方隆，修景迎未歇。晨旌抗欲徂，午馬哮不發。且覆天末觴，暫緩星前轍。抒情諒子衷，執手信我説。丕休蒙嘉運，利用賓時哲。彈冠捐族閭，紲組躋朝列。玄士守深湛，謁帝生激烈。稽首金馬榮，澡身玉壺潔。平江波濤興，昊穹垢氣結。一麾竟出守，三命聊所竊。行行邁楚荆，漭漭遵吴浙。旆指衡服雲，帆掛湘干月。遐想百代雄，浩嘆一時没。願葆幽谷資，毋俾蘭芳滅。炯介投處言，慷慨起長别。袂連汗並揮，心與飆俱熱。洞庭秋水清，擊子中流楫。

春日書抱束當道諸君子

璇機斡迴運，寶曆啟東節。載陽薄曾輝，改陰謝凝結。條風衍遐圻，飛澤振窮穴。昔感百卉腓，今睹群芳悦。皇仁美無遺，物化滋未歇。恫予秉國楨，利賓晞朝列。命邑奚獨慙，訴閽良自拙。天高赤墀塗，雲暗黄金闕。區區誰見知，怛怛難具説。所藉埸末光，終然照孱劣。

胥江泛月旋舸登城歸詠

江寒湛澄澈，華月輝相鮮。乘流載尊俎，瀉影發樓船。翠巘合杳靄，蘭皋帶長煙。萬艘雜燈火，千門紛管絃。飛蓋攬崇堞，輟棹迴前川。曾經故宫裏，爲照荒臺邊。情非烏棲夜，迹是鹿遊年。登高與臨水，行樂併悽然。

夏日來鳳亭小集各賦

首夏猶芳月，終宴就薰風。泛觴蘭水上，置座竹林中。飛花代舞似，鳴鳥當歌同。笑將愁暫破，醉遣累俱空。更待西園景，留賞北山叢。

春夜遊西園同諸兄弟作

佳節值瑶燈，清夜遊金谷。良友披蘭襟，懿親儷芳躅。經過敞榭邊，徙倚寒塘曲。遵渚雖近尋，玩峰生遐矚。軒冕幸暫違，簿領謝羈束。迹非三徑荒，情是一丘足。鏡裏髮始華，尊中酒初緑。及時不爲歡，坐遣春光促。

奉答子安兄

江郭改故陰，家園藹新霽。柔條始發林，芳草漸紆砌。潘居信爲閒，楊亭況重閉。曰余忝明時，與子承嘉惠。分省各有愆，佐郡慚所莅。暫就北山招，轉愜東田税。情忘桃李言，迹豈匏瓜繫。感遇興長謡，來章緬幽契。

春答子安兄歲暮見貽

在昔參英寮，俱承明主顧。被服紛妍姿，䌫纓儷芳步。悲哉遊子情，徒以潛郎故。一爲衝飆激，遂使佳期誤。入魏悵無倚，浮湘眷有慕。揚旌指敝廬，千里同歸路。再聞蟋蟀唱，兩見蒹葭露。耀靈本易傾，馳運豈難度。端居懷苦心，苦心誰與晤。但感時不然，何嗟歲云暮。

冬日往虞山作

故鄉誰不懷，名山矧余慕。一爲塵迹牽，遂闊賞心晤。偶值芳歲闌，遥泛滄洲趣。澄江帶餘霞，丹壑收殘霧。嚴霜委野草，寒飆振皋樹。指途尋舊蹤，流盼成新寓。魚樂愧淵沉，鴻冥羡雲鶩。歸來徒是今，履往悵非素。

天界寺贈半峰上人

顧省紛俗嬰，尋山愜幽趣。秋水凈金河，寒雲翳珠樹。了看花落時，莫辨鳥還處。休公别來詩，江生擬將賦。

雨過高座寺

積雨黯花丘，緣雲入香界。修策振林間，疏鐘落峰外。康樂誦《阿含》，陳思演清唄。欲除常戀牽，惟是逃虚快。

始至澶州作

自我謝郎曹，竭來守吏局。塌翼懷奮飛，低眉就羈束。驅役遵旄丘，興歌睇淇澳。愧乏沂海謡，何以左明牧。幸寡宣城辭，間可理尺牘。升既等陵喬，沉亦悟陂復。芳草合江程，清猿佇旋轂。衛水日東流，因之鑒心曲。

同蔡中郎過王員外宅懷子安兄

委巷駐高車，清溪夾幽宅。細雨急逝年，凝燈照寒夕。依同南樹情，飛異西陵迹。爲假雲中翰，一寄天台客。

往視城南别業

夙齡不事産，落魄懷英風。抗志雲霄外，絶戀蓬蒿中。避世豈在遠，漢廷聊見容。未識山川險，安知途路窮。兩自違京輦，久欲返臨邛。疏公有遺業，精舍開墻東。命策值蕭序，覽物感情悰。徑密多陳莽，林荒非故叢。昔往候門稚，今歸成塞翁。鳴蜩若騰笑，馴麋儼相從。摶飛乏高翼，何爲苦微躬。吾廬倘可適，稅駕幸來同。

二郎回溪詞　事載《青田邑志》。

謝公永嘉守，在郡宥無爲。敦賞值令弟，華萼每相擕。躋險既山頓，窮源亦水嬉。溪名沐鶴是，人睹遊龍非。駕言輟棹際，並影浣紗時。凌波餐秀色，拾翠逗芳儀。援琴挑未就，解佩贈猶疑。高唐侈宋玉，洛浦悵陳思。抒章但脣動，締心空目馳。來同湫風止，去作飄雲辭。停聲《三婦艷》，嗣響《二郎回》。

樂清登簫臺訪浴簫泉

仙踪詎可攀，荒臺尚堪訪。簫弄清泉中，舄振紫岩上。波動若鸞沉，雲飄似鳬往。浮筠本無垢，託心在塵想。花溪如有靈，應流蓋山響。

從軍行寄贈楊用修

思文際聖君，稽古萃群辟。子雲侍承明，胡爲去荒域。被命事犀渠，差勝下蠶室。憤志酬八書，榮名重三策。丁年子卿嗟，皓首仲昇泣。看鳶窮瘴煙，放鷄定何日。業既違操觚，勛還期裹革。五月行渡瀘，千里望巴國。瀘水向東流，巴雲忽西匿。相思持寸心，願附雙飛翼。

悼亡友周詩二首

昔我求友生，周郎早投分。藻綴攄玄思，雄談發孤憤。壁立常晏如，崖檢若乖性。落魄懷英風，晤言每袪吝。歲中從薄遊，時復惠芳訊。謝秩始歸田，延益擬開徑。詎意雲靡依，忽隨露先盡。登座揮素琴，巡檐度哀磬。遺令視約終，裂書寄遐殯。

陶令棄官日，徵君寢瘵時。巨卿宵夢愕，元伯晨訃馳。申緘五情塞，撫膺雙涕垂。既捐韓康肆，復捲嚴平帷。冥數豈無驗，良藥寧自醫。夙昔重季諾，感激平原知。雖乏擔石蓄，能薄千金施。遊魂眷仲里，託體虞山限。死生交已謝，留恨翟門題。

張仲讀書吴山

輟養辭南陔，駕言邁西郭。問子將何之，避喧謝羈縛。堂闈豈不懷，雲林諒有託。風叩支關清，月鑒董帷薄。披帙就長明，静夜靈花落。羊亡屏意筌，猿定啟心籥。幽谷聞鳥鳴，澄湖眺魚樂。霞綺雜煙絲，桃柳互紛灼。時枉塘上篇，日積丘中作。焉得奮羽翰，因君適寥廓。

長安十六夜歌

長安十六夜如洗，千門萬户烟花里。閨中少婦夜出遊，陌上行人忽成市。粲粲珠鈿映月來，翩翩翠袖摶風起。風前月下逞嬌姿，愛惜春花能幾時。無那蓂莖先落莢，只愁楊柳漸飛絲。遊絲飛入黄金地，撲牖穿簾果何意。鳳甸常懸禱雪憂，鼇山久罷觀燈戲。燈光却照五侯家，列炬然膏滿絳紗。豈謂鋪金能作埒，亦知剪綵易爲花。銀花火樹開佳節，遂令觀者相環列。霍氏門墻有後塵，魏其池館空前轍。凄凉往事已爲陳，恨殺懷春似玉人。莫賤蘭房今夜女，故多椒掖舊時親。明璫盡結瓊瑶麗，袨服争看錦繡新。襦曳茵時香散靄，襪移蓮處暗生塵。香塵冉冉隨芳步，共道非煙亦非霧。馳目還憐梁下期，客冶又爲桑間誤。闉闍今已羡如雲，夙夜誰當畏行露。鐵鎖遥開天上橋，漸臺何必待符招。二南倘被翹薪化，四海應回廣謈謡。

玉河怨

玉河西堤柳青色，含烟弄霧金門側。水接昆池波欲流，日升翰苑光先得。日光照耀九龍開，萬騎千官天上回。仗影迴迷飛絮去，珮聲遥雜囀鶯來。鶯囀皇州春漸暮，曳珮鳴珂漫如故。物態那禁鱗運催，人情總爲繁華誤。一夜秋風歇衆芳，萍水悠悠枉斷腸。不見曲眉顰舊黛，祇聞羌笛怨斜陽。

太平堤行

余兄子安並友蔡子木皆南移法曹，而余亦淹水部，往省家兄，時一至焉。既而出補越憲，間因蔡子往者月僅再至耳。蔡復考績北征，經月不一至也。偶過兹地，山色湖光，宛然在目。雁行鳳侶，悵爾離群，延佇久之，賦詩展意。

太平門外古崇堤，嘉樹扶疏夾路垂。負郭盡爲芳草地，沿湖直繞白雲司。當時王貢總仙才，况是承恩北闕來。御史府中烏半宿，尚書門下騎雙回。青山幾度朝陵節，玄水曾流祓洛杯。嗚珂再過平沙道，問舍多爲後來少。已看奏賦甘泉宫，每憶傳詩臨海嶠。驚心歲序易經春，舉目湖山宛自新。含香不睹遊蘭客，息影徒逢愛樹人。由來聚散皆無定，欲寄相思那可因。

金陵還客歌贈周以言

有客近自金陵還，唁余特造竹林間。别日無多江上夢，秋風忽改鏡中顔。彈鋏悲歌横義氣，班荆坐語都門事。翻覆人情谿壑同，榮枯世態晨昏異。悠悠誰復爲憐才，落落何須久懷刺。君不見昔時江左重名流，一朝燼滅隨荒丘。徒令户外容雙戟，安用車前引八騶。青溪遥接烏衣口，舊宅垂楊幾存否。陳遵那顧尚書期，阮籍惟耽步兵酒。白首猶逢梁國人，領心詎信平原友。歸去何如謝世牽，六關不入最稱賢。莫將一掬羊曇淚，灑向西州歧路邊。

昔時行贈王亮卿下第之松江謁劉侯

昔時邂逅長安道，下馬通名何草草。今來會晤闔城傍，把劍語故俱茫茫。問君何來西出秦，拂君衣上洛陽塵。顏凋但使友人識，金盡徒令妻嫂嗔。君不見吴王宫闕荒蕪久，世事何如飲醇酒。新月正照鹿臺花，離心欲贈華亭柳。男兒快意須目前，安用餘名潤身後。蒲鞭爲郡有劉君，驄馬風流迥不群。江上鱸魚逢正美，客中鶴唳更堪聞。莫嗟失路無知己，行見張華薦陸雲。

長干行送陸儀曹重補南署

長干里，金鋪夾蘭芎。陵樹蒼蒼控石城，淮流湜湜通江水。廿年高卧東山廬，一朝更踏西京市。馬上耽遊期不顧，緩轡微吟日將暮。都人觀者語道傍，白頭何自始爲郎。莫恨漢家今用少，須看止輦拜馮唐。

蠶室成

蠶館開周典，鸞輿扈漢儀。棘墻春窈窕，桑沼晝漣漪。璽獻大人日，衣明上帝時。娥媌御王母，玉珮降瑤池。

秋夜

夏晦秋俄代，星虚夜忽分。鑒帷微露月，臨檻净披雲。旅思隨桐葉，鄉心及雁群。蟬聲雜砧響，併是不堪聞。

承天候駕四首

東幸方過沛，南巡乃至衡。翠華臨楚地，黄屋駐樊城。雲以朝歌白，河因夜渡清。寧知天子貴，别有故鄉情。

金輿移舊邸，玉輦出離宫。侍從多方朔，參乘即衛公。禊堂逢德水，獵館報春風。猶指邯鄲路，分明愴帝衷。

兹地承嘉惠，仙班喜復從。天行傳駐蹕，月出候鳴鐘。禮樂河間事，山川灊上容。由來江漢水，何處不朝宗。

周王初宴鎬，漢武更之回。柳向帷城繞，花隨帳殿開。復憐豐邑賜，功悉代時來。尚説恩波在，何曾慰郢哀。

憶遊虎山寺

自識溪橋路，常懷釋道林。水流精舍曲，門閉洞湖陰。日向芙蓉度，春從楊柳深。未消遊後興，還似欲相尋①。

① 原注：「芙蓉測日見《高僧傳》。」

新齋

澤國偏宜雨，山齋復喜晴。雲依飛蓋散，日吐半規明。蘿徑何嫌密，花溪稍覺平。還知滄海上，今夜月初生。

正陽城樓西角二鷺巢焉

並負青雲翼，來眈紫閣栖。攀龍窺殿北，隨雉卧城西。顧影依霜潔，鳴籌候月迷。振雍殊可詠，聊此謝塵泥。

山行值雨

茂苑多春雨，花源信水鄉。端居移物候，静悟得年芳。山合松雲亂，湖消蕙雪長。思爲拙者政，耕牧向河陽。

春溪晚興

別業懷東野，名山倚北岑。川原澄夕霽，雲水亂春陰。看竹門從閉，迷花路轉尋。歸心不及鳥，隨意向幽林。

元夕熊子叔抑過集時謫常州

國論何年定，鄉心此夕摇。雁飛天畔驛，龍隱日南橋。謫宦恩非薄，之夷路詎遥。誰憐梁傅淚，曾灑漢文朝。

雨次沛上

帝昔歌風處，人今聽雨來。寒催豐戍早，聲咽楚江迴。野鳥啼荒壘，浮雲翳暮臺。徒令過周客，一灑廢宫哀。

天界寺

城南多古寺，争得道林居。馬過談經後，烏來施食餘。人天長示滅，花月幾淪虚。飛錫何時晤，東山欲致書。

送王良醫之武岡

白髮微官在，滄江別路長。看星趨翼軫，問水過沅湘。採藥身千里，聞猿淚幾行。惟應鴻寶訣，猶得侍淮王。

謁周孝侯墓

地是先朝賜，橋猶異代存。枯枝交隴樹，流水到祠門。落日瞻遺像，英風想逝魂。蹉跎余亦晚，愁向陸生論。

寄故園兄弟

旅迹原無定，塵躬且未寧。心將齊塞馬，夢屢到原鴒。世事吴宫草，年華楚水萍。從來堪灑淚，郭外是新亭。

月下柬子安兄奉使將歸

纖月吐簾帷，清光到巵酒。分似奩鏡影，已卜佩刀期。桂惜飛花蕚，荆憐別樹枝。預愁江上夜，千里共相思。

早春奉柬王駕部時聞上書乞休未得

耽寂懷摩詰，辭榮學右軍。鄉心隨梗泛，春思藉蘭薰。巴水初消雪，巫山尚掩雲。漢家頻遣祀，留待碧鷄文。

吴溪夜泛

湖山西郭外，一往一爲情。日夕看佳氣，雲霞不斷生。野煙隨徑合，漁火隔溪明。渡口迎歸處，猶能認棹聲。

早春寄台州王維楨

不見天台吏，題書問赤城。時違花過眼，春入鳥關情。雅興看霞起，離憂向水生。爲邦年最少，莫惜宦無成。

詠虞山倒影

今夜看山色，翻從一水中。溪嵐乘月吐，岩翠合雲空。波净明葭菼，沙寒落雁鴻。臨杯挹仙檜，星影亂芳叢。

夕宴孫氏園亭

金谷猶良夜，花源即往時。承君開別館，道客向前池。歌散雲輕駐，杯長月暗移。莫持無限興，留作去來思。

和子安兄夜坐感秋

北户鳴蛩集，西堂落葉過。自驚秋興發，并入夜情多。芳草萋零露，青溪急逝波。此時勞憶處，萬里見明河。

病中聞子約過修和觀

坐憶仙源裏，春風爾獨尋。桃花別後路，芳草到時心。迎杖聞山犬，驚帆見野禽。養生如可問，念我病方侵。

秋日懷王維楨

京國歲華晚，江城風雨秋。疏聲兼葉度，寒色帶雲流。羈宦潘生省，懷人謝監樓。如何潮落盡，猶未下仙舟。

登燕磯後仍過清江道院答蔡子

別有清溪勝，迴探思不窮。鳥鳴殘雨歇，帆落暮潮通。關路逢桃徑，江花引桂叢。還聞歌《水調》，流響步虚中。

子安館中言別遲蔡子不至

今夕西堂燕，明朝南浦人。雨滋將別淚，花黯欲離神。燭下杯停久，門前嘶馬頻。所期殊未至，含意獨誰申。

江上曉發

霽曉臨江渡，微茫寒霧多。無由辨深樹，衹自見滄波。岸覺帆前是，山知磬裏過。平生壯遊地，今往奈愁何。

秋日偶成

無那文園病，秋來獨未蘇。江風驚木落，檐日惜陰徂。拙宦同門限，勞生學户樞。憤憂何以託，惟是著

《潛夫》。

除夕

異鄉逢歲盡，一倍旅愁增。車從來三署，衣香過五陵。春晴傳法鼓，夜色引慈燈。誰識朝元侶，禪棲學老僧。

柬黄生志淳

作賦渾遊洛，持書似謁秦。長干連大道，淮水是通津。月下花愁客，霜前雁報人。爲君題贈婦，惟有素衣塵。

送王子亮卿真州訪蔣憲使

歲暮三山路，江通一水津。舟寒初載雪，榻暗舊生塵。静夜聞潮慣，荒城落葉頻。懸知蔣詡宅，開徑遲幽人。

虎丘經司直兄墓

昔是青山路，今成白馬泉。松塵餘涕後，樽酒若生前。過客瞻新表，鄰僧守舊田。祇嗟春草宿，非復夢池年。

邯鄲道

邯鄲臨古道，車馬此通津。錦瑟空埋恨，緇衣易染塵。王昌非蕩子，趙女是才人。併逐漳流盡，荒臺蔓草春。

九日寄子約 時海寇甫戢，聞河中盜起。

漫有登高處，兼當望遠何。對花驚白髮，見雁憶黄河。亂後書來少，霜前木落多。不堪羈宦日，同是阻干戈。

登赤壁

萬古滄江上，清秋赤壁開。浴梟知舊渚，横鶴見新臺。妙齒瑜非昔，雄心操已灰。愧無題賦手，猶欲記重來①。

① 原注：「己亥歲，余謫黄理官。嘗遊赤壁，擬蘇長公製賦一首。越甲寅，余有滇南之役，道復經此，欲撰後賦，征途未暇，聊占短律。」

崑山道中延福寺逢琴僧

維舟探野寺，取徑度溪橋。宿雨鳴纔歇，寒雲濕未消。琴聲入林細，幡影隔花遥。流水原無着，歸心緩落潮。

送徐紹卿還洞庭兼訊方子

臨水朝來望，還山西渡人。柳情非遠道，花恨是殘春。槁澤聊吟楚，尋源若避秦。祇應方處士，白首共垂綸。

鄱　陽

鄱口曉來望，濟陽路此通。頽波銷霸業，蔓草没王宫。霧色香爐上，秋聲瀑布中。禪心與遊思，并落楓林東。

三衢道中

山居無别業，民俗半爲農。樹杪開山閣，溪彎置水舂。採薪朝候艇，乞火夜聞鐘。歲晏收盧橘，猶堪比户封。

景王之藩恭述二首

帝胤宜承序，賢王遂啓封。珪分勞睿眷，笙別愴慈容。地接荆衡勝，人多宋景從。行看江漢水，何處不朝宗。

綺歲占淵識，冠年仰令儀。邑鄰豐起處，路即代來時。桂樹新開徑，芙蓉舊作池。寧知飛蓋賞，別有望陵思。

春日訪大林和尚

投迹入空境，看心愧此身。緇巾蒙示結，執鏡爲宣因。石壁初消雪，筠關久滅塵。坐來花落盡，猶自不知春。

齒嘆

齒録非余望，形衰祗自傷。未須論舌在，詎是爲脣亡。守默渾無語，歡歌漸有妨。閩中罕靈藥，何得似張蒼。

感事二首同子約作

長夜猶酣飲，平明已見收。鷹鸇懷雅志，魑魅幸生投。勢殆冰消日，恩疏葉向秋。成功自有序，不去笑穰侯。

妨賢應取咎，履滿竟成灾。書上批鱗切，辭陳舐犢哀。瘴烟蒙萬里，風采動三台。獨惜平津館，他時但草萊。

仲冬對月數宴答子約

冬暖因恒霽，宵遊及望舒。弓形雲際引，桂魄露中疏。栖戀鵂鶹後，恩深蟋蟀餘。清光能幾度，再滿歲將除。

子約患臂奉訊

静攝應無恙，塵勞暫有虧。才非類擁腫，德或似支離。燕坐停琴後，朝霖罷灌時。向來觀化意，翻訝肘生枝。

送子安家兄遣告皇陵之中都

天授我高皇，龍飛自禹方。地曾留巨迹，雲每識神光。宅鎬謀應協，懷豐意詎忘。遂荒湯沐邑，因錮鼎湖藏。園縣祠官給，泉闈烈考襄。粉榆無馬鬣，松柏有烏翔。適孝今王嗣，恢圖中葉昌。監周興禮樂，稽古備文章。觀德崇新廟，棲靈狹舊鄉。卜工維日吉，遐饋俟風將。東省推予仲，南宮曰爾良。春鄉遥獻節，秋水速征航。望氣荆塗上，登禋汝泗旁。御香陳玉碗，量幣發金箱。别淚紛鴻雁，來歆陟鳳凰。故都行欲賦，揚搉思何長。

廣寒宫登眺 即遼后洗妝處。

寶閣凌霄建，珠窗映日開。月臨疑桂宇，露灑即銅臺。山悉圖嶠入，池猶象漢迴。倚妝花屢發，窺舞鳥能來。傾國元因色，勞民豈但財。地隨胡運改，棟與美人催。監殷良非遠，秦宫亦可哀。聖朝留故迹，皇覽實休哉。

聞劉子威還自洛陽奉簡

别記殷秋日，歸當聿暮時。枚生遊似倦，陶令去嫌遲。試問山川勝，聊陳風土宜。銅臺經故寢，金谷展荒祠。潘縣猶花發，梁園但黍離。鬢先凋作素，衣盡化爲緇。余抱傷弓恨，君遭按劍疑。因聲附張邴，久宦欲何爲。

暮春雨後病遣

庭閒坐對日仍斜，邑小猶堪早放衙。已過一春纔見燕，乍來微雨亦驚花。桑麻自擬勞民事，桃李何緣競物華。正是茂陵多病骨，好從勾漏覓丹砂。

春日感懷因柬子安

平居每憶在長安，却羡雲霄接羽翰。騎馬每從雙鳳出，逢人憑作二龍看。春遊西禁纔舒柳，夜直東曹並是蘭。轉盼不堪成往事，誤身翻自笑偏冠。

閒居柬吴二純叔王二禄之

北山歸卧各風煙，西望長安思惘然。直散聞鶯蘭省畔，朝回飲馬玉河邊。府中盡道逢時少，闕下争看被服妍。爲憶同遊雙鳳侶，銜恩記否十年前。

江都代柬寄親故

吴鄉遥接楚雲東，潮落寒江一水通。王粲經秋渡淮上，張融累月駐舟中。朝攀桂樹身將隱，夕眺蕪城思不窮。若問官家近時事，積薪惟説後來功。

南省齋居

漢家祀典盛如今，幾處郊宫駐輦深。燕月懸知臨太乙，淮流争得向汾陰。齋居宛記分蘭省，禁衛仍聞集羽林。静數從臣枚朔輩，同時零落忽傷心。

答蔡子木初秋約遊之作

官閒似與病相宜，朝謁俱無起獨遲。禁苑蟬聲移物候，空山木葉報君知。薄遊丘壑何嘗廢，雅與琴書每自隨。聞説潘生歸騎省，却因詞賦動秋思。

七月六日訪蔡比部作

中郎身寄白雲司，户近青山秋早知。樹下聞琴蟬噪後，花間倒屣客來時。迢迢榆漢雙星待，冉冉藿陰滿徑垂。行樂漸宜清夜永，從君秉燭向南皮。

同王子集蔡子館

相逢西府訝初筵，爲語當時一惘然。户下鳴蛩頻帶雨，湖邊落木似催年。人傳臺嶽題詩後，客向長沙奉召還。機事對君渾遺盡，莫嫌争席主人前。

寄許夔州

城開白帝錦江連，見説仙郎出守年。虎患已從鄰境去，猿聲偏近郡齋前。相如文藻流巴蜀，黄霸功名在潁川。應是漢庭求吏治，非關相府賤英賢。

周以言黄聖長過我先人城南故居賦詩見示悵然答此

疏公别業倚荒城，三徑蕭條蔓草生。薛邑臺池今日淚，平泉花石舊時盟。齋中歲序看駒隙，門外春風换鳥聲。不是裘羊同過客，題詩那得更傷情。

春暮索居

棲息無能出世塵，青山何處可藏身。還期向子招禽慶，爲報支公待許詢。静對鶯花思舊事，忽驚風雨送殘春。朝來閉户多相戲，猶自含毫擬答賓。

麗春宫人詞次韻二首

漢宫初進美人歌，一日春暉到綺羅。漫向玉階啼粉淚，試開金篋理妝螺。從登豹輦銜恩甚，特賜鸞箋命藻多。總是相如能獻賦，文園歸後奈君何。
掖庭諸伴盡承私，猶是長門奉帚時。夜月羅幃空自照，春風玉輦不教隨。畫圖舊掩明君貌，團扇新傳班女詞。争得蛾眉無解妒，一開金屋寵全移。

追昔家居兄弟多燕會觴歌之樂特盛者如眺飛素於寒朝玩流光於清夜雪月二編華萼競美矣比承慈戚兼值仲徂無復歡悰聊申慨詠時丁未秋日

細雨吹寒入草堂，蕭蕭落葉閒鳴螿。遊情病後知因減，嘉會年來信不常。東郭雪殘惟有卧，西園月在總堪傷。争酬麗藻誰能賦，空使詞林泣謝莊。

金陵懷舊

平生踪迹半京畿，别去秦淮歲屢違。道上投珠多按劍，市中擊筑幾沾衣。寺尋白社僧猶在，宅訪青溪客已非。莫學隴西逢醉尉，夜深愁向灞亭歸。

普德寺

古寺城南訪六朝，高臺一望幾蕭條。門前黄葉催年暮，林外青山覺路遥。塔影常圓沙苑月，鐘聲静帶楚江潮。老僧宴坐耽禪定，送客何曾過虎橋。

送王户曹擢九江守

廿泉獻賦早知名，才子爲郎在兩京。闕下承符初出守，郡中森戟已相迎。空庭廬嶽晴雲色，燕坐潯陽江水聲。試覓古來《循吏傳》，幾人年少寄專城。

贈盛秀才

避喧因就辟支禪，江左玄風屬少年。數借慈燈揮藻賦，更從積雪照韋編。潮生静夜灘聲轉，月上空林塔影懸。愧我閒來尋白社，逢君却在虎溪邊。

赴丹陽廣福寺與弟言别

寺在練湖，傳爲日光佛靈異而建，上有陸羽第十一茶泉名玉乳云。

古寺碑題西晉年，澄湖如練倚窗前。寒雲自覆金光殿，荒草猶埋玉乳泉。楓葉染霜秋後色，雨花和梵夜中禪。亦知閲水同觀世，不奈潮聲送客船。

淮北寄故園兄楚邦弟

晚從吏役自堪嗤，况是人情重别離。冰雪寒深南盡地，江山風似舊遊時。花知吴苑春回早，雁憶衡陽信到遲。爲説朝中方貴少，白頭郎署不相宜。

送張尚寶謫淮南轉運

繁華自昔數揚州，君去無嗟奪鳳遊。試訪名花吊隋苑，好攀叢桂對淮流。河橋月上開官舍，海縣潮迴放客舟。年少辟疆猶作吏，功成誰復念留侯。

答吴純叔夏日即事

江城五月颯如秋，帶雨潮聲咽更流。塵滿空梁聞燕語，煙銷殘樹見花愁。登樓自可悲雙鬢，臨俎誰將獻一籌。却憶題詩李嘉祐，獨緣烽火嘆長洲。

太華寺詠落花

綴幌沾筵各有因，長安萬樹總辭春。殘妝帶雨猶含泣，薄質隨風易損神。信斷御溝争似葉，香消清路不如塵。朝逢鹿女銜將獻，證却從前色誤身。

聞報紀事

五樓鐘鼓不聞揚，三殿同災特異常。憑玉須頒罪己詔，止車應受直臣章。堯心自是安茨室，漢祀何能救柏梁。遥想千官趨走地，却於西内拜君王。

寄劉諫議鐖

經年尺素未曾題，長夏郊居懶自宜。北虜塵飛榆塞日，西京灰滿柏梁時。中朝望屬陽司諫，左掖吟憐杜拾遺。定有封章回聖主，莫須焚草避人知。

武林追憶子安

曾見褰帷向越城，非關爲吏厭承明。身隨零露朝先盡，恨落江潮夜未平。芳草不傳池上夢，薇花猶繫省中情。湖心諸寺聞題遍，留取山僧護姓名。

錢江夕泛舟人因指括蒼感賦

冬霽寒輕樹未凋，丹楓江岸似花饒。半帆布影懸初月，幾處漁燈點落潮。慢世不將辭賦賣，端居何用簡書招。白雲東望蒼山路，曾記當年誤折腰。

聞報

已報旱雲連薊北，更看洪水漲江東。天高未鑒桑林禱，河决難成瓠子功。周制備荒儲九載，漢家聞異策三公。小臣亦願輸餘税，却奈歸田歲不豐。

早春漫興

春遲今歲因逢閏，獨往尋春春望賒。日午陰崖初散雪，夜深微雨乍催花。星橋已見收燈市，山郭頻聞覓酒家。自是金閶嘉麗地，不緣兵火減繁華。

王子往會稽展袁相公墓因有此贈

平津高閣已成丘，一道寒泉萬木秋。秘器盡□□□□，□□□禁故恩留。碑題黄絹門人撰，草積青箱漢使收。非是羊□□□□，□□□涕灑西州。

嚴公解相還豫章追送淞陵作二首

古來開閣自平津，幾見功成得奉身。逸老特蒙優詔賜，乞骸何用屢書陳。東都飲餞辭供帳，南驛乘符速去輪。歸到宜春酒應熟，散金惟欲會鄉人。

明時扈聖廿年餘，始得銜恩謝直廬。秀水池臺非舊築，鈴岡花徑是新除。縣家歲給山公粟，門巷高懸薛氏車。舟泊吴江秋乍冷，野人聊爲獻鱸魚。

史子示袁州詩亦賦

聞君獨抱感時心，説却袁州恨不禁。華屋春寒無處燕，沙堤日暮只啼禽。尚思禍起驂乘晚，猶道恩過賜劍深。詩報茂陵堪下淚，莫將吟入雍門琴。

有所思

魂去何須夢，情來即是思。非緣悵兹夜，翻似恨當時。

賦得有所思

錦席承君宴，青樓寄妾家。無因挽紅袖，留恨與桃花。

二月十五夜子浚兄燈宴再賦

再吐金枝焰，重開玉樹花。非關耽夜飲，直是眷年華。影縷交花艷，明珠減月輝。君能留顧盼，時得奉芳菲。

西天寺 傍即虢國墓。

彌勒禪林雨，將軍隴樹煙。長安今罷笑，留恨向西天。

題美人蕉

帶雨紅妝濕，迎風翠袖翻。欲知心不卷，遲暮獨無言。

寄　侍

遇花思舞夜，睹柳憶顰時。可道錢江上，行雲有夢知。

梅花水仙

弄影俱宜水，飄香不辨風。霓裳承舞處，長在月明中。

題茉莉二首

萼密聊承葉，藤輕易繞枝。素華堪飾鬘，争趁晚妝時。
香慣臨風細，花偏映日生。若將人試擬，小玉定齊名。

梅子鋪題壁

月明清露下荒臺，木落空山更可哀。夜壑常留金碗在，春風曾識翠華來。

對月答子浚兄見懷諸弟之作

南北何如漢二京，迢迢吴越兩鄉情。謝家樓上清秋月，分作關山幾處明。

古　意

承恩憐故亦憐新，落葉隨風笑此身。陌上相逢厮養婦，宫中曾是舊才人。

進酒詞

芳情慣向歌前結，鬱抱遍從醉後開。何事酒乾銜不放，杯香暗送口脂來。

贈金醫

少年學道出長桑，閉户時窺五色方。漢武甘泉初鑄鼎，好將靈藥獻君王。

詠贈髮

寶髻斜安墮馬妝，偷將鸞剪試分香。纏君玉腕勞相憶，底是春心如許長。

過北川橋舊寓

客舍依然禁籞西，女墻淮月古青溪。春風爲笑堂前燕，門外何曾識馬蹄。

寒夜曲四首和子安兄

風吹芳樹已凋殘，却放清暉入畫闌。莫道金閨常自暖，夜深翻似玉門寒。

淡煙和月出霜林，落盡寒花只素陰。别有蘭缸凝彩焰，鏡臺斜倚照冰心。

繡户深沉半掩門，玉窗愁對月黄昏。閑垂翠帳何曾寐，熏盡金籠總不温。

年隨流水去傷神，催入風光一度新。何事蛾眉顰不展，玉顔無伴怕逢春。

永興寺散步

帝城西覓古叢林，萬木寒垂六月陰。庭下閒花齋後偈，門前空水定時心①。

① 原注：「蔡子木云：『「庭下閒花」二句，可謂詩人之極則矣。』」

安平元夕對閩客作

邑少絃歌惟戍鼓，村無煙火只漁燈。吴趨綵艷閩珠燦，一様思歸兩未能。

寄憶

江東烽火已難知，亂後那堪更别離。縱有鄉書傳驛使，開緘不省是何時。

盤江詞三首

白澗流殘青嶂開，鷄公嶺帶夕陽來。更聞江水盤千曲，何似愁腸日九迴。

攢峰夾岸若雲稠，下有飛泉一綫流。春草深時多瘴癘，行人駐馬不堪愁。

松風萬壑引盤渦，聞唱《公無此渡河》。漢將西征遺壘在，至今啼血染滄波。

奉和子約夏日郊居

炎日遥從瘴嶺還，新開幽徑竹林間。南中六月渾無暑，猶記衙齋對雪山。

十八夜兒楙治酒邀諸父待月始陰仍霽

清夜歡遊忽作陰，少時斜月復開林。倩教絲竹陶餘興，莫惜兒曹解此心。

夜過張子不值

偶隨明月過君家，幽徑無人自落花。書帙亂抛青玉案，尚餘螢火挂窗紗。

次子約答賓

閉户無營懶逢宜，逃名漸覺少人知。相逢陌上休相問，二陸今非入洛時。

東　子　約

東吾達命愛都捐，最是憂心易損年。頭白逢春能幾許，且收雙淚向花前。

吳文部園中觀鞦韆二首

綵架朱絲蕩碧空，翩翩雙蝶逐花叢。祇知神女能行雨，不道仙姬會御風。

乍起花間漸出墻，只愁人遠但聞香。嬌容願倩風爲力，故製湘裙特許長。

長兄齋中嘗畜白鸚鵡一隻亡後歸之於人

客到花間問主人，隔簾先聽語聲頻。今來却作烏衣燕，飛向東家別哢春。

皇甫同知濂二十四首

濂字子約，一字道隆。嘉靖甲辰進士，除工部都水主事，監薪廠。賈人子納女於司空，依倚爲姦利，子約按其罪不少貰，司空心銜之。榷關荆州已得代，案前事內計，謫河南布政司理問。稍遷興化府同知。丙辰入覲，投劾不赴。里居數年，閑居散齋，不通賓客。少學琴於雲間張氏，晚更精詣，撰述之暇，鼓琴一二行，謂足玩世遺榮也。皈心釋氏，嘗棲息精廬，從名僧檢經説難，翻大乘《法華》內典，持誦《維摩詰品》，作《妙伽它贊》，心吐納延化術，得黄帝房中秘方，謂可登真度世，以交接致病遽卒。有《水部集》二十卷。黄德水曰：「水部詩意玄詞雅，律細調清，長於造景，務在幽絶，山藏水閟，披露良多。」孫七政曰：「水部詩清敻罕儷，其志意亦復玄曠，故其文乃爾。《悼子》兩篇，令人拊心痛絶。」

赴洛留别華陽兄

浮雲薄高山，崇朝去還結。遊子不憚煩，悠悠復徂轍。密親自兹曠，臨流何能發。衰林動遠風，寒江冒輕雪。遇物隆所悲，興愁頓難絶。無以赴洛人，懷哉伹吟越。

有所思行

悵憶山中暮，佳期渺未歸。蘼蕪含露葉，楊柳亂煙暉。離瑟開塵匣，餘香卷夜衣。愁心不及鳥，猶逐白雲飛。

悼子乘二首

肇汝方既誕，發祥良在兹。慧敏標弱齡，珪璋渺前期。服志遠鄙俗，規行多惠儀。性成亶純孝，療母寧捐軀。母患乃始平，子先朝露摧。慈愛二紀中，瞥若衝飆馳。虚位委空館，胤類無孑遺。天道苟不虚，在數安可推。沉憂達晨暮，仿佛盈人思。翰墨芳餘迹，形音恍當時。起居常若隨，顧影獨無依。周遑損眠食，掠惕長分乖。魂來或形夢，路絶徒哀悲。

溟溟雨露集，熙熙歲始更。靈蠢各有化，人理獨無生。念我泉下子，一絶如朝榮。生男以待終，胡爲遘夭縈。天奪良以速，安貴顔仁名。清塵布虚室，寒晦凝軒屏。宿草旅庭薦，哀鳥爲悲鳴。悵恍鯉趨日，禮訓猶用情。流目無存形，涕淚交沾纓。恫憂何能已，嘆息每遺聲。堂闈曠綦迹，詩書空復盈。奚伹腸九迴，心膂成頹崩。愧乏延陵達，無乃傷吾明①。

① 原注：「吴中先輩盛稱此章，皆云水部悼子，不減安仁悼亡，能叙悲怨。

持誦維摩詰品作妙伽它贊四首

敷塗盡種種，諸法亦何常。菩提植净本，藴此妙觀方。旋輪衆冥息，普我無量光。求彼意識界，一與頌燈王。

意彼空中真，畢竟空是疾。愛想豈慧攝，權解乃善律。應觀諸法身，生滅孰虚實。願奉饒益情，不得起厭逸。

馳電非久炬，瞥火現青華。五通成達仙，道品登三車。菴羅列寶樹，恒河泛金沙。怖礙允都捐，是證生者涯。

染著悉塵根，新故相因續。情波無端極，苾芻傷自促。但弘法苑慈，藉佛攝神足。一濟解脱津，永宴净茵蓐。

宿昌平

向夕投山界，城臨萬壑秋。麗譙嵐氣匝，殘戍野煙收。霜薄低寒雁，風長韻素楸。迢迢星斗夜，應共古今愁。

元真觀

列館成恬曠，垂軒坐息機。未須人境遠，已覺世塵違。筠密秋生院，花殘日背扉。誰將示冲漠，予意正忘歸。

過陳與竹草廬

落日衡門下，寒容一水開。最憐忘世老，終愧泣歧才。野草知年事，鄰輝覺暮哀。誰能聞嗜酒，時遣白衣來。

真州留别華陽兄

河梁意不盡，相送到真州。草木成今别，江山是昔遊。各言衰鬢客，那忍故園秋。明發東西恨，惟看一水流。

行黄石望壺公山

無能屏紛雜，聊與問山椒。日勢消巒霧，江流到海潮。緑柔當社樹，紅發向旭翹。欲就壺公隱，鸞笙誰爲招。

尋静安寺方丈

客思隨幽討，僧堂到夕曛。晴懸千嶂雨，寒抱一丘雲。草落猶花發，山空自鳥群。亦知禪寂處，秋色轉氛氳。

七里隴

入隴澹晨旭，舟行夾翠微。驚湍墮巒色，連岫引江霏。水木淹停策，雲霞繫客衣。從知人去後，堪憶在漁磯。

離思

愛於人境遠，轉與道門親。静得幽探趣，閒耽逸性真。鶴巢低樹色，燕乳落花塵。莫問忘言處，明朝是别辰。

夏日要王子飲雙松道院

命爾芳樽酌，同君物外踪。藥欄華碧草，鶴徑老青松。鳥愛留春語，雲多入夏容。桃源未可問，兹地暫吾從。

舟入石湖煙雨成汛

烟色含微雨，秋聲起暮濤。水行天共遠，雲觸岫同高。小泛隨漁笠，閒情寄野醪。無令懷往事，翻益思偏勞。

詠梅花

坐惜江南樹，春當塞北花。叢中澹芳色，歌裏逗年華。競月宜香泛，嬌風恰影斜。佳人正堪憶，持此伏疏麻。

郡中作寄三兄

海邑罕人事，炎天少雁聲。林含丹荔發，澤蔓紫蘭生。岩靄山頭薄，溪雲水上行。東菑正堪務，南國若爲情。感念同騑服，吁嗟阻寇兵。迢迢思萬里，今夕月還明。

春日

歲盡方看老却身，更將幽思早驚春。東郊節候林端見，南國山川鏡裏新。宴賞移時淹醉客，笙歌滿路起遊塵。亦隨景物消愁寂，願得春風長與人。

詠園中梅花

上月青陽啓曙暉，園梅變臘識春歸。花猶並雪凌芳遍，葉似含情弄影微。索落機前紈自怯，香分奩外鏡堪依。由來物序兼愁思，一詠何郎欲和稀。

詠春雪

去年春色驚寒雪，今日當春雪更飛。積素似添愁客鬢，輕花能逼艷陽輝。閒窗落絮翻何劇，小苑新梅綻欲稀。惟是香臺塵陌上，偏教一夜滿芳菲。

啟關

長日齋心解息機，聊堪經月掩衡扉。忘言客難將誰設，避地車塵亦自稀。蟬寂松風還易聽，雀驚荷露定難依。朝來争席猶相笑，却信人間事轉非。

周山人詩一十首

詩字以言，崑山人。風致逸爽，倜儻重然諾。妙於方藥，自謂張仲景而下不能過。作《内經解》，鈎致玄旨，不蹈前人。嘗之京師，以詩文遊公卿間。少試方藥，皆神驗，欲以尚醫官之，拂袖而去。遊武林，敝衣匿僧寺中。提學孔天胤自翰林出，雅負知詩，閱岳鄂王廟題壁詩曰：「何事殄吾壁也。」命隸人彗墨掃之，至以言詩，乃大驚，立命駕往謁，與定交。武林人争延致以言，以言不懌，辭歸。與皇甫子浚兄弟善，遂主甫氏。以言之父諱右，與虞山孫艾爲死友，且死，囑以言曰「常熟可久居，居必依孫氏。」以言不再娶，無子，老且病，辭甫氏曰：「先人之所屬也。」艾之子耒，具舟逆之，遂死孫氏。耒殮而殯之，設木主臨奠之，以時葬孫氏吾谷墓旁東南十步，表諸石曰「虚巖山人周君墓」，子浚銘之曰，「死生之交，諒焉有經。千秋百世，盟言是徵。」迄今百有餘年，孫氏之子孫守其盟不替，歲時祭焉。以言著書，多不起草，成輒散去。皇甫子安書規之曰：「以言有聰明之資，曠蕩之才，而落魄不羈，篇章委散，惜此奇寶委諸泥塵。以言之齒長矣，忽爾浮沉，筋力異昔，雖欲驅策，末路無從。僕知以言，後世不知，萬年長恨，誰任其悔乎！」今所傳《虚巖山人集》者，子安詒書後所存，而《素問箋解》卒無傳焉。

留别西湖兼柬孔文谷萬鹿園趙龍巖田豫陽童南衡諸君

淹薄武林遊，重輪忽四望。興諧謝客幽，迹類向長放。崇嶺遵逶紆，澄湖泛滉瀁。蓮刹詣諸天，香臺遍昭曠。聊因杯度慈，一遣迷津妄。泉挹氣冽清，洞歷石攢障。側足凌層梯，迴與丹霞傍。烟綿百雉聯，巀嵲兩峰向。曬越吴山巔，觀濤海門上。衰莽弔遺墟，懷往情亦愴。攀踐匪一途，靈異信多狀。景物無遁形，微尚自兹暢。會心既以玄，感來寧弗亮。結侣得應劉，調逸每相抗。傾座激懸河，芳飆企予仰。綢繆林中娱，萬事等飄块。發詠互酬答，真賞謡郢唱。凄其徂歲陰，日歸介征榜。踟蹰行復留，念此意彌廣。斷梗惜臨流，撫膺吐深恨。

皇甫子循題云：「周山人《留别西湖》一篇，尤爲《選》體之冠，婉麗以會景，俊逸以宣情，春容以達氣，縱筆二百言，無一字谿徑，真得古人之髓。」

春日子浚置酒登盤門城樓縱眺

出遊躡城闉，聊使殷憂廓。迥瞰樓闕重，周覽河山錯。候禽音尚微，初林蔭猶薄。密煙生近堤，傾曦澹遠落。潛盤狎勝引，且復娱斟酌。快意當遺形，所在即丘壑。

謁岳鄂王墓

將軍埋骨處，過客式英風。北伐生前烈，南枝死後忠。山河戎馬異，涕淚古今同。凄斷封丘草，蒼蒼落照中。

登金山

絶島中流出，蓮宫匝杳茫。谷雲通北固，津樹隔維揚。海色朝看近，江聲夜聽長。獨憐臨眺者，千古逝湯湯。

理山避暑竹亭有作見寄次答

阮生能抗俗，嵇子得長林。僻境寡人迹，開窗多鳥音。蒼藤挂朱日，短榻卧重陰。羨爾忘機事，雲山意已深。

九日登虞山大石望吴中諸山有懷華陽

茱萸逢令節，攀折漫爲歡。風景登高盡，離憂對酒寬。林虚殘照入，峰遠斷雲攢。吴甸蒼茫裏，懷人百里看。

秋夜對月因懷往歲華陽百泉送理山之荆州至殊勝寺月夜之遊不覺愴然賦此

心斷青天月，悠然憶去秋。梵宫湖上景，良夜故人遊。桑柘通依水，星河半在舟。歡娱回首處，荏苒易生愁。

白溪篇爲吴子賦

採秀深溪沚，高人思不窮。仙巖回合裏，靈壑杳茫中。震澤餘霞接，淞陵曲墅通。夕沙流素月，秋水逗賓鴻。花色彌霜鏡，漁歌遞遠空。一舟沿泛處，蕭灑更誰同。

寒夜曲

少年離别不堪言，每聽砧聲欲斷魂。不是羅幃怨明月，向來愁緒怕黄昏。

送朱懋道北上

月明愁向此宵多，執手河梁意若何。千里雲山青不斷，片帆何處宿煙波。

徐處士繗〔一〕三十九首

繗字紹卿，世居吴之洞庭山。祖德輝，富敵國。父天常，有遊閒公子之習，以輕財損其家。父卒，其母蔡，携紹卿依同母弟羽以居，所謂九逵先生者也。紹卿少爲諸生，受學於其舅氏，詩文皆得指授。長與黄省曾兄弟善，紹卿少省曾一歲，𢀖曾顧兄事之。初名陵，字少卿，慕李陵之爲人，跌宕自喜，時時從少年爲狎遊，耽昵倡樂，盡廢其産。挾策遊建業，遍攬形勝，召秦淮歌姬，命酒劇飲，酒酣以往，援筆賦詩，感嘆六代興亡之際，高歌長嘯，引聲出蕭寥間，視舉世無如也。數射策不中，遂棄去。晚年食貧喪子，一老女寡居，逾年一入市城，寄浮屠舍，蕭然旅人，前所與遊者咸逝，皇甫子循及張牧、劉鳳掃室布席，争延致之。雖篤老，槃案杯斝間，雅謔迭奏，至漏下卒不倦。間有所不可，論辯蜂湧，意氣勃發，堅悍少年弗如也。年八十六而卒。紹卿少爲詩，與二黄及皇甫子安互相摩切，晚而稱同調者，則子循與二黄之子河水、姬水也。河水稱其詩貴華彩，尚標致，經營用思，愈老愈深，吟諷再三，真賞自得。子循爲醵金刻其集，序而傳之。

〔一〕「處士」，原刻卷首目録作「山人」。

將歸夫椒泊湖口作

咫尺胥臺路，風波滿渡頭。鶴情懸碧隴，蒓思協滄洲。柳暗藏歸溆，花深引去舟。白雲爲帶處，仿佛識仙丘。

宿治平寺

暝色投真境，精廬一駐車，暮山飛靄遍，春嶺挂星疏。澤近窺汀火，溪深宿夜漁。良宵不成寢，花月在香除。

江上别盛太學與明

草色汀方緑，歸心鬢欲華。楚江臨别路，春水怨天涯。飛絮凄征舳，青煙暗遠沙。無勞歌《折柳》，腸斷是清笳。

寓棲鳳樓言懷

豈是乘鸞客，棲居閲歲華。寄情聊翰墨，冲賞但雲霞。羈跡牽春草，銷顔耐晚花。浮生盡如寓，君莫嘆無家。

遊南山循東行稍窮幽勝

隴首酬華矚，寒山轉鬱葱。翳林難見日，靈穴易生風。帆影滄洲外，鷄聲緑樹中。何如石門興，雲卧趣堪同。

宿西莊懷幼于

出郭風煙澹，林扉映緑波。水迴全作帶，樹古半懸羅。月白鴻聲切，花寒露氣多。佳遊成獨宿，良晤惜蹉跎。

冬日重過西莊

背郭雲莊浄，孤村雁蕩清。岸迴沙半出，山遠雪微明。草户連郊色，寒檐傍竹聲。夜深靈籟作，宿處本香城。

甲子除夕宿魚卿館

旅迹原無定，衰情此更加。飄零逢歲夜，惆悵宿君家。醽醁春生緑，風扉雪度花。故園今夕意，悽斷若天涯。

秋夜山房與堅公

一到東林寺，蹉跎向六年。不將陶令酒，來犯遠公禪。月下寒蛩切，花邊湛露鮮。上方仙梵作，餘響入空煙。

秋日山中寄淳甫

客鬢經秋短，離情向暮深。永懷搴馥意，一展涉江心。嶺宿同哀狖，林棲並倦禽。白頭誰故舊，感激爲君吟。

春暮山中重寄張子

煙水途成阻，雲天恨渺然。素書緣病廢，芳草爲情牽。巖緑飛花後，春寒細雨前。聞君棲墓意，遥贈《蓼莪》篇。

奉懷子循司勳二首

郢曲何人理，憐君獨苦心。一官絲鬢盡，萬恨緑樽深。園步攜琴入，山行載筆尋。有懷良夜永，風露滿雲岑。

寥落空山外，蹉跎暮色催。歲華看逝水，心事見殘灰。畜意搴花去，含情遲雁來。窮通無可詰，空笑楚臣哀。

秋日山中懷淳甫

舊事遊難續，新愁泪易催。人亡收夜燭，歡散徹林杯。顧影俱蕭鬢，尋蹤半緑苔。在山悽暮類，宿處嶺猿哀。

送淳甫重往白下

遲遲白下棹，黯黯寒雲津。怨别清江路，相看暮發人。客行偏冒霰，家在不逢春。長揖郵亭外，含情柳色新。

山　家

山家日翠微，澹蕩挹清暉。溪水繞門緑，巖雲當户飛。夕陽啼鳥盡，細雨落花稀。遲暮何知客，逢歡便作歸。

題鄒氏山居

草户煙波上，林扉碧嶺西。柳邊時繫艇，花外忽聞鷄。圃樹縈窗暗，山雲度檻低。主人開徑處，惟有緑桑蹊。

滄浪亭作

窈窕滄波寺，玲瓏水上扉。緑窗雲竹净，朱户露花晞。魚逸晴偏躍，鷗閒晝不飛。東鄰精舍近，無慮戴星歸。

春日結草庵

指引松門路，飄飄水上蹊。津雲春匝寺，灌木晝藏溪。苔色終年緑，藤花四月齊。歸途餘興緒，黄鳥隔林啼。

冬日宴何中翰館

乖隔徂年易，多歧會面難。挂冠辭漢闕，避地向江干。語别淹宵宴，聽歌憶舊歡。霜天情易慘，醽緑坐消寒。

臘日山居柬淳甫

生事同寒鵲，冰霜意若何。黄金初歲盡，白髮暮愁多。世慮銷雲梵，冥心託薜蘿。故人年亦謝，良晤惜蹉跎。

幼于携酌南館

避暑南樓暇，逢君遲客時。緑陰消夏氣，清壙貯凉颸。林密雲歸早，溪深月到遲。興闌杯未徹，惆悵暝煙滋。

寓竹堂寺淳甫携榼見過

境外歡良晤，壺觴戀夕陰。暝雲沉碧殿，凉雨濇珠林。存没悲前事，榮枯愴暮心。一樽仍自惜，惆悵别時襟。

寄蔣比部

作吏仍兼隱，因君憶鎬京。白雲籠署榻，紅葉映江城。環渚煙中盡，平堤晝裏行。于公方種德，誰不誦佳聲。

遊報恩寺

荒畛通雲岫，煙蘿敞紺扉。畫梁雲氣盡，網户雨絲飛。僧寂鳴鐘罷，林荒宿鳥歸。一燈仍自照，惆悵戀殘暉。

川上晚步

野步斜陽外，逶迤度廣廛。荻花明翠渚，雲葉散華天。水冽含霜氣，山青帶暮煙。正逢同稼日，春酒興相牽。

春日登灣上水樓

心賞歡同調，聊成假日遊。暮窗紆翠岫，春檻抱滄流。蕪緑煙催暝，花寒雨作愁。紅芳坐來歇，登處且消憂。

傷黄淳甫

在世同行客，君歸莫怨先。夜臺多綺歲，朝露少華顛。竹下今傷寂，花前昔記眠。莫教鄰笛奏，懷舊易潸然。

山樓卧病喜清甫見過

疢積懷生慮，門閒笑客稀。爲樓聊暇日，隱几但清暉。酒氣凌花架，厨煙出翠微。朱顔猶自渥，且莫戀蘿衣。

徐錦衣西園

石磴援蘿陟，房櫳曲徑通。嬌鶯穿玉樹，晴蝶戲芳叢。竹密難分曙，松疏易入風。出門迷路窅，回首戀春紅。

花朝前一日對雪

仲月花晨逼，飛霙點緑蘋。紅芳一夜變，玉樹幾枝新。伏檻渾疑臘，當杯半助春。素華消處盡，應避艷陽辰。

過東湖寺清甫舊寓

物外生寥泬，精廬儼翠微。案塵收蠹簡，院静掩螢扉。朗月思玄度，清言阻彦威。陳蹤那可即，回首悵煙霏。

避暑東湖寺

物外尋真境，雲標啟梵宫。緑沉消夏氣，紅艷奪春工。嶺色含朝旭，巖聲亂夕空。坐來林月上，凉思滿房櫳。

哭白下沈山人鎮卿

分手渾如昨，生離已十年。何期從物化，天畔忽潸然。酒伴凄朝露，花情憶夜絃。無由仲挂劍，拜手酹蒼煙。

歸次曲阿作

曲阿城外草萋萋，匹馬東歸日正西。亂後客身無可寄，春深鄉思轉成凄。愁中燕子驚新社，夢裏桃花識舊蹊。莫向行途歌不易，青山茅屋任君棲。

寓妙隱庵

東風仙苑門芳菲，家在雲林屢夢歸。河畔草青鶯欲語，城南花滿蝶初飛。寒生古院偏多雨，苔没空階正掩扉。留戀曲池春更好，垂楊終日鎖煙霏。

雲陽道中

雲陽郭外曉氤氳，飛鞚連翩正逐群。天際楚山春易靄，雲中江樹曙難分。鄉心更值風花暮，旅迹頻驚陌草薰。欲向隴頭聊駐馬，啼鶯深處不堪聞。

叔貽卧病家園詩以代訊

聞君抱病謝塵蹤，歸卧鄉園緑嶼中。水曲更憐藏别島，花深遍愛隱房櫳。仙芝出地俱成餌，琪樹爲林半是叢。最憶夜分紅燭静，朱簾垂處月朣朧。

送陸甥綬適淮陰

征帆眇眇去江濵，千里垂楊暗緑津。乳燕不堪臨别酒，落花偏自送離人。淮陰尚説王孫市，楚水空流故國春。荒戍角聲愁暮起，夕陽時節易沾巾。

黄舉人魯曾二首

魯曾字得之。正德丙子舉於鄉，以《易》魁其經。十五年而弟省曾字勉之亦以《春秋》首舉。勉之一再試不利，輒棄去爲古學，而得之與中表皇甫冲、海鹽王文禄老於公車。分宜聞三生才久困，欲招致之，不能得也。勉之卒又十五年，得之年七十五，治裝將北行，屬疾而卒。得之長身修髯，狀貌類河朔大俠。父授產千金，悉以置書，其學無所不窺。勉之北面事空同，重染北學。得之詞必己出，不欲寄人籬下，亦往往希風李、何。於甫氏兄弟爲外昆，故甫氏之少學得之汝南居多，而後乃屢遷焉。得之詩多散佚，其子德水字清甫撰《國華集》，取所傳誦者數篇，余采之以附四甫之後。勉之集盛傳於世，以其學空同之學也。次於李氏門徒之列，不令與諸甫齒，示别裁之微指云。清甫詩附見於後。

肺病

肺病因何劇，龍蛇久背時。小槽誰貰酒，弱翰漫題詩。貰轍過難結，仙舟載已遲。春來花鳥意，獨飲向茅茨。

見鸚鵡有赤色者遂賦

珍翮丹砂耀，瑰顛赤玉輝。如能解羈紲，還並日烏飛。

附見 黄德水四首

德水字清甫，初名河水。

賣花篇

日南氣候天下奇，四序皆如三月時。《豳風》謾賦爲裘什，越俗空傳《采葛》詩。泉甘土沃山川美，長日花開燦於綺。不論秋去有蘭蓀，寧獨春來盛桃李。初景曈曨萬户開，㜎童駱驛賣花來。一筐新蕊朝纔摘，數種奇葩歲自栽。曲房小閣開妝篋，紫貝青蚨走輕屧。若箇簾前非墮英，誰家門外無殘葉。參珠間玉鬬光輝，踏青拾翠弄芳菲。花房剩有瑶臺露，滴盡儂家金縷衣。

疑冢

英雄事去藐難徵，疑冢累累半已崩。試問當時銅雀妓，定將若個當西陵？

過偏橋

雨夕復風晨，長途任此身。前行去已遠，孤客藐何親。山險天藏路，溪寒馬嘯人。旅懷欲有訴，紆軫不堪陳。

四十八渡

武溪多野涉，一日四十八。入水人脛寒，登崖馬蹄滑。

姜布衣玄三首

玄字玄仲，吴江人。少博學嗜酒，不就博士弟子試，與邢麗文遊，慕好之，居於湖瀆。足未嘗輕詣人，或使其子弟學焉，亦時謝遣之。朝起視盎中粟稍可炊，即閉户吟誦。歲中所過相善者，率不出百里。晚年善黄魯曾、徐緌，魯曾蓋師事徐、姜也。徐詩尚華美，姜務雅澹，極意陶煉，每成一詩輒復捐去，着思再三，芒藻幾盡。不爲時流所知，或諷其少貶，執道愈堅，以知希爲得，蓋亦詩家之逸民也。《秋夜讀書》詩云：「含莊洞理化，涉老達虚無。玄珠握中照，道心益恬愉。」可想見其託寄矣。魯曾之子德水撰《國華集》，載玄詩五篇，玄之名得附以傳。

雜　詩

諷討窮修晷，頗悦古人情。周楚先河濫，漢晉浩波横。吐吞煙霞混，組繡陽春生。妙化猶九轉，巧拙非一程。隋侯自朗瑩，和氏自温明。既使瓴甋競，又俾魚目争。所以絶琴者，千載不復鳴。

郊居感興

綺歲遺明代，於陵老灌園。渚林同桂隱，湖水即桃源。賢聖多抔土，神仙少羨門。達生無二術，惟有對芳尊。

早春吴淞江小泛

江邊頭白老爲漁，手弄蓮舟任所如。不盡香風吹碧杜，雨山横黛夕陽初。

蔡侍郎汝楠五十三首

汝楠字子木，德清人。嘉靖壬辰進士，年十八，除行人。遷南京刑部郎，出守衡州。歷江西參政、山東按察使、兵部侍郎，改南京工部。同安洪朝選云：「蔡白石弱冠即以詩聞，初學六朝，即似六朝，既而學劉長卿，最後又學陶、韋。」唐應德云：「白石詩洗盡鉛華，獨存本質，幽玄雅澹，一變而得古作者之精。」蓋嘉靖初，唐應德、陳束之反北郡之弊，變爲初唐之體，至是乃稍變爲中唐，而子木之風調，得之皇甫兄弟漸摩者居多。王元美在比部，子木以臬副入長安，酒間高歌其夔州諸詠，吴明卿輒鼾寢，鼾聲與歌聲相上下。元美謂子木少年雅慕建安，晚始陶洗攻錢、劉，索然易盡，而又極詆吴人皇甫氏、黄氏，以爲如倚門之妓，施鉛粉强盼笑，則一時風尚，互相淩轢，可以想見。厥后王、李之業盛行，蔡氏、甫氏不啻退次三舍。百年之際，焰消而論定，向之抑没者，乃復稍稍表見。文章有定價，豈不信哉！黄德水曰：「子木登第最早，服官留都，與皇甫昆仲唱和，雅有令譽。送别登臨佳句，未嘗不在人口。既而官爵日尊，詩格日損，必窮乃工，豈其然耶！」無錫顧玄緯曰：「子木詩出楊用修所選者，爲藝林珍賞。晚年率易應酬，如出兩手。」

舟行雜詩三首

華候熙春陽，客行复已久。林鶯囀月鶯，岸密稍雲柳。徂心度停淵，蓬顔照光藪。幸采韻音多，歌風盡杯酒。
昨攬荆州莽，今宿文陽陂。遥天收密雨，平隰茂春荑。分泉臨渡咽，愁雲出岫離。載彈山水曲，坐結孤絃悲。
揚帆平海波，繫纜長江浦。清眺倦水族，春心寄芳樹。風傳女媧歌，朝送馮夷鼓。行迹方滯淫，卜居問三楚。

荆州雜詩七首

南皮駕未返，西園歲欲周。王門雖巨麗，羈旅嘆飛浮。將因曠望去，乘風泛新秋。路出龍山館，帆經鶴澤洲。名都昔信美，曠跡今安求。高甍垂新草，凋楊拂古丘。緘情會蕭瑟，歸步蹇淹留。傷心不可繼，西日臨江流。眷言弭蘭鷁，俄頃慰孤遊。翻濤叠晴蓋，空雲結重樓。玉尊如未暮，金瑟堪娱憂。
霜風初應候，蘭芷澹無滋。暮心依澤渚，曉駕阻江歧。地迥連山渺，天長絶雁遲。蒼梧望君處，挾瑟應靈妃。
迢遥樂平境，寥泬瀟湘空。日月光相照，蘭椒氣未窮大招三楚内，餘怨九秋中。微有懷忠賦，誰當繼國風？

雨氣餘三峽，雲彩藏孤臺。雕旗傣暮野，綺席揮春杯。神仙度影盡，年歲浮心摧。噭噭巴猿響，疑爲楚王哀。君門今闃寂，佳人寧再來。

巉巖蒙山路，威紆澗嶺斜。池光疑秋月，泉蕊代春華。寒溪聚瑶葉，淺徑縈金沙。灑然坐相望，高亭流水霞。

三楚多秀士，善劍復閑辭。陪鑾一柱觀，解佩七星池。芳流戲緑芷，平路結青驪。時進雄風賦，還承暮雨詞。絃歌未解已，原野動旌旗。秦師帶百萬，吴國瞯安危。夷陵既已毁，郢城詎能支。在昔承歡豫，聯組蔭光儀。一朝陷兵氣，王室忽如遺。至今嗟百士，如何勿三思。

故宅曲沱隈，荒煙南浦外。嵐氣蒙重林，空江飄萬籟。遠行自憭栗，適與悲愁會。緒思既已興，前忠復云邁。寧惜凋蕙蘭，言傷雜蕭艾。九辨且勿申，聊遣愁心泰。

安陵春夕

乘舟竟綿澤，弭楫次齊關。默聽喧春鳥，晴看疊暮山。曲洲饒秀樹，別渚聚芳菅。他鄉時已茂，遊人殊未還。

即事貽儀部皇甫員外

三稔別知己，一言殊未申。誰謂同京邑，猶復阻風神。松雲含夙露，花日映遊塵。西曹有嘉樹，悵隔南宫春。

退食園亭效韋刺史

崇朝署字罷，退食坐園廬。春草階下歇，夏花樹底疏。推窗玩幽鳥，汲水灌嘉蔬。即此爲邦處，亦似北山居。

和皇甫子循送兄赴浙中

共向青門餞，誰爲棠杕歌。與君零落後，仍苦别離多。鴻雁分歧路，風波溯曲河。傳詩惠連日，莫不寄羊何。

初上讀書樓

一倚層樓上，風煙自曲阿。山晴俱入牖，月濕迥臨河。散帙流螢落，吟秋早雁過。無端見鄉樹，却憶别年多。

山中立夏即事

一樽開首夏，獨對落花飛。幽僻還聞鳥，清和未换衣。緑幃槐影合，香飯藥苗肥。盡日柴關啓，蠶家過客稀。

烏戍唐氏林亭

訪舊烏溪畔，空林別戍閒。鑿池通暗水，移石壘高山。微雨秋雲後，疏花夕照間。平生愛幽寂，於此欲忘還。

報恩寺塔

寶塔中天構，君王奠鎬年。皇圖香界合，海氣鳳樓懸。萬嶺開江左，千門倚日邊。南山留作鎮，長見法輪圓。

觀音山閣

沙畔石縱橫，迴流向玉京。遊人望遠至，高閣幾年成。落檻青山色，邊江細雨聲。乘舟何處客，正及海潮平。

送陳郎中出守廣州

戀別南州守，聊爲越客吟。三江看雁盡，五嶺入雲深。風氣通蠻落，人煙接海陰。炎方將帝命，併切飲冰心。

九日登高

楚洲寒意動，忽感授衣天。白雁投斜日，黄花隱暮煙。秋殘風雨後，鬢改滯留年。鄉思東籬畔，江流爲我傳。

題峴山濟公房

禪榻澄湖上，山光似鏡中。疏鐘摇落葉，細雨帶秋蟲。峰竹虚窗映，爐香别院通。何期碧雲合，一酌對休公。

晚過施子

霽景開芳宴，樽前落晚霞。蟬聲經雨斷，鳥道入風斜。幽徑過求仲，青山近謝家。相看江上客，共惜九秋花。

寄華鴻山學士

知君謝朝謁，山水賦尤工。才邁雕龍客，心齊失馬翁。煙霞留户内，花竹隱墻東。莫道風流意，如今異洛中。

自瑞洪溯江入信州

暫得辭文牒，虚窗晝航開。江趨鄱口落，山向信州來。接樹迷帆入，殘鶯唤夢回。無人共登眺，翹首越王臺。

初至大梁題撫院壁

祗役初紆覽，兹方信巨藩。詞人在梁苑，俠客近夷門。水勢神河奠，花枝嶽樹繁。兩京聯絡處，何以固中原。

紫薇宫行祈祝禮

行趨紫薇闕，儼是北辰居。灝氣通王屋，玄風徹禁廬。神祇猶望幸，雲雨爲前驅。將命叨成禮，端章扣玉虚。

奉和皇甫百泉玄武湖供事

解説澄湖上，高齋擬石渠。九州分職貢，萬户入圖書。常侍傳符後，郎官對草餘。綈緗隨處滿，人吏此中疏。積水神龍澤，青蓮太一居。鳥啼喧静院，雲暖護幽墟。式重思周典，先收憶漢初。不知供事日，仰止意何如。

遊徐公子西園

西園飛蓋月中遊，隨意登攀自可留。門徑近連馳道樹，池塘遥接漢宫流。坐看虚牖明朱巘，行見深松間畫樓。一自王孫開别第，鳳臺花鳥不知秋。

自題前山草堂

草堂舊結北山阿，逋客還家洽薜蘿。繞院松林嵐翠重，滿庭蕉葉雨聲多。清樽自對叢花發，高枕無如啼鳥何。若道世情堪澹處，門前終日俯滄波。

正月三日同諸公蔣詞遊讌

半山亭樹影參差，帝里風煙開古祠。芳社自宜彭澤酒，後湖兼勝習家池。壇前松列停雲蓋，岩曲梅抽帶雪枝。孟月即看遲景麗，陽春已入郢歌詞。

答岑山人見問

問余何事謝京華，遠向南州寄一家。興似步兵緣嗜酒，地如勾漏爲丹砂。楓看江上三秋葉，荷挹湖中幾度花。欲識此來兼吏隱，抱關仍得傍煙霞。

高座寺

雲公臺榭至今留，休暇追隨訪古遊。秋色總歸紅葉寺，禁江還見白蘋洲。松林月上言彌静，閣道鐘殘思轉幽。莫訝爲郎貪佛日，官閑禪定兩悠悠。

行後園新池

後園鑿沼愛漣漪，日日行園人不知。浴鳥參差雲宿處，戲魚來往荂摇時。晚依岩岫分寒翠，秋入芙蓉映倒枝。最是一泓清興足，五湖情事寄臨池。

山中書齋偶題

一還初服謝朱幡，自愛吾廬堪避喧。書爲倒囊收萬卷，玄因拙宦草千言。院中流水鳴殘雨，窗裏青山近小園。已覺林丘容懶慢，更看風物滿前軒。

哭皇甫子安

與君闕下共彈冠，翰墨筵中更結歡。五字沉吟詩品絶，一官憔悴世途難。清琴欲鼓含愁斷，短札猶存掩淚看。詞客招魂終渺邈，獨慚作誄似潘安。

柬施廣文

自覺外臣還舊里，客來稀甚草堂閒。乍逢野老頻呼酒，慣學禪家獨閉關。樹近書帷雲冉冉，溪喧人語水潺潺。廣文肯枉籃輿過，五柳門前且看山。

秋山積雨

湖煙漠漠草蕭蕭，湖上柴關正寂寥。絡緯吟愁連蟋蟀，梧桐滴雨間芭蕉。家園病肺誰相問，僻地驚秋不自聊。獨有沙鷗爲伴侶，且將心迹混漁樵。

遊南嶽二首

萬里清秋望楚疆，郢中灊邸協靈昌。形連交桂炎荒外，星應璣衡北極傍。岳郡自憐依寶地，帝鄉獨似近龍光。寧知往代浮湘客，江畔離居怨碧芳。

曉晴已到開雲處，晝静疑聞鼓瑟歌。湘水英靈終縹緲，潮陽道路此經過。乍憐出郭塵喧斷，翻爲登山感慨多。更道秋風破南極，葳蕤朱鳳欲如何。

送何縣令赴東莞

何君標格冠衡陽，官應星辰近拜郎。衣錦暫還湘水曲，腰章言赴粤人鄉。蔓藤接室公庭静，茉莉編籬別院香。一片冰心向南海，誰知嶺表是炎方。

過内弟臧原順新築草堂留題

外家庭玉最相憐，久客今來思惘然。院裏看花新築後，壁間題字幾秋前。親知送遠難爲別，薄宦懷歸豈待年。留取渚泉初釀酒，春風還擬泛湖船。

赴蜀初發明齋南石諸君相送溪上

憐余萬里向川西，薄暮攜舟泛霅溪。秋霽尚看鄉月近，風鳴已憶峽猿啼。陳情欲疏同烏鳥，奉使聊因訪碧鷄。那得回車東下日，相迎還復幾人齊。

途中别舍弟汝言

年來已厭遠行遊，新命嚴程敢自由。江上那堪玄雁斷，山頭猶見白雲浮。鄉心蜀國聞鵑語，時態瞿塘看峽流。弟且還家報兄好，歸期定不過明秋。

發錦官後江行紀興

春林緑縟午雲稠，萬里歸人下益州。桃雨正看相逐去，鵑啼從此不須愁。輕舟迅速沿中溜，勝地經過即上游。計日峽東葭菼外，水天一色接江洲。

督兵後還省發吉州

勞師久駐碧江濆，白鷺青螺證昔聞。已挂歸心行省月，尚餘遊興隔洲雲。曲灘楓葉迴漁棹，兩岸蘆花叫雁群。堪嘆清波照塵紱，關山羽檄轉紛紛。

同瞿星谷瞿紫山黄星池遊嶽麓書院

紫蓋千盤山轉幽，還分嶽色繞潭州。朱張院啓松陰静，屈賈臺連岸月秋。泉折九迴歸洞壑，峰開一面見江流。官程且逐閒行伴，肯信吾能盡日遊。

自岳陽泛舟下武昌呈姚嚴二使君

炎天征路洞湖邊，聯駐油幢詩洞仙。徒從便隨漁客棹，煙波誰認使君船。鴨欄落水沙痕出，魚浦濃陰樹色連。佇望江樓黄鶴近，白雲如待意悠然。

癸亥暮秋遣祀山陵恭覽七陵御寢二首

帝城佳氣五陵通，路轉紅門望鬱葱。秘室孝緣時省篤，清班禮視月遊崇。金莖幾樹垂甘露，繡嶺千里障朔風。職領熊羆看宿衛，萬年長守翠微宫。

燕山昭代玉輿臨，處處園林抱碧岑。曲磴蒼梧萬盤路，秋天白露九重心。巖開御帳重幃外，地茁靈芝寢殿陰。竊愧遺臣比楨榦，諸陵培植柏森森。

小橋道中即事

茅茨帶壑兩三家，火種人歸石徑斜。行值深山小春候，女郎祠下半巖花。

將出峽立夏前作

蜀江雲裏唤鉤輈，幾片殘花萬樹稠。未换征衣逢入夏，一年春事在行舟。

過古寨口

女蘿垂壁翠屏開，水落空營雨滴苔。征客漫愁城路濕，蜀山返照向關來。

王九江廷幹二首

廷幹字維楨，涇縣人。嘉靖壬辰進士，除行人南刑部主事。出爲郡佐，遷户部員外郎，官止九江知府。皇甫子安在留署，與相倡酬，維楨以户曹榷算浙關，子循上大司徒論止，云：「廷幹與越郡蔡汝楠，並以弱齡漸翼鴻逵，雙曜麗采，馳聲藝苑。雖終、賈復作，蘇、駱再生，蔑以加焉。」其爲當時民譽如此。

天壽山行宫

天旆三春發，離宫四月開。觀河懷禹迹，問野見周才。日氣生高嶺，雲陰拂翠臺。太平叨扈從，文雅愧鄒枚。

春雨登樓

吴中羈客感年華，江上風流勝習家。向圃輕煙含柳樹，隔簾疏雨濕梅花。

施青州峻七首

峻字平叔，歸安人。嘉靖乙未進士，授南京刑部主事。歷郎中，出知青州府，以内計罷官，張文隱深惜之。有《璉川詩集》八卷。時推其七言今體，謂可方唐應德云。平叔以詩自重，在僚友間矢口彈射，人不能堪。既出守，復絓計典，以此故也。家居樓棲如斗，典籍甚具，署之曰「甲秀」，非同調不與登。歌詩歡飲，以終其身。每笑曰：「生平無病，强半病酲。其卒以是死乎？」果如其言。

林卧東方外友

空齋寂寞對青山，桂樹叢深好寄攀。南嶽先生勾曲去，東林長老沃洲還。蜩攢露柳聲偏咽，蝶繞晴花影自閑。疏懶能令相識遠，孤雲獨鶴水潺潺。

野老

野老携觴時款門，農談兼得叙寒温。藥欄當午蜂偏亂，釣檻平溪水不渾。身隱謾勞名太著，齒剛争得舌長存。秋風落日頻鷄黍，醉卧康衢長子孫。

次宋石樓春日過訪作

停雲脈脈對春杯，宋玉招尋此日來。屋矮坐看書接棟，溪平行愛水生苔。河橋細雨舟初泊，山郭寒煙梅半開。萬里心期空歲暮，潛夫翻愧黑頭回。

過南郭野寺

休沐出南郭，尋僧一扣關。孤燈燃白晝，疏磬滿秋山。束帶經年苦，看雲盡日閑。齋厨清供罷，鷩鴿欲飛還。

石居

何年此卜居，一徑入幽虚。隱几青山近，焚香世事疏。鹿麛過别院，松子落前除。我欲爲鄰舍，同看種樹書。

倚樓柬徐長谷

倚樓極目思無涯，溪上幽居似浣花。未信年華欺客鬢，也知春色到鄰家。柳塘汗漫生新水，桃徑參差疊絳霞。敧枕竹床渾欲夢，不禁啼鳥隔窗紗。

寓雲居得張龍湖相公書

精舍岧嶢隔翠微，我來便覺世情違。疏燈照雨簷花落，短鬢臨風木葉稀。白雁虛疑千里信，青山容得幾人歸。詩成正在鐘鳴後，獨立空庭攬舊衣。

侯布政一元四首

一元字舜舉，樂清人。嘉靖戊戌進士。

和蔡白石湖上晚眺

赴省鷄栖後，看山立馬時。夕烟澹秋水，寒鵲附空枝。拙宦頭堪白，鄉心夢獨知。猶聞歌雅調，不似越聲悲。

寄石屋

一枝棲已定，舊叢未全貧。白水連三畝，青山作四鄰。鳥蟲披古篆，牛馬應時人。獨愛林間月，無由寄許詢。

夜渡甌江

暝色度歸橈，長風動泬寥。漸藏江岫月，正落海門潮。委運同飄瓦，全生學緯蕭。江湖易成夢，頓欲謝清朝。

朱射陂閨人限韻

淮南遠樹江南信，玉箸先隨玉管揮。一病經春殘豆蔻，亂紅如雨悵芳菲。光同滿月疑星入，暈學丹霞有鷟飛。帳殿却愁生會面，煩君猶辯是耶非。

附見 侯一麐二首

麐字舜昭，舜舉之弟。有《龍門集》。

和家兄前塘樓居書懷

人意各有適，自得貴不違。潛虬本淵娟，冥鴻入雲飛。自是愛芳草，非關薄紫薇。南塘山水清，可以築釣磯。曠野一登樓，青村四作圍。出郊甘離索，高齋保玄虛。日夜起棹歌，處處見樵漁。野老多農語，東鄰聞讀書。避地翻近人，臨潭非羨魚。當知陶晏意，奚必廛市居。

行路難

君不見車氏猳，字同嚙異良堪嗟。又不見澄子衣，紡緇寧顧襌緇非。勢利自昔等如斯，何但今人心術移。乃知把握亦徒爾，對面芙蓉荆棘裏。寂寞休看出岫雲，榮華但付東流水。

吴參議子孝一十首

子孝字純叔，長洲人。文端公一鵬之子也。選翰林庶吉士，出爲工部主事。歷光禄寺丞，遷湖廣參議，提督太和山。子孝髫時侍文端公，命賦傀儡中婦人，應口成詩，坐客絶倒。議論秀發，手不釋卷，爲文章弘衍浩博。《玉涵堂稿》十卷，皇甫子循點定，摘其佳句數十聯，以爲無謝英靈。常病《宋史》繁蕪，欲加删潤，稿未就而卒。

送張山人徵伯歸檇李

失路誰相念，思家自不禁。吹簫江市伴，争煬旅人心。釣乏王孫飯，遊窮季子金。有才常不達，歸入白雲深。

送陸别駕之安州

作吏本王畿，盧溝葉亂飛。秋風吹易水，寒雨灑征衣。戍火鄰邊障，原霜見獵圍。陸機吟興好，還喜簿書稀。

送郟薦和奉使東萊

上宰承周賵，王官抱楚才。堂封鸞詔下，鐃吹錦帆開。海汐魚龍夜，仙官日月臺。相如誇負弩，旌節幾時回。

初春過張子言

青鸞峙海嶠，寂寞子雲居。大隱非人外，微言乃道初。蘭薰朱閣小，花氣玉琴虚。白石饑堪飯，逢君意不疏。

玄寧夜集贈張子言

我不能奮身霄漢攀蛟龍，手攬日月登玄宫。揚帆浩溟泛滄海，玉芝若木空相待。燕京骯臟誰與憐，拜趨公府心欲穿。桂薪玉粟猶争煬，羸馬青衫愁著鞭。虎頦張侯髯半雪，綺裘綉帶腰環玦。晦迹田生燕市豪，藏名管子遼東傑。斗酒夜過玄寧觀，按劍悲歌耳雙熱。酒酣樂極氣益振，投瓊角勝雄三軍。六緋的爍真堪羡，宛轉瑶盤走朱電。勢窮一叱顔色同，星燦渾疑鬼神變。滿堂大笑冠絶纓，獲雋翻令肝膽驚。張侯賀我浄玉觥，隔筵交酢了不争。嗚呼！人生得喪何榮辱，世事紛紛易翻覆。塞叟庇須憂失馬，鄭國焉知夢分鹿。下堂罷酒客復醒，春月皎皎河漢清。明朝却出邯鄲道，回首徒含郭隗情。

清明與孫都督伯泉出郊遊迎恩隆禧二寺觀鄭尚書園池

將軍宿衛未央下，歲改不知春草長。連鑣出郭天氣好，細雨浮雲含日光。清明花柳粲婀娜，士女分明草間坐。陌暖遊人行不息，煙深好鳥啼相和。石杠流水帝壇東，玉岫蒼松佛宫左。逶迤再入古道場，貝葉塵生空影堂。日午鳴鐘看禮塔，當年飛鞚憶穿楊。漢家諸將誰第一，共説將軍勇無敵。胸中禮樂輕儒生，四海承平難請纓。金馬栖遲還落魄，與子閒行寫心臆。勳業常憐髀肉生，龍鍾却遣傍人惜。人生不樂奈老何，君不見今日山丘昨朱戟。鄭園池涸鳴蛙多，碧桃欲開纏薜蘿。美酒何時對瓊瑟，唾壺敲缺聞高歌。

園居懷袁儀部補之時袁抱病

空庭戰凄葉，寒日下高原。雖家北闕下，白雲常滿園。風霽琴張静，池昏鳥語喧。茂陵方請告，悁憶奉清言。

卧疾叢桂園

乍遘冥景臨，已驚玄髮素。豈伊蒲柳姿，猶忝金門步。紫殿慚華纓，凄風灑官樹。遂嬰採薪憂，具臣曠天務。自省玄尚白，還嗟時漸暮。初旭偃荆扉，山樊淡輕霧。行藥循方池，寒波欲成沍。感兹日月流，苦爲簪組誤。墟菊挺殘英，庭松悦零露。負暄有深懷，飲冰非前懼。棲遲此中園，彌賤紛華暮。

橘溪僧院

蟬聲不出寺，鐘斷祇聞香。流水迷松徑，閑雲滿石牀。無言忘寂寞，宴坐得清凉。欲謝人間事，冥心叩藥王。

次韻答衡山

積雨新添曉漲深，忘機終日狎沙禽。臨流欲濯纓無垢，繫纜頻移樹有陰。罷釣舟閒横極浦，乞齋僧去下空林。山花盡發山翁笑，山外黄鸝遞好音。

孫處士艾 一首　太學七政 六首

艾字世節，常熟人。父爲考功郎，家貲巨萬。世節任俠，父喪，致十郡客來弔，盡傾其家。學詩於沈啟南，與周以言、皇甫兄弟最善。以言殁，世節之子耒，葬之於吾谷，從先志也。耒之子七政，字齊之，能詩好客，世其家風。十試鎖院不第。家有園池，日與四方詞客賦詩宴賞，客醉而遺溺，戽其水出諸城外，復引隍水滌之，累費數百金，家中落。有三子而才，雲間張長輿過訪，命三子即席賦詩，仲子森得「燈」字，有「但携明月去，猶似别時燈」之句，長輿摩頂激賞，作長歌以記之。森與余偕舉丙午。伯子之二子皆成進士，齊之有《滄浪生自傳》及《松韻堂集》十二卷。齊之之論詩曰：「吴中自迪功以後，皇甫兄弟競爽，而司直公尤卓絶。世皆以禪栖匹東覽，不知東覽高處不但格力，正以其神情曠絶，會心霞表，當與古人相埒，此正司勳所深讓。讀司直詩，不知司直之難，試以今人極得意詩誦過，更讀子安詩，却令人爽然自失，然後知司直之高，正如月出蓬萊閬島中，豈人世風光所擬？余有族伯父審言，字仲思，世節之外曾孫也，余羈貫時，嘗語余曰：『少以父執侍司直兄弟，聞其論五言詩，以「猿啼洞庭樹，人在木蘭舟」爲妙境。自七子盛行，知此者鮮矣。』用是知先輩學有師承，苦心孤詣，非苟然成名於世者。」齊之之論司直，蓋其先世風氣熏習，得之於見聞者，精且確也。余録孫氏詩，附於甫氏之後，俾世之嗤點前賢者知所省焉。

和皇甫子浚韻送周以言

有客今朝別，無家何處還。隴梅頻望寄，衰柳不勝攀。江漢淹高節，乾坤亦厚顔。故人如問及，雙鬢已成斑。

和石田翁落花詩次韻　以下太學七政詩。

欲賞須當趁斬新，遲來只恐墮芳塵。還輸連夜追遊者，孤負明朝早起人。委地不收空伴月，招魂何在併傷春。兒童戲折心猶怪，雨妒風欺莫可嗔。

寄懷禹錫阿咸僑寓百花洲上

蕭然窮巷一茅廬，却喜頻回長者車。避地不忘梅福隱，移家還傍伯通居。春風洲上花猶發，夜月門前柳自疏。若憶嗣宗長嘯處，豈堪回首重踟躕。

春盡日聞鶯

正愁春去對春風，忽聽鶯啼碧樹叢。無數飛花向簾幕，將愁盡入一聲中。

關山月二首

關山片月迴含秋，萬古長懸青海頭。愁殺清光照沙磧，秦時白骨未曾收。
古塞蕭蕭白草腓，漢家營裏月光輝。可憐空學蛾眉影，夜夜關山照鐵衣。

玉關怨

紫塞黄雲萬里間，征夫一望總潸潸。今古沙場惟白骨，幾人生入玉門關。

鄧舉人韍三首

韍字文度，其先華亭人，元季徙常熟。中正德丁卯鄉薦，母死，遂不上公車。以通經博古爲學，嘗仿吕成公《大事紀》論次古今得失，類成卷帙，曰：「如有用我，執此以往。」年八十八而卒。詩學昌黎、東坡，不屑時調。爲文有體要，陸子徐、歸熙甫皆稱之。嘗與客論文曰：「噫嘻！文之敝久矣。文莫粹於經，聖賢以其精藴而形諸辭，辭可以已，聖賢必無事於作，作焉者不得已也。誠知聖賢之文不得已而作，則文非載道而該治具勸戒，可以無作。聖賢志之所至，而其文出，所謂浩博而純正者，言之必有倫，而不苟陳之於世，燦然若引星辰而上也。其無所不究，賢者識其大，不賢者識其小，烏有支離泛濫詭妄放蕩而不宅於理者乎？三代而下，放臣棄婦之辭，讀之尤足以興感者，性情也。今之爲文者，無古人之性情與其所遇之時事，辭與意背，以諛爲恭，以泰爲約，導侈飾怨，悲樂之無度，浮濫而無法，語暢也而實遂，語工也而無度。人言西京之文近乎古，不知壞古人文者，揚子諸人有責焉。」余録而存之，以見前輩有本之學如此。

致道觀七星檜

琳宫何岧嶢，爽氣凌青蒼。中有古檜樹，傳植自蕭梁。歲遠四樹存，如斗酌天漿。東株聳而老，慶歷補其亡。中株麗瓊壇，少日嬉其旁。栟動手可撼，鐵柱鎖蛟猖。今已剪不遺，彼蚩盜其香。兩株在東南，偃蓋覆修廊。攢枝細而密，葉聚如針芒。擁挺析三本，糾結連肺腸。龍也方出海，挾以子母將。兩株在西南，赤立膚無霜。偃蹇捎殿角，督力示堅强。龍也得雲霧，攫鷙不復翔。六子莫囚鎖，帝招遣巫陽。北株最怪異，不與群木行。質幹盡屈鐵，夭矯互低昂。辨葉知乃樹，尋柯惑其方。衆視興怪嘆，應接不得遑。乍疑古蚩尤，蓄力抗軒黄。拓臂運五兵，有徒實跳踉。勁者弩脱栝，彎者弧方張。横者奪槊舞，竪者操矛鏦。何乃大小柯，廉脊如斧螳。怒虬拔山出，隱霧勢騰驤。理斷一絲續，膚削流乳肪。我語非强聒，細視乃知祥。四檜皆左紐，玉晨遠相望。霽晴亦慘黯，昏黑常晶光。仙真護河久，山鬼憑藉長。至今空翠表，劍佩時將將。蜀廟青銅柏，涿郡羽葆桑。圖經儼封殖，況我桑梓鄉。入景星月夜，清唳徹虚皇。移酒與檜飲，風露襲綃裳。石田寫東樹，高詞振琳琅。遺墨付好事，煙姿漲雲房。我詩費摹寫，傳之起譸張。録詩冠巨圖，尚與檜作堂。

雷殿畫壁

藝苑有精能，凝神始臻理。筆端具天人，難以茫昧擬。致道古仙都，山水麗清美。雷宫設像畫，種種盡其技。畫得宋名手，善造天神鬼。淳古出遒逸，意態得深旨。左壁挾風雲，沙礫捲空起。有神操火具，怒目流獰視。當其焰所及，妖窟蕩無址。右壁已淋落，雲氣來纚纚。似聞轟雷車，不及掩其耳。南壁雲騣驒，霆旌建旗鼓。有神被介胄，軀偉鬌奮紫。執殳見真宰，如以職備使。北壁當晦冥，相去不辨咫。有神手天瓢，九龍運其水。勢欲翻九河，雷伯鼓未已。社神走闐闐，恐懼違罟棰。白旆揚雲表，奉令察臧否。靈祠本清肅，長夏纇無泚。入門見壁畫，鮮不生戰葸。假令革其頑，像教良有以。邑史有朱生，運筆妙莫齒。吮豪追其踪，三嘆遜前軌。道玄貌冥獄，施帛日云委。惟以神妙故，歸命雜悲喜。歲月如水流，藝學日零圮。君看郭恕先，畫妙託仙死。

慧日寺十八大阿羅塑像

至人自藏珍，古貌元氣備。摶土造佛徒，追真信難事。亭亭青蓮宇，諸天奠其位。尊者十二輩，高座納雙屣。巍巍超凡表，塵眼有矇視。深厚藐漂山，廣博欲際地。静沉馬足萬，專守門不二。覺能越幾先，慈欲放踵施。龍驤以珠拳，虎跳以咒弭。目瞑澄淵黑，頂突華峰翠。若真外形骸，能以理勝自。嗒然了得喪，何有立同異。麈柄操瑩玉，寶花自空墜。想當經營初，其手空俗士。我思彼尊者，所造跡深邃。函經入方夏，後乃道宏肆。以空攝萬有，以道獵衆智。窮山養枯骸，野鳥習其髻。善士瞻梵相，瓶錫此焉侍。安得如此塑，慰我懷古意。

列朝詩集丁集第五

謝山人榛一百五十四首

榛字茂秦，臨清人。眇一目。喜通輕俠，度新聲。年十六，作樂府商調，臨德間少年皆歌之。已而折節讀書，刻意爲歌詩，遂以聲律有聞於時。寓居鄴下，趙康王賓禮之。嘉靖間，挾詩卷遊長安，脱黎陽盧柟於獄，諸公皆多其誼，爭與交歡。而是時濟南李于鱗、吴郡王元美結社燕市，茂秦以布衣執牛耳，諸人作「五子」詩，咸首茂秦，而于鱗次之。已而于鱗名益盛，茂秦與論文頗相鐫責，于鱗遺書絶交，元美諸人咸右于鱗，交口排茂秦，削其名於「七子」、「五子」之列。茂秦遊道日廣，秦、晉諸藩爭延致之，河南北皆稱謝榛先生，諸人雖惡之，不能窮其所往也。趙康王薨，茂秦歸東海，康王之曾孫穆王復禮茂秦，爲刻其全集。當「七子」結社之始，尚論有唐諸家，茫無適從，茂秦曰：「選李、杜十四家之最者，熟讀之以奪神氣，歌詠之以求聲調，玩味之以裒精華，得此三要則造乎渾淪，不必塑謫仙而畫少陵也。」諸人心師其言。厥後雖爭擯茂秦，具稱詩之指要，實自茂秦發之。茂秦今體工力深厚，句響而字穩，「七子」、「五子」之流皆不及也。茂秦詩有兩種，其聲律圓穩持擇矜慎者，弘、正之遺響也；其應酬牽率排比支綴者，嘉、隆之前茅也。余録嘉靖「七子」之詠，仍以茂秦爲首，使後之尚論者得以區别其薰蕕，條分其涇渭。若徐文長之論，徒以諸人倚恃紱冕，凌壓韋布，爲之呼憤不平，則又非余躋茂秦之本意也。

新安潘之恒《亘史》記曰：「趙王雅愛茂秦詩，從王客鄭若庸得《竹枝詞》十章，命所幸琵琶妓賈扣度而歌之。萬曆癸酉冬，茂秦從關中還，過鄴，偕若庸見王，王宴之便殿。酒行樂作，王曰：『止。』命絙瑟以琵琶佐之，聲繁屏後，王復止衆妓，獨奏琵琶，方一闋，茂秦傾聽，未敢發言。王曰：『此先生所製《竹枝詞》也。譜其聲，不識其人，可乎？』命諸伎擁賈姬出拜，光華射人，藉地而竟《竹枝》十章。茂秦謝曰：『此山人鄙俚之辭，安足汚王宫玉齒。請更製《竹枝詞》，以備房中之奏。』王曰：『幸甚。』茂秦老不勝酒，醉卧山亭下，王命姬以袙代薦，承之以肱。明日，上新《竹枝》十四闋，姬按而譜之，不失毫髮。元夕，便殿奏技，酒闌送客，即盛禮而歸賈於邸舍，茂秦載以遊燕、趙間。逾二年，至大名，客請賦壽詩百章，至八十餘，投筆而逝，乙亥之冬月也。姬率二子奉柩停大寺之旁，每夜操琵琶一曲，歌茂秦《竹枝詞》，必慟絶而罷。已乃以千金裝付二子，令歸葬，自破樂器，歸老於闤闠間。後三十餘年，客訪舊宿寺中，寺僧猶能道其遺事。」

從遊沁陽途中值雪有感兼示元煇

鄴臺衡漳湄，太行何間之。東西共雨雪，當春復凄其。紛然皓盈目，寧不興汝思。北堂汝親老，况汝兩嬌兒。重輕俱在心，應念寒與饑。汝父尚行邁，驅馬遠相隨。野水亦有波，獨樹亦有枝。愼勿虚盛年，人生須有爲。廣雲自廣陰，片雨惟片滋。緑髮稍變白，臨鏡悔已遲。此言告汝兄，使汝弟兄知。誰能箕裘業，慰我桑榆時。

雜感寄都門舊知　此詩爲李于鱗陳末而作。

瞻彼終南山，松蘿幽且邃。中有一真人，超然遠朝市。手握神龍珠，照夜光自秘。石笥積古色，斗室廓天地。澗泉爲誰清，蕙花爲誰媚。西望徒遐思，書札何由寄。嗟哉虚流俗，冥心可無醉。鴟鴞爲家祥，鳳鸞非世瑞。奈何君子交，中道兩棄置。不見針與石，相合似同類。文字生瑕疵，鄧林紛葉墜。有家早歸歟，獨歌以卒歲。歲寒元氣塞，偃仰待春事。

自拙嘆

出門何所營，蕭條掩柴荆。中除不灑掃，積雨莓苔生。感時倚孤杖，屋角鳩正鳴。千拙養氣根，一巧喪心萌。巢由亦偶爾，焉知身後名。不盡太古色，天末青山横。

雨中宿榆林店

涼雨何冥冥，黑雲復浩浩。山行夜不休，破屋臨古道。數口遠相投，蕪穢不及掃。園荒無主人，馬散嚙秋草。席地即吾廬，饌生聊自保。隔林乞火回，酌酒慰懷抱。反爲妻子嗤，寧如在家好。

哀哉行二首

燕京老人鬢若絲，生長富貴無人欺。少年慷慨結豪俠，彎弓氣壓幽并兒。自嗟邇來筋力衰，動須僮僕相扶持。忽驚雜虜到門巷，黄金如山難解危。余息獨存劍鋒下，子孫散盡生何爲。厩馬北驅嘶故主，勁風吹斷枯桑枝。哀哉行，天何知。

燕京兒女何盈盈，隔花嬌語如春鶯。鄰姬盛妝失光彩，顔色信是傾人城。許嫁城中羽林將，千金奩具猶言輕。門前一朝胡馬鳴，曉眠未足心魂驚。顛倒衣裳科鬢髮，驅之北去悲吞聲。獨恨跣足走荆棘，不與爺娘同死生。哀哉行，難爲情。

送許參軍歸都下兼寄嚴冢宰敏卿

君不見岢嵐州，雲連雉堞生邊愁。寒天慘淡日易落，偏令鳥雀群啁啾。鬱滸結冰高於岸，逝水暗咽翻西流。防秋復防秋，不虞歲暮烽火稠。黠虜交攻孤壘破，馬牛去盡犬羊留。犬蹲屋角吠山月，鬼打鐘聲登戍樓。三關父老且揮涕，當代應多衛霍儔。都護時能練士卒，還念嚴冬窮到骨。胡騎又從西北來，停鞭幾爲蒼生哀。

西園春暮

西北風來何太劇，落花滿園春可惜。黄鸝叫春蝴蝶愁，四野無人日將夕。惟有一枝留晚春，當砌徘徊不忍摘。且將樽酒對殘花，春去悲歌復何益。

客居篇呈孔丈

客居寥落天積陰，其奈二毛愁復侵。東籬有花白衣至，菊花恨不栽成林。糟牀雨聲夜徹耳，醅甕春色時關心。昨夢長江變緑酒，茫茫不知幾許深。倒呑明月蕩豪興，下有蛟龍那敢吟。屈原李白莫相笑，肯與爾輩俱浮沉。醒者醉者懷不同，我狂獨在醒醉中。百年形骸匪金石，詎可一日無春風。燕臺梁園舊遊處，好客邇來惟孔融。太行山頭共俯仰，人間誰識真英雄。幾醉良宵感秋别，大火自西人自東。

武皇巡幸歌四首

神武驅兵日，南征氣赫然。射蛟江水上，立馬石城邊。羽檄飛三楚，霓旌拂九天。功成凱歌夜，皓月送樓船。

齊魯巡遊地，蒼生見紫微。晴雲隨鷁舫，春水照龍衣。柳畔千官擁，沙邊七校圍。觀魚移白日，鼓吹月中歸。

玉輦銜寒色，蕭蕭八駿鳴。兔河冰上過，狐嶺雪中行。撫劍群胡遁，彎弓百獸驚。當年赤帝子，空到白登城。

年少羽林郎，嚴冬較獵忙。旌旗開御道，劍戟擁長楊。飛去五花馬，射來雙白狼。中官傳賜酒，甲胄拜君王。

薄伐

薄伐元中策，論兵自古難。漢唐頻拓地，將帥幾登壇。絶漠兼天盡，交河蕩日寒。不知大宛馬，曾復到長安。

春夜即事

春草非吾土，春宵還自悲。庭虚風稍静，簾捲月何遲。久病兒知藥，長吟妻解詩。他年學耕稼，肯負鹿門期。

春宫詞

盈盈上陽女，愁思起中宵。月白瓊窗静，花深玉輦遥。曉霞憎國色，春柳妒宫腰。不見長門賦，傷心有阿嬌。

春園

水村人寂寂，遲日敞柴關。菜甲春初細，園丁雨後閒。沙邊來白鳥，柳外出青山。此地多幽意，行歌薄暮還。

送杜太僕謫荆州

謫宦三千里，誰憐賈傅才。漢江秋月上，楚岫夜猿哀。心事登樓賦，年光落帽臺。知君最愁絶，湘雁逐春來。

榆河曉發

朝暉開衆山，遥見居庸關。雲出三邊外，風生萬馬間。征塵何日静，古戍幾人閒。忽憶棄繻者，空慚旅鬢斑。

夏夜獨坐披襟當風頗有秋意賦此寄懷

散髮南樓夜，翛然披素襟。蛩聲依草際，螢火落墻陰。老破當年夢，秋生久客心。遥思苔石上，坐聽美人琴。

楊以時復遊郡下

亂後相逢日，論交半已非。謀生雙鬢改，感舊十年歸。帆落煙中浦，琴鳴竹裏扉。重來傍燕市，霜露滿秋衣。

送樊侍御之金陵

地入維揚路，天分牛斗墟。秋帆二水外，春草六朝餘。冰雪生官舍，風塵走諫書。從來經國者，寧不念樵漁。

除夕示兒元炳兼憶元煇諸兒

對汝還成嘆，寒更坐轉深。異鄉垂老計，春草隔年心。蠟炬明殘夜，天風破積陰。遥憐幾稚子，酒罷一長吟。

曉　起

曉起正科頭，時聞花外鳩。出門疏雨歇，倚杖斷雲流。緑草偏依水，青山半入樓。況逢春酒熟，不負嗣宗遊。

晚過西湖

悵望西山路，曾經胡馬過。重來把楊柳，獨立向煙波。日影峰頭盡，春寒湖上多。漁樵一相見，猶爲話兵戈。

除夕徐子與宅得年字

客裏歲時遷，還來醉此筵。吴歌憐《子夜》，潘鬢感丁年。列炬明深院，繁星動遠天。宫梅殊有意，更向早春妍。

寒食旅懷

薊北驚寒食，淹留幾自嗟。春風來燕子，落日在桃花。丘隴行邊淚，江湖夢裏家。不知疏懶客，何物是生涯。

晚　眺

寒日下西陵，漳河晚渡冰。孤城歸獵騎，雙樹隱禪燈。野眺心何遠，巖棲老未能。翻憐戎馬日，愁思坐相仍。

伏枕

伏枕無窮事，虚堂秋夜深。松低半窗月，山静數家砧。老鶴同幽意，寒蛩伴苦吟。百年兒女計，誰識向平心。

重過張氏園林

隨處攜鳩杖，狂時倒鶡冠。晚山當座出，風竹滿樓寒。獨酌世情遠，長歌春事殘。不知桃李發，白首幾回看。

居庸關

控海幽燕地，彎弓豪俠兒。秋山牧馬處，朔塞用兵時。嶺斷雲飛迥，關長鳥度遲。當朝有魏尚，復此駐旌旗。

楊白花

年少宫中樹，偏憐楊白花。長風吹日暮，春雪落天涯。蕩子空相憶，芳年謾自嗟。月明愁不見，啼殺禁城鴉。

架邊

閒庭秋一色，滿架豆花垂。薄俗存吾計，衰年習土宜。煙中晚雀定，露下候蟲知。何限幽人意，臨風獨立時。

東園秋夜柬知己

悲歌殘燭下，秋思轉紛紛。落葉多驚雨，明河半隔雲。螢光時復見，蟲響夜多聞。誰是論心侶，清樽可共君。

歲暮盧次楩過鄴有感

燕霜終古憤，梁獄昔年書。世事疏狂裏，交情患難餘。相看年欲老，多感歲將除。醉擬應劉賦，春風起敝廬。

南伐

南伐驅千騎，遥聞幾戰場。青年多俠氣，白骨半他鄉。塞雁悲秋老，閨人哭夜長。招魂渺何處，天外月茫茫。

秋庭

東園閒白日，庭户絶經過。落葉聽無盡，秋風來更多。忽聞誅寇盜，莫厭事兵戈。賣劍今誰是，愁雲渺大河。

暮秋夜柬宗上人

山城摇落夜，感慨幾人同。舊館殘孤燭，秋原老百蟲。才疏漂泊際，心定寂寥中。亦有逃禪意，明朝過遠公。

次張祜金山寺之韻

孤絶寒逾迥，蒼茫夜不分。僧歸依島月，龍定縮江雲。天漢窗前合，風濤枕上聞。好沽瓜步酒，詩思在微醺。

北望二首

戎馬何時定，愁雲直北看。朝廷殊見遠，將相各知難。風亂邊聲急，霜連兵氣寒。中天問明月，曾照漢家壇。

十月嘶胡馬，南來飲潞河。論功自有定，報國豈無多。霧擁宫門隔，星飛羽檄過。中興見神武，不許郅支和。

季冬夜西池君見過

昔枉信陵車，侯生一敝廬。自甘昭代隱，擬著老農書。山冥登樓外，庭寒掃雪餘。相知在古道，寧復曳長裾。

送張肖甫

平子愁能賦，予愁更幾何。淚中心事盡，客裏世情多。青眼交仍好，黄花節又過。離亭獨悵望，車馬渡汾河。

春閨

深院飛花急，臨風衹自哀。又看春色老，坐使玉顔摧。落月窺琴室，流塵上鏡臺。窗前有梅樹，歲暮待君開。

除夕有懷

除夕歸期過，孤幃嗟未休。翻疑虜消息，轉使客淹留。積雪寒連塞，明星曉近樓。遥知不寐處，併得兩年愁。

寄東平劉成卿

有才官遽罷，知爾國憂深。涕淚看春草，艱難返故林。餘生恩到骨，獨卧夢驚心。龍劍多靈異，還疑風雨吟。

雁門

昔年雁門路，霜氣逼征鞍。野望天何慘，徒行老更難。人煙隔水静，鬼火照沙寒。戰伐空悲感，風凄戍角殘。

讀江寧王悼内詩

凄凉不易寫，楚調復清新。字字心間淚，時時夢裏人。風悲西苑樹，月慘後宫春。令與陳王並，無慚賦《洛神》。

寄懷許伯誠

發軔遼陽雪，還家韋杜春。客疏門自掩，官罷酒相親。白首歌今代，青山夢古人。行藏不可問，獨鶴下西秦。

夏夜集馮員外汝言舉子汝强宅賦得花字

淹留數高會，伯仲復名家。白髮幾年客，紅蕖三度花。風從西苑至，月傍帝城斜。徙倚發孤詠，隔林啼曙鴉。

秋雨宿權店驛有感

驛燈分暝色，野館滯秋陰。已倦衰年事，偏馳故國心。夜凉槐雨滴，月暗草蟲吟。歸夢不知路，千山雲更深。

憶都門酒家王四

尚憶高樓飲，青帘出緑楊。頻賒寧沮興，浩唱不嗔狂。謝客惟深醉，胡姬自盛妝。幾回清夢裏，聽雨滴糟牀。

九日寄懷田夢鶴兵憲

別後幾重陽，停雲渺帝鄉。登高同節序，垂老各行藏。夕鳥安庭樹，秋光照野塘。何時問幽寂，歲杪正冰霜。

漳河有感

行經百度水，祇是一漳河。不畏奔騰急，其如轉折多。出山通遠脈，兼雨作洪波。偏入曹劉賦，東流鄴下過。

九日集徐郎中汝思宅得杯字

連牀留昨夜，九日復筵開。白髮愁中賦，黄花亂後杯。霜兼宮樹變，雁自塞門來。賴是同心者，深知庾信哀。

野興

白日霜凝地，飛飛雁度河。孤峰依漢迴，老樹得秋多。月曉山精伏，時清野父歌。短笻隨我意，一徑入煙蘿。

大梁冬夜

坐嘯南樓夜，孤燈客思長。人吹五更笛，月照萬家霜。歸計身多病，生涯鬢易蒼。征鴻向何許，春意遍湖湘。

春　野

去郭蒼茫色，鵶飛欲暮天。青天一笻外，白髮萬花前。春事渾相惱，人情好自憐。踏歌時遣意，平楚漫風烟。

冬夜黄給事用章宅同張肖甫賦得中字

初逢青瑣彦，下榻一宵同。月落棋聲裏，春回燭影中。放歌還楚調，扶醉有巴童。上苑遥相問，梅花定幾叢。

春日柬李之茂

君逢初度日，閉户正思親。緑酒誰開瓮，斑衣自積塵。斷雲愁裏色，獨樹淚邊春。今夕應無寐，啼烏莫傍人。

寄趙憲副萬舉

舊卧淮陽閣，今屯鄴下兵。經時求壯士，憂國聽邊聲。馬踏長楸道，旗翻細柳營。黄須少年子，仗劍遲功成。

秋夜烏給事宅言别

故人同此夜，離思且銜杯。古樹當庭合，驚墻到席回。燭花留我醉，諫草識君才。異日關河隔，秋鴻幾北來。

邊警

太白秋高烽火驚，羽書飛下晋陽城。沙場風急來胡馬，亭障雲深出漢旌。戰守何人能仗策，朝廷今日始言兵。懸知駕馭還多術，早晚親臨細柳營。

送王侍御按河南

塞上初歸復此行，燕南極目送飛旌。天連嵩嶽寒雲盡，馬度黄河春草生。簪筆常思未央殿，封章時發大梁城。知君最愛應劉賦，更向西園一寄聲。

早發坡泉薄暮至太行山下

地分三晋此山川，形勝迢遥在馬前。亂石斜通青草路，太行横斷夕陽天。漫垂雲氣孤村雨，時聒鄉心幾樹蟬。不及阮宣隨處醉，興來即解杖頭錢。

春柳

黄鸝時復唤春遊，陌上楊花漫不休。幾向離筵摇落日，莫教長笛動清秋。輕煙直接都門外，細雨低臨灞水頭。謾繫王孫金絡馬，萋萋緑草有人愁。

春宫詞

長信宫中芳草生，晚風獨立正含情。時聾柳葉聽龍駕，誰隔桃花吸鳳笙。金屋半開春寂寞，珠簾不動月分明。燒殘蠟炬虚長夜，遮莫同心結未成。

寄酬淮陰夏子吴門鄒子

江魚海雁空相報，楚調吴歌久不聞。無那旅懷常抱病，更堪風物正離群。馬融笛裏三秋月，王粲樓前萬里雲。猶憶當時共樽酒，一燈寒雨坐宵分。

病懷

鬢髮蕭蕭晝不冠，他鄉風物若爲看。花庭曬藥日將午，茅屋烹茶春尚寒。久别親朋誰問病，深憐兒女自加餐。是非高枕浮雲過，遥憶西河舊釣竿。

秋日懷弟

生涯憐汝自樵蘇，時序驚心尚道途。别後幾年兒女大，望中千里弟兄孤。秋天落木愁多少，夜雨殘燈夢有無。遥想故園揮涕淚，况聞寒雁下江湖。

冬夜尹明府宴集因憶何治象梁公濟

天寒地主見情親，雉堞參雲雁塞鄰。十載别懷今夜酒，數莖短髮舊遊人。雪庭照席偷明月，凍樹垂花像早春。遥憶二君尋白社，方知歲暮有松筠。

久客志感

寄迹天涯久未歸，孤城霜日慘無輝。苦吟易老計何拙，濁酒驅愁功亦微。兵氣横關催走檄，仙雲繞闕護垂衣。自從河套停邊議，將相於今遠是非。

暮秋郊行偶述

太行迢遞起蒼煙，凄斷鳴鴻倚杖前。南阻黄巾愁落日，東遊皂帽感當年。山城秋老行邊樹，河甸寒生戰後天。獨有王孫多意氣，千金駿馬獵平田。

送李給事元樹奉使雲中諸鎮

瑣闥朝下促飛旌，歲暮看君塞上行。戍角動人多苦調，戎衣走馬半新兵。關開涿鹿雲連樹，路出蜚狐雪滿城。計日楚才封事上，君王深見九邊情。

送客遊洞庭湖

相逢楚客問巴州，此去揚帆湖上遊。天漢長連洞庭水，雲霞半入岳陽樓。低空白雁投寒渚，隔浦丹楓照暮秋。莫向湘君聽鼓瑟，黄陵月冷不勝愁。

夜話李孺長書屋因憶乃翁左納言

忘年爾我重交情，論事相同見老成。月到廣除寒有色，鵶歸疏柳夜無聲。三農更苦江南税，百戰方休海上兵。歲暮銀臺應感嘆，幾人封事爲蒼生。

漢中兵憲王斯進討賊有功寄贈

星子山頭殺氣生，可憐蜀盜廢春耕。皇天何意干戈擾，人日多寒軍旅行。檄出漢中鴉作陣，角吹嶺上馬嘶聲。誰知緩急兵家術，八月鐃歌返旆旌。

寄懷西谷主人　隱耕園，在鄴城北。

上黨歸來獨憶君，野亭幽事每宵分。荷池燭影游魚蕩，花院棋聲宿鳥聞。漳水遠通千里脈，洛城高壓萬山雲。於今南北殊修阻，回首長吟又落曛。

除夕吴子充諸人集旅寓有感

一年憂喜今宵過，兩鬢風霜明日新。書劍自憐多病客，江湖同是放歌人。宫中燭映西山雪，笛裏梅傳上國春。他日聽鶯懷舊侶，不知誰共醉芳晨。

初春夜同梁公實宗子相賦得聲字

雪盡長風吹禁城，梅花零落此時情。關河月暗迷鴻影，宫殿春寒澀漏聲。亂後騷人同百感，年來壯士苦長征。樽前莫話邊庭事，彈劍悲歌氣未平。

送楊侍御按真定

君從淮海動威聲，燕趙乘春復此行。世事憂深持白簡，天驕亂後惜蒼生。馬經滹水魚龍避，霜下恒山道路清。遥夜烏啼何限思，坐看孤月度嚴城。

春日即事

和戎共擬静邊聲，抗疏誰當悉虜情。燕地去秋曾幾戰，漢家今日更多兵。春城雨後寒逾重，曙角風前怨未平。直北煙塵時極目，烏鳶飛入亞夫營。

塞下二首

青山行不斷，獨馬去遲遲。宿霧開軍壘，寒城見酒旗。沙連天盡處，霜重日高時。慘淡兵戈氣，蕭條榆柳枝。乾坤疲戰伐，將相繫安危。寄語籌邊者，功名當自知。

路出古雲州，風沙吹不休。烏鳶下空磧，駝馬渡寒流。地曠邊聲動，天高朔氣浮。霜連窮海夕，月照大荒秋。擊鼓番王醉，吹笳漢女愁。龍城若復取，俠士幾封侯。

庚戌八月二十二日恭聞奉天殿視朝

上苑涼颸起，西山瑞靄濃。玉珂天漢路，金闕午時鐘。劍佩爐香近，旌旗日影重。宫墻落楊柳，水檻出芙蓉。萬舞趨丹鳳，千官識衮龍。遥傳北伐詔，光耀紫泥封。

送汪郎中伯陽出守北地

五馬衝寒色，冰霜滿去程。君王憂北地，父老望前旌。典郡才方振，防年計不輕。河山分陜服，形勢輔咸京。樹隱青蛇廟，天空白豹城。人家盡周俗，羌笛半秦聲。夜月登樓嘯，春風露冕行。試看《循吏傳》，終古定垂名。

送趙太守還任淮安

相思隔楚樹，相聚復燕州。五馬翻成别，孤樽不可留。江河自襟帶，南北此咽喉。昭代今多事，蒼生日隱憂。幾時堪卧治，何處薄徵求。海上寒濤息，天邊春氣流。花明射陽水，月滿鎮淮樓。地勝多名士，何人託乘遊。

初春夜集王元美宅餞别吴峻伯徐汝思袁履善三比部出使得杯字

共餞江南客，芳筵候月來。漏催詩草就，春報燭花開。把袂終千里，論心更一杯。風人今夜聚，星使幾時回。官舍遥聞笛，宫庭暗落梅。相看倍惆悵，殘雪照燕臺。

寄孔方伯汝錫

每憶汾陽約，何爲代北遊。神交太行迴，調合建安流。高步雲隨杖，窮邊雪照樓。虜驕輕出入，吾老重淹留。厚禄惟思報，嚴兵只禦秋。材官幾人在，國士百年憂。上古元無戰，中丞自有謀。冰清閑鶴渚，潭冷閉龍湫。舊社獨來去，春醪那唱酬。相逢話時事，感慨望神州。

送高伯宗梁公實二比部祭陵廟

祀典千年重，嚴趨二妙同。馬嘶川日墮，路轉石林通。旌旆晴光外，山陵王氣中。雲深羅俎豆，霜下肅臣工。明月帝靈在，高秋天宇空。瞻依增百感，松檟正悲風。

贈董職方德甫擢光禄卿

三秋心力盡，經略見才雄。董策今誰在，班銘志已同。才收衛律叛，更賞霍家功。神武惟龍準，憑陵自犬戎。兵張群議後，官轉百憂中。侯火驚燕甸，宵衣想漢宫。將星寒動塞，卿月夜臨空。尚憶長征子，持戈向北風。

寄王侍御塞上

君王重簡命，爾志在澄清。節鉞分西顧，風寒護北征。羽旗風外合，驄馬雪中行。直渡桑乾水，還臨驃騎營。九關多猛士，百戰有長城。夜半仍傳檄，天寒未解兵。黑山横寶劍，青海動金鉦。獨仗防邊策，兼收抗疏名。虚心當國事，高議見儒生。壯歲思銘鼎，空言陋請纓。乘秋摧虜氣，計日答皇情。應遣龍庭使，馳書到玉京。

江南曲二首

夾岸多垂楊，妾家臨野塘。手拈青杏子，不忍打鴛鴦。

夾岸多楊柳，妾家近塘口。中有斷腸花，郎君不回首。

懷鄒子序

渺渺太湖水，湖中多鯉魚。故人時把釣，應有北來書。

都下别張志虞

十年今一見，話舊却成悲。共醉新豐酒，天涯又别離。

行路難

荀卿將入楚，范叔未歸秦。花鳥非鄉國，悠悠行路人。

塞下曲

暝色滿西山，將軍獵騎還。隔河見烽火，驕虜夜臨關。

遊天壇山

偶逢雙玉童，相引躡雲去。犬吠洞門開，三花最深處。

初春夜酌樗庵處士書齋

客子燈前酒，梅花雪後天。不須横玉笛，春意滿山川。

春柳

嫩色含輕雨，柔絲弄早春。昏鴉棲欲定，腸斷未歸人。

春興

夜月懸銀燭，春江湛緑醅。美人歌古調，爛醉百花臺。

塞下曲二首

飄蓬燕趙間，行李風霜下。蘆管送邊聲，空林一駐馬。

塞上黄鬚兒，飲馬黑山澗。彎弧向朔雲，莫射南飛雁。

潞陽曉訪馮員外汝言二首

海日上孤帆，山雲交雜樹。美人方曉眠，更在林深處。

野闊早霜明，林空涼吹動。一犬吠人來，松窗破秋夢。

詠蟬

弱翅凌晨動，繁聲向夕流。不知風霧裏，還得幾何秋。

雪後登代州城樓時虜犯岢嵐三首

睥睨胡天近，登臨邊樹迷。漢兵不到處，寒鳥向誰啼。

霽色分諸壘，寒空下一雕。幕南白草盡，胡馬亦何驕。

都門飛羽書，冰雪走胡騎。只見塞雲愁，那知塞垣事。

古意

青山無大小，總隔郎行路。遠近生寒雲，愁根不知數。

春雪登樓

天垂樓外雲，雪變城中樹。何處不春寒，鵶啼又飛去。

東園秋懷二首

花竹可消愁，愁來獨上樓。自古天涯客，誰禁老去秋。

天寒聞落木，葉葉是鄉愁。敲窗作風雨，不減去年秋。

秋　閨

目極江天遠，秋霜下白蘋。可憐南去雁，不爲倚樓人。

登輝縣城見衛水思歸

城外河流白練長，城中萬户共秋光。秋來偏作還家夢，河水東流到故鄉。

塞上曲三首

旌旗蕩野塞雲開，金鼓連天朔雁回。落日半山追黠虜，彎弓直過李陵臺。

飛將龍沙逐虜還，夜驅駝馬入燕關。城頭殘月誰横笛，吹落梅花雪滿山。

暮雲黯澹壓邊樓，雪滿黄河凍不流。野燒連山胡馬絶，何人月下唱《凉州》。

冬夜聞笛

雪後寒雲散御堤，笛聲何處重凄凄。北風吹折邊城柳，人倚層樓月正西。

送周秀才歸錢塘

燕京陌上送周郎，歸到西湖春草長。清夜開樽多舊侶，滿船歌管月如霜。

留别張德隆

來時積雨没平原，去路鳴蟲秋正繁。桂樹花開如有興，紫騮嘶過孝王園。

雨後柬王體仁

雪夜還能棹剡溪，雨餘何事怯衝泥。自憐窮巷多秋草，不見青驄向北嘶。

道院秋夕

秋河一帶月光團，露坐空除夜欲闌。却訝西樓降仙子，玉笙吹徹萬家寒。

别調曲代贈所知三首

家住鄴城門向西，青樓上與鄴城齊。郎行好記門前柳，春夢南來路不迷。
離筵易醉夜將分，趙舞燈前猶向君。從此腰肢瘦無力，牀頭閒殺藕絲裙。
木落天寒郎欲行，樽前離怨一鳴箏。燕姬纖手調新曲，不是西樓今夜聲。

遠别曲

阿郎幾載客三秦，好憶儂家漢水濱。門外兩株烏柏樹，叮嚀説向寄書人。

擣衣曲

秦關昨寄一書歸，百戰郎從劉武威。見説平安收涕淚，梧桐樹下擣征衣。

繡球花

高枝帶雨壓雕欄，一蒂千花白玉團。怪殺芳心春歷亂，捲簾誰向月中看。

採蓮曲

湖上西風吹綺羅，靚妝越女照清波。折將蓮葉佯遮面，棹過前灘笑語多。

秋懷

秋來客思渺煙波，湖上看山秋更多。只恐佳人怨秋色，晚風吹斷採菱歌。

春詞二首

城烏何意夜深啼，紅杏梢頭片月低。香冷熏籠人不寐，春風吹過玉欄西。

羅衣初試薄寒生，豆蔻花開感別情。零落鉛華君不見，畫樓春雨燕雙鳴。

重九雨中懷弟

天空朔雁不成行，秋色年年似故鄉。門掩菊花人獨卧，冷風疏雨過重陽。

塞上曲

白登城上早霜凄，黑水河邊暮雁低。還憶去秋明月下，胡笳吹過七陵西。

即席贈薛之翰

園花樽酒日相期，共爾留連欲暮時。醉倚山亭歌楚調，秋螢飛過石榴枝。

愚公園春酌二首

共醉春風且放情，白雲無定若浮名。好花開落尋常事，遮莫黄鸝不住聲。

絳桃一簇映斜暉，白首尋芳幾醉歸。更有多情雙蛺蝶，春來還傍菜花飛。

春　怨

紫綃揮斷淚闌干，窗下秦箏獨自彈。三月梨花風又雨，小樓燕子怯春寒。

春　宫　詞

御河橋畔是儂家，一入深宫虚歲華。别院黄昏吹鳳管，月鈎斜照刺桐花。

宫詞二首

自入長門空繡幃，玉顔非復鏡中時。梨花夜雨燈相對，燕子春寒君不知。

曉起慵妝眉黛殘，玉階芳草捲簾看。花間漫撲雙蝴蝶，宿露偏沾翠袖寒。

明月山下逢武賓相克仁話舊

車馬西來自澤州，思君不見十經秋。相逢把袂成悲感，明月當前兩白頭。

暮鴉有感

來時池草吐春芽，秋水驚心落藕花。空記三秋故鄉夢，夕陽衰柳看歸鴉。

胡笳曲

砂磧茫茫黑水流，胡兒六月换羊裘。駱駝背上吹蘆管，風散龍荒作冷秋。

九日過王叔野無菊

陶潛懶慢閉柴關，九日餐英自解顔。不種黄花君更懶，滿城秋色幾人閒。

訪葛徵君

西城閒訪葛洪家，籬落秋餘白豆花。高枕自知無俗夢，數椽茅屋在煙霞。

寄武當山張隱君

辭官身寄楚天涯，石屋燒丹別是家。七十二峰春雪裏，杖藜隨意看梅花。

晚登沁州城有感

蒼茫野色幾沙灘，漳水東流倚堞看。煙火滿城天向夕，一雕飛過不知寒。

塞下曲

青海城邊秋草稀，黄沙磧裏夜雲飛。將軍不寐聽刁斗，月上轅門探馬歸。

漠北詞三首

委羽山横塞北天，學飛雛雁夕陽邊。匈奴歲歲無争戰，白馬黄駝傍草眠。
石頭敲火炙黄羊，胡女低歌勸酪漿。醉殺群胡不知夜，遥見嶺下月如霜。
曉開氈帳擁秋雲，虜將揮鞭部落分。牧馬陰山莫南向，雁門今有李將軍。

茂秦詩佳句可採而全什未稱者，如《春日洹上》云：「春水明花外，晴雲淡竹邊。」《野望》云：「霜寒空野色，風晚急河流。」《夜雨》云：「庭花秋幾許，窗雨夜偏多。」《送人》云：「旅夢關山月，鄉心風雨天。」《上黨感懷》云：「楝花垂暮雨，蕙草向春風。」《憶楊員外》云：「寸心懷自切，一面夢猶真。」《春雪》云：「萬花春雪裏，雙燕凍泥邊。」《寄王侍御》云：「寒花世味薄，老鶴道心孤。」《上黨寄劉隱君》云：「多病迎秋氣，長歌壯暮年。」《上黨雨中》云：「亂後山川別，愁邊風雨來。」《雪中》云：「池滿春冰合，枝垂凍鳥攢。」《暮雨》云：「雀共疏簷雨，人將老樹秋。」《寄程參政》云：「鷗鳥斜陽隨野釣，杏花微雨勸春耕。」《虜退寄孔方伯汝錫》云：「雁將殺氣俱深入，河捲胡風自倒流。」《送顧天臣還吴》云：「天低鄴下長楸樹，霜落淮南老桂叢。」如此類者甚多。王元美謂排比聲律爲一時之最，第興寄小薄，變化差少，亦公論也。

附見　仲山人春龍四首

春龍字□□，嘉興人。嘉靖中，遊長安，客於公卿間，尤善李伯承、莫子良。王元美《明詩評叙》云：「予觀政大理，與濮人李先芳游，因李識秀水仲春龍，仲生雅尚亦在襄陽、右丞，才具微短。已又因仲識華亭莫如忠。」蓋元美識仲生在茂秦之前，《詩評叙》其少作也，名成之後，遂不復齒及仲生，此叙亦不入集中。

思婦吟

身在天涯夢在秦，歸時未卜見時頻。潯陽江上秋風過，傳得琵琶與别人。

直中作

條風輦道起香塵，内詔傳宣促五臣。别殿香飄黄帓揭，纏龍帖子賜宜春。

宫詞二首

海子周遭長荻芽，春深乘艦不乘車。阿誰貪看游魚戲，抛却新簪茉莉花。
曉來别院遞笙歌，百子池頭長緑荷。睡起無聊庭下立，笑拈竿子打蜂窠。

盧太學柟三十首

柟字少楩，一字子木，濬縣人。本富人子，入貲爲太學生。博聞强記，落筆數千言不休。爲人跅弛，好使酒駡坐。嘗爲具召邑令，令有它事，日昃乃至，柟醉卧不能具賓主，令心銜之。柟嘗醉榜其役夫，旬日，役夫夜壓於墻隕，令禽治柟，當柟抵坐，繫獄。里中兒爲獄吏，素恨柟，笞之數百，謀以土囊厭殺之，他吏覺之，得不死。獄中感奮，益讀其所攜書，著《幽鞠放招賦》以自廣。東郡謝榛攜柟賦游長安，見諸貴人，絮而泣曰：「生有一盧柟，視其死而不救，乃從千古悯悯哀沅而弔湘乎？」吴人陸光祖爲濬令，平反其獄，得免死。走謁榛於鄴，榛方客趙康王所，康王立召見，爲上客。諸王邸以康王故，争客柟。柟酒酣耳熱，罵坐如故，邸中人争掩耳避之，不自得而罷。光祖遷南祠郎，柟訪之於金陵，遍走吴會，無所遇。還，益落魄，嗜酒，病三日卒。柟騷賦最爲王元美所稱，詩律不如茂秦之細，而才氣横放，實可以驅駕「七子」。幸其早死，不與時賢争名，故諸人皆久而惜之。

酬謝逸人四溟三首并序

山東謝榛茂秦，嘉靖中以能詩爲趙王客，居鄴邸。嘗遊迹燕、趙、梁、宋間，與余相知。辛丑歲，余坐誣繫濬獄，則杳然莫知出處。近有人自宋中來，傳《四溟詩集》，讀之乃茂秦所爲者。中二絶句，矜余極冤，擬之禰衡、李白之倫。夫禰、李詩賦縣日月，彼雖死，斯文猶存於世。若予發迹既隱，又罹重法，有説如山，誰肯爲余傳哉？因作詩三首，用達其意。若茂秦之得見與否，無容心焉。

曹思弄文翰，歌詠鄴中詩。招遊七才子，俱好相如詞。君隨梟雁圃，應教鳳凰池。聊拂清霞賞，尉兹瓊樹枝。胡爲泛滄海，令我長相思。

謝客恣霞想，揮手絶人群。朝思北燕里，暮宿大梁雲。海月照舞席，澄江瀉清濆。遠遊憩靈境，奇節冠秋雯。黄鵠思煙侣，長鳴向夕曛。

李白謫仙才，禰衡賦鸚鵡。緘愁投夜郎，掩淚赴黄祖。殺身揚綺芬，高名播千古。天摧白龍鱗，雲斷黄鶴羽。感此遠謝君，沉吟望梁父。

重寄李子理

麒麟出魯郊，商鉏爲不祥。向非孔仲尼，何異犬與羊。所以路傍人，按劍默夜光。近時青雲士，豈無魯連子。氣節苟不申，甘蹈東海死。世人聞此言，棄之如敝屣。投君勿復道，北風吹易水。

獄夜書愁敬呈吴少槐吏部

天帝一震怒，貳負縛暝間。石室梏兩足，仰無日月攀。我稽潯陽囚，迢迢如玉關。妻女阻會面，何時復生還。衛水東北流，日夜恣瀰瀵。如何來枕上，化作萬行淚。申包哭秦庭，七夜救楚地。掩面今三年，猶爲萬里質。天命安可知，長吟慰憔悴。

送崔秀才南還

孟冬送客臨沙浦，瀟瀟風動薊門樹。驊騮銜轡不肯行，一鶚南飛過天柱。燕臺擊筑且高歌，青樽酒盡紅顔酡。五更鼓角星野平，看汝騎駟凌天河。

贈别南田楊子還晉石并序

十五年，余遊京師，馳翰苑，獵文囿，延師士之肆。遊軔冀野，窮覽燕墟，曰：「壯哉！帝王之居也。」乃攬轡西市，遇晉石楊子景新，與之論皇帝王霸之要，雄姿風發，鼓劍悲歌，慷慨泣數行下。於戲！士之負傑烈不羈之性，曠世相感，一至於此哉！今年秋，楊子還晉石，因作詩識引。

我本衛川豪，君作燕城客。意氣各千里，相逢在燕陌。燕城燕陌跨京華，青煙作帳銀爲沙。五侯龍馬耀金鞭，蒼螭寶帶屈盤挐。層城日出歌鐘起，繡户朱箔幌羅綺。遥憶夔龍集鳳池，亦知衛霍矜戚里。笑倚青萍劍，耻上黄金臺。昭王非帝胄，樂毅自凡材。燕丹空有心，荆卿徒悲哀。白虹没長雲，易水不能回。瑶華翠葆浮雲没，錦石雕甍秋後伐。古人已見覆蒼苔，今人空對西山月。西山月出宫殿寒，坐愁白髮驚飛湍。風雲萬里不相待，白羲垂耳蛟龍蟠。鷄鳴開九關，天狼若可攀。誓欲請長纓，繫胡燕然山。長纓繫胡心不朽，君去青山但揮手。落日天風吹海波，月明來勸一杯酒。酒中慷慨樂事無，據地酣歌玉唾壺。晉石山川爲君迓，千巖萬壑來長途。往日春光懷我處，奇花不盡相思樹。葡萄露下餘空醅，終日待君那能顧。滄洲今已暮，瑶草不知路。欲乘黄鶴一問之，爲予浄掃南田霧。

送人之塞上

北風瑟瑟胡馬鳴，君今棄我何遠行。陰山雪花大如掌，黄雲出没單于營。萬里龍沙那可見，將軍大小七十戰。捷書奏入建章宫，寄我雲中一隻箭。

七夕

銀闕含秋星欲爛，天孫脈脈度河漢。仙鬢玉珮那可聞，佳人夜半開簾看。階前月色疑有霜，獨坐穿針向畫廊。東方日出烏鵲曉，天上人間枉斷腸。

襄國飲鴛水野亭奉懷張爐山明府

我盡野亭鴛水陰，平沙落日青楓林。寒花爛熳不自愛，霜風一墮柴門深。我來對此沉吟久，况是爐山別離後。何處浮雲晚未還，散愁且醉襄城酒。

登西城嘉禾樓重送張爐山赴部

高樓西望縈空煙，南風渺渺吹河船。碧沙細草遠相送，一夜飛過黎陽川。驚魂如縷隨君還，恨無雙翼凌青天。魏闕霾陰雷隱怒，灞水橫波不可渡。此時揮手垂堪悲，千里相逢未有期。燕臺倘值悲歌飲，擊筑先尋高漸離。

史平臺夜宴詞

漢史玄以宣帝大母家，封爲侯，於外家親居多得賞賜，簪貂弭世，寵溢内外。明浮丘山人作《史平臺夜宴詞》。

高堂膩燭嬌紅春，麝爐掣鎖銀麒麟。掌中舞袖回金縷，背後落花覆錦茵。夜半歌鐘起洞房，繡羅香暖對鴛鴦。旋徵玉雁排筝譜，復弄梅花近笛牀。繡額紅衿真媚嫵，隔簾彷佛調鸚鵡。唤回滿座鬱金香，鮮鯽銀絲出翠釜。鷄人夜唱銅龍瀉，内監忽傳進御馬。絳鞘雙引貂襜褕，長秋門前馬不下。北風吹山海水移，世人見此復淚垂。寶玦香車俱莫嘆，金掌仙人已辭漢。

信陵亭行贈張幕史

昔聞貴公子，乃是信陵君。劍氣連秋水，英風邁長雲。堂中愛養三千士，玉袍珠履何繽紛。信陵一去幾千載，堂中今無一人在。空餘城裏信陵亭，日見黄河走東海。信陵亭右送飛鴻，豪士者誰張長公。虬髯瀟灑眼如電，論吐何啻垂天虹。身騎宛馬鐵花驄，霜蹄决裂耳生風。四顧已無南海尉，一心要滅黑山戎。朝發夷梁津，暮宿黎陽渚。軒蓋狹廣路，翩翩皆龍舉。春風澹蕩吹羅帷，宛如渌水蓮花池。異代風流今有此，若問信陵那可知。

贈故大同府節判魏張公祝入祠七十韻

魏博富才藪，儲英斷幽顯。金璞無留精，虎豹澄視眄。文章兩漢際，墨跡蒼頡篆。多賢信足徵，特秀殊異撰。張公真天人，弱冠負婉孌。鳳毛何翩躚，孤嘯絶巇嶮。矯然雲空翮，似共扶摇搏。遠器詎可識，棲棲但蒼畎。腹存五經笥，身與六藝卷。叔孫禮猶尊，毛公《詩》放衍。桃李垂映春，蕪穢屢摧揃。庭草有餘姿，園葵復開展。李膺縣龍門，侯巴激繩勉。有母老且貧，負米不憚緬。北堂或寢憂，視食臉必泫。夜坐寧解衣，晨興忘孱懦。仲由晚升堂，曾參力親勔。豈不懷曠逸，所愧斯道舛。操觚赴風檐，論議浮雲捲。天地豈毫末，萬物皆黽黽。揮霍斷鵠劍，絡繹如甕繭。九河一奔決，筆力與深淺。賈誼魁大庭，郄生逼衆選。春雨濕荷衣，秋風醉華宴。領教即同州，文旆辭玉輦。凄其燕坐氈，寂寞公堂鱓。盤中長苜蓿，衣上生苔蘚。整飭文字宗，手足成宿胼。乙科連佳士，芳聲捷銀匾。銓曹籍哲行，聖意親眷繾。制可決宸衷，銜命理東兗。淮南多賓客，河間討墳典。枕中鴻寶書，禮經得細闡。其王似太宗，英睿天潢演。虬鬚多瀟灑，虎步遺芳躅。設醴延穆生，駢羅出禁臠。謹介控豪俠，揮金潔筐篚。王賜金字牌，旌忠古所鮮。爲擢雲州判，饋運百里轉。甬道達交河，軍聲赫桓獮。落日單于營，秋風胡馬現。漠漠黃沙磧，蕭蕭大旗搴。頗似蕭相賢，關中息餘喘。武宗踐祚初，逆瑾姿驕蹇。泰阿失金柄，寶鼎竊玉鉉。閹奴事私謁，日請太倉廨。公氣時益振，那避禍橫罥。按劍雄四視，意欲鏟疊巘。奸回沮顏色，諒直非顧遣。董卓卒燃臍，李斯嘆黃犬。乾坤掃氛翳，社稷清沈湎。解綬賦歸田，衡門適游躽。蕭莞。佳婿李光禄，乘龍篤嬿婉。後代乃賢豪，森森盡碧瑌。道盛人難忘，有司累交薦。縣室列神靈，王公枉駕過，俯視若蜓蝘。驊騮宜垂耳，鸞鶴易摧殄。汨没漳水涯，沉絶廟堂璉。鳳雛翔長雲，玉樹落雕楹虚壇墠。窈窕映丹青，煒煌雜黝墡。春秋恪駿奔，陟降立有瞯。玉貌雖匪殊，德音誰能戩。門墻歉分席，飽聞弟子善。夙期儻相親，何必同笑嗔。哀贈起北風，遠懷淚若洗。長吟《薤露》篇，少謝《蒿里》餞。久稽尋陽囚，號泣思徒跣。伏枕纏捆拲，捷身畏戈戟。江海苟不竭，筆削太史編。

贈友人歸别墅

緑楊漫垂舞，擺動春風情。吏役甘作苦，瓜期思田縈。尋溪觀游鱗，出谷聽流鶯。别有漆園客，長歌懷友生。

書懷投李篁臺外博

昔余江海思，凌風恣天遊。回覽鳳凰臺，薄行鸚鵡洲。玩弄潁水月，吟嘯箕山秋。緬想古人風，飄然不可求。挾劍適燕雲，裂繻游皇州。昭王去不還，金臺長秋草。樂毅徒空談，劇辛亦枯槁。痛哭九陌中，迴飆起蒼昊。六噫辭漢京，三山事幽討。結廬太伾麓，蒔花黎水陽。饑餐赤城霞，渴飲華池漿。舉杯酬阮籍，彈琴招嵇康。放浪期九垓，枋榆安足翔。天造誠寥廓，一夕生欃槍。光芒動圓象，浩蕩亂天常。南箕乃長舌，牽牛遂服箱。置身在昭憲，夙夜守圜土。剥膚咸虺蛇，剸心皆劍櫓。陰卧魂毰毸，澄視鬼傴僂。日月將焉施，胡不照聾瞽。父母荒殯階，兒女死秋堵。嘔血徒傷心，斬衣事終古。悠悠九原思，歷亂攢肺腑。篁臺百世士，瀟灑落風塵。談經施絳帳，講道開河濱。有時瀉璣珠，萬斛光璘豳。熔鑄能幾時，席上羅佳珍。貶道理凡材，褰衣訊幽谷。煙雲忽一開，婉如熙春屋。靧面行嘆息，力疾對芳牘。覽聽殊未已，猶獲玉雙瑴。强成啟口笑，無復論羞恧。感此忘形骸，片言通鈞軸。願爾垂神光，乘時慰蹙踧。龍荒如有待，萬里騎驌驦。

適金陵登魏武讀書臺奉別李覺齋丈

魏武建雄圖，虎視何壯哉。祇今霸氣盡，空餘讀書臺。登臺覽四野，蕭瑟悲風來。饑鳶獵平楚，寒狐鳴城隈。林木鬱蒼然，煙霜日空摧。咄嗟此山川，千載埋雲雷。我亦慷慨人，與君遠追陪。酒酣拂寶劍，肝膽歷然開。遥望南溟間，鯨鯢滄波頹。相顧起叱嘯，坐使風雲迴。楊僕擁樓船，聲名冠崔嵬。富貴吾自取，他人徒驚猜。投鞭自兹去，千里騎河魁。

寓譙郡宿魏武臺下贈羅汝龍

漢帝滅金鏡，靈氛黯中原。山川忽破碎，海水日飛翻。蚩尤拓大旗，時拂紫薇垣。奸雄竊神器，霸王氣併吞。平臺起崷崪，西北眺陵園。千載乃丘墟，秋風散鷄豚。爾來值歲暮，感此摧心魂。託宿茅屋下，偃仰徒自論。中逢豫章客，夜半延青樽。酒酣起視笑，飄然虬鬚掀。開口復縱横，歷歷陳萬言。宛若黄河流，奔湍决崑崙。然諾在一時，逸氣鶩鴻鵷。遠望江路塞，蠻烽照天門。誓欲指雄劍，直斬南溟鵾。而我豈不能，與君同騰騫。風雲苟未合，且復侣猱猿。《陰符》掩玉匣，寶劍藏塞壖。拂衣一長嘯，高風振丘樊。水流還大壑，日昃仍朝暾。待予乘景運，一灑清海渾。

冬日獵射畢同艾瑞泉從子擢挈酒藉草坐飲醉後作此

寒風吹林薄，白日愴以黄。呼鷹登高臺，走馬碕石岡。狡兔起草間，裂腦厲秋霜。割鮮青山隅，藉草傳羽觴。落葉入我杯，細細波悠揚。平楚正蕭瑟，感此情彌長。雲中姿天驕，胡塵暗邊疆。殺將屠我城，主辱臣未僵。徒令哂千秋，何以慰遐荒。合當捐微軀，雪耻左賢王。

送友人南還

鳳凰樓外雲氣長，青袍白馬生輝光。送君千里促羽觴，鳴筝清歌如故鄉。相思明日忽分手，誰指青驄繫緑楊。

寄謝逸人四溟二首

漢京詞賦多風雅，前擁鄒生後枚馬。四溟旅人興最豪，馮軒落筆長河瀉。醉中一别十經秋，落葉翩翩嘆白頭。思君恨無黄鵠羽，涕泗遥瞻滄海樓。

海水飛動凌三山，巨鰲出没流其間。人生風波有如此，颯颯秋風凋玉顔。魯連自是紫煙客，倜儻長揖二千石。一朝談笑解聊城，東入滄溟眇無迹。

甲辰歲張郡伯鄭西如覲京師其母太夫人出中饋給囚因感激述懷作五十韻以謝

鳳曆開皇紀，龍池憶紫煙。青陽調玉燭，白日轉幽天。河朔風雲會，漳涯氣概先。諸公梁苑客，明府漢庭銓。沈宋金章籍，陰何玉轡聯。衣冠連日表，精爽動星躔。各應非熊兆，同操哲匠權。文翁兼化蜀，郭隗始登燕。五馬襄城野，雙旌霸水涎。夾輪雙鹿擾，上漢一搓縣。忠奬推王室，金泥受帝宣。吴公才第一，賈誼席應前。鄯善何無爾，河源即有焉。疏名勒玉藻，歸苑撤金蓮。虎變谷風起，鶯鳴喬木遷。那微文伯母，誰産范滂賢。《黄鳥》空玄理，《關雎》德化全。肅雍元啟胤，聖善總承乾。壺臬慈文表，襟裾風紀緣。大家新著作，劉向舊名編。雨露含濡遠，江河流澤偏。吹嘘延朽腐，哀痛及顛連。粉署琅玕碧，天牢桂玉鮮。八珍真靡鑿，五醖更駢闐。麩麥赤城外，杯羹玄圃邊。春盤行荏苒，曲几坐連翩。眉睫光初潤，膏肓病即痊。尚方虚擬賜，陰室競相憐。小步嬰金鐵，揚眉愧拘攣。朵頤群儽側，染指揭夫筵。坎廪心仍切，低回腹稍便。循墻如喪狗，俯頸似饑鳶。慷慨期投璧，呻吟尚縮肩。搶呼西向拜，遥祝北堂年。少假恩猶乳，翻思淚下泉。二靈忘伏臘，兩稚飽鷹鸇。丘壟哀新鬼，圖書鎖廢廛。干戈嘗膽苦，衰颯噬臍眠。故國孤魂杳，他鄉白髮牽。妻貧嫌再醮，女大吝施鉛。放大因無食，挑針作覓錢。塵埋蒼兕劍，蟲篆白氂氈。甑釜從珠網，幨幃或馬韉。鬼神悲簡牘，妖孽戲花鈿。壯志浮雲去，灰心苦蘗煎。敢辭先菌蟪，爲恨失騰騫。雷雨龍門别，風霾虎脊捐。徽纆多窘束，榜楚替迍邅。百轉傷心曲，三年似禍悛。傾危希造化，早晚謝陶甄。

春晚將還舊業諸公送遠獨方水雲以病不至作此留別

青春載酒尋君處，君病春殘我亦回。背葉流鶯愁對語，梢泥乳燕各飛迴。煙雲莽莽高歡壘，白日荒荒魏武臺。醉裏劍歌時自放，白頭還望轉堪哀。

別李希賢

譙城冬日白，渦水陰雲霏。與爾經別地，相看淚濕衣。旅懷隨雁盡，鄉夢逆潮歸。芳草他時滿，令人寧久違。

青樓詞

百尺高樓挂彩鴛，錦筝銀甲亂哀絃。夕陽西下簾深捲，望見西江萬里船。

雲中曲四首

燕岱河山黑水分，胡沙北望接氤氳。桑乾斜映龍山月，碣石遥通魚海雲。

高闕塞頭殺氣橫，居延川内少人行。黄沙欲没李陵墓，明月長懸蘇武城。

夜半飛書報建章，交河新駐左賢王。即分驍騎屯榆塞，便發元戎出定襄。

黄須羽帽破烏桓，丈八蛇矛血未乾。胡馬盡歸元帥幕，番刀贈與故人看。

李同知先芳三十三首

先芳字伯承，濮州人。嘉靖丁未進士，除新喻知縣。遷刑部郎中，改尚寶司丞，陞少卿，降亳州同知，稍遷寧國府同知，復以臺抨罷。伯承年十六，美如冠玉，會選良家子尚主，名在籍中，尋罷歸。伯承自負才名，多所傲睨，兩御史出按部，故事當從尚寶授印，兩御史自尊，顧視從吏，伯承詫之曰：「尚璽郎當受印繡衣，安所得黑衣耶？」兩御史大慚，大計時頗被螫。及爲外吏，益奴視僚屬，不具賓主，竟用是敗。家故多貲，壯年罷官，精計然白圭之策，家益起，大構園亭，廣蓄聲妓，擪笋揳瑟，二八迭侍。諳曉音律，尤妙琵琶，賞音者謂江東查八十無以過也。優游林下，享文酒聲伎之奉四十餘年，年八十四而卒。始伯承未第時，詩名籍甚齊、魯間，先於李于鱗。通籍後，結詩社於長安。元美隸事大理，招延入社，元美實扳附焉。又爲介元美後于鱗，嘉靖「七子」之社，伯承其若敖蚡冒也。厥後李、王之名已成，羽翼漸廣，而伯承左官落薄，「五子」、「七子」之目皆不及伯承。伯承晚年每爲憤盈，酒後耳熱，少年用片語挑之，往往努目嚼齒，不歡而罷。邢子願以臺使按吴，訪弇州而歸，伯承與極論其始末，語已目直上視，氣勃勃頤頰間，拍案覆杯，酒汁沾濕，子願逡巡不敢應，後爲伯承誌墓，亦略及之。余聞之盧德水如是。今之論者，奉歷下爲晉、楚，揶揄伯承，使之捧盤盂而從小邾之後。余録伯承詩，次於于鱗之上，使伯承之魂爲之默舉，且以間執耳食者之口也。

車遥遥

膏車何草草，遥遥萬里道。遠道莫致思，倚輪望見之。隻輪不可行，去客難爲情。駕車策馬輪已遠，腸中車輪載君返。

玉階怨

蟋蟀鳴玉階，梧桐落金井。紈扇本生凉，錯恨秋風冷。

臘日

臘日煙光薄，郊園朔氣空。歲登通蠟祭，酒熟釀村翁。積雪連長陌，枯桑起大風。村村聞賽鼓，又了一年中。

一齋

一齋容膝處，高枕謝招尋。稚笋初平檻，新鴉未出林。閒情芳草地，春恨落花心。更愛前溪好，千章緑樹陰。

江上晚行

褰帷方出郭，江上欲黄昏。却望東原道，青山蔽縣門。蟬鳴月裏樹，犬吠水邊村。何處分漁火，蘆花隱釣艑。

皖江

皖江陰乍晴，鱗鱗秋浪生。岸回村樹隱，潮落海雲平。魚米舟中市，人煙水上城。不須遥問渡，前路是浮萍。

雨中投仙姑寺

雨中投古剎，江岸少人行。立馬候松徑，呼僧問寺名。斷碑經火盡，荒草入秋平。惟有楓林樹，泠泠清梵聲。

新池

松峰高接天，合沓四山連。馬怯新池水，人投野燒煙。飂飂風出谷，齒齒石成川。詰曲袁江路，心蘇百折前。

春思

渝州正二月，日夜雨瀟瀟。石瀨添新漲，江風送落潮。春催花影薄，林雜鳥聲嬌。楚客多歸思，長天坐寂寥。

灘頭

春江兩岸闊，細雨片帆斜。古戍收殘市，寒潮帶淺沙。風偏舟倚瀨，春盡鳥啼花。桑柘依依緑，漁磯三五家。

暮春

和風攪亭竹，稚笋欲交加。藻思添芳草，春愁劇落花。簷棲黄口雀，林乳白頭鴉。坐惜青陽暮，空悲兩鬢華。

暮春懷歸

風雨春遲暮，江湖日阻修。羈心身外遣，歸計夢中求。花落啼鶯盡，泥香乳燕留。年年問津者，空買釣魚舟。

立秋後一日助甫見訪得霜字

屏居對芳草，同病喜相將。闌暑人如醉，新秋鬢有霜。蟲鳴風雨夕，螢點薜蘿墻。後夜看牛女，還期就一觴。

伯宗席對月再別吉夫得聲字

幾醉長安月，因君萬里行。片雲隨袂斷，疏影入簾清。小徑花生色，微霜雁有聲。他時三五夕，一見一含情。

義門曉行

曙色起林鴉，青天明曉霞。蒹葭晞白露，墟裏帶清沙。老驥長途怯，新鴻一字斜。不知時序晚，野菊有黄花。

何明府邀宴荆山

名山堪載酒，驛使暫停車。斜日長淮水，春風一縣花。平崖喧立馬，深樹點歸鴉。更坐莓苔上，殘尊照落霞。

春日山莊

得歸仍喜故園春，日日花前倒葛巾。自惜年光催短鬢，平分春色與東鄰。囀枝黄鳥争歌妓，拖雨緋桃似醉人。華髮青山莫相笑，初衣會見出風塵。

雲津送袁生之京

曲水平橋江岸斜，雲津門外送仙槎。離亭握手愁將夕，遠道逢春鬢易華。二月行人折楊柳，一年心事問桃花。蘭橈泊處東風徧，細雨樓臺燕子家。

暮春初過山莊

山人本性愛山居，弭節春游過草廬。短砌雨餘芳草合，小亭風定落花初。拂塵下榻驚梁燕，開篋抽書走壁魚。更闢巖扉頻灑掃，能無長者命巾車。

新秋釣魚臺宴集兼贈倪若谷秘書得中字

古寺凉蟬嘒晚風，釣魚臺近濯龍宫。波摇樹色浮天上，山寫秋容入鏡中。蓮社舊遊花落盡，濠梁樂事鳥啼空。臨流不醉新豐酒，笑殺滄浪把釣翁。

圓覺寺晚坐

片片歸林鳥，微微出寺鐘。僧門掩秋色，明月在高松。

閨　情

月宇開天鏡，高樓試晚妝。秋風吹桂樹，雙燕語雕粱。

江　雨

西山帶雨痕，南浦生秋草。煙中樹若薺，波上舟如鳥。

春日登樓作

長堤芳草初青，古廟垂楊幾樹。登樓不見山村，知在杏花深處。

郊行即事

城南黄葉逐人飛，城上寒鴉噪晚饑。老樹荒村停落照，遥遥山寺一僧歸。

由商丘入永城途中作

三月輕風麥浪生，黄河岸上晚波平。村原處處垂楊柳，一路青青到永城。

小亭即事

緑楊垂穗噪新鴉，竹裏茅亭一徑斜。不是山人攜酒至，小園閒殺碧桃花。

春　望

芳草萋迷一徑斜，澹煙疏雨噪新鴉。城南春色濃於酒，醉殺千林桃杏花。

雙溝夜雨

風雨蕭蕭入暮天，孤村黄葉鎖寒煙。官衙兒女應相説，今夜羈棲何處邊。

石　城　樂

石城城下接隋堤，緑樹紅樓桃葉溪。到日江頭勞借問，莫愁家在畫橋西。

新秋西郊雜興

因看木槿落花稀，更惜年光似鳥飛。斗酒黄鷄堪共樂，青山無恙故人非。

遣興呈宋山人

落魄金門老歲星，歸來調笑眼雙青。高樓坐擁如花妾，月下彈箏倚醉聽。

宫　詞

玳瑁琵琶綴玉環，爲囊盛裹繡雙鸞。自從學得朝元曲，不對君王不敢彈。

附見　李審理同芳四首

同芳字幼承，伯承之弟也。官爲王府審理。才情不減其兄。

飲　酒

山扉悄無事，家釀復新香。遲爾二三子，陶然酹一觴。論心愛丘壑，炙背閲年光。雪積冰難解，冬殘日乍長。歲時鳥過目，身世雁隨陽。多謝高陽伴，同來入醉鄉。

春詞二首

常年二月已清明，今年清明三月中。寄語尋春攜酒客，桃花雖歇有東風。

十千沽酒冶游郎，日指桃林是醉鄉。花下停車鶯語亂，蹊邊拾翠燕泥香。

擬艷歌行

越女秦箏手自調，阿歡按節奏金鐃。當筵忽漫冰絃斷，笑倩懷中取鳳膠。

李按察攀龍二十五首　附録三首

攀龍字于鱗，歷城人。嘉靖甲辰進士，授刑部廣東司主事。歷郎中，出知順德府，擢陝西提學副使。西土數地動，心悸念母，移疾歸。用何景明例，予告凡十年。起浙江副使，遷參政，拜河南按察使。母喪歸，逾小祥，病心痛卒。于鱗舉進士，候選里居，發憤讀書，剌探鉤摘，務取人所置不解者，摭拾之以爲資，而其矯悍勁鷙之材足以濟之。高自誇許：「詩自天寶以下，文自西京以下，誓不污吾毫素也。」宦郎署五六年，倡「五子」、「七子」之社，吴郡王元美以名家勝流羽翼而鼓吹之，其聲益大噪。及其自秦中挂冠，構白雪樓於鮑山、華不注之間，杜門高枕，聞望茂著。自時厥後，操海内文章之柄垂二十年。其徒之推服者，以謂上追虞姒，下薄漢、唐，有識者心非之，叛者四起，而循聲贊誦者，迄今百年，尚未衰止。要其撰著，可得而評騭也。其擬古樂府也，謂當如胡寬之營新豐，鷄犬皆識其家。寬所營者，新豐也，其阡陌衢路未改，故寬得而貌之也。今改而營商之亳，周之鎬，我知寬之必束手也。易云擬議以成其變化，不云擬議以成其臭腐也。易五字而爲《翁離》，易數句而爲《東門行》、《戰城南》，盗《思悲翁》之句而云「烏子五，烏母六」，《陌上桑》竊《孔雀東南飛》之詩而云「西鄰焦仲卿，蘭芝對道隅」，影響剽賊，文義違反，擬議乎？變化乎？吴陋儒有補石鼓文者，逐鼓支綴，篇什完好，余悲之曰：「此李于鱗樂府也。」其人矜喜，抵死不悟。此可爲切喻也。論五言古詩，曰「唐無五言古詩而有其古詩」，彼以昭明所撰爲古詩，而唐無古詩也，則胡不曰魏有其古詩而無漢古詩，晋有其古詩而無漢、魏之古詩乎？《十九首》繼《國風》而有作，鍾嶸以爲「驚心動魄，一字千金」，今也句摭字攈，行數墨尋，興會索然，神明不屬，被斷菑以衣繡，刻凡銅爲追蠡，目曰《後十九》，欲上掩平原之十四，不亦愚乎？僻學爲師，封己自是。限隔人代，揣摩聲調，論古則判唐、《選》爲鴻溝，言今則别中、盛如河漢，繆種流傳，俗學沈錮，昧者視舟壑之密移，愚人求津劍於已逝，此可爲嘆息者也！七言今體，承學師傳，三百年來推爲冠冕，舉其字則三十餘字盡之矣，舉其句則數十句盡之矣。百年萬里，已憎疊出，周禮漢官，何煩洛誦？刻畫雄詞，規摹秀句，沿李頎之餘波，指少陵爲頽放，昔人所以笑模帖爲從門，指偷句爲鈍賊也。專城出守，動曰「東方千騎」；方舟共載，輒云「二子乘舟」。遼海中丞，襲驃騎之號；廬江別駕，蒙小吏之呼。投杼曾母，訝許自天；傅粉何郎，冠以帝謂。經義寡稽，援據失當，瑕疵曉然，無庸抉擿，何來天地？我輩中原，矢口囂騰，殊乏風人之致；易詞誇詡，初無贈處之言。於是狂易成風，叫呶日甚。微吾長夜，于鱗既跋扈於前；才勝相如，伯玉亦簸揚於後。斯又風雅之下流，聲偶之極弊也。今人尊奉于鱗，服習擬議變化之論，自謂溯古《選》，沿初、盛，區別淄澠，窮極要眇，自通人視之，正嚴羽卿所謂下劣詩魔入其肺腑者也。斯文未喪，來者難誣。當葵丘震驚之日，仲蔚已有違言；迨稷下銷歇之時，元美亦持異議。而王元馭序《弇山續稿》，詆訶歷下，謂不及三十年，水落石出，索然不見其所有，斯固弇州之緒言，抑亦藝苑之公論也。不然，余亦豈有私憾於于鱗與世之祖述于鱗者，而黨枯仇朽，嘵嘵然不置若此哉！

余既録于鱗詩，偶得王承甫《與屠青浦書》云：「讀足下與王元美書，所彈射李于鱗處，爽焉快之，然論文耳，猶未及詩。僕謂其七言歌行莽不合調，五言古《選》樂府，元美謂之臨摹帖，《後十九首》何異東家捧心益醜，《陌上桑》改自有爲它人，非點金成鐵耶？絶句間入妙境，五言律亦平平，七言律最稱，高華傑起，拔其選，即數篇可當千古，收其凡，則格調辭意不勝重複矣。海陵生嘗借其語爲《漫興》戲之曰『萬里江湖迥，浮雲處處新。論詩悲落日，把酒嘆風塵。秋色眼前滿，中原望裏頻。乾坤吾輩在，白雪誤斯人』云云，大堪絶倒。僕嘗以爲雅宜之行草、新安之古文、歷下之七言近體，在彼非不精工，習而宗之者愈似愈乖，不可有二，何則？徇所美而乏通才，局于格而寡新法，守而弗化，極而弗變，其神者不全耳。」承甫之論歷下，與余所評駁若合符節。元美雖爲于鱗護法，亦不能堅守金湯矣。前輩又拈歷下《送楚使》詩「江漢日高天子氣，樓臺秋敞大王風」云：「此賀陳友諒登極詩也。」與承甫引淮海生之語相類，附及以資一笑。

答寄俞仲蔚

太乙睨漢德，名駒生渥窪。赤汗沾青雲，長嘶挹流沙。饑齕玉山禾，渴則飲其涯。翹尾以躑躅，駒駼相經過。不願遊閶闔，況乃服鹽車。世豈無伯樂，垂耳奈我何。天子發素書，使者出蹉跎。駪駪十二閑，駑馬常苦多。雖有千里姿，羈絆非所加。

集開元寺

流陰拂層岑，返照翳深谷。古寺入蕭條，迴巖抱幽獨。梵影净香臺，鐘聲殷石屋。絶壁棲禪誦，懸厓下樵牧。秋花雨還瘦，老樹霜逾禿。寒泉可瑩心，白雲況極目。登臨客自佳，摇落時何速。蔬色蕩腥羶，苔光清簡牘。新詩發神秀，舊遊耿初服。歸來杖屨便，老去煙霞伏。高城出睥睨，燈火通林麓。言旋轉多興，後朝此同宿。

同皇甫繕部寒夜城南詠月

片月挂遥岑，層城曳素陰。寒分宫樹净，影落御溝深。結冷悲羌笛，匀霜上擣砧。西園芳宴後，白雪復誰吟。

賦得屏風

虚屏漢宫裏，有女《白頭吟》。色倚琉璃怯，秋來湘水深。歡情張畫燭，愁坐掩清砧。莫爲蒼蠅誤，君王在上林。

送皇甫别駕往開州

銜杯昨日夏雲過，愁向燕山送玉珂。吴下詩名諸弟少，天涯宦迹左遷多。人家夜雨黎陽樹，客渡秋風瓠子河。自有吕虔刀可贈，開州别駕豈蹉跎。

署中有憶江南梅花者因以爲賦

欲問梅花上苑遲，坐中南客重相思。開簾署有青山色，對酒人如白雪枝。驛使書來春不見，仙郎夢斷月應知。偏驚直北多烽火，昨夜關山笛裏吹。

懷子相

薊門秋杪送仙槎，此日開樽感歲華。卧病山中生桂樹，懷人江上落梅花。春來鴻雁書千里，夜入樓臺雪萬家。南粵東吴還獨往，應憐薄宦滯天涯。

張駕部宅梅花

仙郎雪後建章回，清夜西堂擁上才。笛裏春愁燕塞滿，梁間月色漢宫來。即看芳樹催顔鬢，莫厭寒花對酒杯。共憶故人江北望，因君罷賦倚徘徊。

上朱大司空

河堤使者大司空，兼領中丞節制同。轉餉千年軍國壯，朝宗萬里帝圖雄。春流無恙桃花水，秋色依然瓠子宫。太史但裁《溝洫志》，丈人何減漢臣風。

按察李公誕子公蜀人先以中書舍人爲御史

高才染翰五雲中，役道登車攬轡同。雛有一毛殊是鳳，駒無千里不爲驄。名烏業已承家學，字犬文須命國工。君自蜀人揚馬後，同鄉奕葉播清風。

夜度娘

儂來星始集，儂去月將夕。不是地上霜，無人見儂迹。

寄登宗秀才茂登池亭

窗中採蓮舟，落日菱歌起。坐見浣紗人，紅顔照秋水。

戲呈郭子坤二首

家有秦臺女，青雲路不遥。但愁明月夜，天上唤吹簫。
丹竈幾時開，妝成倚鏡臺。不須嗔竊藥，本是月中來。

徐汝思見過林亭

五柳陰陰逼酒清，一杯須見故人情。明朝馬上聽黄鳥，不似尊前唤友聲。

早夏示殿卿二首

長夏園林黄鳥來，百花春酒復新開。人生把酒聽黄鳥，黄鳥一聲酒一杯。
湖上青山繞屋斜，蕭條重枉使君車。到來縱遣柴門閉，只在東鄰賣酒家。

輓楊生

平生裘馬最翩翩，不惜黄金結少年。今日蕭條君不見，白楊秋色有誰憐。

輓王中丞

司馬臺前列柏高，風雲猶自夾旌旄。钃鏤不是君王賜，莫作胥江萬里濤。

送潘潤父　已下出遺集。

摇落荒山道，君行日獨深。解裝迎暮雨，秣馬發秋林。僮僕知鄉淚，風塵見客心。十年悲未遇，歸卧峕湖陰。

寄許殿卿

漠漠雨如沙，翩翩燕子斜。官貧輕逆旅，鄉遠重攜家。昨夜懷人去，春風撫歲華。獨行臨御水，問使到梅花。

十五夜謝山人同李明府見過得宵字

客有山中約，人來江上遥。張燈傳彩筆，换酒出金貂。貧病看交好，文章慰寂寥。天涯還此會，留醉駐春宵。

重別李户曹

舊遊京陌滿，何處珥貂行。念子從王事，令人識宦情。春風吹遠別，芳草送孤征。莫嘆謀身拙，前賢重請纓。

秋夜

豈敢欹芳樹，多時信轉蓬。鄉心生夜雨，客病卧秋風。大藥三山外，浮名四海中。自知成汗漫，還與衆人同。

郊遊

何爲驅車馬，終歲慘塵顔。偶出城西寺，因看湖上山。水流芳草外，人醉落花間。復值巖耕客，春風荷篠還。

附録　擬古樂府三首

翁離

擁離趾中可築宫①，蘭②用葺之艾爾蓬③。擁離趾中。

①原注：「易本詞『室』字。」

②原注：「易本詞『何』字。」

③原注：「易本詞『蕙用蘭』三字。」

《鐃歌·翁離》一章，古題無解，漢、魏以來未有擬者，擬之已可嗤矣。「何用葺之蕙用蘭」，似亦騷人之義，今易之曰「蘭用葺之艾爾蓬」，以叶「中」字之韻，其可通乎？又魏祖時樂府但取叶律，不復賦題，今聲既不傳，却又依樣葫蘆，全不賦題，如于鱗所擬《上留田》之類，將安屬也？舛戾弘多，未能具述。

東門行

出東門，不顧歸。來入門，愴欲悲。舍①無儋石②儲，還視身上衣參差③。慷慨④出門去，兒女牽裙⑤。他家自⑥願富貴，賤妾與君但⑦餔糜。但⑧餔糜，上用穹窿⑨，下用匍匐⑩小兒。時吏清廉，法不可干⑪。一旦緩急，當告誰。行，吾望君歸⑫。嗟！少年莫爲非⑬。

①原注：「易本詞『盎』字。」

②原注：「二字易本詞『斗』字。」

③原注：「本詞『桁上無懸衣』。」

④原注：「易本詞『拔劍』二字。」

⑤原注：「易本詞『衣』字。」

⑥原注：「易本詞『但』字。」

⑦原注：「易本詞『共』字。」

⑧原注：「易『共』字。」

⑨原注：「易本詞『倉浪』二字。」

⑩原注：「易本詞『爲黄口』三字。」

⑪原注：「本詞『今時難犯』。」

⑫原注：「易本詞：『去爲遲』三字。」

⑬原注：「本詞『教言君復自愛，莫爲非』。」

改易本詞數十字句，便云《擬東門行》，今以所改易字句與本詞覆看，亦略有意義否？「滄浪」、「黄口」，以「倉」對「黄」，寓巧於拙，此古人言語之妙，改而云「穹窿」、「匍匐」，何其笨也。本詞云「今時清廉難犯，教言君復自愛，莫爲非」，豈不語簡而盡乎？今贅以「一旦緩急」云云，枝蔓之詞，更累十百行，亦未盡也。于鱗改易古樂府，率皆類此。若吴明卿之流，又是歷下餘波，吾無責爾矣。

陌上桑

日出東南隅，照我西北樓①。羅敷貴家子，足不逾門樞。性頗喜蠶作，采桑南陌頭②。上枝結籠係，下枝挂籠鈎③。墮髻何繚繞，顏色以敷愉。緗綺爲下裙，紫綺爲上襦④。行者見羅敷，下擔故綢繆。少年見羅敷，袒裼出臂韝⑤。來歸相怨怒，且復坐斯須⑥。使君自南來，駐我五馬車。遣吏前致問，爲是誰家姝？羅敷小家女，秦氏有高樓。西鄰焦仲卿，蘭芝對道隅⑦。羅敷年幾何，十五爲人婦。嫁後一年餘⑧，力桑以作苦。孰與使君俱？使君復爲誰？蠶桑所自娱，小吏無所畏⑨。使君一何迂：「羅敷他人婦，使君他人夫⑩。東方千餘騎，夫婿居上頭。左右三河長，負弩爲先驅。何用識未婿，飛蓋隨高車。象牙爲車軫，桂樹爲輪輿。白馬爲上襄，兩驂皆驪駒。青絲爲馬靷，黄金爲轡頭。腰中千金劍，自名爲鹿盧⑪。起家府小吏⑫，拜爲朝大夫。稍遷郡太守，出入專城居。月朔朝京師，觀者盈路衢。爲人既白皙，鬑鬑有髭鬚。四十尚不足，三十頗有餘。座中數千人，皆言夫婿殊⑬。」

① 原注：「盜《古詩》『西北有高樓』以配『東南隅』，自以爲極巧矣。本詞云『秦氏樓』，映帶『日出東南』，方隅宛然，光景有無，所以爲佳。今以『西北』配『東南』，如甲乙帳簿，此所謂死句也。曰『秦氏樓』，係羅敷之姓，然後書羅敷之名，此叙事之法也。今突而曰『樓上有好女，自名秦羅敷』，則全無次第矣。于鱗自負古文辭，何不講於此乎？」

② 原注：「本詞云『羅敷喜蠶桑，采桑城南隅』，今加二言，何其枝蔓。上言『貴家子』，下言『小家』，是何意義乎？」

③原注：「本詞『青絲爲籠係，桂枝爲籠鉤』，言桑籠之飾也。徐伯陽衍之曰『圜籠裊裊挂青絲，鐵鉤冉冉勝丹桂』，義益明矣。今云『上枝結籠係，下枝挂籠鉤』，則謂籠之係與鉤，懸挂於桑之上下枝也。未言羅敷之容飾，而先序采桑之事，則顛甚矣。」

④原注：「本詞叙致先頭髻，次耳珠，又次下裙上襦，形容美好，宛如圖畫，不言顔色而顔色可仿佛矣。今削去『耳珠』五字，而贅之曰『顔色以敷愉』，則形容反爲未盡，此不善擬議之過也。」

⑤原注：「本詞『脱帽著帩頭』，少年輕俊自衒之態可謂妙極形容矣。今曰『袒裼出臂韝』，豈欲直前搏取之乎？北人之風致如此。」

⑥原注：「『但坐觀羅敷』，『但坐』之『坐』猶云只爲也，今云『且復坐斯須』，訛爲行坐之坐，字義舛謬。」

⑦原注：「『家姝』以下，本詞云『秦氏有好女，自名爲羅敷』，十字盡之矣。于鱗見《焦仲卿妻》古詩『東家有賢女，自名秦羅敷』，摭拾撮合，以爲奇巧，而不知其有大不可通者。《陌上桑》之事，流聞閭閻，至漢末建安之世，則家諭而户曉矣。仲卿之母欲取東家之女，而美之以秦羅敷，猶今人言西施、太真也。以世言之，則建安懸於漢初；以地言之，則廬江絶於邯鄲。是故爲焦仲卿之詩，可以援羅敷，而擬《陌上桑》之篇，不可以援蘭芝也。令于鱗聞此，亦當輾然一笑。」

⑧原注：「『二十尚不足，十五頗有餘』，何其婉而文也。『十五爲人婦，嫁復一年餘』，誰爲媒妁，刻此歲月？傖父面目，可爲捧腹。」

⑨原注：「《焦仲卿妻》詩云：『小子無所畏，何敢助婦語。』此處摭入何謂？」

⑩原注：「本詞叙問答之語僅二十五字，而曲折畫然，此又益以十字，殊不可了。『使君自有婦，羅敷自有夫』，雍頌和婉，曲盡風人之致。改之曰『羅敷他人婦，使君他人夫』，此三家村老媪叫鷄駡狗之詞，豈應出羅敷之口。」

⑪原注：「已上本詞四十字，此又益三十字，繁蕪附贅，不堪繩削。」

⑫原注：「『十五府小史』，今訛爲『小吏』。」

⑬原注：「羅敷爲千乘王仁妻，仁後爲趙王家令。或云羅敷爲使君所邀，盛誇其夫爲侍中郎以拒之。本詞云『三十侍中郎，四十專城居』，今削去侍中郎，但云『稍遷郡太守』，則賓主易置矣。『東方千餘騎』，此侍中郎之車騎也，用以驕使君之五馬，故曰『盈盈公府步，冉冉府中趨』。公府者，三公之府，非如今人云府縣之府也。于鱗泥『專城』二字，但以郡太守爲辭，又以月朔朝京師爲千騎之解，益復支離。他日作郡守贈送詩，動以東方千騎爲言，其失皆由于此。蕭子顯詩亦云『漢馬三萬匹，夫婿仕嫖姚。十五張内侍，十八賈登朝』，則詠《陌上桑》不當但言郡守明矣。」

于鱗擬古樂府及《十九首》、《録别》等詩，擬古彌切，去古彌遠，自謂胡寬之營新豐，而不知爲壽陵餘子之學行於邯鄲也。姑列其樂府三首，摘其疵累，聊致輸攻，以資隅反，非敢菲薄先民，良欲指迷後學耳。

宗副使臣八首

臣字子相，興化人。嘉靖庚戌進士，除刑部主事，改吏部考功。歷稽勳員外郎，出爲福建參議，遷提學副使，卒於官，年三十六。子相在郎署，與李于鱗、王元美諸人結社於都下。於時稱「五子」者，東郡謝榛、濟南李攀龍、吴郡王世貞、長興徐中行、廣陵宗臣、南海梁有譽，名「五子」實六子也。已而謝、李交惡，遂黜榛而進武昌吴國倫，又益以南昌余曰德、銅梁張佳胤，則所謂「七子」者也。于鱗既没，元美爲政，援引同類，咸稱「五子」，而七子之名獨著。先是弘正中，李、何、徐、邊諸人亦稱「七子」，於是輕材諷説之徒盱衡相告，一則曰「先七子」，一則曰「後七子」，用以鋪張昭代，追配建安。嗟乎！時代未遐，篇什具在，李、何、王、李並駕曹、劉，邊、康、宗、梁先驅應、阮。升堂入室，比肩殆聖之才；嘆陸輕華，接跡廊廡之下。聚聾導瞽，言之不慚；問影循聲，承而滋繆。流傳後世，謂秦無人，豈不亦發千古之笑端，遺聖朝之國耻乎？俗語不實，流爲丹青，及今不爲駁救，厥後復何底止？余故録「七子」之詩，而質言之如此。子相詩，元美稱其天才奇秀，雄放横厲，又摘其佳句，書之屏間，以爲上掩王、孟，下亦錢、劉，而其所就，止於如此，則子與、德甫之倫爲可知矣。

聞雁

一枕何能得，長愁至不禁。魚龍殘夜笛，風雨急秋砧。天入蕭森氣，人兼去住心。湖南有新雁，作意送悲音。

雨夜沈二丈至

榻有何人下，君能此夜過。寒蟬吴客賦，衰鳳楚狂歌。雨氣千江入，秋聲萬木多。明朝寒浦望，摇落有漁蓑。

秋夜顧二丈來集

少别已殘暑，相看失舊容。秋衣下風露，夕草亂芙蓉。世故尊前盡，鄉愁雨後重。徘徊望北斗，明月照千峰。

除前錢惟重夜至

朔雪千門擁騎過，西風摇落罷鳴珂。愁邊鴻雁中原去，眼底龍蛇畏路多。關塞豈無胡馬策，江湖真負楚漁歌。衣裳歲暮吾將换，好與青山長薜蘿。

春　興

司馬提兵夜渡河，羽林諸將擁雕戈。青山一戰殘鼙鼓，落日千家泣綺羅。盜賊似聞能漢語，東南何地不夷歌。浮生轉覺江湖窄，難把衣裳任芰荷。

郊行

并馬出春城，揺鞭一相語。楊柳遍西湖，應從何處去。

聞雁憶弟子培

秋雨千峰散，寒雲萬里開。不知天際雁，幾日故園來。

寄盧少楩

大伾山頭花滿煙，春來竟日酒罏眠。不知妻子關何事，乞取囊中賣賦錢。

梁主事有譽三十六首

有譽字公實，順德人。嘉靖庚戌進士，授刑部主事。與謝榛、李攀龍輩結社，稱「五子」。以念母移病歸里，與黎民表約遊羅浮，觀滄海日出，海颶大作，宿田舍者三夕，意盡賦詩而歸，中寒病作，遂不起，年三十六。公實少師事黄才伯，從游最久，通籍後始復與王、李結社。其爲詩詞意婉約，殊有風人之致。王元美《詩評序》云：「梁率易，寡世好，尤工齊、梁，近始幡然悔之。」而公實作「五子」詩，首謝榛，次李攀龍，蓋公實甫入社即移病去，又捐館舍最早，雖参預「五子」、「七子」之列，而於其叫囂剽擬之習，熏染獨未深也。

秋懷

夕霽涼氣發，曲房藹餘清。金風被蘭茝，白露浩已盈。密林謝陽彩，從薄隕芳榮。迅商無緩調，征鴻懷苦聲。物候既易感，神理固難名。漢陰甘灌園，鹿門事躬耕。金張逐丹轂，王貢飄華纓。由來事不同，各以性自營。伊予秉微尚，恬曠諧夙情。柱下明守雌，漆園持達生。緬懷昔人訓，煩囂衹自驚。

黃司馬青泛軒

達人慕恬寂，開軒負西郭。芊綿引蕙田，逶迤通菌閣。積芳集隆墀，眈勝控遥壑。蕊氣通幽洞，湖光耿華薄。青桐帶露疏，翠羽銜花落。蜃月鏡疏櫺，鵬雲冠虚幕。真筌一以契，琴書聊爾託。鶴性在煙霞，鳳想存寥廓。即此願深棲，陋彼郊居作。

遊白雲寺

崇岫控越徼，巍鎮峙郊甸。崒嵂億劫餘，迢遞百里見。疏嶺何岑峭，陽林鬱蓊蒨。峻擬玄天平，俯瞰海日炫。化城架層顛，拂策陟遥峴。逢槎舊術迷，遭石新磴轉。始至嵐陰豁，暫息厓光顯。露翳若木莖，風墮曇花片。鳥啼谷互答，竹亞露猶泫。冲襟挹恬寂，素想協游衍。静惟迦葉智，默溯龍樹辨。十喻總歸空，六塵原不眩。清朝意蕊凋，縞夜心蓮現。歲月紛遞馳，棟宇幾遷變。鶴往臺草荒，龍去井泉淺。刻桷鼯鼠啼，雕梁蛛網罥。感物置安排，看雲悟舒卷。結桂緒方遥，攀蘿情莫展。景協賞爲美，慮澹機自遣。願總塵外轡，謝此區中戀。

詠懷六首

心星轉坤維，芳榮遽銷謝。玄蟬號樹間，蟋蟀吟幽榭。商飈蕩陵苕，物性隨時化。瞻彼孤飛鴻，遊戲清瀾下。霜霰既以違，唼藻何殖暇。微禽尚有適，而我獨悲吒。志士惜流光，哀歌達長夜。愧無魯陽德，何以迴羲駕。

明月鑒重幃，凉風吹綺疏。佳人揚清謳，顧影傷離居。惜别黄鳥鳴，倏忽秋蘭舒。繁華不再至，歡樂寧倩餘。迢迢牽牛星，萬古恒不渝。所思杳天末，日夕增煩吁。秦女善鳴箏，趙女亦吹竽。箏竽豈不哀，不如琴瑟娱。織縑常苦遲，織素常苦劬。嗟哉織作勤，淚下霑羅襦。

阮公嘆廣武，陶子詠荆軻。豈知達士懷，感慨更繁多。飲酣匪甘放，身□匪術疏。冥鴻遊四海，所畏在虞羅。高居與駟馬，不如南山阿。時議徒紛紜，其如圭璋何。

漢武伐匈奴，軍聲茧八垓。遂令鷄鹿塞，萬里無塵埃。漢道豈不盛，胡運有興衰。當其中葉時，雄略亦摧頽。李廣恒數奇，失落空徘徊。馬邑竟無成，東市棄王恢。李陵負英風，仗劍單于臺。飲血苦百戰，悲風從天來。志欲吞狼望，輕謀貽禍胎。一旦隴族沉，徒興壯士哀。燭龍騰遐輝，離照亘天衢。室隙受餘光，徒能耀一隅。物理固殊鑒，各隨賢與愚。楚客倒滄海，提攜得明珠。重寶不見賞，抱價增煩紆。掩袂卧空谷，孰知中所須。昔遊黄金臺，酒酣卧燕市。哀歌傍無人，泣下擊筑子。黍谷生悲風，易水何彌彌。豈無英雄者，翻覺霸圖耻。白日忽復易，脱冠藝枌梓。良覿邈山河，撫劍中夜起。

湖口夜泊聞雁

北風夜泊蘆花渚，蓬底青燈雁啼雨。水宿雲翻路幾千，更闌月落知何處。風澒塵洞誰非客，憐汝南飛霜霰隔。哀鳴却似畏繒繳，塌翅胡能傳尺帛。嶺樹重重是故鄉，故園諸弟日相望。寒宵聽汝應欹枕，兩地相思魂夢長。

瓜步眺望

殘虹慘淡已黄昏，江上烟波獨愴魂。京口樹濃藏雨氣，海門風急長潮痕。西來暮色連三楚，北望浮雲隔九閽。正值旗亭須買醉，憂時懷土不堪論。

揚州悼隋離宫二首

李花歌罷益凄其，正是迷樓縱樂時。夜月遼魂哀鐵騎，春風淮柳拂鸞旗。斗邊蛇起妖誰識，帳裏雕來事可悲。千載故基何處覓，杜鵑啼上野棠枝。

藻井雕甍駐彩霞，錦帆一去已無家。凄凉夜月樓前舞，零落春風仗外花。殘燒繞原碑卧草，夕陽依岸柳藏鴉。可憐河水滔滔逝，不識人間有歲華。

吴　宫

月墮平湖漫不流，煙波何處可消愁。千年人傍要離冢，百頃誰尋范蠡舟。廊上悲風聞響屧，堂前清宴憶傳籌。《竹枝》似寫當年恨，聲起吴江葉葉秋。

姑蘇懷古

看山幾日到吴中，遊客登臨感慨同。金虎迹荒靈氣滅，水犀軍散霸圖空。春歸茂苑烏啼月，花落横塘蝶怨風。誰識倦遊心獨苦，扁舟長憶五湖東。

出郭小園二首

澹澹波光冉冉天，汀蒲沙柳共依然。驅馳未卜宜瓜地，貧病猶營種秫田。杜宇聲殘花似雪，鵓鳩啼急雨如煙。朋遊共棄嵇生懶，誰棹江湖載酒船。

新水斜通浴鷺洲，蒼蒼孤嶼鏡中浮。黄花未綻江南景，紫蟹先成水國秋。舊路忽驚芳草合，高臺獨上暮雲稠。郊居豈爲棲遲計，堪笑人間沈隱侯。

漢宫詞

雲匝蓬萊迎玉輦，星連閣道閃朱旗。仙娥引燭祈年夜，内史催詞禮斗時。赤雁新傳三殿曲，青鸞多集萬年枝。蕊宫别有歡娱處，春色人間總未知。

厓門弔古三首

殺氣空蒙下赤霄，胡塵捲地翠華遥。舟膠楚澤誰還問，魂溺湘潭詎可招。淚血歲添厓上蘚，靈風暮涌海邊潮。獨憐島樹猶含恨，不待秋來却盡凋。

誰悟當年讖已真，汴杭回首總成塵。憤無勾踐三千士，死恨田横五百人。海上乾坤春夢短，厓前風雨客愁新。貞魂若作啼鵑去，葛嶺山頭哭萬巡。

煉石銜沙昔日心，千年猶爲一沾襟。朔方駿没金甌缺，滄梅龍歸玉璽沈。雲斷野烏翻夕照，雨餘芳樹鎖秋陰。風光不似西湖景，空使英雄感慨深。

庚戌八月虜變二首

白草蕭蕭大野間，單于獵火照秋山。坐令鳴鏑侵周甸，不見封泥守漢關。郡邑瘡痍嗟正苦，邊庭供餉轉多艱。九重已命嫖姚將，爲報蒼生一解顔。

胡騎朝驅度黑河，射雕還傍帝城過。四郊此日慚多壘，三輔何時遂息戈。出塞衛青猶荷戟，從戎魏絳漫論和。漢家會見平胡績，願聽回中横吹歌。

春日病起得家書悵然有感

苑柳宫槐生曉煙，起看佳節倍堪憐。天涯尺素驚殘臘，客裏分陰似小年。愁病可堪歸雁後，春心空負落花前。西山爽氣朝來好，擬把琴尊眺遠天。

送同年張子畏使代二首

使星遥指晉陽城，曉度郊原鐵騎迎。狐塞天低横殺氣，雁山秋早動邊聲。書生倚劍心徒切，諸將揮戈意未平。若過北堂春宴罷，還將籌策獻承明。

征馬長嘶起朔風，獨憐平子思無窮。煙塵未值蕭條候，世事空歸感慨中。雲暗故關聽斷角，日沉殘壘見孤鴻。懸知弔古經行處，好問當年李牧功。

秋日謁陵眺望二首

清秋霜露肅祠官，帝里山川此鬱盤。上谷風塵通大漠，居庸紫翠落層巒。七陵松掩金鋪暝，萬壑鐘流玉殿寒。香霧蒙蒙候靈蹕，星辰還仰太微看。

輦道松楸玉露晞，鬼神肅穆儼旌旗。鼎湖寂寂龍時下，銀海冥冥雁不飛。中國地形當塞險，單于秋色入關微。千年陵殿雄燕嶠，九廟精靈護漢畿。

送文子還吴

湖海蕭條劍氣孤，吟邊白髮歲華徂。馬卿四壁愁沽酒，張翰三江擬釣鱸。月下潮聲過建業，雨中秋色上姑蘇。挂冠余亦滄洲去，遲爾煙霞倒玉壺。

暮春病中述懷二首

花落長安春事過，側身天地甲兵多。馬卿消渴空成賦，阮籍徉狂獨放歌。病起春風吹鬢髮，酒醒寒月上關河。憑欄却憶十年事，長嘯誰持返日戈。

萬方雲氣護蓬萊，春色蒼茫紫極開。天閤高臺招駿去，風生大漠射雕來。明時病益江湖思，佳節愁深鼓角哀。堪笑腐儒通籍晚，艱危心折請纓才。

東林寺前作二首

山色斜依寺，江流曲抱村。時有山僧出，殘陽獨掩門。

寒日照流水，晚風吹古樹。遥聽暮鐘聲，依依度江去。

越江曲

横塘風起送新凉，蒲葉拍波江水長。莫道春歸花落盡，中流還有杜蘅香。

閨情

萬里關山無盡期，年光春色使人悲。柳花只似悠揚夢，日逐東風少住時。

喜歸述懷留别李于鱗王元美徐子與宗子相四子一百韻

天地炎州外，雲濤漲海邊。爲儒嗟世業，結社斷塵緣。髫齔趨先子，榮枯憶往年。時推驄馬使，人避鐵冠賢。吴越歡奔走，江湖獲溯沿。沙蟲讒倏及，野鵩禍翻纏。菊落哀霜徑，松寒泣露阡。承家悲蹇薄，生業苦憂煎。寂寞誅茅地，荒凉種秫田。文章愧作者，丘壑擬終焉。野市山珍集，江橋海錯鮮。歲時聊汨没，形役謾拘攣。北海樽虛倒，東山屐屢穿。敝囊緘緑綺，故物借青氈。拙自甘鶉服，貧還蓄蠹編。年華驚似箭，世事嘆如弦。早已輕衣食，其如困槧鉛。賈生元起洛，郭子遂遊燕。射策終何術，公車獨未捐。茂才叨辟選，上國接周旋。帝業雄豐鎬，祥基陋澗瀍。紫宸清佩侍，赤縣瑞珪聯。開闢天人合，中興嶽瀆全。扼關分虎竹，逾嶺貢龍涎。豪俠傾畿内，聲名曁海堧。煙花春浩蕩，車騎日喧闐。公子迴金勒，佳人拾翠鈿。風塵驅匼匝，時節出鞦韆。盛極人情異，憂來物態遷。中秋入虜騎，内部卷戈鋋。豈謂建瓴地，俄驚飲馬川。軍聲摧戊己，災變動璣璇。仇耻誰嘗膽，承平祇控拳。士奔綿帕破，胡舞粉題妍。氣概吞三輔，憂疑盡八埏。射生群騕褭，送酒泣嬋娟。天塹扶靈祚，皇威赫怒權。殿前籌不少，閫外略誰專。俄覺胡宵遁，潛窺將晝跧。穹廬充子女，宇宙壓腥膻。蚊弱山能負，禽微海欲填。傷心見黔首，感舊問華顛。廟算時方倚，天驕惡詎悛。瘡痍未蘇息，戈甲轉綿延。增賦梯航涌，徵兵郡國連。歲輸海陵粟，日費水衡錢。不見飛黄至，空嗟太白懸。西南猶戰壘，春夏更烽煙。大將持牙纛，孤兒跨錦韉。謀臣詑舌在，重鎮悼眉燃。瑞撿張天步，妖氛襲斗躔。時難同鬬室，國計坐臨淵。慟哭看中土，哀歌仰上乾。謨猷楓陛切，祀典竹宮虔。寸勇俱收録，微才盡採甄。幽人心耿耿，烈士涕漣漣。華省陪持戟，塵途競着鞭。賦慚狗監薦，官冗馬曹員。法網徒苛屑，刑書祇痛悁。凝脂誰合解，刻木便應蠲。結襪聲何藉，含毫意獨堅。長楊千載意，汗竹幾人傳。詞賦憐哀矣，交遊敢泛然。徐陵同握管，宗慤對談玄。抗節還元禮，憂時實仲宣。開軒頻促膝，授簡不虛筵。藝苑宜藏氣，名家愧比肩。尚書期不顧，國士意相憐。句逐法曹得，狂隨吏部眠。論心各磊落，附尾喜翩翾。事業浮生外，衣冠薄俗前。蘇門應避地，杞國謾憂天。吴客思蓴膾，騷人詠蕙荃。物情增慘淡，吾道合迍邅。鴻雁何方別，蟾蜍幾度圓。材迂五石瓠，心慕九疑蓮。咄咄懷虚積，冥冥志孰詮。潘輿伏臘喜，姜被夢魂牽。性僻甘人後，愁深讓隱先。乞身頻疏上，辭職荷恩偏。詩興行豪甚，交情去勉旃。潛鱗終放蕩，健翮任騰騫。勳烈旂常重，聲名琬琰鐫。猖狂終歲是，消渴幾時痊。多病成吾懶，無才免世愆。寧能忘子女，且去弄潺湲。心賞同寥廓，羅浮愜静便。峰巒窺四百，世界俯三千。天入金沙洞，煙飛鐵柱泉。松蘿亦裊裊，石瀨故濺濺。獨鶴凌星嶠，群真下霧軿。形骸原土木，景物自茅椽。葛令還成藥，曹溪更悟禪。遥探小西籍，閒訪大羅仙。幻夢蒙蕉鹿，清虚飲露蟬。世情付濁酒，朋好共清絃。五嶺雲隨杖，三江月送船。臨歧悽把袂，相憶料揮箋。聚散非人意，襟期失俗筌。乾坤一俯仰，長詠《四愁》篇。

徐布政中行 四首

中行字子與，長興人。嘉靖庚戌進士，授刑部主事。出知汀州府，補汝寧，用内計謫官。稍遷瑞州判，起拜山東僉事，累遷至江西左布政。病不能語，一夕卒於官。子與好飲酒，賦性亢爽，不喜道人過。酒間塊壘有觸而發，醒都忘之。好尉薦人，揚之多過其量。貧士有所請不休，力不能稱，强應之，曰：「奈何令人有慚色耶？」客死，無後，士多爲下泣者。詩有《青蘿》、《天目》二集。

得滇南除目戲作

余昔四十時，秩已忝金紫。棄捐垂十年，僅乃復其始。故璧則猶是，馬齒加長矣。頃失曾不憂，今來亦何喜。未能免俗緣，棲棲聊復爾。終當拂衣去，相從鴟夷子。

暮發滁陽

荒城一騎出，落日萬峰西。澗水流人影，松陰散馬蹄。縣崖青欲滴，芳草緑堪迷。洵美非吾土，翻然憶故溪。

董體仁送余至固節旗亭飲別賦此貽之

自古銷魂地，經過復此亭。布衣交自重，尊酒眼偏青。柳色春堪惜，驪歌老倦聽。因君懷舊侶，落落嘆晨星。

入桐江

奔流千折下，峭壁兩崖分。樵徑衝江雨，漁舟宿嶺雲。布帆林杪見，水碓月中聞。獨有披裘客，千秋不可群。

吴參政國倫三十三首

國倫字明卿，興國人。嘉靖庚戌進士，授中書舍人。遷兵科給事中，左遷南康府推官，調歸德。即家起知建寧、邵武二府，又調高州三載，擢貴州提學副使、河南參政。大計，以臺參罷官。明卿才氣横放，跅跎自負，好客輕財。歸田之後，聲名籍甚，海内啖名之士，不東走弇山，則西走下雉。晚年入吴訪王元美，入苕弔徐子與。及元美卒，而明卿尤健飯，在「七子」、「五子」之中最爲老壽。有《甔甀洞稿》前後數百卷。

飯水西驛

相逢水西境，大半鬼爲人。鳥言難可解，卉服日以親。雜繪裹頭鋭如嶽，鐵距杈丫猛相剥。掉頭不應舍長呼，望見前旌亂吹角。道傍側目窺繡斧，將前復却舌盡吐。驛亭跽進燕麥羹，飽食且忘行役苦。

次奢香驛因詠其事

我聞水西奢香氏，奉詔曾謁高皇宫。承恩一諾九驛通，鑿山刊木穿蒙茸。至今承平二百載，牂牁僰道猶同風。西溪東流石齒齒，嗚咽猶哀奢香死。中州男兒忍巾幗，何物老嫗亦青史。君不見蜀道之闢五丁神，犍爲萬卒迷無津。帳中坐叱山川走，誰道奢香一婦人。

飯金鷄驛

金鷄山頭金鷄驛，空庭芳草平如席。瘴雨蠻雲天杳杳，莫怪金鷄不知曉。問君遠遊將底爲，脱粟之飯甘如飴。

閣鴉行

我行深入蠻王壘，蠻兵被毳行且呼。指點羅夷諸種落，延袤千里依皇圖。歷歷重栅臨斷浦，塹壘木樵密如堵。刀耕餘力射獵還，磔鷄賽鬼撾鞞鼓。蜀賈無時市枸醬，漢使不復問邛杖。櫪外驕嘶筰馬肥，圍中醉擁僰姬唱。閣鴉回首復巔横，連雲不斷如長城。此中藏甲不知處，云是先朝靄翠營。靄翠曾懸列侯印，翊我高皇威獨震。遥傳一檄定西南，世世稱藩無血刃。豈其苗裔食故疆，金紫蟬聯澤未央。莫以彈丸誇險阻，修文天子今堂堂。

宿谷里

石門風高千樹愁，白霧猛觸群峰流。有客驅馳草未休，山寒五月仍披裘。饑烏拉沓搶驛樓，迎人山鬼聲啾啾。殘月炯炯明吴鈎，竹牀無眠起自謳。

君山行贈洪原魯

五渚水落三江灣，玉鏡中分十二鬟。雪浪迎門捲空翠，君山合是君家山。多君愛客展芳宴，山水圖畫兩相眷。瓊巵泛酒波璘璘，《金縷》促歌雲片片。歌罷君山月已低，掛帆欲往江煙迷。湘君鳴環下白露，龍女吹笛乘青霓。吹笛鳴環杳何適，孤舟去天不盈尺。與君少別老難逢，那可君山少今夕。

過五郎磯

黄龍洲前雪浪飛，浪花叠作五郎磯。小艇縱横截洄洑，張網捕魚一何速。造次經過不知險，坐愛山衣緑如染。閒情沙鳥俱悠悠，萬古如斯江漢流。

送徐行父少參赴關内

咸陽天下險，洛邑天下中，潼關睥睨周西東。君自三川歷三輔，分陜經營王命同。登車慷慨千人雄，矯若八翼凌蒼穹。左馮翊，右扶風，漢闕秦畿指顧通。爲將匣裏雙龍劍，擲作天邊二華峰。

暮秋感懷三首

將相交歡日，應分聖主憂。民勞過頳尾，客策下焦頭。鼓角嚴深夜，山川慘暮秋。當年賈生涙，不爲感淹留。

胡海驚飛檄，朝廷議徙薪。登臺圖驃裹，虚閣待麒麟。急難徵兵遠，瘡痍轉餉頻。共愁車馬地，歌管自平津。

戚里紛絲竹，侯家盛綺羅。時艱民力盡，世賞國恩多。馳道仍驂乘，嚴城向枕戈。北風吹不歇，蕭瑟楚狂歌。

得元乘書

已道還江縣，猶然滯海門。别來新鬼哭，書至故人存。萬死懸兵力，孤忠藉主恩。豈無排難意，畏路不堪論。

陽江道中

白骨平丘隴，非關地不毛。炊煙百里外，戍堞數峰高。處處聞蠻鼓，時時攬佩刀。暮穿烏石徑，草樹亦腥臊。

高州雜詠

粤南天欲盡，風氣迥難持。一日更裘葛，三家雜漢夷。鬼符書辟瘴，蠻鼓奏登陴。遥夜西歸夢，惟應海月知。

病中答曹有卿參政

自失中原路，夷猶瘴海邊。病依山鬼卧，窮得故人憐。白髮親蠻俗，丹心老戍煙。南征有銅柱，誰記伏波賢。

櫻桃花

御苑含桃樹，花開作雪看。誰移荒署裏，偏助早春寒。逞素愁金谷，垂珠遲玉盤。不知蕭穎士，何意獨相殘①。

① 原注：「穎士嘗作《伐櫻桃賦》。」

庚戌秋紀事三首

將相交歡自一時，聖朝威福豈全私。當關已盡吞胡氣，壓境猶稱入貢期。塞外橐駝燕士女，林間鳥鵲漢旌麾。郊原入夜號新鬼，却恨軍前插羽遲。

漁陽鼙鼓動神京，大將重開細柳營。錫命時時三殿下，烽煙夜夜七陵驚。芙蓉劍口星文亂，霹靂車前殺氣横。解道《陰符》能破虜，陣雲偏自竹宫生①。

天威赫赫震離宫，極目郊關萬室空。整旅未申司馬法，捷書頻請貳師功。玉門關險無傳檄，武庫兵陳已掛弓②。自是漢家饒王氣，諸陵依舊朔雲中。

① 原注：「時用方士，遣陰兵破虜。」

② 原注：「時職方請發武庫兵器，而司庫者坐索千金而後發，比發則虜得意去矣。」

宗皇帝輓章

只怪鈞天夢未通，帝星遥夜燭冥蒙。金輿罷幸三芝館，玉几深憑五柞宫。遺詔普天俱朔雪，望靈何地不悲風。鼎湖自有雲龍會，虚使千官泣墮弓。

載筆曾趨供奉班，江湖猶自憶龍顔。宫雲不散神仙仗，禁月常飄玉女環。似有飛輪馳帝座，不知遺劍在人間。千門望幸渾無計，却恨蓬萊使未還。

硇洲弔古二首

洲在吴川縣南，宋端宗航海駐此崩，少帝昺即位，尋徙厓門，爲元兵所滅。

一旅南巡瘴海邊，孤洲叢樾繫樓船。從容卷土天難定，急難防胡地屢遷。丹鳳未傳行在所，黄龍虚兆改元年。當時血戰潮痕在，常使英雄涕泫然。

海門鯨浪吸硇洲，諸將當年扈蹕遊。赤岸至今迷御輦，蒼梧何處望珠丘。行朝草樹三千舍，故國腥臊百二州。争死厓山無寸補，獨餘肝膽壯東流。

過層臺驛

野潦奔鳴石徑斜，疏林殘日見田家。編籬半護邛王竹，築塢新移望帝花。荒徼萬山連蜀道，遠人重譯問京華。鄉音斷絶愁如夢，何處風高急暮笳。

過白厓驛 驛故阿落密地。

篬林幽窕石巃嵸，永日驅馳轍未窮。驛道久通滇蜀使，居人猶雜漢夷風。厓間板屋依雲架，塞外芒山入雨空。赤水寧辭三峽遠，雙魚爲寄楚江東①。

① 原注：「赤水即赤虺河，源出芒部，經蜀川，合流入楚。」

過七盤嶺

驅馬度層嶺，馬鳴知轗軻。欲舒千里足，其奈七盤何。

落梅嘆

忽忽春無力，梅花作雪飛。誰能萬里外，聞笛不思歸。

郢中雜歌四首

自是興王地，均沾湯沐恩。如何諸父老，斜日閉荒村。
寢園三十里，嘉樹鬱蒼蒼。不有樵蘇禁，誰知是帝鄉。
憶自分茅日，王田半郢疆。龍飛已三世，猶説内家莊。
萬户依南郭，倡家與酒家。東風吹不歇，愁殺竟陵花。

上新河雜詠二首

花濃白板橋，處處綺羅嬌。玉樹非新曲，遺風似六朝。
莫問前朝事，但看江上臺。平明拾翠去，薄暮踏歌回。

許長史邦才二十四首

邦才字殿卿，歷城人。嘉靖癸卯解元，官永寧知州，遷德、周二府長史。隆慶初，相周藩。六年，周王崇昜序其詩曰《梁園集》，魯藩觀熰曰：「殿卿與李于鱗同調相唱和，氣格不逮，然于鱗詩多客氣，而殿卿温厚或過之。」殿卿與于鱗相友善，著《海右倡和集》，因于鱗以聞於當世。今之尊奉濟南者，視殿卿直附驥之蠅耳。而齊、魯間之論乃如此。于鱗與人書云：「殿卿《海右集》屬某中尉爲序，不佞嘗欲畀諸炎火，元美亦以爲然。」一時文士護前樹黨，百年而後，海内人各有心眼，于鱗亦無如之何也。

晚行即事

秋陰天易暮，行客倍生愁。江曲明漁火，山椒隱戍樓。密林驚月黑，疑路怯星流。犬吠荒村近，喧呼隔岸舟。

舟　中

客子常明發，霜天正寂寥。移舟星在水，解纜月隨潮。往事流波駛，歸心帆影摇。更堪聞過雁，蘆荻共蕭蕭。

于鱗宅送江山人

良夜琴尊興不孤，蕭然行色嵖山湖。天涯芳草思公子，雪後春風戀酒徒。那惜十千共舉白，從來百萬判呼盧。河橋楊柳誰堪把，況復梅花正滿途。

閏三月二日赴夕山宗丈招集即事

剩賞難逢月閏年，論文懷抱況依然。輕陰閣雨扶花老，長晝停風放柳眠。戛玉王孫裁秀句，揮金帝子置芳筵。可知白髮遊梁客，盡醉斜陽上巳前。

淇門早發感憶鄴下諸鄉舊

淇門鐘動思蒼茫，曙色催人道路長。良會漸看成往迹，羈魂空復在同鄉。城陴炯炯寒留月，驛柳蕭蕭夜著霜。幾度置書將却寄，無端鴻雁獨南翔。

下第還鄉

鶯花愁旅客，風雨逼清明。向曉擔空笈，蕭然出鳳城。

初至永寧

風塵難自料，花鳥故相猜。問是山東客，何由萬里來。

黔中元日

客中逢改歲，不解是何鄉。時見懸門帖，春風動夜郎。

盈口夜泊

三日北風怒，孤舟泊寒浦。鄉夢苦難着，瀟瀟滿江雨。

夜投山家宿

西南夷徼萬山隈，昔日誰教漢帝開。野鳥常呼行不得，馬蹄那復夜深來。

新添驛

野館孤燈半滅明，江壖月落夜潮生。無端鄉思三更後，聽盡蕭蕭風雨聲。

留别劉公

秋風長鋏幸生還，明日孤臣入楚關。莫道三年人萬里，天涯消得幾重山。

汴河守凍

客館寒燈淚滿襟，間關萬里欲歸心。眼前一水冰霜苦，又說三江瘴癘深。

寄懷元美

鴻雁驚秋海上還，片雲孤月薊門關。無端昨夜西窗夢，不道千山與萬山。

丁香花

蘇小西陵踏月迴，香車白馬引郎來。當年剩綰同心結，此日春風爲剪開。

梁園阻雪劉計部客舍見招并呈陸大理二首

日暮寒風吹客衣，林鴉冉冉雪霏霏。愁中恰遇劉公幹，憔悴梁園共憶歸。

風雪梁園笑語頻，尊前初共月華新。可憐白首鄒枚在，不見當年授簡人。

秋夕傷箏伎

鈿箏銀甲芳春後，珠箔金釵明月前。誰使燭灰香燼後，却聽風葉墮霜天。

秋夜楊娥歌

風卷秋聲不敢過，月波凝在碧天阿。那知千載韓娥後，又有楊娥一曲歌。

夜　夜　曲

《柘枝》按舞《竹枝》歌，薌澤微聞玉頰酡。銀燭漸昏爐氣冷，曲房明月奈人何。

送謝中丞歸射洪

巫峽江陵一水分，猿聲兩岸夜成群。遥知月下孤臣淚，纔過三聲不忍聞。

二月朔于鱗招飲二首

相見年年眼更青，相看柳色又煙汀。畫樓好撫春風醉，一月休教一日醒。

城頭柳色望成堆，隨送春風入酒杯。知己百年誰好在，花邊那忍獨醒迴。

平原道中答于鱗送别諸韻四首

神京千里促行裝，一片離愁若個長。《三疊陽關》萬行淚，春風處處有垂楊。

濼水橋邊柳作花，紛紛晴雪撲行車。花前不醉君家酒，暮雨孤村何處賒。

楊花滿路傍人飛，正是傷離長淚揮。三日計程三百里，夜來魂夢尚依依。

郵亭夢覺正三更，窗上花陰轉月明。徙倚曉鐘傳遠寺，更無人見苦離情。

吴僉都維嶽一十首

維嶽字峻伯，孝豐人。嘉靖戊戌進士，知江陰縣。入爲刑部主事，陞山東提學副使，以僉都御史巡撫貴州。峻伯在郎署，與濮州李伯承、天臺王新甫攻詩，皆有時名。峻伯尤爲同社推重，謂得吴生片語如照乘也。已而進王元美於社，實弟畜之。及李于鱗出，詩名籠蓋一時，元美舍吴而歸李。峻伯愕眙盛氣，欲奪之，不能勝，乃罷去，不復與「七子」、「五子」之列。元美後爲《廣五子》詩，追録伯承、峻伯，而二公皆諱言之，頗以牛後爲耻。元美《詩評》云：「峻伯詩小巧清新，足炫市肆，無論風格。詩之風格，有出於『清新』二字者乎？」元美少年之論如此。

信州同汝成遊南巖寺用李崆峒壁間韻

幽哉巖裏居，戴石世所罕。源泉一勺多，香煙終日滿。停杯岫雲遲，解帶松風緩。緣崖鹿豕蹤，復與同人踐。

題清池書屋

簷引山霞潤，池翻樹影虚。鳥停枰外石，花度枕前書。祇與清談便，寧知俗計疏。南村新酒熟，還許就芙渠。

病懷

煩疴違客願，虚館閉秋風。薄禄非長戀，明時豈易逢。鐘殘寒雨外，雁過遠煙中。舊業金峰下，南窗菊幾叢。

審録江右李于麟謝茂秦集王元美宅相餞分得中字

宣恩充節使，設餞枉詞工。漫秉當筵燭，初聞出塞鴻。夜鐘山雨後，春漏苑花中。别思朱絃急，雄譚緑蟻空。放舟前路遠，戀闕此心同。若是逢梅樹，傳書候曉風。

祈雪齋居

太乙壇開薦禮勤，省垣梧竹絶塵氛。靈光正想通三極，清漏微聞下五雲。窗散爐薰看月淡，簾垂竹影坐星分。無才未就豐年頌，祇有齋心奉聖君。

家叔致考功事山居寄呈

窈窕巖阿松桂繁，沙田數畝傍仙源。開尊白石依汀鷺，搗藥清齋引洞猿。花外小車鄰客至，架中紛帙野僮翻。南樓月上村墟静，醉倚孤琴無一言。

贈王光禄使事江左

帝城文物浄新秋，建業清華愜晝遊。供奉暫辭分禁路，登臨先上閲江樓。天長鴻雁催鄉信，寒淺蒹葭緩客舟。何地望京横奏牘，東南處處苦徵求。

秋日出梅溪

山中長卧萬峰霞，溪上將乘八月槎。花重稻莖呈稔歲，籬清槿葉住貧家。性迂有喜疏驂御，伴少偏宜趁鷺沙。文字癖除行李省，尚餘殘篋貯《南華》。

雨村道中

踏凍看山興亦新，梅花偷放臘前春。路緣半壁時停騎，屋傍懸崖少過人。晴雪背陽留北崦，寒流伏草出前津。松杉到處群麇鹿，何必桃源稱隱淪。

孝豐西圩道中

澗泉繞路十里，石屋棲雲數家。何處微風醒酒，溪南紅杏新花。

王侍郎宗沐一首

宗沐字新甫，臨海人。嘉靖甲辰進士。仕至刑部右侍郎。在比部時，王元美所謂「與同舍郎吴峻伯、袁履善進余於社」者也。元美《詩評》云：「天台王宗沐齒最卑，最擅曹中稱，自謂得初唐，未易許也。」伯承、峻伯、新甫之詩，皆優於「七子」之中所稱「三甫」者。履善名福徵，華亭人，詩集甚富，每一題輒蔓衍百餘首，沓拖詰屈，王元美嘗宴客云：「今日分賦，戲作袁履善體。」袁中郎記其事以爲笑。

寄李一吾在告

蚤歲相期共掛冠，俄傳捷足競爭先。十年名在寧俱隱，萬里身輕始自全。如縷茶煙依竹試，半痕紋簟傍花眠。馳驅祇恐雄心在，對酒休歌伏櫪篇。

高長史岱四首

岱字伯宗，鍾祥人。嘉靖庚戌進士，除刑部主事，出爲景府長史。伯宗初與李伯承結社長安，進王元美於社中。及于鱗諸人鵲起，而伯宗左遷去，遂不與七子之列。伯宗詩體略與伯承相似，而時多矜厲之語，開七子之前茅。于鱗《詩删》録伯宗詩甚富，蓋亦追其華路藍縷之績與。伯宗自論其詩，以爲近孟襄陽，則相去遠矣。

登臺

薊北收兵未，長安無使來。風塵連朔漠，雨雪暗蓬萊。去鳥爲誰急，寒花何意開。孤臣頭白盡，倚杖獨登臺。

詠鸚鵡

一入深籠損翠衣，隴雲秦樹事全非。月明萬里歸心切，花落千山舊侶稀。棲傍玉樓春晝永，夢回金鎖曙光微。翩翩海燕群相趁，簾幕風高得意飛。

涼州曲

賀蘭烽火接居延，白草黄雲北到天。一片城頭青海月，十年沙迹伴人眠。

省中

蕭蕭竹徑暝煙浮，散帙鳴琴事事幽。若比瀟湘漁父隱，門前只少木蘭舟。

劉爾牧一首

爾牧字成卿，東平人。嘉靖甲辰進士。王元美初登第，即與結社。《詩評》謂「質秀才雋，尚未成家」。

妾薄命

自憐妾薄命，敢怨主恩移。遘此萋菲日，能忘歡樂時。秋風難再熱，落葉不勝悲。獨有高樓月，流光與恨隨。

列朝詩集丁集第六

王尚書世貞七十首

世貞字元美，太倉人。嘉靖丁未進士，除刑部主事。歷郎中，出爲青州兵備副使。元美在郎署，哭諫臣楊繼盛於東市，經紀其喪，已大失分宜意。而其父忬總督薊、遼，虜大入灤州，殺傷過當，上大怒，下獄論死。元美解官奔赴，與其弟世懋叩闕請救，卒不免。穆廟初，詣闕訟冤，有詔追復，起家補大名兵備，遷浙江參政、山西按察使，入爲太僕卿，以右副都御史撫治鄖陽，遷南大理卿、應天府尹，以人言乞歸。起南刑、兵兩部侍郎，拜刑部尚書，乞歸。卒，年六十有五。元美弱冠登朝，與濟南李于鱗修復西京大曆以上之詩文，以號令一世。于鱗既没，元美著作日益繁富，而其地望之高，遊道之廣，聲力氣義，足以翕張賢豪，吹噓才俊，於是天下咸望走其門，若玉帛職貢之會，莫敢後至。操文章之柄，登壇設墠，近古未有，迄今五十年，弇州四部之集盛行海内，毁譽歙集，彈射四起，輕薄爲文者無不以王、李爲口實，而元美晚年之定論，則未有能推明之者也。元美之才實高於于鱗，其神明意氣皆足以絶世。少年盛氣，爲于鱗輩撈籠推挽，門户既立，聲價復重，譬之登峻阪騎危墻，雖欲自下，勢不能也。迨乎晚年，閲世日深，讀書漸細，虚氣銷歇，浮華解駁，於是乎涣然汗下，蘧然夢覺，而自悔其不可以復改矣。論樂府，則亟稱李西涯爲天地間一種文字，而深譏模仿斷爛之失矣。論詩，則深服陳公甫。論文，則極推宋金華。而贊歸太僕之畫像且曰「余豈異趨，久而自傷」矣。其論《藝苑卮言》，則曰：「作《卮言》時，年未四十，與于鱗輩是古非今，此長彼短，未爲定論。行世已久，不能復秘，惟有隨事改正，勿誤後人。」元美之虚心克己，不自掩護如是。今之君子，未嘗盡讀弇州之書，徒奉《卮言》爲金科玉條，之死不變，其亦陋而可笑矣。元美病亟，劉子威往視之，見其手子瞻集不置，其序《弇州續集》云云，而猶有高出子瞻之語，儒者胸中有物，耑愚成病，堅不可療，豈不悲哉！昔者王伯安作朱子晚年定論，余竊取其義以論元美，庶幾元美之精神不至抑没於後世，而後之有事品騭者，亦必好學深思，讀古人之書而詳論其世，無或如今之人矮人觀場，莠言自口，徒爲後人笑端也。元美正續稿詩七十餘卷，孟陽選七言今體，從續稿中取十餘首，今用《四部稿》參録之。

寓懷 以下《四部稿》。

文景體恭儉，陳粟俯丘山。易世因其資，氣欲蓋九綖。柏梁既以災，建章遂造天。蜀漢窮材木，少府罄金錢。原麓既如髡，閭井寧不然。感此池上翁，精靈泣帝前。天心維仁愛，毋乃滋倒懸。

雜詩

没人遊大壑，出入鮫鰐間。手持珊瑚樹，口噤不能言。務光豈有希，亦自湛於淵。各顧徇所好，焉能兩攀援。道逢衣冠客，轂擊馬不旋。與子行苦殊，何用見疑患。

過固始許忠節公祠

朱邸殺烝伏兵發，少年使者眦獨裂。建禮門前一腔血，飛作彭湖斗間鐵。義旗十萬横江起，忽有長虹穿賊壘。一時縛累如縛豕，逝者人耶生者鬼。龍章載錫帝寵稠，猶聞曲突心未酬。不令長孺寢逆謀，漢闕要挂吴王頭。固始祠中柏色古，父老椎牲考鐘鼓。南有孫侯北有許，令人扼腕悲壬午。

題僊巖文丞相祠

丞相倉皇出虎穴，夜半真州鬢成雪。江南是處萬馬塵，海上堪揮一腔血。丈夫變名難變心，此心在宋不在身。從行少年四五輩，倘儻千秋荆聶倫。崖山波腥鼓欲死，柴市星寒碧初委。若使黄冠自北還，猶能赤幟從東起。仙巖之山鬱嶙峋，二百年來日月新。毋論削迹勤王地，大有衣冠薦芷蘋。君不見真人奮淮北，金戈立掃氈裘色。鄂國喑嗚表後身，瀛公宛轉留遺息。解道狂胡運已微，只今白羽晝長飛。鐵衣自舉石馬汗，一夕犛庭轉戰歸。

爲錢叔寶題懸罄室

錢郎坐我懸罄室，要我爲作懸罄篇。我歌欲就須斗酒，君言室中無一錢。空梁頗受落月色，北窗僅可涼風眠。門前黄葉霜如洗，刺促歸來愧妻子。已少成都學士裘，祇饒東郭先生履。挂壁蠨蛸寒欲墮，當門鳥雀時空喜。自矜顧愷爲前身，丹青在手終不貧。只愁妙畫通神去，依舊能生釜底塵。

經封丘記故尉高適詩有作

我行長夏之封丘，紅塵罨汗汗不流。東鄰苦酒苦於蘖，西舍濁醪濁似油。馬頭黄綬令勿跪，恐有當時高蜀州。拜迎官長亦細事，鞭撻黎庶將何求。一官大小各有味，不置齒舌應即休。諸君異日但北首，看我歸騎凌清秋。

領郎陽命出朝口號

五花小龍團墨敕，生新寶鈔鴉瓴黑。黄封餌合紛後隨，法酒三杯壯行色。縱然才劣忝軍鎮，稍喜時清偃兵革。節度從他學裹樣，征南自古多書癖。碧油幢底見故人，喚作粗官粗亦得。

懷柔道中

馬足吾何限，山行稍自寬。人家梅雨色，衣袖麥秋寒。過瀑添新徑，歸雲改故巒。斷腸沙雁起，一一向長安。

過冶泉

偶經盤石坐，下有暗泉過。受月苔陰少，分雲竹色多。幽巖答樵斧，小屋見漁蓑。不淺滄浪興，風塵可奈何。

太原道中書事二首

盤陀十二驛，驛驛似西川。畢竟中無地，還疑小有天。居民同伏鼠，宿客傍棲鳶。不待蟬聲苦，秋霜向鬢邊。

不斷峰巒色，何由見晉陽。傍山兎三穴，入地鼠千倉。項爲泉奔瘿，牙因棗熟黄。吴兒莫相笑，風俗古陶唐。

奉寄客部朱丈子价戲效其體

白門啼鳥雙垂楊，主人讀書殊未央。經霜柿葉已滿屋，過雨薜荔將窺牀。十年清夢飛天姥，幾度新詩走夜郎。爲聞青州使君態，胡纓小馬緑沈槍。

閏十月朔病中作

伏枕人間萬事輕，偶探殘曆唤愁生。初疑玉殿仍頒朔，不謂玄冥再主盟。病似黄楊多進退，情如芳草易枯榮。誰憐止酒無多睡，夜夜清霜閏五更。

履省任後之吴興部戲作

縱然名姓墮塵寰，身比闍黎可較閒。錫杖乍飛天竺寺，芒鞋還踏道場山。三生公案聊須檢，十部除書了不關。細雨斜風應便住，故鄉原在一帆間。

長至夜起坐憶家

一枕鄉山路未真，篝燈起坐獨傷神。天心肯傍微陽轉，物色從争朔氣新。久客愛聽初減漏，唤班羞作未歸人。江南兩地俱愁寂，總向天涯話病身。

遊南高峰

從遊指點南高勝，躡屩攀蘿興不賒。晝裏餘杭人賣酒①，鏡中湖曲棹穿花。千巖半出分秋雨，一徑微明逗晚霞。最是夜歸幽絶處，疏林燈火傍漁家。

①原注：「可以望餘杭城中。」

山行至虎跑泉菴次蘇長公石刻韻

百草沾風蠶月香，雙鳩喚雨麥秋涼。過橋已覺世情少，至寺始知僧日長。拂蘚石留行脚偈，掛瓢泉是洗心方。良公更有茶瓜在，禪悦能容取次嘗。

初自彭城山行聞鶯

水宿逶迤不計程，有無春事未分明。白門渡口逢三月，黄鳥行邊始一聲。句向清時稀感慨，官因遲暮減心情。祇園桃李花如錦，祇爲遊人特底生。

衛河四首

河流曲曲轉，十里還相唤。那比下江船，揚帆忽不見。

十五誰家女，紅妝嬌自多。低頭浣衣坐，不解聽吳歌。
人家半侵河，屋後曬漁網。夜深唤小婦，篝燈聽波響。
人云風波惡，風波信自惡。生長在家鄉，那得容華落。

閨恨

興慶坊前柳，蕭郎手自栽。藏鴉今漸穩，只是不歸來。

西宫怨

點點蓮花漏未央，乍寒如水透羅裳。誰憐金井梧桐露，一夜鴛鴦瓦上霜。

小伊州

頻年轉戰未封侯，還逐高陽酒伴遊。醉後衹今愁出塞，雙鬟又唱小伊州。

從軍行

蹋臂歸來六博場，城中白羽募征羌。相逢試解吳鈎看，已是金河萬里霜。

弘治宫詞六首

南海珠池貢已稀，西川又罷錦文機。朝來御服三經浣，賤妾寧希曳地衣。

禁苑先朝紅藥臺，御筵親爲兩宫開。莫嫌宫監希恩賞，玉輦何曾更一來。

午槐圓影覆彤除，今日天顔喜氣舒。穩坐御牀無一語，但稱難得老尚書。

黄帕朱奩覆御羞，手題頒賜壽寧侯。昆明督亢從渠請，今日臺官在殿頭。

静數蓮籌第五更，寒鴉金井未分明。披衣欲坐猶疑早，前殿連傳警蹕聲。

急遣追鋒召外家，南宫桃李正如霞。自從光禄裁宣索，長日從容且賜茶。

正德宫詞八首

仙《韶》别院奏新聲，不按唐山曲裏名。青鷂白翎俱入破，十三絃底似雷鳴。

金鰲橋畔柳絲長，舴艋艙頭有柘黄。六院小兒初病酒，御前親自過魚湯。

窄衫盤鳳稱身裁，玉靶雕弓月樣開。紅粉别依回鶻隊，君王新自虎城來。

玉水垂楊面面栽，豹房官邸接天開。行人莫愛纏頭錦，萬乘親歌壓酒杯。

夜半球燈出未央，俄傳鞞鐸向平陽。六宫處處秋如水，不獨長門玉漏長。

綈案東頭有皂囊，不知疇日進封章。付教河下金璫手，莫遣君王甲夜忙。

平明東閣下恩綸，獸凱鸞鵠色色新。大内别開元帥府，傳聲侍女莫稱臣。
敕掃椒風第二房，俱傳倩女出平康。天宫欲曉人間事，約伴相過話夕陽。

西城宫詞八首

芙蓉新樣紫霞冠，細擁珠琲小鳳團。一片香煙叢裏出，玉真朝罷簇迴鑾。
新傳牌子賜昭容，第一仙班雨露濃。袋裏相公書疏在，莫教香汗濕泥封。
五雷壇上雷一聲，海子閘口雨縱横。祈靈驗後催傳賞，馬上朱提玉手擎。
色色羅衫稱體裁，鋪宫新例一齊開。菱花小樣黄金合，昨夜真人進藥來。
花底傳籌到五更，隱囊斜倚到天明。寒霜不敢蒙頭坐，暖閣時聆謦欬聲。
兩角鴉青雙箸紅，靈犀一點未曾通。自緣身作延年藥，憔悴春風雨露中。
侍女俱傳厭虜符，猫爲鐵騎鼠爲胡。撏扯一博天顔喜，八寶金錢踠地鋪。
千尺通星井幹樓，玉盤天酒夜來收。白茅螭捧黄金印，五利明朝欲拜侯。

偶成

三載寒爐夢不成，悔將餘債伴殘生。南樓酒力初微後，依舊蕭蕭夜雨聲。

解任後得明卿罷官報寄贈 以下《弇州續稿》。

郵書一到不堪聞，起剔殘燈坐夜分。塞馬論來終是失，冥鴻去後許誰群。無妨中散來千里，更喜延之詠五君。與説近踪應稍慰，買山全占洞庭雲。

姚匡叔以道術爲用晦諸王上客携書來訪惓惓七子之盛有感而贈

握手相知奈晚何，且將魚素慰蹉跎。淮南道術賓初盛，鄴下風流事已過。見數八公君第幾，空傳七子世無多。春來社酒能從否，莫道閑門雀可羅。

書　懷

風爲開扉旋掩扉，春催花發又花飛。客歌夫子哀時命，天與先生杜德機。久自青雲詞伯少，從他白簡酒人非。興來爛熳揮毫罷，且復婆娑里社歸。

和王百穀懷出妾

離懷黯黮未分明，只憶郎君一句清。妾與書生俱薄命，花隨春帝不長情。愁回樊素行時首，枉却紅兒死後名。誰道兩坊三百步，《陽關》分作斷腸聲。

百穀曾有句云「書生薄命元同妾」，爲袁少傅所重。

將赴留尹出門作

疊鼓鳴榔試曉風，倦遊心事寄冥鴻。已拚車畔聞歌鳳，何必幡頭有畫熊。遊客似誇輕薄尹，居人應喚冶城公。離筵欲向清洋盡，依舊三弇醉夢中。

抵丹陽聞南中有流言即返棹

幸不將身與念違，艖符轉首便成歸。紫衫頻著難長是，白簡雖煩未盡非。耳慣酒酣元不熱，心安食少也能肥。江東盡有容人處，水石中間一釣磯。

投劾南歸抵家作

剥啄應令稚子疑，雀門風雨晝凄其。能如五日張京兆，又作當年柳士師。甕底尚殘斟別酒，尊前能詠解嘲詩。只嫌三老來催直，不及山陰興盡時。

偶成

匡牀眠坐盡優游，興至三杯過即休。小出便支邛竹杖，輕寒旋進木棉裘。争春桃李差嫌富，滴雨空階不起愁。較得近來詩句拙，肯容心力費雕鎪。

閉關

虚自群喧草木還，不多青眼畏塵寰。由他國士誰謀國，若個山人肯住山。長病醫方無勝懶，漸貧生計莫如慳。地鑪榾柮煨生芋，風雨蕭蕭且閉關。

九月閉關謝筆硯而千里故人訊問不絶書此代答

小徑衡門鳥雀餘，祇因才盡愛閒居。諸緣暫息交猶在，一病雖輕懶未除。玉案有無知莫較，銀鉤早晚竟難虚。於今却羨桓司馬，博得空函省報書。

齋室初成有勸多栽花竹者走筆示之

一室緣溪斷俗塵，翛然吾自愛吾真。澆花怕結春時業，種竹防驚夢裏神。梧葉到秋無那病，芭蕉過暑不堪貧。何如且放空庭在，月色風光好近人。

癸未元日過敬美小酌試筆

獻歲家園倚杖過，劇歡兒輩奈衰何。寒貪棣萼連枝暖，病怯屠蘇半户多。白屋千家同慘淡，黄冠一老自婆娑。長安日有維新詔，不必春風到薜蘿。

送殷無美赴夷陵

十年清問滿公車，今睹方州建隼旟。東下江平知禹鑿，西來土黑是秦餘。渚宫人去煙俱冷，巫峽才多雪不如。俱道大夫饒賦詠，莫因天遠廢雙魚。

有感

出處頻年尚屬人，于今不出始由身。留將頂相稱居士，洗却頭銜字道民。一鍤隨身那諱死，三湌度口不緣貧。寄聲無限同盟者，苦海中間學問津。

有所聞作

聞道弓旌及隱淪，可緣真遇愛龍人。虚雲展氏曾三黜，其那王尊僅一身。苜蓿總肥沙塞晚，桃花無恙武陵春。欲知元亮籃輿意，畏踏丹陽郭裏塵。

遊潘顧諸園畢自題弇園

踏遍名園意未舒，大都京洛貴人居。穿錢作埒難調馬，縷石鋪池礙種魚。似比幼輿輸一壑，轉令元亮愛吾廬。興來呼得尖頭艇，煨蟻烹鱗信所如。

徐二公子邀與陸司寇吴司空遊東園

六月冰壺生晝凉，侯家池館勝平陽。樓頭霽色開鳷鵲，臺上新雲似鳳凰。客詫郇公厨味好，人驚衛尉厠衣香。不煩投轄深相挽，小舫青油繫緑楊。

徐九公子園亭即事

粉竇斜通宛轉廊，壺中山水待長房。輕雲入坐籠朱閣，小雨將歌逗畫梁。客重不虚公子席，花嬌欲施令君香。已教晝漏遲遲報，猶自貪聞子夜長。

過大宗伯徐公留飲山池出所歡明童佐酒

輕榕小舫受凉颸，正及東山行樂時。楊柳腰新宫傅宅，芙蓉客滿衛軍池。朱顔不待餐雲母，白苧親調付雪兒。歡劇翻追少年事，射陽帆底對彈棋。

徐大宗伯同唐張婁三子見餞至新洋江始别

新洋江口好停舟，淡月籠煙破暝愁。君卧可能忘魏闕，予行終擬問菟裘。嬌歌易作雙青眼，别酒難禁兩白頭。總是秣陵多勝地，却慚人唤鳳凰遊。

山園示遊人

携酒看花不礙頻，唯求酒後護殘春。不辭樹樹憑攀折，孤却明朝花下人。

附見 王司勳士騏五首

士騏字冏伯，元美之長子。萬曆己丑進士。由禮部儀制主事改吏部稽勳員外，坐妖書獄，削籍歸。屢薦不起。冏伯俶儻軒豁，好結納海内賢士大夫，勇於爲人，不避嫌怨。在儀司，佐其長舉行建儲大典。在銓司，推轂廢棄名賢無虚日，爲權要所嫉，骫髒以死，公議惜之。冏伯論詩文，多與弇州異同，嘗語余曰：「先人構弇山園，叠石架峰，以堆積爲工。吾爲泌園，土山竹樹，與池水映帶，取空曠自然而已。」余笑曰：「兄殆以爲園喻家學乎？」冏伯笑而不答。有《醉花庵詩》五卷。

上元夜帝御龍舟觀鼇山恭述

紫禁鼇山結翠斿，昇平故事雅宜修。春回九陌風仍暖，月出千門霧乍收。煙火樓臺疑化國，高明世界正宸遊①。何人不傍宫墻聽，天樂泠泠在御舟。

① 原注：「『高明世界』見《清異録》。」

上張燈後苑以麥燈居中吾州所産也

江南五月麥初黄，野老殷勤進上方。織就絲絲冰比潔，鏤成葉葉玉分光。誰高市上千金價，不比宫中七寶裝。聞道聖人昭儉德，瑩然一盞照中央。

送顧太史册封朝鮮

葱秀山頭①曉色鮮，月明茅屋漢江船②。登臨縱發揮毫興，莫許陪臣有和篇。

① 原注：「麗山。」

② 原注：「麗船。」

贈馮慕岡二首 馮時在詔獄。

伏枕高齋有所思，諸賢莫訝拜恩遲。聖躬不豫倉皇日，正是累臣請代時。

尚書懸像拜中丞，僕僕生前豈爲名。近見山西曹給事，愛君仿佛似文成。王瓊爲大司馬，懸王文成像於署中，日每揖之。安邑曹給事於汴，於慕岡亦然。

王少卿世懋一十一首

世懋字敬美，元美之弟也。嘉靖己未進士，以家難歸。久之，除南儀制主事，改北祠部，遷司寶丞，出爲江西參議，陝西、福建提學副使，擢南京太常寺少卿，移疾歸，卒於家。敬美弱冠稱詩，李于鱗呼之曰「小美」，貽書元美：「小美思火攻伯仁，奈何不善備之也？」敬美之詩名自于鱗起。又嘗獻評於大美，以爲詩家集大成者，「昔惟子美，今則吾兄」。然其論詩，不規規名某氏，以不從門入者爲佳。論本朝之詩，獨推徐昌穀、高子業二家，以爲更千百年，李、何尚有廢興，徐、高必無絶響。其微詞諷寄，雅不欲奉歷下壇坫，則於其大美，亦可知也。敬美有孫曰瑞國，篤學好古，聞余弇州晚年之論，翻閲家集，扣擊源委，深以吾言爲然。

秋日病起有述

江城蕭瑟思堪哀，斜日高樓暝色催。短髮經秋如落葉，壯心離夢似寒灰。百年自傍愁邊枕，萬事從傾病後杯。和喜蓬蒿餘小徑，月明時喚酒人來。

丙子除夕九江公署作

客散空堂鼓角餘，還從小吏問爰書。浮踪豈爲江山住，傲骨都隨歲月除。暝色寒侵雙鬢薄，雨聲殘入一燈疏。年來倍有東流感，不是天涯恨索居。

饒州公署即事

葳蕤鎖罷柝聲傳，粉署沉沉閣篆煙。幾樹夕陽移榻盡，滿庭秋色散衙眠。鴉爭熟子時時墮，蛛惜殘絲夜夜連。不信成風書獄手，閒來猶藉古人編。

登嶧山後經官橋作

偷作閒身上嶧山，强留春色馬蹄間。棠梨野戍欲飛盡，楊柳官橋猶耐攀。曉月似將閨恨鎖，晨風先送夢魂還。年來頭鬢元如許，莫道黄塵染更斑。

建陽道中夜行口號

悔將名姓掛詞場，老去傳經意轉忙。歲事慣從行色盡，宵征偏覺畏途長。春前響急知溪畔，雨外燈微識建陽。潦倒若爲持自解，武夷山好荔枝香。

復出莆陽即事因之有懷家兄

五馬驂驔又復東，劇憐行色有壺公。江潮不雨常生白，山葉無霜也自紅。野店風腥魚市近，官橋石老礪房空。亦知橘柚槃堪寄，只是長天少片鴻。

助甫中丞爲樓汝水之上顔曰緑波賦寄一首

百尺清波瀉鴨頭，美人新築在河洲。風流張緒偏臨水，恨別江淹獨倚樓。柳外晴過休汝騎，門前春繫下淮舟。近來麟閣能争勝，閒殺眠沙數點鷗。

横塘春泛

吴姬小館碧紗窗，十里飛花點玉缸。臘屐去尋芳草路，青絲留醉木蘭艭。山連暮靄迷前浦，雲擁春流入遠江。棹裏横塘聽一曲，煙波起處白鷗雙。

華夷互市圖

大漠高空寂建牙，兩軍相見醉琵琶。天閑苜蓿多羌種，胡女胭脂盡漢家。雲裏射生旋入市，日中歸騎不飛沙。金錢半減犁庭費，五利應知晉史誇。

將入舟宿暖泉寺

南國蓴鱸返季鷹，扁舟欲發過山僧。稻花香裏流温液，水月空中出聖燈。夜色蒼蒼嵩二室，秋風漠漠宋諸陵。村春犬吠如相應，幽意令人憶右丞。

宫詞

一派笙歌出苑墻，隔簾猶自暗聞香。秋來殿殿添宫漏，只有昭陽不夜長。

俞處士允文 四十二首

允文字仲蔚，崑山人。年十五爲《馬鞍山賦》，援據該博，長老皆推遜之。未及强，謝去諸生，讀書汲古。年六十七而卒。仲蔚白皙，美風神，秀眉目，臏頰飄鬚。病頭風，暑月恒御氈袷，稍寒加以貂帽。客至，隱几焚香，竟日無凡語。工於臨池，正書規模歐陽，行筆出入襄陽，應酬揮灑，頃刻數十函，無凡筆。以善病不能遠遊，以故雖食貧而能淬其志。王元美與仲蔚交最善，刻諸《廣五子》之首，稱其五言古詩氣調能出衆，所乏精思耳；歌行絶句，如披沙揀金，往往見寶。又言其於今詩不滿李于鱗，於書不滿懷素，於古人不滿郭有道，蓋仲蔚之持論不苟爲同異如此。

新秋東郊遊矚

高齋散涼氣，秋郊欣遐矚。曠嶺赴遥波，清雲響疏木。日入會田作，荒蹊鋤鈎斷。孤村生夕煙，新苔入鳴犢。歸來無餘物，山月亂簡牘。

登毗盧閣

古閣秋氣清，千里滅煙霧。連山開雲秀，頹城斷行路。殘僧戍荒齋，寒鳥落高樹。中多故人情，停杯日空暮。

秋懷詩

涼風金石勁，悲氣壯隆烈。晶宇蕩暄濁，輕脆競摧折。松柏有殊性，遂與衆卉別。是時陽鳥至，叫嘯霜中月。力盡羽翼單，欲奮不得發。何以表天骨，沉吟猶未決。

園居

窮居寡儔匹，園廬有餘清。落葉覆荒池，疏林映高城。野田刈獲盡，霜畦蔬復登。寒月無密影，中夜露氣凝。是時囂煩息，沉思方入冥。沉冥乃道真，一悟還自驚。

出塞

擊胡無生還，此己非不知。謂當棄一人，所活千萬餘。中原有父母，奮身靡敢私。悠悠河陽橋，生死從此辭。

送陸山人明謨之上都謁王中丞

志士懷悾愡，容髮苦見侵。敝裘日蕪穢，抱劍中夜吟。古劍無文章，精氣惟寒陰。慷慨攬長轡，結託將遠尋。張儀猶有舌，范睢豈無心。君家槖中裝，嘗賣千黄金。得勢在倉卒，昔賤今所欽。王公命代豪，長策制妖祲。親承聖主顧，幕下無陸沉。珠玉誠所希，何懼山澤深。諒蒙知音賞，開此平生襟。

感秋作

秋日氣候佳，水木俱澄鮮。長天開遠曙，高樹吟哀蟬。半嶺度落日，雲收衆峰偏。天時觸情端，一形乃萬纏。椿鵠難久恃，況此塵中年。悠悠感微躬，終與徂化遷。

遊聖像寺作

野寺始獨到，新晴欣夏凉。芳篠青叢叢，竹陰覆房廊。寒棕剪高翠，過雨桐花香。川梁通焕景，林殿疏夕陽。耳目蹔清暇，都將塵垢忘。何時來永棲，放迹無何鄉。

秋懷

商飆肅天宇，激志驚序換。嘒嘒寒蜩鳴，而無蟣蠓亂。珍簟蔭浮凉，薄雲鑒幽幔。凄清戒露鶴，嘹唳候霜雁。朗月翳高隅，重昏詎能旦。藴結易云夕，拙薄嬰世患。乘此耿介懷，無徒取妖玩。

晚晴溪上

暑雨池上歇，衍漾菰蒲清。凉陰滿庭户，新雲依樹生。天風泠然來，飄飄欣體輕。始悟幽事愜，彌令兹意平。

登銅井最高頂望太湖

五月辭人喧，浮舟信沿洄。連雨忽澄霽，千崖洗莓苔。遂登銅井巔，曠望無氛埃。川豁波浩浩，雲卷天地開。飛流灑空中，長飆薦驚雷。却顧西落日，松聲暝猿哀。於此若可憩，撫景相徘徊。

送王明善有序

王明善屢試不合，嘗鬱鬱不樂，遂以乙卯六月北轅朔都，以展所蓄積，且將復觀塞垣，求古興衰之所由。余謂以彼其才而偃蹇若此，則雖君山放逐，亭伯流離，殊未足增其憤懣也。因寓於詞，以述乖離之思云爾。

威鳳集珍條，積風限高翔。巨鯤志江海，尺澤焉足量。懿兹中林士，敷文聊頡頏。塊然寡徒偶，舉足蹈峻防。伸眉竟何階，念之鬱中腸。抑我同心歡，乖離越他鄉。他鄉三千里，道狹草木長。白露浩已盈，但恐霑衣裳。

送葉伯寅遊南都

朝日揚素景，零露泫盈條。歸雁辭碣石，嗷嗷厲曾霄。念子遵舊都，整策陟巖椒。北眺窮朔垂，東瞻越江濤。崇雲象山嶽，雙闕鬱岧嶢。過彼雙闕間，冠蓋相遊遨。四節隨飆逝，茂時乏嘉招。駿驥棄不收，踠足有餘驕。所期必鴻舉，齊轡群龍朝。非子良見睠，豈復縶場苗。信心愜中賞，沈吟結清謡。共期玄冬月，歡談憩林巢。

春思曲

江南花時二三月，少婦乘春逐芳節。心性穩愜含清真，弄影晴川自流悦。青絲刻帶錦作裳，寶扇輕摇翡翠光。芸房露冷春窗火，蘭徑烟開粉膩香。七彩明璫九華珮，紫縠文羅掩秋翠。繡額花叢千萬色，玉腕奇姿發春媚。含思緘情不相識，步步遺芳去無迹。迴簪轉黛飛參差，才過東城又南陌。南陌東城春事深，離思杳杳花陰陰。坐對流鶯啼歇處，閒窺清鏡理瑶琴。晨鵾淒清不可聞，恨斷吴煙怨楚雲。

自是琴心挑不得，還同孤月向黄昏。

寶劍篇

吾聞龍泉太阿之寶劍，此物往往鍾神英。人間得名千百載，國内惟有徵求兵。昆吾之穎茨山精，銀花繡出霜雪明。星氣朝朝鸊鵜紫，龍光夜夜芙蓉生。文章已足清朝貴，勳業還爲猛將驚。七雄五列雖已矣，報仇報恩心未已。非但飄淪古獄邊，亦會提攜楚城裏。峥嶸磊落世兩見，斷蛟剸兕竊所耻。天下嘗令萬事平，匣中不惜千年死。朝馳咸陽暮雲中，此間未必皆成功。但看古來功名士，殺身濺血俱英雄。嗟哉神物會遇亦有以，至今升騰變化爲飛龍。

贈性公

性公老禪僧中傑，目似青蓮心似鐵。天花結鬘垂龐眉，香氣隨風生頂穴。心持貝葉日千遍，手拄猢猻藤百節。庭前柏子菩提青，階下澄溪無惱熱。經行處處藏煙霧，生世無心路長絶。我來蘭若多年所，自笑鳩留困於此。吾師五指能四分，僧跋時時還入耳。何年更乞甘露偈，一灑清凉潤肌髓。

征馬嘶送歸有光

白楊花飛江水黑，江頭行人頭盡白。青山日出煙塵昏，馬上誰爲都門客？都門豪客長安兒，蒲萄百斛柳千絲。戎裝玉駿邯鄲姬，虎旗繡簇紅鴉啼。長安三月春未暮，城中不見遊人歸。遊人歸，醉滿堤。青草長，征馬嘶。

胡笳曲

長風吹高海底月，半落洮河色如雪。胡笳寫出隴頭聲，千聲萬聲吹不歇。此時都尉兵初盡，此夕單于陣方結。沸地黄沙凍欲牢，連天白草燒難熱。玉箸啼還遍，紅顔坐相訣。《楊柳》曲中離別久，《梅花》管裏音書絶。胡笳本是從胡起，曲曲緣雲咽流水。飛入重城怨已深，聽臨遥寒愁應死。誰知沙畔捲寒蘆，一曲能消膽氣粗。更使胡雛雙淚落，萬群嘶月過飛狐。

將軍行

虜騎初傳寇，將軍别置營。猿肱求陷陣，燕頷請專征。冰壯蛟紋闊，霜堅雉尾晴。抨弦攢月的，鏤劍寫山精。制敵隨形勢，全軍出死生。怪雲銜障落，吉氣抱鞍行。涇黑防流毒，山紅偵伏兵。雁毛梳雪短，虎迹漫沙平。漢月猶能辨，胡星不可名。相看無一語，醉拔骨都城。

送歸開甫之信都有引　開甫，即震川先生熙甫也。

開甫以經術理長興，屬余寫《卓茂傳》，揭之廳壁。其治多準古道，而不合於今之人，故訕者森若交戟。三年稍得判馬政於信都，殆所謂策騏驥而服鹽車也。賦此言别，兼以申其屈云。

百里長城縣，山迴萬壑紆。陽坡眠觳觫，陰洞産於菟。紫笋披雲摘，青蘭帶草鋤。土風饒險勁，案牘少歡愉。卓茂存心古，鍾離與衆殊。名高翻忤俗，道大不因愚。此日騰交戟，何人悔失珠。九方沉藻鏡，萬匹混騊駼。自是龍爲友，無煩鳥化梟。周王求八駿，非爾欲誰須。

獨坐

獨坐高齋裏，悠然向夕曛。天空山勢出，樹斷水光分。遠色看成靄，輕陰隨度雲。谷中人世隔，麋鹿自爲群。

贈任别駕擢太倉兵備

循吏臨戎日，將軍授鉞朝。勝歸千里外，敵取萬人驍。玉劍秋魂冷，金鏕夜壁遥。建牙停野色，吹角動金飆。調笘方疑虎，抨弦合墜雕。平吴杜元凱，破虜霍嫖姚。嘗苦天心應，巡寒士氣饒。佇看氛祲息，還珥漢廷貂。

周氏園亭

紫紺琳宫側，芳園麗景迴。焚香青靄聚，洗鹿白雲開。橘想靈均什，亭堪内史才。更憐花徑裏，月色夜深來。

岳山人岱許籠禽見寄貽詩趣之

巢居全野性，靈笈每能該。漱玉泉初引，燒丹竈已開。四鄰惟種竹，一徑自生苔。何日籠禽至，群呼就掌來。

蜂

春晴逢穀雨，泛濫繞林篁。逐醉縈輕袂，纏花獵異香。叢棲懸玉宇，叠構隱金房。靈化知何術，神功寄藥王。

塞上曲四首

葱關雪凈月蕭蕭，大將功成玉帳高。天馬不愁西極遠，上林新種紫蒲萄。

風高塞虜入龍堆，白羽雕弓象月開。一片黄雲秋磧裏，遥看精騎射雕來。

征人萬古没胡中，百戰難收一戰功。隴上長愁雲不斷，何年重向玉關東。

金鞍玉勒控龍媒，淬水芙容對日開。兵氣盡成煙霧起，夜深新破右賢來。

宫詞四首

海日初通内苑花，分林香氣撲紅霞。層層七寶雕闌裏，猶有輕煙向外家。
雪晴鳷鵲尚流澌，天子金輿出每遲。新粉未乾朝較早，坐熏龍腦熨紅泥。
一承恩澤入蓬萊，别賜輕繡稱體裁。剪得辟邪新繭子，並房宫女鬬看來。
鳳城門外踏歌聲，院院燒燈綵旺晴。宣與内家分夜直，每從花裏聽交更。

贈法真上人

高僧不出住花宫，百毳袈裟手自縫。遥想千巖秋色裏，六時放梵下虚空。

寒食

小閣啼鶯春漠漠，青霞欲曙柳娟娟。梨花細雨嘗新酒，寒食家家起暮煙。

有感

漢武求仙事最迂，自然山澤盡清臞。蓬萊不信無人到，紫殿清齋學步虚。

無　題

青衿白臂紫綃裳，翡翠斜分十二行。最愛隔花人不見，玉盆間自浴鴛鴦。

擣衣二首

月樹朦朧夜色微，清砧不斷曉鴉啼。十年少婦閨中力，誰寄遼陽萬里衣。

重關月色早涼分，夜夜砧聲逐塞雲。淚盡天南與天北，胡笳同是月中聞。

泉

能將映地復飛空，冷色遥清石上松。千載已無人洗耳，衹應流入亂山中。

園　居

蕭蕭無伴獨爲家，静裏經春任物華。緑樹千章啼百舌，香風吹盡紫藤花。

送吴處士

春來愁雨復愁寒，此夕憐君各盡歡。明日舟行三十里，城中山色隔城看。

鷄

月落空營舊壘低，寒風獵獵大荒西。驚魂易斷江南夢，惱殺重城未曉啼。

張宫保佳胤一十二首

佳胤字肖甫，銅梁人。嘉靖庚戌進士，除滑縣知縣。擢户部主事，改兵部職方，累遷至右僉都御史，巡撫應天，再起巡撫宣府，召爲兵部右侍郎，出撫浙江，徵拜兵部尚書，協理戎政，尋總薊遼三邊，加太子少保，召入爲兵部尚書，乞致仕。肖甫爲諸生，光州劉繪爲太守，奇其才，召致門下，語其子黄裳曰：「今之乖厓也。」爲滑令，禽治近畿劇盗僞爲緹騎刼縣帑者，以此知名。在宣府，伏兵禽虜酋賴五，縛之市而縱之，虜遂懾伏求款。浙有驕卒之變，江陵曰：「安得用張滑縣禽盗手薙此小醜乎？」吏部聞之，乃推肖甫。肖甫往，則縱間諜，設方略，用驕卒以討亂民，亂民殲焉，又計殺驕卒之首亂者，而解散其餘黨，浙用底定。世以此服江陵知人，一言而戢江浙之變，真救時宰相也。肖甫爲郎時，與王元美諸人相酬和，「七子」中「三甫」之一也。「七子」仕宦皆不達，助甫一開府輒躓，元美平進至六卿，而肖甫鎮雄邊，定大變，入正樞席，以功名始終。節鎮之暇，輕裘緩帶，賓禮寒素，鼓吹風雅，文士之坎壈失職者皆援以爲重。高才貴仕，兼而得之，近代所罕見也。肖甫詩三十餘卷，才氣縱横，而乏深雅之致，其視助甫，亦魯、衛之政也。

三石篇

太滇以西三巨石，錯列荆榛對孤驛。文彩天開海嶽圖，面面晶光盈十尺。吁嗟此石生點蒼，云誰置之古路傍。停車顧盼日將晏，僕夫語罷泣數行。往年天子新明堂，厥材萬國争梯航。燕山之石白勝玉，何求此物勞要荒。守臣當日功名亟，檄書夜飛人屏息。程途初不計山谿，男婦徵傭無漢僰。鞭石難尋渤海神，鑿山誰是金牛力。那許終朝尺寸移，積尸道上紛如織。中興令主堯舜姿，一葦聖德超茅茨①。天門萬里竟不知，幾使黔南無孑遺。君不見旅獒古訓老臣策，枸醬雖甘亦何益。三石硌砑風雨深，千載行人增嘆惜。

①原注：「皇上曾有一葦可居之諭。」

獨石行

獨石城南一片石，突兀霜空削如壁。古松屈鐵盤雲根，紫翠千峰莽相射。陸海俄翻灎澦堆，流沙直接崑崙脈。奇標眼底不常見，誰其置之巨靈蹟。初擬吾家博望機，驅來未信祖龍策。慷慨長歌《出塞》篇，撫膺對此懷今昔。猶憶風塵己巳年，六飛曾狩犬羊天。於時此石豈無恙，蒼苔翠壁俱腥膻。猗歟我皇神且武，歲歲稱臣左右賢。屬者問罪五單于①，遂令氣色回山川。居胥姑衍杳何許，勒將此石卑燕然。自古禦戎不足齒，赫赫威靈有明始。十年稽顙方未央，從兹何得言驕子。不佞慚稱鎖鑰臣，爾也砥柱長如此。萬古巖巖北蔽胡，石乎石乎吾與爾。

① 原注：「近於張家口罰治諸酋。」

馬道驛丞歌

馬道驛臣八十五，身寄西秦家東魯。耳聾齒脱鬢如霜，出入逢迎狀傴僂。路接青橋與武關，棧道崎嶇無與伍。不卑小官有展禽，不薄乘田有尼父。爾心豈是學聖賢，蝸角蠅頭良自苦。余也東朝師保臣，罔生六十負君親。抗章十數不得請，今始給驛歸梁岷。宦情見爾如膠漆，方信余爲勇退人。

界嶺北望

北望成區脱，霜空一嶺横。野煙胡騎獵，寒柝戍樓聲。峰刺高天近，雲量巨谷平。微茫山盡處，當日大寧城。

峨眉山營作

戎馬東防後，寒川落木時。鏑鳴驚雉兔，霜重濕旌旗。夢裹江湖隔，行間鬢髮知。不應詢此地，亦唤作峨眉。

登會寧原上作

黯淡山城古會州，胡天雙目盡高丘。春深柳色猶霜雪，日落邊聲起戍樓。塞雁啼雲皆北向，濁河歸漢亦東流。乘槎豈是窮原使，投筆虛疑定遠侯。

敖山人病詩以問之

九十風光强半過，棲遲高枕欲如何。夜來紅雨千山落，留得春聲杜宇多。

閲邊古北酋婦率部族扣關行酒四首

諸部匈奴曉扣關，穹廬千里過青山。隔河拍手呼兒女，來見東巡大朵顔。

階前薦醴野黄羊，湩酪盛來可可香。繞席胡兒争勸進，堪憐好歹太師嘗。

震天金鼓動轅門，稽顙胡兒首盡髡。倒甕椎牛齊醉飽，懽呼難報漢朝恩。

紫貂丹韐擁胡姬，歌舞當筵進酒巵。乞得一瓢挨次飲，争誇顔色勝胭脂。

宿太華山寺

石牀横架萬峰西，海上雙珠入户低。自是山中無玉漏，朝霞還有碧鷄啼。

張僉都九一 九首

九一字助甫，新蔡人。嘉靖癸丑進士。以黄梅知縣考最，擢吏部驗封主事。歷文選郎中，遷南尚寶少卿，謫廣平同知，遷湖廣僉事。景王之國，過岳陽，大璫要索以千萬，助甫陽許之，令至蘄、黄，艤舟以待，丙夜令數百人舉火噪於河干，璫駭懼，解維而去。憂歸十年，起補凉州兵備，遂以僉都御史巡撫寧夏。江陵卒，以鈎黨罷去。嘉靖中，「五子」創詩社於長安。于鱗出守，元美爲政，南昌余德甫、銅梁張肖甫及助甫相繼入焉，是爲「七子」，元美所謂「吾黨有三甫」者也。厥後又益以蒲圻魏裳、歙郡汪道昆，爲「後五子」。「後五子」之詩皆沿襲「七子」格調，而余、魏尤卑弱，兹集無取焉。

元夕同李伯承高伯宗賦得火樹銀花合

火樹排虚上，銀花入暗開。一宵春色到，萬户夜光來。對月驚飄桂，臨風擬落梅。莫辭歸去晚，攜得艷陽回。

雪夜鄧州顧別駕送至丹江有詩見贈賦此答之

寂寂丹江夜色空，風塵郡國嘆飄蓬。豈無佐吏如殷浩，雅有中郎識顧雍。雪霰微茫漁火外，星河摇落戍樓東。憐君尚策青絲騎，却與山陰訪戴同。

回中山

承露甘泉次第開，如何七夕上之回。班龍五色垂天下，翠鳳千旗蕩日來。異代巡遊那可問，殊方登眺自生哀。茂陵只在興平里，夜雨秋風長緑苔。

留别殷仁夫

合黎山畔黑河湄，四月津亭散柳絲。同是投荒君且住，可能生别我無悲。弟兄絶域分襟處，尊酒斜陽奏角時。玉塞金陵千萬里，相看歧路淚雙垂。

留别趙夢白

娟娟叢竹翠猶翻，冉冉微霜白漸繁。海上孤槎張博望，尊中十日趙平原。江鴻片月寒争渡，朔吹空林晚自喧。知己風塵看汝在，那能離别不銷魂。

留别劉玄子

即看賓客散應劉，何意功名到故侯。薄宦未能成病免，離筵早已入邊愁。旌旗黯黯黄河暮，雨雪霏霏白草秋。縱使登樓堪望遠，浮雲無處覓中州。

寄見甫弟

歷盡巴山白髮新，西風何處不傷神。馬曹蹭蹬官難起，鳥道艱危老更貧。九派長江春後雁，一年芳草夢中人。相思況是無消息，徙倚天涯涕淚頻。

送伯宗高比部爲景府長史

方城紫氣鬱嵯峨，帶礪今看帝子過。礪指恒山爲太嶽，帶環滇水作黄河。朝廷禮數元王異，賓客文章宋玉多。在昔曳裾應不賤，休從華髮怨蹉跎。

月夜聞笛

十載臯蘭三出師，角巾歸第鬢如絲。那知今夜關山月，却向中原笛裏吹。

汪侍郎道昆三首

道昆字伯玉，歙縣人。嘉靖丁未進士。仕至兵部左侍郎。嘉靖末，歷下、瑯琊掉鞅詞苑，伯玉慕好之，亦刻鏤爲古文辭，而海内未有聞也。萬曆初，江陵爲權相，其太公七十稱壽，朝士争爲頌美之詞。元美、伯玉皆江陵同年進士，咸有文稱壽，而伯玉之文獨深當江陵意，以此得幸於江陵，元美乃遷就其辭，著於《藝苑巵言》曰：「文煩而有法者，于鱗；文簡而有法者，伯玉。」伯玉之名從此起矣。厥後名位相當，聲名相軋，海内之山人詞客望走噉名者，不東之婁水，則西之泲中。又或以其官稱之曰「兩司馬」，昔之兩司馬以姓也，今以官，元美亦心厭之，而無以禁也。元美晚年，嘗私語所親：「吾心知績溪之功爲華亭所壓，而不能白。」其枉心薄新安之文，爲江陵所脅而不能正其訛，此生平兩違心事也。伯玉爲古文，初剿襲空同、槐野二家，稍加琢磨，名成之後，肆意縱筆，沓拖潦倒，而循聲者猶目之曰大家。於詩本無所解，沿襲「七子」末流，妄爲大言欺世。《謁白嶽》詩落句云：「聖主若論封禪事，老臣才力勝相如。」幾於病風狂易，使人嘔噦矣。廣陵陸弼記一事云：「嘉靖間，伯玉以襄陽守遷臬副，丹陽姜寶以翰林出提學四川，道經楚省，三省會飲於黄鶴樓。伯玉舉杯大言曰：『蜀人如蘇軾者，文章一字不通，此等秀才，當以劣等處之。』衆皆愕眙，姜亦唯唯而已。後數日會餞，伯玉又大言如初，姜笑而應之曰：『訪問蜀中胥吏秀才中並無此人，想是臨考畏避耳。』衆爲哄堂大笑，伯玉初不以爲愧。」此事殊可入笑林也。

送張虞部謫常州别駕還婺覲省

謫去應吾道，流言亦世情。聖朝仍得罪，郎署早知名。落日梁溪棹，平蕪瀫水城。秋風回首地，淚灑逐臣纓。

諸將

筒中時憶賜衣存，閫外猶傳漢使尊。諸將九邊承廟略，單于三世拜朝恩。清宵劍氣迴南斗，明月笳聲静北門。任道蹕林千帳在，請看禁籞五雲屯。

薊門

漢使褰帷按塞過，漁陽老將近如何。千山斥堠材官急，萬里亭鄣猛士多。大漠風鳴蒼兕甲，層冰夜渡白狼河。江東子弟先鋒在，乘月仍聞《子夜歌》。

歐郎中大任一十四首

大任字楨伯，順德人。嘉靖壬戌，以歲貢試大廷，除江都訓導，遷光州學正，以母病棄官歸。服除，遷國子博士。官止南京户部郎中。嘉靖中，王、李唱「五子」之社，嶺南則梁公實與焉。已而元美主「五子」之盟，多所登進，楨伯則「廣五子」之一人也，黎惟敬則「後五子」之一人也。梁與歐、黎皆出黄才伯之門，讀書纘言，並有原本，雖馳騖「五子」之列，而詞氣温厚，頗脱蹶張叫囂之習，識者猶有取焉。

三河水

三河水，萬軍淚。淚滴三河水不流，胡笳吹落薊門秋。河水流不住，胡笳過何處？誰使十年來，移營兩屯戍。君不見胡騎已馳墻子關，漢軍尚哨熊兒峪。

燕京篇

萬年天府國，佳氣滿燕州。錦繡三千里，金銀十二樓。醫閭作鎮連恒嶽，太行蒼蒼盡幽朔。環流瀛海入扶桑，襟帶滹沱出新滹。海嶽效靈符帝曆，象緯分明拱辰極。縹緲天中玉殿高，岧嶢漢表金莖直。千官朝謁建章宮，燎火光中望六龍。詞客麒麟争獻頌，山人芝草亦輸供。春日鷄鳴宮鑰啟，春花吹入千門裏。垂柳清波漲御溝，疏槐夾道通官市。列署周廬若散星，九衢走馬如流水。朱輪翠幰過何窮，繡户雕櫳對相起。觀燈鬭草競繁華，芍藥開時萬樹霞。銀缸入夜金張宅，寶檻移春許史家。塵逐妖童九華扇，蝶迎倡女七香車。百壺芳醑歡新曲，千轉嬌鶯度落花。嬌鶯啼向歌屏上，平樂新豐慣來往。誇胡未詔長楊游，承恩曾謁甘泉仗。此時至尊在西苑，閬水蓬丘開别館。禁籞青煙曉色濃，宮池黄鵠春波暖。通天臺峻出層城，五色玄都絳節迎。仙官法籙隨輿度，侍女香爐傍輦行。鸞輿玉輦萬靈朝，西望明庭亦不遥。九霄青鳥年年至，八駿瑶池日日邀。蒼龍願捧軒轅馭，崑崙更接崆峒路。一聞八伯

《白雲歌》，不羡相如《大人賦》。

送張治中孺覺赴留都

誰似張京兆，名駒快月題。驛程揚子外，官閣秣陵西。射雉蕪深翳，藏烏柳暗啼。詞人非六代，莫更唱《前溪》。

夏日同劉仲修李惟寅諸子出城訪丘謙之得飛字

西來初弛擔，策馬問郊扉。以我思鄉淚，霑君去國衣。齊梁遊已倦，江漢賦將歸。一葉秋風裏，何年向洛飛。

晚霽過梅關

千峰留晚色，迢遞出梅關。日向猿聲落，人從鳥道還。中原開嶺徼，南海控甌蠻。萬國來王會，秋風戰馬閑。

經王子新故居

獨有山陽笛，難尋谿上廬。人琴俱已矣，臺沼更何如。暮燕歸新社，春泉滿壞渠。今來轉悲切，未報秣陵書。

西　苑

日上觚棱照綵斿，西宫夜醮火初收。滄池波色青門曉，長樂鐘聲碧樹秋。名嶽採芝諸使出，中天築館萬靈遊。漢家詞客頭將白，汾水年年望御舟。

贈閻憲副備兵關西

承明一出歲悠悠，佩印西秦第一州。此去護羌兼戊己，曾聞歸漢對春秋。醉中胡月懸烽堠，戰後邊笳滿戍樓。章句自慚投筆吏，看君華髮早封侯。

伏日姚唯之陸華甫董述夫見過

官舍鶯啼緑樹陰，炎天步屧爾能尋。樓前過雨山俱出，階下生煙竹更深。講肆不妨開馬厩，詩篇何必到鷄林。酣歌氣與秋空遠，丹壑誰知静者心。

秋晚登廣陵城

西風淮水下邗溝，何處關山獨倚樓。賦後蕪城荒井徑，書來瓜渚斷江流。青天寒色千砧夕，滄海潮聲萬弩秋。滿目蒼蒼見平楚，不知歌吹在揚州。

過喻水部邦相留酌得顔字

楚歌何自入燕關，聞是恩深早賜環。蘭芷並含公子淚，芙容雙照逐臣顔。句因謝客題精舍，疏與匡君乞障山。他日清觴那可共，天涯吾已倦知還。

出郊至南海子

萬樹周陆起夕煙，漢家宫囿帶三川。誇胡幾幸長楊館，講武曾驅下杜田。敕使日調沙苑馬，詔書春散水衡錢。西遊不數諸侯事，尚憶詞臣扈從年。

玉河堤上見新月時入直署中

弦月纖纖照馬蹄，竹書猶把署中棲。溝前垂柳穿林影，禁裏新鶯過水啼。緹騎紛隨秦苑北，朱旗深護漢宫西。倦遊不記長安道，一望關河怨解攜。

送董侍御惟一按滇中

按部西南天地間，威棱久已伏諸蠻。滄江可渡曾通驛，銅柱猶存不置關。晴雪玉連華馬國，秋風仗引碧鷄山。便宜封事應條上，羌笮行看六傳還。

黎參議民表 四十首

民表字惟敬，從化人。嘉靖間鄉貢進士，選入内閣，爲制敕房中書舍人。出爲南京兵部車駕員外，終布政司參議。惟敬與梁公實俱師事黄才伯，公實没，惟敬遊長安，續入「五子」社，遂以詩名擅嶺海。隸書師文待詔，得其家法。

飛花曲

長安戚里競春陽，桃李花開夾道傍。遥裔鶴煙籠上苑，豐茸鷄樹邇明光。濯錦含霞非一色，刻翠施紅映朝日。同心並蔕引鴛雛，接葉交枝棲鳳翼。西第東鄰望不迷，溶溶宛宛復凄凄。歌殘玉樹飄成陣，曲罷山鷓踏作泥。婉態柔情分綽約，不與春光共銷鑠。初拂交疏入綺窗，徑度華池上青閣。綺窗青閣盛佳人，二八蛾眉不解顰。紅牙度曲梁塵起，銀甲掐箏壁月新。碧複雲屏晝不開，鶯啼燕語空徘徊。慵妝未進雕胡飯，攬帶方臨玉鏡臺。摘蕊攀條還自愛，睡起曾無一枝在。愔愔迸淚乍停機，脈脈煎心翻解佩。昔時爛熳空相惜，今日凋零竟何益。寧知歲月損鉛華，寧謂風光類彈射。萬事相看成轉蓬，朝居裀褥暮塵中。安陵坐棄前魚泣，長信恒悲團扇風。富貴榮華須及時，烹羊炰羔君莫辭。清歌窈窕芙蓉帳，美酒蒲萄金屈卮。高陽酒徒良不惡，執戟何如草《玄》樂。誰肯低頭拜七貴，誰能閉户窮三略。莫嘆飛花太薄情，可憐全盛易驕盈。銅駝陌上荒荆棘，金爵臺前漳水聲。

肖甫送至天雄故城因觀宋大觀五禮碑同賦

風吹古城勢欲倒，征車北指燕山道。道傍穹碑十丈餘，雨剥霜風卧青草。我行拂拭開塵沙，良工獨苦咸咨嗟。婉麗似出虞秘監，廓落正類顔瑯琊。金薤離披立蛟鵠，赤手欲掣生龍蛇。誰其能此宋令主，千載重操黑帝矩。宫中才人捧硯立，殿前常侍登牀取。白麻宣詔賜天雄，署銜紙尾紛華蟲。雕鎸琬琰勒黄絹，典雅尚有承平風。可惜黿螭半班剥，牧童燒焚牛礪角。銅仙何日去咸陽，花石無踪尋艮嶽。停驂啜古不勝悲，况是郵亭把手時。關門令尹逢迎處，更説羊公曾過之。

遇張元春

狹斜日暮紅塵裏，揚鞭識是張公子。春風大道控驊騮，明月西園醉桃李。琅玕玉樹媚容姿，步上黄金未足奇。諸生解作東山詠，才子邀吟輞口詩。長裾懶作侯門客，掛帆歸訪專諸宅。淋灕青壁滿題名，牛衣勝卧長安陌。

題黄山谷書黄龍禪師開堂疏

鍾陵行草稱第一，早歲已入蘭亭室。轉運應知腕有神，掣顫尤工老來筆。學詩唯許杜少陵，翰墨黄州乃其匹。宋人豈解識真龍，天厩驊騮縱奔逸。籍名黨錮疾如仇，白首黔陽作繫囚。平生正得參禪力，萬里危途百不憂。黄龍老宿爾何子，槁目曾識東家丘。相酬妙語千金直，能使芳名萬古流。擘窠何人勒翠琰，野火不肯焚銀鉤。何年拓本來燕市，慘淡無人知滿字。金門久客逢休浣，北牖臨風自粘綴。短髪誰知心尚長，側釐尚望君王賜。

粤臺山懷古二首

銅狄棲荒棘，珠衣没古蒿。山迴秦壘在，雲出漢陵高。大澤龍猶卧，春深鳥自號。雄圖將逝水，誰與較蕭曹。

泠露沾瑶碣，淒風斷翠華。中原曾掎鹿，芳樹自鳴鴉。澗古藏堯韭，巖幽偃舜花。隆坻聊永嘆，林薄振清笳。

奉命至西山墳園

宿草經春長，新阡近郭多。彩銷團扇粉，香盡舞衣羅。陌上花如綺，雲間月似蛾。繁華今不見，遺恨雍門歌。

遊西山玉泉池

圓渟知異脈，方折紀靈蹤。濯月金規滿，含風石鏡融。平湖隱作浪，曲澗瀉爲淙。一入昆明去，千秋照綺櫳。

長門怨

永巷疏恩幸，長門絶履綦。由來妾薄命，詎是妒娥眉。夜雨銷蘭氣，秋風落桂枝。凝思君不見，含態入羅帷。

登鷄鳴寺

寶地空香散，金繩覺路賒。樓高凝白石，軒密秘青霞。緑泫臺城草，紅悲辱井花。江山今幾劫，非獨有恒沙。

彈子磯

兹嶺何綿亘，孤根下杳冥。雲光蕩鳥背，水氣雜龍腥。蜀道攢爲閣，廬山叠作屏。定知人静後，風雨泣精靈。

鐵泉庵

鐵壁臨千仞，乘危更一探。瀑前安茗竈，松杪出花龕。鶴憶窺殘帙，猿經伴夜談。誰能開丈室，招隱向南山。

泛石門溪

往來皆任興，屢進石門溪。雨氣籠山淺，江雲過鳥低。稻田多汲竹，松火更蒸藜。雖共漁翁宿，桃花路却迷。

春夜同童子鳴集潘少承館

向夕衡門掩，吳中客子來。長河翻月上，斷柳逐風迴。小飲憐春盡，繁花愛晚開。漢關吾欲去，刻燭更徘徊。

出塞曲送陳公聘使邊

騁望白狼間，追兵大漠閒。黄河通月窟，青海入天山。剖竹行秦壘，封泥守漢關。豫知麟閣上，日待策動還。

夜集蘇子川鴻臚宅命家僮作妓舞戲贈

曲房翻袖短，長帶綴衣偏。流盼光生電，迴身急應絃。雪飛從掌上，月墮在琴邊。蕭颯清霜夜，求凰意悄然。

盛仲交自金陵至集于喬舍人小園

坐蔭凉雲好，輕衣未覺寒。月臨花樹午，春逼鳥聲殘。滿酌秦淮酒，新彈貢禹冠。柳條時拂拭，渾作故人看。

冬夜同張元易過顧叔潛得紅字

櫪馬苦嘶風，徘徊戀竹叢。寒聲御溝水，月色建章宫。小袖禁花艷，衰顔借酒紅。他年文字飲，能復憶城東。

蘇子川宅觀芍藥

爲掩群芳色，開花獨後時。青扶承露蕊，紅妥出闌枝。綽約東鄰子，風流鄭國詩。合歡還有恨，名字是將離。

留都二首

銅爵標霞外，金莖擢漢間。祥基開白水，御苑跨黄山。殿古疏鐘徹，花深委珮間。蒼蒼後湖月，應載鳳斿還。

幽薊稱巖甸，重襟亦在斯。尚紆南顧策，數費北門師。霜瘁青苗盡，秋深赤羽馳。誰能如賈誼，流涕向明時。

祇事昭陵述感

日角常瞻御榻前，豈知人世有桑田。金縢顧命留三相，玉輦升中已一年。封似灞陵終用儉，衣留軒冢合成仙。微臣握管恩偏重，痛徹龍髯上九天。

阻風李陽河驛

滿目川原百戰餘，旅情芳草共蕭疏。蒼山古堠逢秋騎，野水殘燈見夜漁。地近瀟湘多暮雨，雁來湓浦少鄉書。故人憶我停雲外，惆悵煙波少定居。

燕京書事

朱樓迢遞接平沙，嘆息深閨有麗華。青鳥幾時隨阿母，綵鸞今夜屬良家。桃栽碧海多成實，桂貯長門自落花。寄語采桑南陌女，莫將顔色向人誇。

祈穀齋居

鈴索無聲樹色寒，集靈臺上拜千官。旌旗夜繞長楊陌，燈火春嗣泰乙壇。暖入芳郊陽氣淺，月臨青閣曙光殘。揚雄白首《玄經》在，誰捧雲中玉露盤？

十月書事

漢家本自惜天驕，飲馬年來到渭橋。五夜妖氛纏大角，七陵王氣上丹霄。軍中選士皆穿札，幕府謀臣盡賜貂。扈閣儒生慚獻賦，燕然終擬勒岧嶢。

嬉春曲

芳草春陰滿釣磯，寒城斜日閃朱旗。熏人欲醉憐花氣，送客無情是柳絲。畫楫迴隨蘭浦入，金樽還傍竹陰移。江湖十載渾疏放，空愧青樓半額眉。

秋懷

玉泉迢遞入昆池，百尺闌干俯碧漪。錦纜雙維龍鳳舸，雕楹深鎖柏松枝。侍臣鳴珮丹楓遠，宮女臨霞彩袖垂。曾預都人誇盛事，周南今日嘆衰遲。

和顧汝和玉河見白燕二首

杏花桃葉盡芳菲，曲水春風半掩扉。玉羽乍窺池上影，霓裳如舞月中衣。畫梁多是無心繞，金屋誰同作伴飛。回首鳳笙雲路杳，雕籠爭道不如歸。

曾是烏衣國裏身，玉樓瓊樹换丰神。雙飛剪出機中素，獨立妝成掌上人。月下步摇花有態，水邊飄動襪生塵。梁園詞客難成賦，洛浦相逢總未真。

戴金吾伯常招飲鄭園

禁城秋色凈無煙，碧水澄波帶遠天。十里樓臺通泰畤，五陵花木有平泉。風摇柳浪低紈扇，日暮菱歌起釣船。冰簟疏簾銷暑地，流塵知不到樽前。

宮詞三首

金屋無人奉屬車，君王初誦上清書。日長不用教歌舞，自繞琪壇學步虛。

未央前殿敞秋風，芝火煌煌徹夜紅。知是驂鸞朝太乙，旌幢斜出五雲中。

立殘銀漏未更衣，聞道龍池駐翠騑。衛士夜深傳畫燭，御街塵起六臣歸。

豫章江行

山磴崎嶇猿夜號，溪流如沸石如刀。刺桐花下思歸客，待得天明有二毛。

寒雅圖

寒山寂歷野蒼蒼，繞樹驚飛不斷行。畫角一聲天欲曙，金河翻落滿城霜。

寄題潘少承西樵山房

新營丹室鐵泉山，千樹梅花不共攀。夜夜京華成短夢，白雲紅葉屋三間。

元夜曲二首

束素施玄紺髮光，暗塵偏逐越羅香。内庭不放金蓮炬，只恐蛾眉妒艷妝。

蕭史乘鸞下帝臺，參差仙蓋拂雲來。分明禁苑春先到，萬朵芙容月下開。

題畫爲李宫詹子蕃

武帝清齋太乙宫，上林無處不春風。遥知絳節隨王母，青鳥飛來御苑中。

趙侍郎用賢四首

用賢字汝師，常熟人。隆慶辛未進士，選庶吉士，除檢討。萬曆丁丑，抗疏論江陵起復，杖六十爲民。江陵殁，召爲春坊贊善。歷官坊局，出爲南京祭酒、禮部侍郎。久之，召還北部，改吏部左侍郎。公負氣節，饒經濟，海内以羅彝正目之。公亦激昂慷慨，不恤身爲黨魁，繼江陵執政者畏而忌之，以故回翔南北，卒遭彈射，不得枋用。卒，贈禮部尚書，謚文毅。公强學好問，老而彌篤，午夜攤書，夾巨燭，窗户洞然，每至達旦。爲文章博達詳贍。少年頗呰謷弇州，晚而北面稱弟子，弇州亦盛相推挹，作「續五子」詩及之，而末五子居首焉。其四人則雲杜李維楨、南樂魏允中、四明屠隆、金華胡應麟也。

恭題皇上所御畫扇二首

花鳥芳菲禁苑中，畫圖省識見春風。香飄蘭氣千莖碧，日麗葵心萬朵紅。當暑移來看皎潔，自天題處轉青葱。鶺鴒原上休相急，已荷皇仁祝網同。

右詠鶺鴒葵蘭二花

春城駘蕩日初長，白燕雙飛度苑墻。千樹曉霞迷杏艷，一簾晴雪泛梨香。迴風舞共花爲雨，帶月看來羽作裳。莫向昭陽營舊壘，君王原薄漢宫妝。

右詠白燕梨杏二花

陪祀昭陵紀事有作

瑶壇晴雪净春空，劍佩聲沉苑路東。霜露每勤憂聖主，貂璫無復肅齋宫。通原燎火分宵白，拂樹霓旌映曉紅。寂寞翠華誰望幸，惟餘金粟鳥呼風。

宿昭陵齋房呈滇南趙館丈

先皇原廟俯層陰，肅穆嗣官奉御心。月露夜零千嶂曉，風泉寒咽九龍吟。空傳遺舄留園寢，猶想鳴珂直禁林。繡草宣臺何日事，侍臣唯有淚霑襟。

李尚書維楨九首

維楨字本寧，京山人。隆慶戊辰進士，選翰林庶吉士，除編修，進修撰。出爲陝西參議，浮湛外僚幾三十年，稍遷南太常，拜南京禮部侍郎，陞尚書，致仕。卒年八十。本寧在史館，博聞强記，與新安許文穆齊名，同館爲之語曰：「記不得，問老許；做不得，問小李。」自詞林左遷海内，謁文者如市，洪裁艷詞，援筆揮灑，又能虯䖳曲隨，以屬厭求者之意。其詩文聲價騰涌，而品格漸下。余誌其墓云：「公之文章固已崇重於當代矣，後世當有知而論之者。」亦微詞也。爲人樂易闊達，交遊猥雜，有背負者窮而來歸，遇之反益厚。其左遷在江陵時，江陵敗，人謂當抗疏自列，本寧慨然曰：「江陵遇我厚，左官非江陵意也。奈何利其死，以贄於時世乎？」其爲長者如此。

太和雜題二首

文祖初封嶽，經營十二年。景光如有見，議禮不相沿。畚臿三軍舉，泉刀九府捐。龍髯垂過膝，象帝髮鬖然。

肅帝核玄玄，增封上配天。端居長禮斗，秘祝總祈年。皂纛宫娥繡，青辭國史編。星冠南鄉拜，鶴蓋繞龍涎。

贈別楊元素

才情奕奕少年場，家在河南舊帝鄉。緑樹三山通御苑，青樓十里帶橫塘。銀光紙養芙容粉，金縷衣薰豆蔻香。羨爾紅顔生羽翼，仙人曾授枕中方。

鄜城春望

西來山勢劇縱橫，殘雪流澌試火耕。一徑寒煙通古戍，幾枝衰柳帶春城。彎弓月倚闌干上，結陣雲扶睥睨行。怪殺黄蛇鄜衍口，餘腥猶染曼胡纓。

立秋日九龍溝觀蓮

徑僻山深事事幽，塵情如洗坐夷猶。相看菡萏千花色，不受梧桐一葉秋。帶雨香從衣上惹，凌波影入酒中浮。宜人少女風微扇，無數紅裙蕩小舟。

南都二首

舊邦偏霸一隅雄，帝命維新自不同。再闢乾坤清朔漠，雙懸日月啓鴻蒙。春開蒼震青陽後，斗直黄旗紫蓋中。率土王臣修職貢，江流萬里亦朝東。

旌旗劍佩擁椒除，尚想戎衣革命初。緑草不侵雕輦路，紅雲常護紫宸居。金銀宮闕三山外，煙雨樓臺六代餘。誰謂長江天作塹，八荒今日共車書。

謁志公塔作二首

野草生煙日暮時，六朝陵墓轉凄其。家緣解道鳩偏巧，但取枯柴一兩枝。

鐘聲停苦事何如，今日東南物力虛。倘憶金陵鄉國否，遺民願比鱠殘魚。

魏考功允中七首

允中字懋權，南樂人。萬曆庚辰進士，除太常博士，遷吏部稽勛主事。尋移考功，病卒，年四十二。懋權爲諸生，王元美以兵使行部，贈之詩曰：「還將代興意，對酒頌如澠。」丙子秋試，元美偕同官飲于使院，戒閽吏曰：「小録至，非魏允中第一，無伐鼓以傳也。」抵暮鼓發，相與歡叫絶倒，其賞異如此。懋權與其兄允貞、弟允孚，皆舉進士，稱「三魏」。與其同年顧憲成、劉應蘭皆鄉試第一，號「庚辰三解元」，咸相與鏃礪志節，以名世相期許。江陵專政，懋權與顧、劉皆不肯阿附。江陵敗，允貞爲御史，彈射新執政，時人側目，以懋權爲黨魁。懋權卒，允孚與廷蘭繼之，而憲成與允貞皆爲萬曆中名臣。

隴外寄答李道甫二首

汝已投沙去，余兼出塞行。升沈非所意，聚散不無驚。别路交商氣，離歌斷羽聲。客愁正無賴，隴月向人明。

豈意中興日，翻爲外補年。吾兄同去國，何客到離筵。失足成千里，批鱗下九天。漢家《東觀記》，流涕入新編。

和馮員外秋日上陵

青山一望松楸地，紫禁遥分劍佩行。斷壑有雲猶捧日，高陵無樹不沾霜。遺弓欲灑千秋淚，薦食頻修八月嘗。禋祀向來多寵渥，不應西署老馮唐。

去婦詞二首

雲雨陽臺舊路迷，千山明月照人啼。背風縱作孤飛翼，索勝金籠裏面棲。

落花飛絮共悠悠，怕入東風燕子樓。爲看武陵源裏水，斷腸東去不西流。

招去婦詞二首

不見流鶯空見春，憑誰傳語一霑巾。若憐求友當年意，忍掃蛾眉別嫁人。

佳人一別永相望，江北江南道路長。莫上青樓度楊柳，重來朱檻結鴛鴦。

屠儀部隆六十五首

隆字長卿，鄞縣人。萬曆丁丑進士，除潁上知縣，調青浦，陞禮部主客主事。歷儀制郎中。長卿令青浦，延接吴越間名士沈嘉則、馮開之之流，泛舟置酒，青帘白舫，縱浪泖浦間，以仙令自許。在郎署，益放詩酒，西寧宋小侯少年好聲詩，相得歡甚，兩家肆筵曲宴，男女雜坐，絶纓滅燭之語喧傳都下，中白簡罷官。壯年不自聊，縱遊關塞，思得一當，歸而談空覈玄，自詭出世。晚年一無所遇，爲大言以自慰而已。吴人孫棨祖挾乩仙，稱慧虚子，長卿篤信之。病革，猶扶牀凝望，幾慧虚飈輪迎我，悵怏而卒。長卿既不仕，遨遊吴越間，尋山訪道，嘯傲賦詩。晚年出盱江，登武夷，窮八閩之勝。阮堅之司理晋安，以癸卯中秋大會詞人於烏石山之鄰霄臺，名士宴集者七十餘人，而長卿爲祭酒，梨園數部，觀者如堵。酒闌樂罷，長卿幅巾白衲，奮袖作《漁陽摻》，鼓聲一作，廣場無人，山雲怒飛，海水起立。林茂之少年下坐，長卿起執其手曰：「子當爲《撾鼓歌》以贈屠生，快哉，此夕千古矣！」歸而遊吴，涉江，留連虞山狼五閒，判年始還，未幾而卒。長卿答友人書，自叙其所作，以爲姿敏而意疏，姿敏故多疾給，意疏故少精堅，束髮操觚，睥睨一世，長篇短什，信心矢口。嘗戲命兩人對案，分拈二題，各賦百韻，咄嗟之間，二章並就。又與人對弈，口誦詩文，我誦彼書，書不逮誦，非不欲求工，厭物而姿性使然，雖復苦心腐毫，閣筆不下，亦只如是。今所傳《由拳》、《白榆》、《采真》、《南遊》諸集，皆未曾起草之筆也。長卿雖爲吏，家無餘貲，好交遊，蓄聲伎，不耐岑寂，不能不出遊人間。自謂采真者十之三，乞食者十之七，蓋實録也。衰晚之年，精華垂盡，率筆應酬，取説耳目，淵明《乞食》之詩，固曰「叩門拙言詞」，今乃以文詞爲乞食之具，志安得不日降而文安得不日卑！長卿晚作，冗長不足觀，其病坐此，雲杜亦云，豈不傷哉！

閨情

昨日别君楊柳濃，今朝悵望櫻桃紅。青驄去何在，只在平蕪外。春風自暖妾自寒，鄰女相過掩淚看。日長草緑嬌黄蝶，宛轉啼鶕隔花葉。不能飛去唤郎歸，何用朝朝啼向妾。

長安明月篇

長安明月正秋宵，桂樹扶疏香不銷。初懸碧海生華屋，漸轉朱城隱麗譙。白露玉盤流素液，丹霞寶鏡拂輕綃。明浮漢殿凉仙掌，暗入秦樓濕紫簫。魄滿中秋天浩蕩，光圓三五夜迢遥。參差玉葉披香樹，宛轉金波太液橋。披香太液紛相屬，玉葉金波寒蔌蔌。萬户平臨不夜城，六街盡在清凉國。洞庭湖中木葉稀，姑蘇臺上城烏宿。靈妃鼓瑟湘江頭，神女弄珠漢水曲。朱絃的的泛崇蘭，翠袖娟娟映修竹。既從天漢掩疏星，亦與君王代銀燭。君王對此秋漫漫，龍樓魚鑰開長安。閃閃鴛鴦香霧繞，溶溶鳷鵲玉華溥。風飄綽約雙鬟女，花近葳蕤七寶欄。新出蛾眉插正似，圓來嬌面借同看。昭陽粉黛生香暖，長信梧桐照影寒。飛燕單衫初舞罷，班姬雙淚欲啼乾。自以光輝薦寒暖，每逢佳節助悲歡。有時照入空閨裏，蕭瑟流黄夜驚起。能於瓦上白如霜，復遣牀前凉似水。情到鸞箋淚萬行，夢回鴛帳人千里。有時照向邊塞頭，黄沙茫茫白草秋。已傷長夜吹邊篴，又奈寒光照戍樓。歸輿三秋度遼水，愁心一夜滿并州。古來一片長安月，對之萬種人情别。月圓月缺如循環，秋去秋來無斷絶。遂令皎皎地上霜，都作星星鬢邊雪。從他人世换春秋，不向中天數圓缺。且因光景及芳年，乘興先開歌舞筵。同酬綵筆邀希逸，自舉金杯呼謫仙。佳會于人既不易，良宵顧影亦堪憐。興來坐到星河曉，醉後還操《明月篇》。最愛《霓裳羽衣》曲，乘風便欲問嬋娟。

山中吟

我家海上之青山，山頭白雲時往還。藤捎細月行花裏，水濺空巖灑竹間。仙源有路春長入，石屋無門夜不關。踏花只共野人語，蕩槳真如沙鳥閒。自從奔走江南道，馬蹄半入紅塵老。生平耳目非我有，俯仰眉嫵向人好。歲月其如石火何，却逐浮名喪至寶。昨夢丘中人，題書寄深省。既報青山空，復言白雲冷。山空雲冷胡不歸，荒猿叫破秋天暝。四明迴合無風塵，八窗高敞開星辰。洞簫泠泠響空碧，凌雲一喚樊夫人。樊夫人，偕雲華。不知何年棲紫霞，十洲三島俱爲家。粲然忽啓玉齒笑，笑我不歸寂寞羞桃花。桃花爛熳紅映天，垂楊婀娜春風前。野麕亂飲幽澗水，仙鼠倒掛洞門煙。偶因騎馬衝泥去，憶得鋪花掃石眠。

南滁大雪歌

昨日何日故人一尊虎丘月，今日何日馬頭十丈南滁雪。昨日何日金陵管絃喧酒家，今日何日關山石裂穿寒沙。從來雨雪多江北，回首江南淚沾臆。所以古人惜河梁，昨日之尊那可得。西風太有權，濁酒都無力。冷如鬼手捉馬鞭，狐裘蒙茸亦何益。寒山日落牛羊眠，往往茅屋見人煙。茅屋人家絶可憐，黄茅颭出青松巔。自住山上屋，還耕山下田。童子撈魚溪水邊，女兒賣酒工數錢。三家五家自來往，年深不問城市遷。門前雪花大如手，萬片瓊瑶寫枯柳。火煨榾柮啖蹲鴟，藜羹麥飯地黄酒。生遊死葬寒山下，一生不向長安走。而我胡爲冰雪中，馬蹄踏破行千峰。繁華富貴轉眼空，山中之人笑殺儂。

沛縣登歌風臺弔漢高祖

彭城沛邑漢帝宫，山川峭拔風土雄。三月驅車猶烈風，高天捲沙白日蒙。牛羊散野城郭空，我來不見隆準公，但見平原草緑寒花紅。隆準公，英雄哉！亭長去，帝王來。去時蕭蕭提一劍，來時千騎萬乘驅雲雷。椎牛置酒燕湯沐，黄屋左纛虹霓開。前殿歌風氣逾猛，後宫擊筑聲復哀。百官歡呼父老醉，酒酣日落登高臺。當時王氣收，豪傑霍然起。他人裂土握重兵，公也蒼皇奔迫不得止。須臾劍光奮，義旗指，函谷一破子嬰死。鴻門不能驚，巴蜀不能喜。黄石爲之用，白帝當之靡，韓彭如狙項如豕。往來大業五載耳，世上英雄有如此。吁嗟乎！咸陽宫殿空蒼煙，彭城故都無墓田。神州赤縣掌上懸，公也歸來奏管絃。管絃歡娱歡不足，急雨飄風一何速。沛上山河已非漢，邑中父老死相續。故宫曾無片瓦覆，藤蘿倒掛野人屋，歌風之碑煙霜磨滅不可讀。遥望芒碭，鬱乎高丘，青天不動黄河流。大雪垂垂幕其上，龍蛇虎豹紛蚩尤。千秋萬歲後，魂氣當來遊。

劉御史歌

丞相怒，烈士戍。驄馬來，烈士災。陰風蕭蕭神靈哭不止，黄沙荒荒烈士死。吁嗟乎！劉御史。遼陽天黑白日没，下有猰貐上有鶻，磨牙鑿齒據其窟。山鬼不敢弔，河伯不敢出，妻子那及收骸骨。嗚呼！噫嘻！何人殺孔融？何人殺臧洪？男兒出身報天子，俯首屈死蓬蒿中。雲旗獵獵紅滿空，天兵下來衝煙虹，將軍十道開寶弓。誰當迎御史，上帝特遣關龍逢。關龍逢，握公手。醸天河，挹北斗。拂公塵埃飲公酒，人間險巇天上否。遊戲白玉堂，逍遥黄金牖，椒山青霞亦公友。自公去矣廓氛霾，天清地朗日月開。墓前銅雀化爲灰，塞外金鷄譎戍回。公不在矣使心哀，我哀何爲公不答。仰視高空寒颯颯，白雲蒼茫九關合。乾坤轂轉人事遷，天子下詔褒忠賢。鬼蜮射人，虹霓障天。殲我烈士古路邊，榮以大官寵大篇，子孫仍賜綿上田。蕙殽桂醴焚紙錢，年年寒食墓門煙。

青溪道士吟留别京邑諸遊好

青溪道士餐白石，掃地焚香坐空碧。月映蒹葭秋水寬，雪覆栟櫚暮雲圻。山深路僻無人煙，沙泠天空留虎迹。可惜一朝不自堅，來作清朝蘭省客。烈日騎馬堀堁中，搔首乾坤嗟迫迮。下筆連蜷雌蜺氣，吐口夭矯丹霞色。雄心不除俠骨存，十年學道亦何益。何物美器横相加，籍籍聲滿長安陌。長安大道連平沙，王侯戚里紛豪華。銀臺畫閣三千尺，繡箔珠樓十萬家。省郎卜居窮巷裏，車馬趨之若流水。争設瓊筵借彩毫，朝入西園暮東邸。摛辭盡道李王孫，執轡皆稱魏公子。主人轟飲醉向天，淋灕紅燭落花前。銀漢半斜沉夜柝，繁霜歌罷彈哀絃。有客醒然不御酒，獨擁香爐對暝煙。吁嗟乎！美服人所指，器盈神理殃。爲歡尚未畢，含沙已在旁。匹夫睚眦修七箸，惡聲狺狺安可量。子蘭讒屈平，登徒毁宋玉。謂奏相如琴，未滅淳于燭。爾生鼓吏慚未能，幼輿丘壑無不足。青天何高高，白日去莽莽。出門眼看北邙山，令人萬事抛漭瀁。玉柙珠襦寒雨中，金罍寶瑟高堂上。不聞黄鵠遊洿池，豈有神龍掛魚網。我欲掩口笑古人，古人英雄亦不達。子房赤松待興漢，范蠡五湖須霸越。即如蒙莊與灌園，安用雲臺懸日月。馬蹄鷄肋空有無，欲休即休何所圖。亦不用百官祖道集征虜，亦不用君王詔書賜鑒湖。一騎蕭然下風雪，空壕斜日啼城烏。耻爲執虎子，寧待車生耳。懶視張儀舌，不問待詔齒。是非野鶴騫孤霞，恩怨金鴉擘海水。脱我今日之紅塵，還我舊時之白雲。王績罷官因坐酒，介推身隱詎須文。風雷不能爲之驅，陰陽不能爲之鑄。胡鷹翻然掣金鎖，碧落茫茫墮秋霧。銅馬當年悔陸沉，自憐黑髮早抽簪。當門楊柳黏天碧，繞屋松杉滿地陰。故人他日如相訪，萬樹桃花何處尋？

重過桃江別業

當時落拓不足論，挾書醉眠桃花村。黄鸝叫斷春雨色，白鷺窺破新水痕。身世溟涬遊太上，風物依稀似陸渾。何人喚我出門去，匹馬蕭蕭南北路。兩足皸皺涉冰沙，雙鬢凋殘櫛煙霧。燕臺駿骨雖見收，漢宫蛾眉易生妒。幻泡浮雲擲一官，親蒙天子賜黄冠。入山面壁終有日，對酒逢花且盡歡。此地重來恣笑謔，十載羈棲宛如昨。凄愴似隔武陵鷄，須臾亦是令威鶴。紅桃碧柳風正柔，野浦迴塘水亂流。輕橈鐵篴吹欲裂，錦罽銀箏彈不休。伯倫生著《酒德頌》，無功自署醉鄉侯。古人多好託此物，但言澆愁吾不愁。

韓蘄王花園老卒歌和吴淵穎

中原胡塵漲天起，汴城日落大旗靡。翠華北去泥馬南，坐擁西湖衣帶水。蘄王徒步起行間，百戰馳驅劍光駛。金牌晝飛玉塞昏，三字獄成岳飛死。王也搤腕氣衝冠，鳥盡弓藏痛唇齒。飄然角巾歸西湖，自號清凉老居士。湖邊花園春色妍，亭亭百卉紅燒天。守園老卒鬢髮短，白首閒就花陰眠。蕉鹿呦呦蜨栩栩，石頭爲枕苔爲氈。黑甜正熟履綦響，王來蹴起始矍然。頭顱若此隙駒過，長日如何只高卧。

相公勿輕灌園人，渭濱垂釣淮陰餓。龍泉補履鐮刈葵，閒却英雄無事做。王嘆此叟氣何豪，與爾十萬金錯刀。青雀樓船貫月上，紅牙歌吹遏雲高。少女如花雜賓從，鬅鬙白髮熠錦袍。口銜叵羅海霧捲，手揮如意江風颭。酒酣指點掛帆去，嗚笳叠鼓凌波濤。夷王倒屣迎上客，匝地氍毹布瑶席。光生珠貝鮫人探，寒透冰綃龍女織。趙氏璧玉連十城，石家珊瑚高數尺。歸來大煸蘄王欣，豪傑計倪少伯倫。胸中之奇聊一見，遊戲仍卧花陰春。吁嗟乎！古來英雄何可測，駿骨往往埋埃塵。尉遲微時曾鍛鐵，王猛不遇行負薪。爲龍爲蛇古所嘆，從此不敢輕相人。

彭城渡黄河

彭城臨廣岸，俯仰霸圖空。白日照殘雪，黄河多烈風。所嗟人向北，不似水流東。回首滄溟曲，山山雲霧中。

元夕集司馬公宅

同是春宵醉，今宵樂未央。花明天不夜，塵暖月生香。人語朱樓細，簫聲碧海長。絳河低欲没，猶進九霞觴。

秋日懷友人

寒站萬户滿，黄葉下空城。叢菊堪垂淚，江流不住聲。病惟詩得意，貧覺酒多情。同是傷摇落，秋天日暮行。

潞河晚泊

迴浦落帆盡，長堤帶郭斜。暮煙平吐樹，春雨薄沉沙。白艇藏漁市，黄茅覆酒家。一瓢雲水外，不復問年華。

泛澱山湖

扁舟凌紫氛，蕭灑絶人群。浦暗遥吞樹，湖空不礙雲。浪推沙鳥出，風挾寺鐘聞。故有滄洲癖，徘徊眷夕曛。

夜飲李將軍帳中

兩行寶炬照華堂，一派笙歌夜未央。户外高牙明畫戟，燈前小隊舞紅妝。花生步障風光暖，月在簾鉤海色長。大將只今容揖客，不妨沉醉答青陽。

賦得烏衣巷送周使君之金陵

春風深巷舊豪奢，駿馬銀鞍日未斜。朱第空梁曾海燕，白門垂柳自宮鴉。草香輦路銷金粉，花發江城問酒家。君去定尋王謝宅，大帆明月向天涯。

酬鄔汝翼見贈之作

婆娑吴越問前朝，來往空江送落潮。佳句全從僧舍得，雄心半向酒家消。寒山到處客雙屐，野艇無人掛一瓢。不爲西風傷歲暮，亂雲歸去卧金焦。

入直左掖中貴乞詩有作

兩朝出入有輝光，五夜疏鐘漏未央。萬樹宫花歌寶扇，千門御柳映明璫。心如碧草生金輦，身是紅雲近玉皇。一樣人間明月色，慣於天上聽《霓裳》。

贈張谷吹先生

門臨千頃水雲寬，黄葉疏疏照籜冠。未老朱顔堪學道，愛閑黑髮早辭官。秋煙竹色侵書帶，夜雨空香送藥欄。幾度對君名利盡，高齋清絶夢應安。

送馮開之太史還朝

三年採藥訪桐君，忍别滄江鷗鷺群。豈謂金門堪大隱，只緣玉牒重靈文。河橋柳暗人初去，山店花香夢欲分。塹入紅塵心不染，宫衣猶帶五湖雲。

北上彭城别姜仲文

荒城濁酒送斜陽，數起門前指雁行。木葉時時作風雨，星河夜夜在衣裳。坐深熠燿初驚扇，秋冷莎鷄半入牀。何物最能關别恨，野橋殘月照清霜。

懷嘉則賓父伯翼長文田叔仲初鄭朗諸君

相思公子住巖阿，歲歲衣裳剪薜蘿。水濺山花春屐冷，僧歸湖雨暮鐘多。犬能愛客沿溪送，猿不驚人帶月過。詎用移文心自愧，雲青沙白奈君何。

新　鶯

初來閣外弄春暉，上下花間試學飛。小語未全調玉管，薄寒深自護金衣。龍池萬柳棲應怯，紫殿千門見總稀。九十韶華愁易老，啼殘紅蘂緑陰肥。

出塞

强兵一夜度飛狐，大雪連營照鹿盧。明月五原容射獵，長城萬里不防胡。單于塞外輸龍馬，天子宫中出虎符。獨有流黄機上淚，西風吹不到征夫。

永明寺與伯貞先生坐語

寺門瓦落掛霜藤，閑與君侯説廢興。秋老紫苔生卧佛，日斜黄葉映殘僧。蠹魚古壁銷千藏，風雨空堂暗一燈。勘破此中須了悟，昆明劫火向無憑。

懷馮開之

一返長林友鹿麛，年來踪迹半招提。直將幻泡看金馬，養得玄心到木鷄。薝蔔香清依丈室，芙容花發坐空堤。點蒼别後無消息，魂夢還遊洱海西。

過弇園澹圃志感二首

當年兄弟擬雙龍，同隱華陽各一峰。祇樹風時度清梵，栴檀林不隔疏鐘。仙幢化去靈龕在，丹竈空來細草茸。依舊朱欄窺緑水，臨流不忍採芙容。

名園樓榭鬱參差，客滿華堂酒滿巵。天外群峰攢落日，鏡中雙槳蕩文漪。蟲絲曲几殘書帙，鳥迹空庭絶履綦。感慨滄桑眼前事，雍門琴罷不勝悲。

薊遼大捷鐃歌

大捷歸來列校收，蒲萄銀甕坐箜篌。酒酣夜出巡邊壘，壯士閒眠枕髑髏。

遊仙二首

青兕斑麟列兩行，仙人彩筆染爐香。清都那有閒文字，劫運書成隸九皇。

一緉芒鞋四海忙，何如回首覓靈光。爲言鹿苑無生訣，即是龍宫不死方。

史相國墓下作

霜落蒼藤老樹枯，眼看巨石壓重湖。墓前只有山僧住，黄葉青燈照野狐。

無題

千年露液何曾釀，五色霞衣不用裁。小史調笙鋪席罷，金籠鸚鵡報花開。

燕姬墮馬

美人綽約萬花西，寶馬横翻碧玉蹄。總是身輕如燕子，落來羅襪不沾泥。

燕京即事

玉貌花驄兩鬥輝，香風如水泛紅衣。燕姬少小能騎馬，笑指金鞭踏月歸。

爲范太僕詠孫漢陽畫緑牡丹

漢陽太守舊王孫，筆點春工到嘯園。玉笛聲中明月老，東風吹出緑珠魂。

送長吉諸孫東還

年來何日不思鄉，却送君歸欲斷腸。聞道小園剛半畝，不愁無地種垂楊。

湖上曲二首

湖邊曾記踏花行，謖謖風篁十里聲。緑水青蓮人載酒，絳樓紅板伎吹笙。

夜泊湖頭自唱歌，蘆花月白水禽多。芙容獨抱清霜老，一片寒香摇素波。

長條曲爲友人賦二首

流水飛霞舊日恩，梨花寒月閉重門。清明陌上香車路，認得蕭郎不敢言。
手碎琵琶斷玉簫，青青誰竟折長條。背啼紅袖逢人笑，歲歲春風恨不銷。

紅線詩五首

結束戎裝劍陸離，月華星彩共低垂。嚴城秋冷銅焦死，魂斷三千外宅兒。
龍文匕首髻烏蠻，一霎遥空響珮環。街鼓未休營卒卧，滿身風露魏城還。
直拂銀河織女機，天風颯颯泛霞衣。手持北斗黄金合，千里關山度若飛。
忽離瓊筵下玉階，湘裙低覆躡雲鞋。情知不是人間别，歌散香銷十二釵。
金銀宮闕是儂家，暫插鸞釵拂鬢鴉。一逐孤雲天外去，朱門空鎖碧桃花。

恭送曇陽大師六首

列坐扶桑大帝前，六銖五色照瓊田。直凌海面行空去，颯颯天風散紫煙。
西池南嶽坐相邀，仿佛煙中白玉橋。手炙鵝笙踏雲路，靈音一半入瓊簫。
王母行宮列宿分，九微燈艷紫元君。玉樓金闕非人世，空水茫茫載白雲。

家鄉原在妙高峰，青桂紅蘭宛舊容。童子笑迎猿鶴舞，洞門親啓白雲封。
西天西去指恒沙，東海東頭棗似瓜。斜日乍明秋潦盡，萬人相送踏層霞。
山駕嚴裝羽隊分，敕書先下玉晨君。明知不比人間别，亦自含悽望碧雲。

采真詩再爲慧虚度師恭撰六首

瑶草仙壇路不分，空中香氣正氤氲。鳳車龍輦轔轔去，只隔青天一片雲。
碧石青苔覆落花，雲殘遠自上清家。龍章氣濕疑靈雨，鳳篆文生散彩霞。
寂寂花宫獨掩關，飆輪去只在前山。香清落日聞金磬，知是真人跨鶴還。
仙鼠飛飛似白鴉，靈泉盡日浴金沙。只聞洞裏人吹笛，不見空中女散花。
悄無人迹蔽瑶房，數卷丹書在石牀。侵曉鶴翻松露冷，松花細細落衣裳。
子夜初從洞府歸，絳桃花外月痕微。下山不是瑶臺夢，書在琅函香在衣。

聞化女湘靈爲祥雲洞侍香仙子志喜六首

冉冉飆車駕綵虹，只聞耳畔響罡風。人間那識祥雲洞，幸有天邊鶴使通。
仙宫玉盞酌流霞，千歲冰桃四照花。蚤解虚皇金册召，不將清淚送鑾車。
只道埋香事可憐，誰知獨鶴控遥天。上元垂髮麻姑爪，宿世原來骨是仙。

手啟琅函喜欲狂，東來消息大非常。偶然題作留香草，洞府新銜號侍香①。

西王案下舊瓊華，宅在清都第幾家。好寄雲箋慰慈母，日從溪口認胡麻。

阿翁學道已多年，翻使湘靈先著鞭。爲種絳桃三萬樹，遲予蚤晚洞門前。

① 原注：「亡女遺詩名《留香集》。」

附見　袁時選二首

時選字無擇，鄞縣人。萬曆乙未進士，除刑部主事。

屠緯真輓詞二首

眼前泡影總堪傷，佞佛祈仙亦渺茫。嘯館未殘經宿火，夜臺先度五更霜。優曇證偈驚秋早，鶴馭傳書恨海長。從此英雄俱撒手，寢門一哭淚千行。

風流曾遣俗人猜，幾擲千金散草萊。幸舍無魚人欲去，翟門有雀客空來。雨昏黄犢穿荒冢，月冷青娥罷舞臺。《玉樹》《柘枝》今譜盡，到頭《薤露》爲誰哀。

胡舉人應麟二首

應麟字元瑞，蘭溪人。少從其父宦燕中，從諸名士稱詩。歸而領鄉薦，數上公車不第。築室山中，購書四萬餘卷，手自編次，亦多所漁獵撰著。攜詩謁王元美，盛相推挹，元美喜而激賞之，登其名於「末五子」之列。歸益自負，語人曰：「弇州許我狎主齊盟，自今海内文士當捧盤盂而從我矣。」衆皆目笑之，自若也。著《詩藪》二十卷，自邃古迄昭代，下上揚扢，大抵奉元美《巵言》爲律令，而敷衍其説，《巵言》所入則主之，所出則奴之。其大指謂千古之詩莫盛於有明李、何、李、王四家，四家之中，撈籠千古，總萃百家，則又莫盛於弇州，詩家之有弇州，證果位之如來也，集大成之尼父也。又從弇州而下，推及於敬美、明卿、伯玉之倫，以爲人升堂而家入室，殆聖體貳之才，未可以更仆悉數也。元美初喜其貢諛也，姑爲獎借，以媒引海内之附己者，晚年乃大悔悟，語及《詩藪》，輒掩耳不欲聞，而流傳訛繆則已不可回矣。嗟乎！建安、元嘉，雄輔有人，九品七略，流别斯著，何物元瑞，愚賤自專，高下在心，妍媸任目，要其指意，無關品藻，徒用攀附勝流，容悦貴顯，斯真詞壇之行乞，藝苑之輿臺也。耳食目論，沿襲師承，昔之刻畫《巵言》者，徒拾元美之土苴，今之揶揄《詩藪》者，仍奉元瑞之餘竅。以致袁、鍾諸人，踵弊乘隙，澄汰過當，横流不返，此道既如江河，斯世亦成灰劫。文章關乎氣運，不亦信乎！不亦悲乎！余録先後「五子」之詩，以元瑞終焉，非以元瑞爲足録也，亦庸以論世云耳。

塞下曲送王山人

平沙一望隴雲開，玉笛飛聲夜轉哀。萬里朔風吹不斷，梅花齊落李陵臺。

塞上曲

紫電花驄白玉鞭，遠從都護出居延。清秋不辨龍城色，一片黄雲瀚海前。

附見　黄山人惟楫一首

惟楫字説仲，天台人。故工部尚書綰之孫也。金華胡應麟撰《皇明律範》，集録隆、萬以來文章巨公及同時詞客之作，多至二千餘首，大率肥皮厚肉，塗抹叫吸，黄茅白草，彌望皆是，蓋自李、王二公狎主齊盟，海内風氣歘然一變，旁午膠結，齊聲同律，厥後妄庸之徒，巨子相推，月旦自命，霧不止於九里，醉有甚於千日，目論瞽説，流爲丹青，餘毒流殃，至今爲梗。《詩藪》、《律範》並垂藝苑，誠千古之笑端，實一時之公案也。翻閲之餘，心目憒悶，偶見黄生此章，差爲清拔，更簡他作，卑靡滋甚，錚錚佼佼，殆亦戛戛乎其難之矣。録而存之，庸以見採掇良苦，非敢有成心軒輊，敬告後賢，勿復以黨枯仇腐相稽也。

夜思

草色煙光向晚凄，望鄉人自滯淮西。風傳鼓角更初轉，霜落關河斗漸低。夢欲成時逢雁過，愁方生處有烏啼。家書倉卒應難達，不是秋來醉懶題。

陳大理文燭一首

文燭字玉叔，沔陽人。嘉靖乙丑進士，除大理評事。出守淮安，官終南京大理寺卿。玉叔與吴明卿諸人稱詩，希風「七子」，附其後塵。有《五嶽山房集》數十卷，煩蕪剽擬，王、李之下流也。

寄懷家叔時官黎平

音書南望暮雲低，官舍蕭蕭對五溪。衡雁北來飛不盡，不知曾過夜郎西。

列朝詩集丁集第七

朱九江曰藩四十六首

曰藩字子价，寶應人。按察使應登字升之之子也。幼而博學攻詩，父友顧華玉稱賞不已。年四十四，舉嘉靖甲辰進士，知烏程縣。劉元瑞免大司空，結社峴山，子价往從之遊，幅巾布衣，壺觴嘯詠，人不知其爲邑宰也。歷南京刑、兵二部，轉禮部主客郎中。留都事簡，閉户讀書，詞翰傾動海内。居三年，出知九江府，有惠政。辛酉，景王之國，病憊，猶從卧榻上調度。以是秋卒於官，囊無餘貲，文編充溢，有《山帶閣集》三十卷。當李、何崛起之日，南方文士與相應和者，昌穀、華玉、升之三人，而升之尤爲獻吉所推許。子价承襲家學，深知折洗活剥之病，於時流波靡之外，另出手眼。其爲詩取材《文選》、樂府，出入六朝、初唐，風華映帶，輕俊自賞，寧失之佻達淺易，而不以割剽爲能事。其于升之，可謂諍子矣。楊用修評定其詩，得七十四首，比於唐人《篋中》之集，其爲序，極言近世蹈襲之弊，而深許子价之詩，以爲異於世之學杜者，則用修、子价之詩，其流派别於獻吉，從可知矣。嘉靖戊午、己未間，子价在南主客，何元朗在翰林，金在衡、陳九皋、黄淳甫、張幼于皆僑寓金陵，留都人士，金子坤、盛仲交之徒，相與選勝徵歌，命觴染翰，詞藻流傳，蔚然盛事。六朝之佳麗與江左之風流，山川文彩，互相映發，不及百年，蕩爲禾黍。西京之歡娱，東都之燕喜，邈然不可以再睹矣。録子价詩冠於金陵諸賢之首，不能不爲之一嘆云。

竹西

望望行宫地，遥遥大業年。山光連古寺，水調尚遺篇。軟纜千花妓，迷樓五色煙。繁華何可弔，高樹起秋蟬。

贈子長二首

澤國魚龍氣，征途冰雪文。悲歌過燕趙，一弔望諸君。

萬柳團團殿，飛花引御舟。棹歌雙彩女，催過洗妝樓。

寄程自邑

一代空同子，人人願執鞭。贈君詩滿篋，恨我見無緣。緑水蓬池上，黄華艮嶽顛。平生高李遇，徒感昔遊篇。

寄程自邑淮上

梁苑沙墩路幾千，客情冷落逼殘年。兎園賓酒樊樓妓，一曲琵琶欲雪天。

湖上送友人還吴門

湖上桃花瞥眼嬌，鴟夷舟穩卧吹簫。誰能載得西施去，却弄吴王送女潮。

孟夏二十七日行田雜歌三首

草閣南東霽海煙，萬家耒耜雨餘天。更憐村婦多新餉，潮落平沙蛤蚌鮮。

雨過青坪不見人，剪茸新鹿白如銀。數聲鼓笛叢祠近，知是祈年賽水神。

田田荷葉大湖西，千隊鴛鴦掠水低。却似吴娘機上見，緑羅初簇錦茸齊。

鷄籠山房雨霽

客樓睡起西日曛，鍾山曳曳擁歸雲。鏡中島嶼後湖出，花外池臺上苑分。何處攀龍光禄宴，當年怨鶴草堂文。殘英盡及東林醉，莫遣流鶯醒後聞。

枕流橋避暑口號

竹牀花簟坐蕭閑，好是儂家銷夏灣。誰道屏風無九叠，彩雲飛作洞庭山。

樓鴉

年年銀漢橋成後，樓上昏鴉接翅歸。御史府中棲未穩，倡家樹裏聽應稀。緑垂槐穗藏朝雨，紅入蓮衣浴晚暉。春去秋來渾底事，只輸鴻雁塞門飛。

橋上納凉即事口號

上林獻賦恨空回，水驛冰鮮夜半催。枕上笙簫聽漸近，楊梅盧橘過江來。

中元日齋中作

陶枕單衾障素屏，空齋獨卧雨冥冥。輞川舊擬施爲寺，内史新邀寫得經。窗竹弄秋偏寂歷，盂蘭乞食信飄零。年來會得逃禪理，長日沈冥不願醒。

對雨柬徐楊二先輩

長安飛雨灑輕埃，萬户千門畫裏開。霧樹稍迷蓬閣觀，煙絲猶裊建章臺。故園紅藥誰同賞，旅榻青苔客不來。莫怪殘春倍惆悵，一山風景各銜杯。

清明揚州道中憶王端公

江花江草净春煙，北望空懷乘興船。水國人家種楊柳，清明士女競鞦韆。客厨未乞龍蛇火，旅食頻催犬馬年。遥想風流王柱史，西臺銀燭柘枝顛。

送陸子還洞庭

五月江門暑氣鮮，水祠簫鼓賽龍船。最憐别權當官路，不礙歸雲入洞天。樓閣兩山摇碧落，楊梅千澗瀉紅泉。葛裙紗帽吟長夏，莫擬平原赴洛篇。

飲罷逍遥館作

沙溪雨過漸通潮，新漲朝來拍小橋。九曲湖堂藏窈窕，數株門柳伴逍遥。時魚饌客烹蘆笋，海鶴驚人起稻苗。飲罷中庭不成寐，夜闌河漢正寥寥。

七夕雨

閣道中宵急雨鳴，遥憐牛女渡河情。吴臺鷲鵲飛來重，長信流螢洗後明。不謂金壺能續漏，衹緣玉箸剩沾纓。江湖亦有佳期隔，愁見蘭濤混太清。

寄答王子新

兩家父子擅風流，江左相看三十秋。徐庾争吟玉臺體，王謝久闊烏衣遊。客夜紅燈何處酒，病山黄葉隔年樓。西洲風惡船難繫，空遺多情怨莫愁。

秋閨怨

合歡樹上烏欲棲，空房織錦竇家妻。遥遥夜夜誰能奈，三三五五並相攜。鏡花對影慚雙笑，燭淚分行伴獨啼。莫道迴文能妙絶，陽臺雲雨隔安西。

隋堤柳

興道里前楊柳新，蕭娘攀望獨傷神。憐儂正好留儂住，若個殢他遭個春。紅頰忍抛汝罷淚，翠蛾常帶睡餘顰。龍舟風起花如雪，三月揚州夢裏春。

家園種壺作

春柳半含荑，春鳩屋上啼。弱苗何日引，長柄得誰攜。瓠落非無用，鴟夷愛滑稽。揮鋤不覺倦，新月在樓西。

秋　髮

秋髮不盈握，秋蓬仍苦飛。何須五日沐，自信九陽晞。病覺星星改，心從種種違。漢家方尚少，素領愧朝衣。

箏

日者西園宴，雲和獨未收。絃張鶗轉急，柱促雁相求。靡靡縈懷惡，纖纖繞指柔。多情如有待，庭樹莫先秋。

七月望夜亭上

城外重湖已合圍，雙流分月瀉青輝。積陰遂見秋風起，行潦休驚海水飛。裊裊銀河低案户，塗塗玉露稍霑衣。季鷹元不營當世，豈爲鱸魚始憶歸。

夏日閒居作

雙樹蒼蒼玉不如，牽風弄日庇閒居。牀前竹冷新鋪簟，架上梅過自曝書。散騎直廬誰偃息，平津客館久丘虚。種瓜莫道東門近，肯爲鳴騶暫倚鋤。

玉河堤見新月

垂楊東下轉金溝，忽訝纖纖並馬頭。班殿未秋寧似扇，秦樓初晚正如鈎。雙蛾映水遥傳恨，一掬當窗不攬愁。謾道南州歌蕙草，薄情元不爲封侯。

臨春曲

閣上張星舊在天，閣中璧月夜仍圓。雲欹宿鬢初臨鏡，風研乾紅未叠箋。兩臂舞釵金阿那，一聲歌樹玉嬋娟。君王萬歲歡無極，肯信江花易夕煙。

贈沐太華兼憶升庵楊公

濯錦江邊霞滿天，博南山下草如煙。相逢偷把刀環視，腸斷孤臣謫九年。

燕薁引

上林苑西重陰垂，漢家馬乳秋累累。群臣未拜金盤賜，正是文園病渴時。嘗言逾淮橘爲枳，淮南亦種燕薁子。一朝偶患齊后瘄，七日方痞趙簡樂。起來燔極華池乾，菱藕堆盤懶咀嚼。何人旋摘此逼側，冰丸入口生顔色。不用玄珠罔象求，翻疑舍利菩提得。淮南隴右限川梁，燕薁蒲萄味各長。底事千金通大宛，空勞斗酒博西凉。詔中但見誇珍味，席上誰能延樂方。樂方久閟樽罍燥，親故仳離那可道。流年時物感《豳風》，拘方服食依農草。憶曾弱冠客安西，醉裏親嘗掩露時。囊盛莫致燉煌種，浪説天南生荔枝。

感辛夷花曲

昨日辛夷開，今朝辛夷落。辛夷花房高刺天，却共芙蓉亂紅蕚。小山桂樹猶連卷，五湖荷花空綽約。連卷綽約宜秋日，端居獨養徵君疾。高枝朵朵艶木蓮，密葉層層賽盧橘。山鬼已見駕香車，文人應是夢綵筆。辛夷辛夷何離奇，照水偏宜姑射姿。蕭晨東海霞光爛，玄夜西園露氣滋。檀心倒卷情無限，玉面低回力不支。見説東都便露坐，惟應御史殢風吹。此花愛逐東風暖，故人①逸韻嵇中散。山陽聞有合歡齋，石湖亦築辛夷館。裊裊巖櫳碧樹圓，紛紛澗户香花滿。塢裏王孫舊路長，卷中裴迪新詩短。新詩已舊不堪聞，江南荒館隔秋雲。多情不改年年色，千古芳心持贈君。

①原注：「王履吉。」

過陳思王墓

美人曾感魚山響，千古高情寄白楊。洛浦錦衾徒爛熳，鄴宫銅爵久荒凉。詩成獨贈同門友，勢去潛悲異姓王。隧道風填飛藿滿，争教來者不心傷。

寒食

水滿春湖花滿城，况逢寒食雨初晴。花深不礙秋千山，水闊從教舴艋行。午憩旗亭分杏酪，夜歸錫市有簫聲。多情一樹山梨白，小立柴門待月明。

滇南七夕歌憶升庵楊公因寄

子少日遊滇南，見其土風每歲七夕前半月，人家女郎年十二三以上者，各分曹相聚，以香水花果爲供，連臂踏歌，乞巧於天孫，詞甚哀婉。暇日因採其意爲《滇南七夕歌》三首，末首有懷升庵楊公，因併繫之。曹子桓云：「爾獨何辜限川粱。」悲夫！誰則爲之動念哉！

一宵争抵一年長，猶度金針到繡牀。天下真成長會合，昆明池上兩鴛鴦。

綵袖飛來山上山，小樓金馬墮雲鬟。柰花滿地無人掃，二十年前菩薩蠻。

錦窠何必奪丘遲，畢竟還他蜀錦奇。近日錦官空擅巧，博南山下乞蠻姬。

廣心樓絶句爲楊升庵賦

樓西鸚哥樹，單栖鐵鸚哥。兒童作蠻語，花鳥入滇歌①。

停雲獨倚闌，扣門問來使。云是張公子②，永昌送詩至。

① 原注：「雲南名伯勞曰鐵鸚哥。」

② 原注：「張公子，永昌張愈光也。」

涇西杏花雜興

張村趙村與吴村，千古空牽艷客魂。墻東一樹穠如錦，莫怪先生獨閉門。

成都才子玉堂仙，一謫南中三十年。錦樹烘春枝裊月，夜來新夢到連然。

涇上夕眺柬友人

臺下平池池上花，春風無日不山家。紅藏塢壁攀危磴，緑浸闌干繫短查。小市漸沽寒食酒，中林長隔美人車。夕曛也戀西枝好，不管城頭已暮鴉。

次韻何元朗罷官之作

千古鍾山擁晉京，門前淮水爲誰清。即看江令還家日，不作平原羈宦情。異代風流草市宅①，故園離亂柘林鶯。東田見説堪行樂，莫怪經旬懶入城。

①原注：「江令住青溪上，稱草市宅。」

涇上西齋書懷寄吴興一庵唐丈

連朝零雨掩柴關，樹色蒼蒼别院間。倦倚小童呼鹿鹿，戲抛殘果乞山山。淹留出岫雲心懶，拓落當窗石性頑。惟是采真秋興逸，白蘋長夢霅谿灣。

無題和王子新

葱蒨玉樹宫槐陌，婀娜纖腰楊柳枝。多病心情寒食後，小樓風雨落花時。陽臺永夜難爲夢，洛浦微波可寄詞。何許鑒儂心獨苦，朝來青鏡有垂絲。

雲中樂

塞門楊柳未經霜，錦帕貂裘馬上妝。帶得相思出關去，銀釵嶺上斷人腸。

附見　人日草堂詩五首

引曰：升庵先生在江陽，以畫像寄我白下，揭於寓齋，日夕虔奉，如在函文。嘉靖己未人日，西域金子大輿、東海何子良俊、吴門文子伯仁、黄子姬水、郭子第、秣陵盛子時泰、顧子應祥，相約過余觴之齋中。齋南向，先生像在壁間，諸君不肯背之坐，各東西席，如侍側之禮。比丘圓瀾罌中冷泉見餉，覓得陽羡貢茶一角。烹泉爲供，以宣甌注之，焚沉水香於罏，作禮畢就坐，各嘖嘖嘆曰：「幸甚！今日乃得睹升庵先生。」文子曰：「今日之會奇矣，予當作《人日草堂圖》以寄先生。」予欣然拊掌，因歌「人日題詩寄草堂，遥憐故人思故鄉」之句，作八鬮，散諸君，請各賦一篇，并寄先生，見吾輩萬里馳仰之懷。越二日，文子圖告成。又二日，諸君詩次第成。予乃爲之引。余按己未歲，先生年七十二，以是年六月卒於永昌，則詩畫郵致之時，先生已不及見矣。是舉也，論交之真，敬長之慤，樂善之誠，胥於此徵焉。先輩風流，真可以寬鄙惇薄。名不虚立，士不虚附，用修何以得此於諸賢哉？亦可以感矣。傳之後世，不獨爲藝苑之美譚也。

黄姬水得遥字

一勺名泉手自調，石篜香爐夜遥遥。半生痞痳虚雙鯉，萬里容輝挹片綃。學海競誇天閣秘，春心欲託帝巫招。芳樽潦倒郎官舍，江芷臯蘭雨未消。

郭第得鄉字

先朝金馬重文章，三十餘年適瘴鄉。共羡史遷紬石室，誰憐賈傅老瀟湘。披圖月就金陵壐，飛夢雲牽玉壘長。方外遊踪元不繫，欲將瓢笠問江陽。

盛時泰得題字

人日寒多雨意低，冶城春色柳條齊。梅開東閣斜穿檻，潮過西州亂入谿。天末丰神勞夢寐，壁間丘壑有詩題。碧雲回首人千里，巴水東流猿夜啼。

金大輿得憐字

人日梅花自可憐，折來誰爲寄西川。八行欲附銅魚使，四海争謡白雪篇。滇水山川增氣色，錦江花柳隔風煙。何時一棹穿巴峽，得就揚雄問《太玄》。

朱曰藩寄升庵先生一首

亭花落盡鷓鴣飛，吉甫臺邊春事稀。錦水毓華添麗藻，禺山金碧有光輝。僰中僮隸傳書至，煎上人家沽酒歸。笑挈一壺江浦去，輕紅剛值荔枝肥。

金山人鑾 三十八首

鑾字在衡，隴西人。隨父宦僑居建康，遂家焉。在秦時，從天水胡世甯中丞學制科業。及來建康，年已長，家中落，乃棄去，習歌詩。詩不操秦聲，風流宛轉，得江左清華之致。性俊朗，好遊任俠，結交四方豪士，往來淮揚兩浙，所至輒倒屣迎之。洞解音律，酒酣據几高吟長詠，中節可聽，四坐忘罷。卒時年九十。有《徙倚軒集》。嘗與盛仲交期於城南高翁家，天寒且雪，久之方至，主人問曰：「翁方有事娶婦，胡能來此？」在衡大笑，指杯酒曰：「事孰有大於此者乎？」談笑移日始去。其風尚如此。何元朗曰：「南都自徐髯仙後，惟金在衡最爲知音，善填詞，嘲調小曲極妙。每誦一篇，令人絶倒。嘗取古詞，辯其字句清濁爲一書，填詞者至今祖之。」

揚州感興

迢遞古揚州，重來異昔遊。春風吹酒幔，日暮上歌樓。夢覺翻疑雨，愁多不待秋。翩翩征雁起，依舊向沙頭。

雨夜宿朱少府小樓感舊

故人復相聚，已是十年過。縱使爲歡處，其如傷老何。曉鐘寒報早，春雨夜聞多。感慨高陽侶，臨風發嘯歌。

崇明寺答水雲禪師

野寺臨晴晝，園花照暮春。夕陽千樹繞，芳草一江鄰。有客來何處，逢人寄此身。遠公能好事，頭白更相親。

泊淮上

愁輕遊冶興，老重別離情。野戍寒更盡，河橋春水生。斷雲疏雁影，殘月亂鷄聲。明發應千里，蕭蕭過楚城。

送吴七泉還歙

離家歲將暮，歸路雨初晴。水闊空江冷，風高落葉輕。錦囊傾内史，白璧報雙成。好試千金馬，清霜白草平。

自京師抵家值除夕

又見一年盡，初從萬里回。青燈笑兒女，白首戀尊罍。故業琴書在，餘寒鼓角催。翻然忘老去，亦自喜春來。

登滄州城

渤海高人去，仙臺古跡存。風沙吹不斷，天地與同昏。野水添新緑，空煙集暮村。故園桑柘裏，悵望欲銷魂。

柳　堤

春江水正平，密樹聽啼鶯。十里籠晴苑，千條鎖故營。雨香飛燕促，風暖落花輕。更欲勞攀折，年年還自生。

至　日

長至履微陽，江城百事荒。野天懸薄日，殘葉墮濃霜。失路故人絶，入門新酒香。醉歌還起舞，兒女笑成行。

獨夜

小窗成獨卧，落月滿殘更。雙眼苦難舍，孤燈耿自明。林喧疏鳥夢，霜冷咽鷄聲。白髮知多少，和愁夜夜生。

漂母祠

古渡臨祠廟，長淮接市門。旌旗摇白日，風雨鎖黄昏。貧賤求知己，榮華少故恩。湖邊逢牧豎，猶自説王孫。

通津驛

野泊初經夜，舟移獨避灘。風輕雲氣薄，月静水光寒。且恨辭家久，休歌行路難。前途何必問，明日是長安。

出塞

躍馬走胡塵，將軍不顧身。黄沙一萬里，赤幟五千人。天子猶稱漢，匈奴豈畏秦。不知蘇屬國，何日畫麒麟。

石湖

東風載蘭槳，二月下横塘。芳草野湖碧，落花春店香。醉呼吳市酒，老作楚人狂。良會催遲暮，青樓尚理妝。

重遊徐太傅園

乍起日猶長，重來暑漸藏。鷄鳴隔林屋，人語出藩墻。楊柳晚風静，芙蓉秋水香。王孫多樂事，扶醉擁笙簧。

憑虚閣酬秋厓方丈

古城迢遞俯清溪，高閣憑虚引御堤。凉雨乍收千樹净，夕煙初起萬家迷。空垂白髮悲前事，重對青山憶舊題。猶自樂遊虚故苑，碧桃飛盡草萋萋。

北河道中

叢臺北向通燕谷，曲渚西流繞薊門。歸鳥亂啼原上樹，夕陽多照水邊村。因悲俗吏趨三輔，曾有新詩寄陸渾。歲歲别來春又暮，幾回芳草怨王孫。

懷天界理師

三年不見葦航公，潦倒江湖鬢若蓬。地遠每憐蹤跡異，時違應念甲庚同。慣牽短夢南山雨，頻擬疏鐘北寺風。何日重携老居士，石牀秋蘚坐談空。

淮上送唐池嶼別駕赴部

與君南北漫相期，惆悵東風楚水涯。萬里辭家身是夢，三年作郡口爲碑。重將直道干明主，肯負初心答故知。芳草接天春望迥，一尊相對復何時。

泊盂城驛簡仲輞莊

盂城驛口射陽西，水國風煙似五溪。萬井落花春後發，幾家垂柳雨中齊。時臨野店炊晨黍，漸入荒村報午鷄。見説輞川多勝事，經過原許一相携。

新安道中寄懷諸舊

故嶺重經楓葉凋，族懷肅索伴歸樵。冰霜在道無千里，肌骨侵寒已半消。石面亂雲隨馬度，樹頭殘雨逐人飄。翻思前夜溪亭別，窈窕清商酒一瓢。

入春寄黄高園少府兼柬群從

風流歌曲許人傳，群季皆稱謝惠連。一笑相留如昨日，幾時奉别又新年。黄蘿曉帶溪頭雨，白嶽晴通隴上煙。擬待揚州二三月，翠紅香軟泛湖舡。

牛首

先皇曾此駐龍旂，一夜空山擁六師。春鳥尚思巡幸處，野花不似樂遊時。遥聞寺外江聲落，倒見天邊塔影垂。若問南朝昔年事，廢原荒井有殘碑。

秋興

天際浮雲入思深，物情生態看銷沉。南朝臺榭多於昔，東晉風流不似今。背嶺夕陽明遠燒，隔江霜葉下高林。西風蘭芷還堪把，擬向孤琴結短吟。

除夜客和陽僧舍

獨煨餘火向天涯，僧舍逢春有所思。百里是家歸未得，半生如夢醒何時。空堂坐久殘年逼，短角聲乾子夜遲。遥想清燈對杯酒，小窗兒女憶還期。

廣陵留别吴虹山

北風江上雪晴時，遠道逢君醉不辭。臨别更留三夜話，相知已是十年期。斷雲落雁聲猶切，斜月疏窗影漸移。久客不須傷歲暮，五湖歸思滿天涯。

春日企齋朱少府松窗徐公子見訪未暇展待聞别有佳約詩以答之

遠承華蓋及衡門，日午相攜到日昏。白髮自應忘縣長，青袍誰復識王孫。更因夜月留何處，忍對春風負此尊。傳道城南剩佳麗，小詞翻出寄桃根。

除　夕

還憶去年辭白下，却憐今夕在黄州。空江積雪添雙鬢，細雨疏燈共一樓。世難久拚魚雁絶，家貧常爲稻粱謀。歸來故舊多凋喪，愁對東風感壯遊。

採　菱　曲

採菱秋水旁，驚起雙鴛鴦。獨自唱歌去，風吹荇帶長。

有懷

悵望隔江雲，春來不見君。歌聲與流水，俱在夢中聞。

銀河

月出影漸没，夜深光倍明。鵲毛看又盡，填到幾時平。

聽胡琴

悲語發哀絃，聲聲道野仙。誰將胡地樂，留作漢人傳。

吴門

闔閭城外花如煙，洞庭山下水連天。安得弄花緣水去，與君同上木蘭船。

感舊

北風吹雪暗江城，歲暮天涯共此情。試向尊前彈一曲，琵琶猶是別來聲。

竹枝詞

春雨春風花意狂，誰家溪上浣花娘。水流不管花心亂，花落能教水面香。

春城曲

雨餘芳草遠萋萋，春暖遊人信馬蹄。日暮畫樓歸去晚，落花香裏路東西。

寄吴厚丘

黄金散作買花資，白首誰能戀故知。同作孟嘗門下客，西風吹鬢獨歸時。

宫詞

御水中流外不知，尚遺紅葉舊題詩。縱然不放輕流出，猶是君恩未了時。

何孔目良俊三十七首

良俊字元朗，華亭人。少而篤學，二十年不下樓，或挾策行遊，忘墮坑岸，其專勤如此。與其弟良傅字叔皮同學，叔皮舉進士，官南祠部郎，而元朗以歲貢入胄監，時宰知其名，用蔡九逵例，授南京翰林院孔目。元朗好談兵，以經世自負，浮湛冗長，鬱鬱不得志，每喟然嘆曰：「吾有清森閣在東海上，藏書四萬卷，名畫百籤，古法帖鼎彝數十種，棄此不居，而僕僕牛馬走，不亦愚而可笑乎？」居三年，遂移疾免歸海上。中倭留青溪者數年，復買宅居吴門，年七十始歸雲間。元朗風神朗徹，所至賓客填門。妙解音律，晚畜聲伎，躬自度曲，分刌合度。秣陵金閶，都會佳麗，文酒過從，絲竹競奮，人謂江左風流復見於今日也。吴中以明經起家官詞林者，文徵仲、蔡九逵之後二十餘年而元朗繼之。元朗清詞麗句未逮二公，然文以修謹自勵，蔡以谿刻見譏，而元朗風流豪爽，爲時人所嘆羡，二公殆弗如也。元朗集累萬言，皇甫子循爲叙。又有《何氏語林》、《四友齋叢説》行於世。

與張玄湖夜飲醉歸用韻

總爲繁華住舊京，尊前花朵照人清。楊枝鬬舞全無力，桃葉傳歌慣有情。閲世堪悲唯逝水，唤人行樂是流鶯。莫辭酩酊歸來晚，殘月依依下石城。

次前韻

行樂難逢在晉京，人生誰得俟河清。即教老去難忘酒①，縱使貧來不廢情。粉黛連宵皆好月，管絃逐日有嬌鶯。天公乞與百年活，肯向西方覓化城。

①原注：「白傳有《何處難忘酒》詩二十首。」

春日花前聽李節箏歌作張王屋黄質山每誇余以歌館之樂書此貽之并要和篇戲呈紫崗兄

瘦鶴支離病客身，黄鶯嬌小帝城春。花前莫遣清尊歇，頭上應添白髮新。縱飲已忘身外事，當歌且惜眼中人。秦淮花月如天上，幾欲乘槎一問津。

送潘芧鄉南還

吴門悵别動經年，一度思君一黯然。昔日歌鐘成逝水，舊游池館蕩飛煙。春風白髮期同醉，夜雨青燈憶共眠。最是欲留留不住，歸心相逐下平川。

乙卯八月余觴客青溪之上坐有李節鳴箏質山詠二絶句次其韻

虚館鳴箏秋正清，停絃掩抑最關情。當年愛殺恒司馬，賞會由來是此聲。

哀音裊裊出重幃，羈客仙仙思欲飛。絃滑酒香花正好，不辭零露夜沾衣。

盛雲浦集客文文水張王屋獨不見召旬日後以文水原韻索和書此嘲之

拙貽堂上題詩客，盡日窮吟作麽聲。閒殺青溪老居士，冶城東畔不教行。

研山中翰許歌者李生以名香久不見至書此戲之

新聲宛轉動梁塵，歌罷誰云不斷魂。一片好香消不得，明珠十斛爲何人。

聽李節彈筝和文文水韻

汩汩寒泉瀉玉筝，泠泠標格映清冰。愁中爲鼓秋風曲，不負移家住秣陵①。

① 原注：「教坊李節筝歌，何元朗品爲第一。盛仲交有《元郎席上聽彈筝》詩，諸公皆和之。金陵全盛時，東橋每宴集必用教坊樂，以筝琶佐觴。武宗南巡，樂工頓仁隨駕至北京，在教坊學得金、元人雜劇詞，何元朗家小鬟盡傳之。老頓言：『此曲懷之五十年，今供筵所唱皆是時曲，此等詞並無人問及，不意垂老遇知音也。』」

附見　聞箏詩四首

盛仲交原倡

酒清香藹夜搊箏，絃上凉生六月冰。但許風流擅南館，不教飛夢繞西陵。

文休承和

泠泠寒玉瀉秦箏，片片清聲似斷冰。一曲渾疑李憑在，不知秋旅是金陵。

張玄超

披帷月底理鳴箏，哀調澄於鏡裏冰。試使楚王聞一曲，可憐應不數安陵。

黄聖生

月照高樓彈玉箏，泠泠飛峽瀉寒冰。羈人一聽陽春曲，不畏秋風客秣陵。

白下春遊曲七首

城市總居圖畫裏，江山鎮繞帝王宫。秦人漫自誇韋曲，越客何須説剡中。
即遣嬌歌和野禽，更教紅袖拂青林。自從謝傅東山後，傳得風流直至今。
融融暖日正熏人，澹澹和風不動塵。況是城南家又近，争教若個不尋春。
撲翠蛾兒稱意匀，杏紅衫子逐時新。裝梳莫訝朝來别，無奈桃花解妒人。
萬片夭桃迎笑靨，千條弱柳鬥纖腰。潘妃死後芳魂在，散作城南一段嬌。
雙眉如黛髮如雲，背立踟躕避使君。忽覺香風來陌上，回身微動石榴裙。
結子成陰積漸多，春光一去再來無。明朝更欲城南去，自掣金釵付酒胡。

春日皇甫司勳見過餘出小鬟以箏琶侑觴司勳爲賦三絶句率爾奉答

燈下曾觀舞麗華，小庭亦復沸箏琶。近來此樂無人解，獨有牛家與白家①。
歌珠歷落本清圓，更遣流泉亂拂絃。好取使君留一顧，故將誤曲唱當筵。
簾同夏亶真成陋，牀類楊褒亦太寒。不是窈娘容絶世，何妨日日借人看②。

① 原注：「白傅集有《與牛奇章妓池上合樂》之作。」

② 原注：「夏侯亶性節儉，有妓妾數十人，無被服姿容，客至常隔簾奏樂，時呼簾爲夏侯妓衣。楊褒家甚貧，然好音

樂，家畜聲妓數人，歐陽公贈之詩，有『三脚木牀坐調曲』之句。」

附見　皇甫子循來詩三首

承柘湖内翰見招獲聞聲妓之美醉後漫占三絶句

房中樂自舊京傳，促柱輕調慢拂絃。曲罷周郎那得顧，但聞清響落燈前①。
紅妝喚出夜留歡，翠袖因霑細雨寒。爲謝喬家無惡客，不妨歌舞借人看。
二月鶯花樂事新，更憐羅綺坐生春。當杯入手休辭飲，祇恐夫君怒美人。

①原注：「清，或作餘。」

金陵弔古八首

漢季平分三國，孫吴元占東方。堪笑當時王濬，與人閒管興亡。
風物元推晉宋，江山又屬齊梁。今夜弈棋收局，明朝傀儡排場。
車兵絶多膂力，黄奴全没心肝。可惜金昌致踣，輸他醉死長安。
夾坐酣飲押客，擘箋短歌麗人。此事豈關貴勢，只應抛與閒身。
齊苑晨登紫閣，宋宫夜逐羊車。何似日斜散步，一壺隨分誰家。

周處臺前草長，莫愁湖上雲深。不惜英雄代謝，獨憐紅粉消沉。
犢車反東田舍，馬策扣西州門。王導風流都盡，羊曇慟哭寧論。
卞望時無閒泰，謝安日有絃歌。同是芳名在世，獨含瓦石如何。

放言四首

長卿不羞滌器，幼輿偏喜投梭。叔子自復佳耳，安石終奈樂何。
已拚千日千場，寧辭一飲一石。天子放我還家，主人留臣送客。
近午薰籠火暖，凌晨紫陌霜寒。雙手抱來羅帳，幾人擁去雕鞍。
欲貸千金買宅，只將兩事相煩。一須焦革鄰舍，二要秦青對門。

無題五首

雲儀冉冉朝日，碧韻娟娟晚風。幾重霧障遥隔，一道星河暗通。
髻上猩紅斜約，眉間薄翠輕安。不要衾中送款，只消盞内留殘。
奇羽丹穴養就，孤標湘水栽成。坐上儂稱扣扣，燈前我唤卿卿。
四座歌喉繚繞，三更醉眼摩挲。元與仙凰接翼，不央靈鵲填河。
雕刻元輕揚馬，揣摩却笑儀秦。死要排成鶯燕，生憎畫入麒麟。

二妹婿書來數問南京消息戲書答之

非是樂抛家業，只因苦被時艱。燒却雕簷千尺，造成草閣三間。暫去歌樓打諢，每來僧院偷閒。依舊好風凉月，只多紅袖青山。

張經歷之象七首

之象字月麓，别字玄超，華亭人。幼穎異，博覽《墳》《典》。以太學生遊南都，與何元朗、黄淳甫諸人賦詩染翰，才情藴藉，深爲時賢所推。久之，入貲爲郎，授浙江布政司經歷。性故倜儻，不能爲小吏俯仰，遂投劾而歸。閉門却掃，横經藉書，紛披几案間，客至不能布席，貧不能買山，作《賣書買山》詩。所著詩賦外，有《詩苑繁英》二百卷、《司馬書法》一百卷。

關山月

月照陰山外，秋高瀚海邊。全形方學鏡，半影更疑弦。久戍何時滿，長征幾度圓。望鄉千里思，耿耿夢中懸。

梅花落

玉樹飛花早，金閨引恨長。雪明難見影，風急易聞香。舞處飄羅袖，歌邊繞畫梁。歲華憔悴盡，魂夢憶遼陽。

胡姬年十五

胡女倚芳年，青春最可憐。纖腰初學柳，媚臉乍窺蓮。留客貽龍鏡，當壚拂鳳絃。堪持對明月，三五正嬋娟。

謝臨川遊山

客行曠登躡，羈心展遊陟。裹糧度瑶岑，振衣尋石室。源深洞屢迷，徑險巖逾密。重林散輕霧，絶壁映初日。鳥鳴識節變，草緑知春及。夭桃始發溪，猗蘭漸盈澤。採藥遵靈丘，援蘿入幽谷。緬邈隱士居，想像仙人宅。朝窺鸞鶴逝，夜聽猩猿泣。水鏡含清暉，松門帶暝色。近澗虹文丹，遠峰嵐氣黑。雲歸影難留，泉飛響易急。觀奇道轉遠，探異情未畢。候月弄澄鮮，飡霞羨高逸。適己物自忘，達生賞無極。終然得所遣，儻值同懷客。

還山留別仲交作

相期意氣欲淩虛，旅舍春風厭索居。末路但存三寸舌，明時不用百家書。崑丘窈窕思棲鶴，谷水清泠憶釣魚。日暮干將抛酒市，生平結客似專諸。

黄秀才姬水 五十二首

姬水字淳父，長洲人。五嶽山人省曾之子也。生而幼敏，山人出入必携之俱，有所占屬，每令同賦。五嶽拙於書，命淳父學書於祝京兆，遂傳其筆法。性至孝，哭父母成疾，遂棄諸生，以楚服見達官長者，意自如也。嘉靖乙卯，倭夷難作，爲避地計，將依聶尚書豹於廬陵，携妻子泝江而上，何孔目良俊止之曰：「子行是也。然見㲉而思炙，吾笑子之太早計也。」遂僑棲金陵。逾六年而後歸，盡斥其田産以供婚嫁，恒計衣食不能卒歲，而所畜敦彝法帖名畫甚富。一室之中，棐几瑩潔，筆研精良，焚香晏坐，聽然忘老。山人嘗輯《高士傳》，因頌貧士以見志焉。淳父自序其《白下集》云：「金陵，高皇帝故都也。夫登亳者有商俊之願，陟鎬者懷周士之思，而今已矣。壯心不死，素髮易生，向人莫語，御酒寡歡，雲霞鬱思，江山灑泣。魏人行國，假歌謠以宣憂；楚客懷都，託《離騷》以寫憤。良有以也。嗚呼！昔吴人有遊楚者，病且爲吴吟，予悲予之遊楚而吴吟也。」淳父有《白下》、《高素》二集，託寓凄婉，人以《白下》爲最勝云。

聽查八十彈琵琶歌

壽州鍾郎善琵琶，國工斂手咸咨嗟。阮朱絶藝那能續，不惜千金傳一曲。八十從師盧子城，五年技盡六彈成。抑揚按捻擅奇妙，從此人稱第一聲。今年客自郢門還，瑶枝手把來蘿關。江湖聞名二十載，相逢兩鬢風塵斑。據牀拂袖奮逸響，叩商激羽高梁上。聯綫曲折抽芳緒，凄鏘蹇劫生孤愴。欲舒逸氣更促柱，切切嘈嘈作人語。炎天冽冽滿屋霜，白日颯颯半窗雨。雲停霧結池波摇，木葉槭槭鳥翔舞。迴飆驚電指下翻，三峽倒注黄河奔。胡沙黯黯吹落月，千山萬騎夜不發。調本絃𢾕太苦酸，相思馬上關隴寒。從來慷慨易成泣，况復秦聲向客彈。

過史孝廉冰壺館

過爾林居僻，雲霞一徑通。形軀百年内，心賞幾人同。日晚花房合，秋深燕壘空。物華閒玩久，不覺夕陽紅。

沈嘉則過訪遲魏季朗不至

吴宫一草堂，蘿竹徑全荒。吕駕遥相命，嵇琴静以張。雲移峰駐影，花落樹留香。緑酒懷人處，空除半夕陽。

郊居

卜築傍寒郊，機心久已抛。圃花蛾作繭，門樹鶴爲巢。但自能齊物，何須著《解嘲》。竹窗僧去後，明月滿衡茅。

訪文德承攝山耕寓

訪爾巖棲者，迢迢披荔從。閑扉掛層瀑，危路隱千峰。白首鶉衣客，青山石户農。浮生能幾日，一别十年逢。

賦得羅帳春風吹

羅帳香垂薄，春風暖拂輕。不能將斷夢，番爲攪芳情。鏡裏催花落，衾邊唤月生。妾軀還借爾，晨發度遼城。

新羽

彩翼雙翻玉，芳春半及韶。炎洲初化日，丹穴欲摩霄。柳外棲猶弱，花間舞乍嬌。昭陽一片影，偏怯曉風飄。

除夕與金子坤郭次父登冶城後集小寓

散步崇岡後，明燈緑酒初。那堪惜除歲，又復感遺墟。寒柝嚴城急，春星短屋疏。明朝問生計，猶是一牀書。

同顧仲常訪郭次父

問隱白雲鄉，奇峰度石梁。花深疑路絶，鳥下覺原長。門閉青山影，溪流玉樹香。知君不出户，來就管寧牀。

送皇甫百泉兵憲滇南

滇南萬里宫遊人，此地山川闢自秦。蜀帝猶啼杜宇血，漢皇空祀碧鷄神。晴嵐霧濕常疑雨，寒澗花開不待春。君去宣威到夷落，白狼槃木定來賓。

登三山宿聽江樓經落星崗李白换酒處二首

水窮山絶地偏幽，古殿丹青閟一丘。萬里奔濤回片石，千年斷岸壓孤舟。吴天草緑春難盡，楚澨煙深客易愁。獨樹梅花空谷夜，潮聲月色宿江樓。

空巖香閣叩棲禪，坐見歸禽没遠天。鐘度寒潮鼉峽外，帆移芳草鷺洲前。春江半是巴山雪，暮嶺全迷楚澤煙。忽憶仙人换酒處，飄零今古一悽然。

金子坤姚元白陳子野盛仲交余伯祥招飲永寧寺與雲間何元朗山陰陳九皋新安王亮卿姑蘇吴子充同集得樓字

青郊歇馬拂吴鈎，萍聚天涯共白頭。久舍新豐唯命酒，長謡故國一登樓。林殘半壑飛寒雨，潮落空江急暮流。世路風煙悲去住，莫辭西日醉箜篌。

息園賞杏花得枝字

平津舊闢招賢館，乘興來尋愜賞期。南陌青旗醮甲酒，東風小苑斷腸枝。遊絲日暖即横路，舞燕泥香故掠池。見説醉花宜及晝，可能辜負艷陽時。

息園賞芍藥得寒字

淺白深紅開合歡，絲絲香雨晝難乾。直須一日三百盞，無那東風十二欄。水上新傳錦字艷，樓頭長怨玉簫寒。可憐春色隨花盡，留興還應帶月看。

賦得長干柳

春煙裊裊雨蒙蒙，梁苑隋堤一夢中。纖葉空憐半江水，殘絲猶怯五更風。永豐園裏情無限，蘇小門前路乍通。寄語飛花好棲泊，莫教飄蕩恨西東。

丙辰除夕

天涯滯客當窮紀，緑酒燈前意不歡。中歲流年偏覺易，後時行路轉教難。夢驚故國重雲遠，影伴空山積雪寒。可嘆雄心隨白髮，向人羞作卧龍看。

正月晦日集市隱園得鶯字

水竹爲園池館清，春光婉婉媚新晴。月逢凋莢今朝盡，人是看花昨日酲。一望一迷著地柳，半啼半澀出林鶯。追隨勝賞堪行樂，把酒番多芳歲情。

張太學載酒同劉侍御彭秀才石佛院看芍藥因懷龍灣徐太守

山繞吴宫舊館娃，清江曲曲緑楊斜。偶移畫鷁同杯酒，不道空門有艷花。白日簾櫳堪幕霧，夕陽欄檻更添霞。美人不見偏惆悵，欲折瓊枝感歲華。

中秋集定慧寺時自金陵暫歸

共喜中秋河漢明，東林坐見月華生。青天不染金波冷，古寺無人玉漏清。竹柏空階交藻影，蛩螿深巷雜砧聲。故鄉番作思家夢，此夜長安兒女情。

金陵寒食

禁煙時節若爲情，春草芊芊春水生。不挽人行唯路柳，慣催花落是宫鶯。鞦韆影裏嬌嘶馬，醴酪香中白泛餳。風雨滿城愁旅鬢，怕言明日是清明。

早春同彭孔加章道華袁魯望劉子威陪王元美兄弟集張伯起怡曠軒得梅字

爲愛名園勝日來，華筵還喜接仙才。池邊掛柳偏宜月，雪後看花盡是梅。宿酒未醒仍縱飲，新詩頻就更教裁。總言今歲春逢閏，九十韶光祇易催。

上巳日石湖王百穀席上送童山人子明

詞客來游修禊辰，澄江十里緑楊津。喜尋勝景送佳節，愁對青山送遠人。水上傳觴浮露氣，林間着屐藉花塵。吴臺越嶠同芳草，無那明朝兩地春。

寄張幼于吴山讀書

十載東林塵外踪，漁歌樵唱上方鐘。詩成盡染煙霞色，性定應同土木容。破戒常持社中酒，捐囊曾買路傍松。重谿迴壑猶嫌近，更入吴山第一峰。

落梅

昨日看花花影重，重來惆悵幾枝空。隨萍半積芳池上，學絮全飄畫閣東。秦隴迢遥悲夜月，漢宫憔悴怯春風。臨觴莫恨凋零盡，留得鄰家玉笛中。

十三日集幼于齋中夜過叔載冰壺館

纔過求仲還羊仲，不憚衝泥野徑前。遇酒每從墟曲飲，懷人即是剡溪船。月沉花外春鐘動，雪覆檐間夜燭燃。良友蘭時合歡賞，那能虚擲此芳年。

金陵古意八首

小婦家住金陵步，門前朝暮揚子潮。採花莫採無根草，折柳須折最長條。

青門柳枝藏暮鴉，經過遊子未還家。桃葉渡頭可憐水，胭脂井上斷腸花。
吴姬整釧安釵梁，共道採花勝採桑。迷子洲邊驚翡翠，莫愁湖裏逐鴛鴦。
聚寶城門平旦開，傾都士女眺香臺。夕陽官路遊人散，競折花枝插鬢回。
杏子雨晴天氣寒，追尋桃李畏花殘。朱雀航頭南去路，酒旗懸處是長干。
金陵百斛蒲萄醲，絲騎香車横復縱。昨日蔣祠歌舞散，今朝梅廟又相逢。
四照三英蕊蕊新，緑絲屩底動香塵。鎮日江頭看不足，門前又唤賣花人。
綺羅逐隊沸歌謳，盡在東城南陌頭。本爲春愁拾芳草，争如芳草又牽愁。

送汪太學遊江都四首

薔薇芍藥與茱萸，無數芳菲傍酒壚。惟有蕃釐仙觀裏，一珠玉蕊世間無。
千里王孫歸未能，風雲意氣每超騰。年來裘馬遨游處，不是金陵即廣陵。
自古煙花佳麗地，揚州只合少年遊。春來客思元無賴，莫上迷藏煬帝樓。
吴都隋苑盡蒿蓬，莫向蕪城弔故宫。二十四橋沽酒夜，一聲水調月明中。

金伯祥席上送吴黎二貢士下第歸嶺南

相思吴越已經春，此日相逢啼鴂新。世路銷魂惟有别，君今况是泣珠人。

毗陵道中

勞歌江上採江蘺，一日愁添鬢幾絲。借問客心何處折，渡頭燈火落帆時。

秋夜

蟬歇還驚絡緯鳴，秋風忽已動江城。山窗寂寂無眠夜，梧落芭蕉聽雨聲。

醉起

山中長日卧煙霞，車馬無塵静不嘩。石上酒醒天已暮，一簾月色覆桐華。

嘲何生

洞房昨夜春風生，燕子重來花又新。帳裏猶思返魂術，妝前仍作畫眉人。

新紅

珊瑚掛鏡畫雙眉，羅綺嬌春不自持。欲把花枝比顏色，海棠含露半開時。

爲余上舍悼亡

黼帳香銷寶鏡塵，經過芳樹不成春。蛾眉莫道爲枯骨，猶作襄王夢裏人。

贈歌者李節

絃上歌珠字字清，乍歡還怨不勝情。當筵醉殺新豐客，十四樓中第一聲。

柳

南陌香塵逐馬蹄，東園桃李共成蹊。春來樹樹花先發，獨有垂楊葉早齊。

天妃宫看西域海棠 此花是永樂間中使鄭和手植。

仙觀臺荒蔓草中，海棠一樹太憎紅。可憐亦是星槎物，不學葡萄入漢宫。

虎丘别友人

惜别銜杯過虎丘，行人無奈亂山愁。澄江一别秋風裏，楓葉蘆花是客舟。

代賽玉寄沈太玄

去年今日花前別，腸斷《陽關》一曲歌。誰解相思情更苦，思君淚比別君多。

題董姬描像寄遠二首

山爲眉黛水爲裙，十二峰頭一片雲。寄與羅幃孤鳳影，欲教無地不隨君。

自憐眉黛未全殘，說與行人淚暗彈。君若比來思妾面，畫中猶勝夢中看。

張太學獻翼一十四首

獻翼字幼于，一名敉。年十六，以詩贄於文待詔，待詔語其徒陸子傳曰：「吾與子俱弗如也。」入貲爲國學生。姜祭酒寶停車造門，歸而與皇甫子循暨黄姬水、徐緯刻意爲歌詩，於是「三張」之名獨幼于籍甚。幼于好《易》，十年中箋注凡三易，仿《顔氏家訓》教戒子弟，垂四萬言。好遊大人，狎聲妓，以通隱自擬，築室石湖塢中，祀何點兄弟以況焉。晚年與王百穀争名，不能勝，頽然自放。與所厚善者張生孝資相與點檢故籍，刺取古人越理任誕之事，排日分類，仿而行之。或紫衣挾伎，或徒跣行乞，遨遊於通邑大都。兩人自爲儔侶，或歌或哭，幼于贈之詩曰：「中年分義深，相見心莫逆。還往不送迎，抗手不相揖。荷鍤隨吾行，操瓢並吾乞。中路饋吾漿，攜伎登吾席。《蒿里》聲漸高，《薤露》歌甫畢。子無我少雙，我無君罕匹。」每念故人及亡妓，輒爲位置酒，向空酬酢。孝資生日，乞生祭於幼于，孝資爲尸，幼于率子弟衰麻環哭，上食設奠，孝資坐而饗之。翌日行卒哭禮，設妓樂，哭罷痛飲，謂之收淚。自是率以爲常。萬曆甲辰，年七十餘，攜妓居荒圃中，盗逾垣殺之。幼于死之前三日，遺書文文起，以遺文爲屬。及其被殺也，人咸惡而諱之，故其集自《紈綺》諸編外，皆不傳於世。

春閨病起和黄得之先生作

佳氣抱房櫳，年華自不窮。山將眉合翠，花傍鏡分紅。曉色羅衣上，春聲燕壘中。猶憐芳樹下，無力倚東風。

投贈兼視蘇君楫沈元異

白門煙月勝揚州，十四樓中第一流。眉學遠山餘黛色，心將初柳結春愁。渡頭桃葉王孫草，巷口烏衣客子裘。都市相逢多意氣，與君同作五陵遊。

集孫指揮宅

入林欣把臂，蕭散欲飛翻。酒亦將軍令，花仍處士村。清香浮畫戟，殘月上營門。無敵誇詩思，長城在五言。

有所思和黃吉甫

鴛鴦七十自成雙，翠袖紅顔映碧瀧。淮水有時邀玉笛，秦樓無伴對銀釭。梨雲入夜長飛夢，桃葉乘春欲渡江。相望本無千里隔，共看明月照寒窗。

七夕同趙令燕賦

翠帳紅妝送客亭，佳人眉黛遠山青。試從天上看河漢，今夜應無織女星。

紀遊二首

銀河耿耿夜迢迢，月滿關山旅雁高。明日孤帆去何處，秣陵秋色廣陵濤。

萍聚長干興未窮，勞勞亭外起寒風。只今海内稱兄弟，半在當筵氣概中。

杜鵑花漫興

花花葉葉正含芳，麗景朝朝夜夜長。何事江南春去盡，子規聲裏駐年光。

無題

燕子來時花又殘，一宵明月兩情看。春風吹遍王孫草，門外天涯去住難。

劉會卿病中典衣買歌者因持絮酒就其喪所試之

昨日經過歡燕時，滿堂歌舞金屈巵。日日日斜舞長袖，夜夜夜深歌接䍦。今日歡情猶未足，炙鷄絮酒還來續。何戡雖善歌，唐衢亦善哭。一生一死復一杯，或歌或泣還成曲。座上多白雲，門前總流水。人琴嘆俱亡，風流渾不死。十千五千未滿杯，三絃四絃已盈耳。佳壻佳兒繐帳前，故人故宴帷堂裏。山陽笛，伯牙琴，至今千載爲知音。平生尊酒若常在，生死交情深不深。

再過劉會卿喪所卜胡姬爲尸仍設雙俑爲侍命伶人奏琵琶而樂之

昨日經過舊堂宿，今日經過舊堂哭。交情今日盡凋殘，草堂自此成幽獨。追憶平生顔，宛然在心目。炙鷄絮酒去復來，素車白馬情未足。君不見古人祭天亦有尸，迎尸今日迎胡姬。胡姬舊爲門下客，曾問今宵是何夕。今日寓其神，棲其魄，笑語若平生，歡宴未終畢。坐上坐，身外身，此時此際相主賓。存殁幾時分兩地，賓主何曾是兩人。誰謂君不起，音容忽憑几。胡姬代君飲，故姬代君語。誰云君不知，對酒君不辭。誰言君不見，肝腸在顔面。兩兩爲芻靈，侍立何亭亭。不知向秀《思舊賦》，不爲庾信

《思舊銘》。中郎虎賁意有託，不知爲蝴蝶兮爲螟蛉。一杯酹先酒，二杯獻吾友，三杯且共斟，停雲在郊藪。《前緩聲》連《後緩聲》，《大垂手》兼《小垂手》。一彈遽沉吟，再彈愴已深，三弄猶自可，四秦傷知音。君再生，我未死，相看半死生，何處分悲喜。一聲《薤露》雜《吴歈》，一唱《陽關》入《蒿里》。思其人，到其堂，依然其處在，誰謂其人亡？予嘗忤流俗，君偏嗜昌歜。今日胡姬爲主人，朝雲朝露迫我身。不及黄泉也相見，長踏陸土如沉淪。爲君歌，爲君舞，酒到劉伶墳上土。嗚呼！酒到劉伶墳上土。

燈夕同陸姬過胡姬并懷侯雙

君不見張敉名字在月中，又不見乞歌攜妓張紅紅。燈火未然月未出，名字不聞五百弓。白月已來黑月去，三五能供幾番醉。心計對飲同三騶，何如買笑攜諸妓。街頭巷口自爲歌，博塞藏鬮總成戲。昔年殘臘逢春陽，然燈每夜客滿堂。今夜朋來貧未足，酒過墻頭食無肉。南方騰笑北獻嘲，賤於犬馬輕於毛。數點雖非九枝艷，也知今夕爲元宵。夜未央，從吾好。身衣鶉，手執翿。酒因境多，年隨情少。或云布衣雄世鄭康成，或云叩門乞食陶淵明。緑煙朱火青樓起，一杯一杯情未已。放意且留歡，遺老堪忘死。陸姬立之監，胡姬佐之史。胡一抗吾吭，陸二提吾耳。憶昔侯姬嘗去來，來時往往相爾汝。謂我非常人，愛我無常語。攀玩今宵少一人，安得侯雙唤張敉。

月下戲示兒侄

夜色上星辰，秋來興有神。好書仍誡子，盜酒亦娱親。月作誰家客，風爲我輩人。承歡在庭下，倍覺露華新。

張廉水乞予生祭奇其意而成詠

祭是生前設，魂非死後招。池臺總長夜，薤露豈崇朝。入夢驚離合，迎神訝動摇。嗒然如隔世，雲白坐相邀。

吴山人擴五首

擴字子充，崑山人。以布衣遊縉紳間，玄冠白帢，吐音如鐘，對客多自言遊覽武夷、匡廬、台宕諸勝地，朗誦其詩歌，聽之者如在目中，故多樂與之遊。入都門，遊邊塞，歷太行群山，初夏抵遼陽，始見桃花，以爲奇事。暮齒遠涉，裹糧糒，躡嶺嶠風沙中，日行百里，如壯夫。金陵盛仲交訂其詩集行世。本朝布衣以詩名者，多封己自好，不輕出遊人間，其挾詩卷，携竿牘，遨遊縉紳，如晚宋所謂山人者，嘉靖間自子充始，在北方則謝茂秦、鄭若庸，此後接跡如市人矣。嘉靖中，子充避倭亂居金陵，愛秦淮一帶水，造長吟閣居之。嘗元日賦詩奉懷分宜相公，人戲之曰：「開歲第一日，懷中朝第一官，便吟到臘月三十日，豈能及我輩乎？」金陵人至今傳以爲笑云。

桐江夜泊

繫舟人語静，纖月映江波。木葉秋交下，山煙晚更多。隔雲孤磬杳，照水一螢過。漁子間相狎，中宵發浩歌。

同白平溪宿古竺

天竺古名林，幽期晚共尋。澗陰藏宿雨，松籟答鳴琴。曲覓分泉細，荒除落葉深。中宵無一語，愈覺契禪心。

懷伯兄

老至無家别，飄零何處邊。音書常不定，生死竟誰傳。朔雁傷秋思，陰蟲攪夜眠。空庭孤月下，顧影一潸然。

同華許諸君橫塘舟中漫興

四月溪深花氣微，遠煙明滅閃晴暉。柳條蘸水碧於染，麥穗連雲黄不稀。雙燕掠波分畫槳，片霞生雨灑春衣。同舟况是高陽侣，汗漫三江未擬歸。

贈水簾周道人

洞鎖千峰紫氣蒸，峭厓珠瀑亂澌騰。道人結屋雲深處，自搗茶油供佛燈。

謝布政少南〔一〕一十二首

少南字應午。嘉靖壬辰進士。以郎署選入爲春坊司直，降台州府推官，遷河南參議、陝西提學副使，終某省布政。應午少負時名，好談兵。王槐野序其集，謂「謝君以翰林出外七八年，而慮患益甚。因兵事得進者數十人，而謝君不與。讀其《募兵行》，慨然壯懷，斯其故難言之矣」。嘉靖間，士大夫多諱武事，因請纓自效，亦多阨於當路，不得用，在翰林則槐野、少南其人也。

〔一〕「布政」，原刻卷首目録作「副使」。

募兵行六首

璽書五道發甘泉，技倆兼收作控弦。募府未擄平虜策，縣官先辨犒兵錢。
猿臂虬鬚不解文，生來提劍濁河濆。仇家莫記從前事，今日朝廷靖虜軍。
金勒雕鞍驃裹才，何須論價買龍媒。總拚樂土千人産，蹴踏沙場萬里開。
飛鞚塵中問酒家，帽簷猶戴射場花。絃筝今夕壚頭醉，明日橫戈度磧沙。
殊才奇技互争誇，盡道玄樞自一家。神定座中占遁甲，機成空裏揚飆車。
釃酒椎牛出度支，繡袍錯甲好男兒。書生握算休辭費，盡掃穹廬君始知。

府江雜詩六首

蠻煙不雨似雲濃，白日陰陰慘澹中。炎氣薰人冬亦暖，不知何地候春風。
石灘激浪殷成雷，輕舸飄飄曲折開。水樓韃舍横矛立，山洞猺人負弩回。
冬炎卉木未蕭條，暫倚蓬窗旅況銷。樹架緑垂君子蔓，崖林紅破美人蕉。
水落荒洲近客船，彎環苦竹劇鈎連。風霜不到崖前木，鼠穴多歧有歲年。
隘口分弓號擺灘，領班人戴白鷴冠。莫言南徼無冰雪，映日戈明水帳寒。
落日官軍舉號齊，雕戈畫盾障山蹊。不嫌銅斗通宵擊，却厭斑鷄半嶺啼。

陳參議鳳六首

鳳字羽伯，金陵人。嘉靖乙未進士。官至陝西參議。與許仲貽、謝與槐齊名。同時無錫有陳山人鳳，亦字羽伯，王元美《詩評》所謂「陳羽伯如東市倡，慕青樓價，微傅粉澤，强工顰笑」者，此陳鳳也。嘉靖中，顧華玉以浙轄家居，倡詩學於青溪之上，羽伯及謝應午、許仲貽、金子有、金子坤以少俊從游，相與講藝談詩。金陵之文學，自是蔚然可觀，皆華玉導其前路也。

秋日登雨花臺

落葉山中寺，秋風江上臺。鳳城雙闕迥，牛渚片帆來。繁吹暮仍急，清樽醉復開。東籬菊尚晚，留取盡餘杯。

雨中酬諸君見過

久雨空堂静，高人載酒過。布袍同濩落，長鋏任悲歌。水氣浮高柳，秋容入敗荷。明朝是九日，無菊欲如何。

戴文進溪山春雨圖

林間雀聲急，知有少女風。溪雲挾雨至，倏忽彌春空。霏霏濕盡山橋路，行人衝雨行喚渡。沾泥涉險亦何爲，興來疑向若耶去。山環水繞路不分，絶徑乃有逃名人。貪看秀色捲簾坐，不覺嵐氣侵衣巾。林花落地半隨水，流向前溪猶未已。新水纔添勢正雄，客舟多繫垂楊裏。意匠經營何太奇，空堂素壁迴含姿。恍然對此翻自訝，如在山村看雨時。

藕花居

十里蓮花過眼新，水風猶自起香塵。明年還約看花侶，來喚湖邊雪藕人。

許尚寶穀一十一首

穀字仲貽，上元人。嘉靖乙未會元，户部主事。改吏部文選郎中，陞南京太常寺少卿。大計，謫兩浙運副。起爲江西提學僉事、南京尚寶司卿，以人言罷歸。仲貽負時名，盛年巖居三十年，不通一字于政府，縉紳至南都，造門求見，不一報，謝曰：「此鄉前輩里居之法，不敢變也。」日以賦詠自娱。所得賣文錢，投竹筒中，客至探取之，沽酒酣暢，窮日月不倦。年八十有三，自爲行述，甫三日，無疾而逝。仲貽爲顧華玉高第弟子，風流儒雅，以耆宿主盟詞壇，蓋先後相望云。

星

麗天疑有質，連貝各呈輝。森布標分野，群來捧太微。宵占賢士聚，曉覺故人稀。獨喜旄頭落，天山奏凱歸。

過德州

樓船御北風，渺渺過齊東。種秫生涯薄，誅茅結構同。日沉平野上，人語近村中。水面看牛斗，星槎似可通。

送湯世登

萬里攜家上海船，到時黎蛋拜車前。鯨濤蜃霧圍官舍，鐵樹瓊花照酒筵。驗歲土人占草節，採珠波客候龍眠。遥知問俗經過地，停旆常投飲馬錢。

集沈大理次韻

青鬢仙人列九卿，錦觴邀客對春城。筵前香篆將花氣，院外松風雜鳥聲。山帶鐘陵蒼靄合，池分玄武緑波平。追歡近夜飄疏雨，歸路垂鞭信馬行。

贈何翰林致仕居金陵次文太史韻

金馬來時動鎬京，銀魚焚後别西清。才人豈厭承明地，高士原多谷口情。買得曲池堪鬬鴨，種成芳樹好藏鶯。秦淮亦是機雲宅，鄉夢休過白苧城。

初夏偶成次薛考功韻

少日彈冠非貢禹，老來學圃似樊遲。平生愛我無如酒，凡事輸人不但棊。一畝舊臨佳麗地，四方新和《考槃》詩。炎風朔雪年年轉，裘褐無心總不知。

雜興次羅贊善韻四首

住世誰看石化牛，寄生真夢蝶爲周。因遊淮水留孤艇，爲看鍾山結小樓。舊牘堆牀魚亂走，新篘入盞蟻先浮。杜陵自識吟詩趣，苦思何緣老未休。

谷口無勞慕子真，白門我亦種瓜人。貧因好客常賒酒，老爲祈年每賽神。獨喜葵陰能衛足，翻嗟象齒竟焚身。秋禾夏麥謀生好，歲歲欣嘗兩度新。

爲謝山靈莫獻嘲，年來泉石許論交。開軒不剪蘼蕪草，上樹能窺鳥鵲巢。竹塢有風門不閉，茶鐺無火石頻敲。閑中亦有關心處，藥裹書籤兩未拋。

靜裏渾將歲月忘，澄神端坐竹方牀。濟時已負廷三策，算老俄驚杖一鄉。寸管窺天形太狹，北轅之越路空長。玄談綺語知無補，不及潛心《道德》章。

贈内

結褵獨記少年時，轉眼今看白髮齊。老去真成鹿門侶，醉來曾笑太常妻。棋裁紙局閒頻畫，艇泛魚波晚共攜。却怪燈前詢割肉，不知名姓隔金閨。

附見 許隚三首

隚字彦明，穀之父也。意興閒遠，於吴門善文徵仲、蔡九逵，於金陵善顧東橋、陳石亭、王南原，好法書名畫，登臨觴詠，所至有作。穀刻其遺詩二卷。石亭贊其畫像曰：「軒曰嘉會，人無泛求。居曰惟適，身無過求。堂曰貽穀，後無餘求。」即居室以觀許子之面目，則可以類求矣。

晚泊毗陵有懷張文洲

迢遞毗陵道，臨流石閣重。西風疏雁陣，斜日變山容。樹隱前村火，風傳遠寺鐘。遥思張子野，杯酒正從容。

張舜卿園亭

緑陰深巷寂無嘩，小結茅亭玩物華。花散餘香來客座，竹分新翠過鄰家。錦袍垂手閒調鶴，烏帽籠頭自煮茶。况值承平常偃武，不妨詩酒作生涯。

送梅

爛熳南枝與北枝，殘香落落影離離。多情明月還相照，無賴狂風且莫吹。縱飲不辭今日醉，算開猶是隔年期。最憐今夜黄昏後，寂寞微吟倚樹時。

附 文衡山一首

刻竹詩

金陵城北嘉善寺有奇石景最幽。重陽日，文衡山、許攝泉同遊，文題詩竹上云云，後書「丁亥九月九日，徵明同子嘉、彦明同子轂來，休承即刻詩大竹上」。好事者取詩竹製筆筒，今尚在王毋丘家。

蕭蕭落木帶江干，剪剪幽花過雨斑。豈意旅游逢九日，共來把酒看三山。

黄運判甲一十一首

甲字首卿，南京衛人。嘉靖庚戌進士。岸然以文章自負，與「七子」同時而不相附麗。有《自賞文集》。詩高自位置，時人莫之許也。嘗自叙其集曰：「皮相之士，不足與求人才；夜纙之人，不足與論國是。僞鳳悦楚，真龍驚葉，蓋自昔負鑒裁之難焉。」其寄寓如此。爲人傲兀使氣，官吏部驗封，左宦鹽運，迄以不振。有《鳳巖集》若干卷。

對酒

齊瑟未工，楚玉奚辨。千仞蒙缴，一枝規晏。箕畢各腸，鷸蚌交患。枕邊蝴蝶，隙中鵬鷃。南陽結廬，西蜀焚棧。感兹醍醐，殉我皤弁。此乾此坤，此丘此澗。何慮何營，何真何贋。化鼇爲天，擊唾成幻。

長門怨

翠華恩歇玉生塵，十二瓊樓空復春。却爲看花解①憔悴，祇應秋葉是前身。

① 原注：「去聲。」

唤客

來日桃花塢，煩君幸一過。人嫌開宴晚，花喜入茵多。雨過應露坐，閒來好漫過。春風渾不惜，吹盡欲如何。

與董生對牡丹酌

春色醲如許，名花故自繁。春來翻更懶，花發與誰言。汝過苔應破，庭空竹尚存。一壺聊復醉，從此坐窺園。

夏日山齋

雨添春水漫，溪上鱖魚肥。月出僧因過，船歸鵲正飛。

出郭

出郭理蠶田，幽居此最先。鶯啼江樹杪，月抱野亭偏。社肉分鄰叟，園丁了稅錢。兒歡裒臘蟻，客過並溪船。

不寐二首

落月滿江城，乾坤此夜情。簷楹河漢色，蒼蘚轆轤聲。夢斷嗟難續，年催思轉縈。想因魔盡退，醒眼畢吾生。

雨歇夜初霽，鵲飛星正疏。乾坤燈下影，魂魄枕邊書。隔水分更漏，前身想木魚。岑岑天欲曙，頭白不堪梳。

十六夜祖董生北行

江南今夕月，清光猶似昨。君行背雁飛，明日堪誰酌。孤情月正中，照汝顏如削。願君霜樹年，遺風遠摧薄。

静海寺與觀頤夜坐

落木亂山巔，江樓雪夜船。山川千里外，風雨一燈前。白髮翻歧路，清尊共昔年。浮生窺妄盡，今夕故依然。

胡參議汝嘉六首

汝嘉字懋禮，南京人。嘉靖乙丑進士。在翰林，以言事忤政府，出爲藩參。文彩風流，不拘常律。所著小説數種，皆奇艷，所著《女俠韋十一娘傳記》，程德瑜云云，託以詬當事者，今皆不傳於世。有《沁南集》，西亭中尉爲之序。

子夜四時歌五首

黄鳥鳴深林，往來疾於織。非無機杼聲，其奈不成匹。春

湘筠織成箔，瞥眼便相親。漫將心附郎，别有簾外人。夏

蟰蛸網朱户，露葉藏暗螢。與君幾日别，忽地秋風生。秋

起來不梳頭，冒冷弄冰雪。儂手原不寒，郎心爲誰熱。冬

月照庭上雪，燦若玉玲瓏。風吹雪如絮，飛入錦屏中。

白紵春辭

小窗西畔月輪斜，銅博山前散紫霞。宴罷不知春夜促，醉憑紅袖看梅花。

金舉人大車一十九首

大車字子有，其先西域默伽國人也。太祖時，以歸義授鴻臚卿，賜姓啟宇，遂爲金陵人。父賢，舉進士，以給事中出知延平，長於《春秋》，著《紀愚》若干卷，顧華玉爲之傳。子有弱齡爲京師諸名輩賞異，嘉靖乙酉舉於鄉，下第歸，偕陳羽伯、許仲貽及弟子坤從游於顧華玉。華玉慎許可，極愛重子有。屢上南宮不第，從其婦於廣陵，以旅病卒。子有詩法襄陽、隨州，每摇筆執卷，頃刻立就。嘗賦詩有「不堪摇落逢秋日，况復蹉跎入暮年」之句，陳羽伯怪其壯歲出語不詳，死時年四十四，無子。羽伯與子坤掇拾遺詩，定次爲百篇。

歸途雜詩二首

我昔遊齊東，數醉村家酒。今日經故途，訪之寂無有。惆悵憩空林，偶值蒼顏叟。爲言遭歲凶，饑寒苦奔走。布褐不掩形，藜藿不充口。溝壑半流離，十室空八九。我聞涕沾裳，佇立不能久。寄謝當塗人，此意還知否。

弱冠理玄訓，文苑思馳聲。奔走二十年，饑寒苦躬耕。苟禄非所甘，恣我遺世情。王充論《潛夫》，子雲著《玄經》。昔賢獲我心，所務身後名。勗哉事鉛槧，姑以畢餘生。

漂母祠

王孫去不返，淮水亦東流。宿草封遺冢，行人説故侯。荒祠黄葉暗，寒渚白蘋秋。一飯猶懷德，空悲雲夢遊。

祝禧寺訪馬承道

地僻秋堂静，琴書此盍簪。短檠禪榻暗，微雨梵鐘沉。絡緯鳴莎徑，松楿繞石林。擁衾不能寐，山氣夜蕭森。

道中贈同行許仲貽

扃舟歸舊隱，客路幾登樓。以我十年長，同君千里遊。愁顔對明燭，永夜聽奔流。勿剪淩空翼，君知黄鵠否？

遊能仁寺

落葉迷幽徑，垂藤鎖斷垣。溪深晴浴鷺，樹老晝啼猿。海氣庭前障，天花雨外翻。坐來清梵永，盡日不聞喧。

遊楷上人山亭

病起身猶健，登臨興不孤。石泉當户瀉，山鳥入雲呼。敗葉秋畢墮，寒煙晚欲無。此中堪閉户，還擬著《潛夫》。

陪徐子仁宿瑀上人房

平野千林雨，衰年七尺藤。獨衝青嶂暑，來訪白頭僧。蔓草荒禪榻，虚堂耿佛燈。勿嫌山館寂，長嘯對孫登。

幽居

依依人境外，削迹散幽情。放棹晚潮至，開門春草生。青旌溪上浴，黄犢雨中耕。長日江村静，惟聞伐木聲。

經廢寺有作

金身隨雨卧，紺户藉風開。聽法龍辭樹，翻經石掩苔。藤花檐際罥，木魅洞中來。澗道千年檜，山僧手自栽。

南鄰

白髮南鄰叟，藏身水石間。長辭五馬貴，獨對萬峰閒。瓶粟貧長乏，山松醉亦攀。時時邀我坐，明月踏歌還。

虎洞

靈山通上界，羸馬涉遥岑。天净峰如掌，風悲虎出林。空巖春晝冷，石洞夜壇陰。漸悟真如性，還同出世心。

送汪汝玉守思南

謫宦從吾道，高名世所傳。陰山藏癘鬼，瘴水發蠻煙。十口天邊寄，孤帆海上懸。中原萬餘里，後會是何年。

山中柬高近思

閉户南山下，因君憶往年。狂歌瑶殿月，醉語石堂煙。白鷺洲前笛，青溪渡口船。清遊亦中絶，出處信蒼天。

遊能仁寺

驅車南國破朝煙，醉掃蒼苔石上眠。九月霜清猿嘯苦，諸天風静磬聲傳。不堪摇落逢秋日，況復蹉跎入暮年。問水尋山聊爾爾，擬將窮達任皇天。

寺中答高近思

曾向長干寺裏來，高情逸興愧君才。夜壇得句驚山鬼，秋壁穿雲破徑苔。明月聽簫緱氏嶺，芳春對雨越王臺。重來往事如流水，笑指山桃五度開。

雨花臺覩月

高臺上與碧雲齊，坐看冰輪出海西。吴苑參差雙闕迥，楚天高闊萬峰低。燈懸村落昏初見，帆出江煙遠欲迷。疑向廣寒歸路晚，滿身風露夜凄凄。

山中對雨

高樹長風攪夜深，江雲挾雨結層陰。龍含毒霧天俱障，水長重灘石半沉。乳燕將雛銜黑霧，行人驅馬出青林。自將鼓瑟消貧病，豈怨山中十日霖。

贈蔡内翰九逵

清朝散史鬢毛斑，江左詞人數往還。綵筆調高追漢代，玉堂官冷壓仙班。醉攀春柳晴看月，卧放晨衙早閉關。他日思君尋舊隱，荷衣衝雨洞庭山。

金秀才大輿二十六首

大輿字子坤，大車之弟，同學於顧華玉，才行高秀，並著名字。拓落爲儒，不獲占一第。雅不事生産，貧日益甚，蓬室污下，脱粟不厭，而處之泊如。南都貴人多訪之，避去不答。少所與遊者，雖貴猶嫚下之。黄淳父謂其「不以壯暮而廢吟，不以泰約而輟詠，所得於詩者深矣」。其没也，友人郭第責所藏古鼎，刻其詩行世。

與文源朱二過溧陽道上二首

侵星發徂輀，悠悠即長路。家人前致詞，門我將焉赴。躬耕苦旱乾，何以資朝暮。衣食事奔走，晨寒犯霜露。楓林號夜烏，宿草棲寒兔。輕煙動虚里，崩沙依淺渡。悽悽浮客心，黯黯長天霧。逍遥思孔桴，濩落嗟莊瓠。去去返蓬蒿，脱粟安所素。

路歧苦奔峭，村舍多蕭索。遠水明石渠，疏雨散林薄。唧唧棲鳥喧，澹澹油雲幕。穎陽即主人，野飯開山酌。窮途賴所歡，言笑解寂寞。丈夫江海心，何事勞羈縛。弭棹息遠遊，長歌耕負郭。

移居

素心厭囂雜，移居入窮巷。本無卜宅心，所貴寡輪鞅。草蟲鳴樹根，秋花旅階上。三徑竹陰多，一尊時獨賞。荆扉白日掩，事罕絶塵想。不見古臺樹，今來唯草莽。願言謝天伐，窮居逃世網。

塘中亭子初成

抱僻愛丘壑，緣厓築幽居。雖無墁垩工，清曠情可舒。陶子樂容膝，諸公甘草廬。達人貴適意，豈必輪奂俱。山桃發當户，岸柳垂前除。青柯集鳴鳥，碧水浮游魚。禾黍被阡陌，鷗鷺戲菰蒲。高天豁朗霽，和風飄輕裾。朋徒時枉臨，命僕具園蔬。一觴自斟酌，清言常晏如。悟彼蟋蟀詠，逍遥百慮袪。

中秋夜中秋堂對月

金素動四野，佳氣集林塘。中天圓景來，冉冉揚清光。芳池含微波，流螢曜中堂。良覿侈高會，促席飛華觴。楚舞振鼉鼓，吴歈定空桑。絲竹間哀響，雲霞乍低昂。人生宇宙中，歡宴不可常。名園秀且麗，秋夜清且長。醉歌淹永夕，清光未遽央。

江上送陳元甫還江西

送君江上路，心逐斷雲飛。野飯投孤館，寒霜照客衣。鳥銜黄葉下，潮帶白蘋歸。故國方兵火，山中晝掩扉。

幽居五首

籬落豆花滿，階除蒼蘚多。微雲翻早雁，輕雨滴寒莎。負手看青竹，牽衣愛緑蘿。蕭條揚子宅，獨酌有長歌。

身世憑誰問，行藏祇自知。一尊方獨酌，四韻忽成詩。緒風翻去葉，零露泣疏枝。人世從歧路，誰堪詠《五噫》。

老去成疏懶，詩書性獨偏。閒看揚子賦，細讀《馬蹄篇》。緑水偶垂釣，青山忽在前。不愁金錯罄，時有賣文錢。

仄徑叢殘草，頽垣倚細花。青鞋尋社遠，皂帽任風斜。院静添秋色，窗虚駐晚霞。荷蓑翻豆圃，把酒問漁家。

凉風歌蟋蟀，秋日賦閒居。酌醴愁心薄，談空俗累虚。果懸隨鳥啄，詩罷命兒書。何必顔淵氏，當年獨晏如。

秋日同金在衡過天界寺

老去厭紛華，來尋静者家。午香飄石鼎，中飯出胡麻。古樹秋生耳，疏枝晚綴花。蒲團對支許，終日共趺跏。

沂水道中過教寺

村落藏孤寺，疏松一徑幽。經年無客到，終日有寒流。青壁銜初照，黄沙擁斷丘。平生江海性，下馬一登樓。

登青州城樓

麗譙滄海畔，南客一登臨。四野平沙合，孤城遠樹深。古隍無積水，飛閣有棲禽。日落山風急，悽悽傷遠心。

廣福寺

四面松杉合，中林一徑開。僧房依亂石，畫壁暗深苔。風卷堆沙入，雲移海氣來。瀟條空谷裹，松柏暮生哀。

雨後聞蟬

一雨生涼思，羈人感歲華。蟬聲初到樹，客夢不離家。海北人情異，江南去路賒。故園兒女在，夜夜卜燈花。

秋日與徐比部宿棲霞寺雲谷僧房

仙郎乞假白雲司，暫向東林問遠師。仄徑蟲喧秋露後，空堂人語夜燈時。天花不着山中樹，細水争流石上池。灰劫莫教傷往事，且看明月倒金巵。

客舍病中懷康裕卿兼寄顧氏兄弟

越客僑居建業城，白門花月幾同行。别來窮海青春歇，望入長天暮靄生。離恨自驚隨積草，鄉心翻厭聽流鶯。虎頭兄弟追歡日，應念文園病馬卿。

白下春遊曲七首

江南春暖杏花多，拾翠尋芳逐隊過。滿地緑陰鋪徑轉，隔枝黄鳥近人歌。

鳳凰臺上草如煙，兩兩紅妝嬌可憐。笑折桃花翻彩袖，醉攀楊柳落金鈿。

白馬金鞍遊冶郎，醉携紅袖上梅岡。銀鈿金雁春風裏，指點江山坐夕陽。
雙飛蛺蝶戀青莎，逐隊流魚泛碧波。共買杏花村裏酒，來聽桃葉渡頭歌。
長干寺前花不稀，淺紅深白映山扉。樓頭載酒看花坐，堤上行吟踏月歸。
何處佳人婀娜妝，青山初日熠流黄。輕羅半掩金跳脱，春寺燒香繞畫廊。
臺城東望樹蒼蒼，玄武湖春碧水長。晴雪亂翻飄蛺蝶，錦雲如砌宿鴛鴦。

郭山人第六首

第字次甫，長洲人。隱於焦山。有向平五嶽之願，自號五遊，圖其石曰「玉臺執蓋郎後」。嘉靖戊午，竇應朱子价爲南主客，建康顧孝常在太常，何元朗方去翰林，姑蘇文德承、黄淳甫避寇客留都，次甫至自泰山，與金子坤及孝常諸弟爲文酒之會，篇什傳播，海内以爲美談。次年，次甫别去，登嵩山，返於岱，至海上訪異人於勞山，循海而返。五嶽遊其二，遂不復出。何元朗稱其「江月不可留，山雲坐相失」及「嬌英被銀牀，葳蕤弄澄澈」之句，以爲駸駸窺盛唐之室。又有詩云：「世外風光君見否，嶺雲東去是蓬萊。」孫齊之愛其神采，每爲人誦之。

錢塘雨泊

一片迎潮雨，錢塘泊岸逢。煙明六和塔，雲暗兩高峰。茶熟篷窗火，香殘野寺鐘。湖頭舊遊路，濕翠想高松。

出揚子橋喜見江南山色

小艇淮南道，經過無限情。可憐揚子渡，不見海潮生。水斷瓜州驛，江連北固城。漲沙三十里，樹杪亂山横。

喜吴翁升見尋遂移就松下榻

獨有高松下，偏宜日暮時。野煙空翠合，絲雨半簾垂。下榻元無住，逢君似有期。不因成勝常，何以慰遐思。

立秋日憶陳從訓將至燕都

黄鳥忽飛過，窅然思故人。不知千里外，若箇酒杯頻。客路燕山曉，河橋御水濱。焦山凝望處，梧葉下秋旻。

詠井底花影贈李太常

素綆夜不垂，寒波曉含潔。嬌英被銀牀，葳蕤弄澄澈。對月還對鏡，堪賞那堪折。細讀太常詩，泠然瑩冰雪。

宿象山下劉權家簡瀾上人

我宿象山下，薜門潮一灣。爲尋焦隱君，太山今又還。田家恐漂麥，擾擾趨林閒。白髮一老翁，倚樹遥相扳。把臂一問之，頗覺開心顔。呼兒摘韭花，攜筐弄潺湲。粉蝶不妨雨，亂飛繞雙鬟。土壁積簷溜，苔蘚成斑斑。濁酒無勸酬，滿飲歌南山。心將平等觀，身已離塵寰。忽懷古祠下，老僧應閉關。明日渡江去，慈雲相對閒。

盛貢士時泰 三十七首

時泰字仲交，南京人。以諸生久次，貢於廷，卒業成均。年五十而卒。仲交才氣横溢，每有撰述舐筆伸紙，滚滚不休，紙盡則已。善畫水墨竹石，居近西冶城，家有小軒，文徵仲題曰「蒼潤」。以仲交畫法倪迂，沈啟南有「筆踪要是存蒼潤，畫法還應入有無」之句也。骯髒歷落，不問家人生產，卜築於大城山中。又愛方山祈澤之勝，咸有結構，杖策跨驢，欣然獨往，家人莫能跡也。嘗爲子娶婦，其婦戒勿他往，薄暮友人邀往城南古寺，閲數日乃歸，婦愠而詈之，乾笑而已。張肖甫開御史臺於句容，仲交大醉，撾縣鼓於戟門，肖甫曰：「安得有此狂生，必盛仲交也。」邀入痛飲，達旦而别。萬曆改元，以陪貢試吴下，肖甫曰：「子過姑蘇，必謁王元美。」仲交遂攜所著《兩都賦》謁元美於小祇園，元美贈之詩曰：「遂令陸平原，不敢賦《三都》。」又和元美《擬古》七十章，三日而畢，元美殊氣奪也。仲交有子敏耕，字伯年，博聞强記，工小令，爲諸生，不得志，縱酒博以死。伯年《山居》詩云：「花發臨危岸，鶯啼過遠林。」《宵征》云：「水暝螢光亂，風秋雁語清。」又云：「衙晚催蜂去，巢危促燕飛。」《贈張羽》王云：「潮聲繞屋初消雪，梅蕊知春競放晴。」《遊三臺洞》云：「石扉藤蔓迷樵路，流水桃花引客來。」《送大安和尚歸廬山》云：「送客溪頭防虎嘯，逃禪樹底借枝封。」詩名《軒居集》，其句法清婉，不愧仲交也。

擬古詩七十首録一十三首

萬曆改元，予因陪貢寓婁水，於俞仲蔚邂逅顧按察，投詩爲贈，婉孌綢繆，不我遐棄。離筵既陳，貽以王鳳洲先生《擬古詩》，披省慨然，因次其韻，三日而畢。

陳思王植贈友

往祚頹已久，大業緬方新。仰視聖皇德，承胤爲我親。暇日荷休明，高館集衆賓。中厨列庖饌，水陸備鮮鱗。涼風起天末，皓月照秋旻。感此四海士，無言越與秦。共生盛明世，矯矯如鳳麟。芳茵吐華燭，氣蒸爲煙雲。酒行不停觴，循轉猶車輪。揮毫賦詩篇，影落響必臻。泛泛鄴河水，同爲藩翰臣。忝承宗社寄，金圭積我身。管絃娱耳目，佳人世所珍。常恐遠志促，有懷不及伸。願同慷慨士，居處得依仁。庶以展節義，歲晏奉殷勤。

應文學瑒侍集

華堂秉列炬，光景中夜全。欣此良宴集，侍坐俱忘還。自漸鉛槧徒，得以厠芳筵。四座盡妙士，醉後唱高言。揮毫不停飛，侍女出邯鄲。年齒二八餘，桃李爲面顔。促膝進旨酒，雕楹奏鵾絃。一飲盡百巵，不惜年歲捐。豈不念窮困，所託在芝蘭。馨香入懷袖，永矢願弗刊。

張黄門協苦雨

凄凄三秋時，寒風夜及朝。霖雨天中來，濕我旌與旓。我本從征士，道路走已交。飄飄如飛燕，不得歸故巢。腹饑衣又薄，海隅久飄飖。盛年不可再，壯志日已消。逆旅逢主人，四壁多蟏蛸。自我于役來，愁多歡彌劭。況此觀獲時，中心感田苗。漂泊不可拾，棄此東作勞。雙淚落已盡，私意猶自膠。哀哀發短詠，聊以奏長謡。居人如見和，絲竹奚相嘲。

郭弘農璞遊仙

曾讀海嶽傳，天地以爲家。豈羡人世榮，倏忽如蕣華。三島多奇峰，金銀生異花。不飲亦不食，但思餐雲霞。雲霞結綵繡，文螭爲輕車。佐佑有玉女，婉孌成姻婭。下視東陵生，空種青門瓜。終身辭一侯，不解爲丹砂。丹砂信可學，仙路原非遐。

支道人遁贊佛

震旦值熙陽，首夏時清和。緬懷鷲嶺地，玆夕降耆摩。明星一悟法，慈悲遍九阿。撚花陟寶座，花影何婀娜。阿難笑傳意，外道生障魔。豈期一莖草，可爲千丈柯。歷劫已無數，未來今已過。嗟予稟夙悆，幸得渡慈波。巍巍鷄足山，衆寶何嵯峨。一自法鼓息，昏夜徒吹螺。禪解既已鮮，支離何衆多。空有澄觀理，不聆帝子歌。遂使闍屠人，終日疲婆娑。真性了無取，千載如一俄。顛倒識浪中，仡仡復蹉跎。哀哉此衆生，忍聞修多羅。渡海必以筏，無筏難涉河。渡竟還自渡，由旬與刹那。寄言後世士，諷誦無怠跎。

梁簡文綱閨懷

羅衣空自熏，舟航不嘶憩。情知流水長，自恃剪刀利。將刀欲割水，如花還引蒂。歡悰自久蹔，儂情無難易。朝旭忽杲杲，夜漏復丁丁。妃子懷湘浦，文君問長卿。

何水部遜示寮

流英辭嫣紅，芳苔敞初碧。感兹春日晴，欣此夏雲色。高天下薰風，中林啟瑶席。閑怡衆蔚舒，静悦清商激。懷中瑶華音，門前車馬客。懷刺始見投，牽裳不假幘。容輝一以遘，琴樽愜所適。罵坐無往人，投轄有新跡。幸此休沐閑，無言朝請迫。明星方在户，鷄鳴以爲則。

吴記室均春怨

春宵難孤眠，清曉易雙曙。既自未逢新，那能不懷故。新歡猶水萍，故人似風絮。寄衣今已遲，裁書昨復誤。祇對銀缸花，不識金微路。干戈信縱横，營壘幾屯聚。未見奏凱還，更聞代人戍。豈忘君年衰，復恨妾顔暮。流機積寸絲，剪刀驚尺素。徘徊明月前，形影自相顧。

崔員外顥遊俠

生長在大梁，好與俠少遊。俠少有駿馬，銀鞍千金鏤。曉日騎馬出，夜聽彈箜篌。酒酣不自惜，擲與黑貂裘。平生重然諾，不解輕爲愁。英風滿人口，姓名遍皇州。摴蒱名花下，挾瑟樓上頭。昨成遼海勳，得賜雙旗斿。肯學蓬累人，棲遲老一丘。功名不解取，白首常多憂。豈知公孫弘，終拜平津侯。

岑嘉州參塞識

苜蓿遍原野，春來馬多肥。今日烽燧靜，聊以解征衣。置酒召朋侶，日暮不見歸。何處射獵去，貂裘間輕緋。昨日已賜爵，前時初解圍。軍中重膽略，無如君所爲。醉擁美人坐，不惜雙珠琲。門前羅金鉦，庭中插羽旂。錦瑟時一彈，空侯在中幃。杯行不知算，入手如欲飛。爲謝衆賓客，四座多光輝。何以報天子，從今羽檄稀。

高常侍適詠途

孟渚多悲風，入夜復及朝。春來渚水緑，愛此顔色嬌。凌晨騎馬出，射落雲中雕。自從服官來，身得爲下僚。封丘一作尉，始覺身爲勞。歸家視妻子，短髮何蕭蕭。入官已三日，暗覺秋風摇。人生貴適意，何不歸擲梟。里中諸年少，安用折簡招。在昔馬相如，曾題萬里橋。何如擁文君，犢鼻謝金貂。始悔出門意，道途空寥寥。

李翰林白自明

從來解歌人，古時有秦青。酌酒不得見，爲我陶性靈。空與齷齪士，拘然同一形。紅顔一以變，鬒髮將成星。狂來且須飲，罄此雙玉瓶。暫醉花下眠，忘此春冥冥。葡萄夏初熟，顆顆如紫玉。涼月夜不扃，遂向月中宿。月中有嫦娥，應來下相逐。攜我上天去，姓名抛鬼録。我願爲嫦娥，從新製歌曲。一醉十萬齡，翻嫌藥杵促。素娥不知數，一一向我矚。我把白榆漿，頃刻變醽醁。素娥意不投，擲我下海舟。長風三萬里，知向何方遊。龍宫敞雙闕，閽者反見求。問我名與姓，身上雲煙浮。但知去所向，不計來何由。我見長鬚宰，呼爲人世囚。送我上天界，焉能處中州。海波遂騰沸，浪起如山丘。

杜員外甫述貶

自予來巴州，得繼昔賢後。遊覽錦官城，功名奚所取。溪邊一草堂，縛茅自吾手。賓朋雖衆多，性情無所偶。醉來賦新詩，豪蕩不復有。建安與西京，肯爲人輕售。騎驢自暮歸，秋風甘白首。面目雖已黎，精神日抖擻。丈夫抱經濟，進則夔龍耦。思以拯蒼生，勳庸高北斗。肯爲升斗粟，易我平生守。朝夕貴人前，奴顔效奔走。皇天有深仁，兹貶意誠厚。昨遊孔明祠，眼見柏紋紐。扶漢豈不勞，三分帝所受。下視曹與孫，心術一何醜。覬覦竊神器，不出漢廷授。一時忠義人，粉身向齏臼。譬彼大厦顛，一木焉能救。我今濩落來，所賴惟親舊。君王恩未酬，交結得朋友。于以棲餘齡，没齒亦何咎。所存喘息在，居然共田叟。饑寒良切良，履穿還露肘。在處與冷汁，聊以充吾口。意氣干雲霄，自知未爲負。豈爲活斯須，所貪在杯酒。

園居贈客

衡門稀客至，翛翛静讀書。疏簾映秋水，細藻浮游魚。款言落日下，酌酒凉風初。出門見黄葉，相送隨階除。

同金子坤陪群公登雨花臺

紺殿珠宫結駟行，登臺共豁遠遊情。林花雨霽雙峰出，雲木凉生一鳥鳴。禁苑晡煙開樹色，秦淮春水長潮聲。却因楚使誇雲夢，愧作諸生賦帝京。

福安院同慧生閒步

玄暉曾弭節，太白亦題詩。京邑非前事，新林似往時。山深秋氣重，谷遠磬聲遲。不爲逢支遁，幽懷孰與期。

宿斷臂巖

群山迴合處，棲息祇蘿煙。萬木迎寒脱，孤燈入夜懸。月同僧意寂，風與客懷牽。林外雙峰影，高樓對獨眠。

燕子磯

渺渺寒潮帶石磯，潮聲山色兩相依。陰雲翻浪明秋日，霞氣蒸林生晚霏。巴蜀船從巫峽下，荆吴人自海門歸。聽歌酌酒銀河曙，坐見高天一雁飛。

城山六言四首

微雨纔沾麥脚，輭風剛報花枝。田舍春光幾許，江南上巳臨時。
禾黍平連遠陌，牛羊半下重岡。花影垂簾弄色，茶煙隔屋吹香。
樵語深林若嘯，泉聲隔樹如雷。少婦機絲未罷，老翁社飲初回。
曲澗魚游碧藻，寒莎蛩響千林。西社歸因賣畚，東鄰出爲修琴。

寶應朱公曾乞蒲團于僧潤歸櫬江州潤乃買舟赴葬掛樹而去

生前曾與結幽期，身後冥交獨有師。爲掛蒲團思往日，因彈錫杖憶當時。淚隨雪片應難盡，情斷風燈總自持。法力護來還不滅，年年慧樹長新枝。

寄武林朱九疑

湖上輕風拂柳條，美人吹笛向平橋。欲知胥浦潮初退，正是秦淮雪半消。

同李子餘過彬公蘭若

講堂叢竹舊，相憶對香煙。攆謝鶯啼後，苔生燕乳前。浮生看逝水，濕淚落空筵。獨有詩名在，應知滿大千。

偶然作

酒醒聞雨響，况復在山村。木葉知時序，鷄聲識曉昏。七絃頻寄興，二畝足爲園。清淨元無字，逍遥剩有言。未能離世網，聊且寄丘樊。白足人爲侶，玄同道作門。茅茨臨谷口，煙火出雲根。爲報陶弘景，何時辭帝閽。

過上莊訪笪居士

獨行深樹裏，細路繞茅堂。山色迎人出，梅花度水香。燕泥留雨氣，魚藻入天光。住近石橋畔，村沽夜可將。

贈蔡公子

桃花落盡客重來，明月高天照酒杯。最愛主人年少日，淮陰市上釣魚回。

城山訪鄰叟

獨是躬耕處，相依亦有君。山從千嶂繞，徑向一林分。水滿漁竿覺，苔香屐齒聞。從余深隱好，莫使勒移文。

望憑虛閣外山色贈詹東圖因寄陳仲魚

春雲如黛點鐘陵，湖水生波盡解冰。幾處東風回弱柳，千巖雨色潤垂藤。香筵寶座初聞梵，塔院蓮龕正試燈。閣上莫辭同醉酒，望中原草漸層層。

松屋

高松暑不侵，芭蕉墮新緑。茅亭有高士，清溪時濯足。天風吹葛巾，醉向亭中宿。悠然忘市朝，醒來飯黄犢。

和人遊北固

歲暮將何適，三山煙雨邊。日明知海氣，雲盡識江天。古樹開僧寺，寒潮蕩客船。登臨殊有意，濡足祇堪憐。

題史癡翁畫

老樹丫牙鐵作柯，亂竹縱横拂雲起。誰知一段秣陵秋，寫在癡翁半邊紙。癡翁癡翁蓬萊精，有時拈筆人皆驚。想見卧癡樓上景，狂歌醉舞嗚秦筝。我本大城山裏客，看君圖畫來君宅。出門却被强題詩，坐對疏棚豆花白。

貯香室《山雲館雜詠》。

花開研池傍，花落研池底。洗研譯經時，斛盡龍池水。

檜徑

蒼色映池水，蕭蕭生暮寒。有時秋雨中，遥見山僧還。

張玄超自海上寄書問連城生消息

若問青樓娼，芳年二八强。輕羅不遮面，繡户自焚香。對客時題句，懷君每斷腸。倘能貽錦字，猶勝夢高唐。

酬梁伯龍

寄迹山中漱碧泉，不將車馬老華年。青鞋迹遍川原底，《白苧歌》傳妓女先。雨濕絮粘驕馬轡，風吹酒綴玉鱗船。秣陵秋老芙蓉發，遲向江頭看月圓。

陳寧鄉芹四首

芹字子野，系出交南國王，永樂中避黎氏之亂來奔，遂家金陵。少而警敏，才藻蜂涌，傾倒坐客。乘興寫竹枝，醉墨欹斜，沾濕衫袖，文徵仲嘗戒門下士：「往南京慎勿畫竹，彼中有人也。」弱冠舉於鄉，六上南宫不第，與盛仲交諸人結青溪社，讀書郊野間。逾二十年，謁選知奉新縣，調簡得寧鄉。之官九十日，謝病歸。子野少嘗夢入深山中，石梁跨道，瀑布灑空，洞中二老僧趺坐，周繞木欄以防虎。後遊天台山洞，宛如夢中，木欄猶在。問之土人，云老僧化去久矣。自是恍然省悟，專精内典，作《和寒山子》詩，卜築新林别業，近新林浦謝玄暉題詩處。又於桃葉、淮清之間，起邀笛閣，招延一時勝流，結青溪社，每月爲集，遇景命題，即席分韻，金陵文酒觴詠之席，於斯爲盛。相延五十年，流風未艾。承平盛事，至今人艷稱之，長年市兒猶能指點其處云。

送黄淳甫還吴門時倭亂甫定

憶君還故宅，追嘆昔年違。花倚新枝笑，人隨舊燕歸。川原春日澹，桑梓暮陰稀。掛壁餘孤劍，依然夜有輝。

九日長干寺别友人

精舍長干繞，清池曲路通。雙橋雲影上，疏雨梵聲中。晚岫沉孤翠，秋英吐艷紅。嘉辰聊一醉，世路漫西東。

季冬溪閣別張幼于

即見雕欄外，絲絲柳拂頭。水平桃葉渡，花礙木蘭舟。定擬尋春至，仍須下榻留。只憐君去日，雪灑翠雲裘。

和寒山子詩

青煙紫霧夕冥冥，似雨飛泉滿户庭。白日山人無一事，水精簾下閱金經。

姚嘉州汝循五首

汝循字敘卿，南京人。嘉靖丙辰進士，杞縣知縣。遷南刑部郎中，出知大名府，謫嘉州知州，入覲，坐假驛符罷歸。老於秦淮之上，與名人韻士爲彈箏邀笛之遊。有《耕餘》、《浪遊》諸集，王百穀爲之序。同時金陵有卜履吉介甫、姚貞元亮，皆能詩。卜《聞雁》云：「霜月流孤影，寒雲績斷行。」姚《過別業》云：「墨香臨帖後，茶沸罷琴餘。」《春日》云：「檻竹報晴仍帶雨，瓶梅裹凍固留春。」皆有風致，恨不得其集。

晚歸田廬

紆曲春山路，行來日已昏。蕭然茅宇内，不盡白雲屯。犬吠初生月，人歸半掩門。一杯燈影下，幽思共誰論。

雨後行園

山園積雨後，步屧惜餘春。柳似酣眠客，花如倦舞人。啼鶯上喬木，迸笋過比鄰。韶景行看盡，嬉遊可厭頻。

秋日閒居

曲巷人蹤少，閒門秋草深。露香催酒興，月皎逗琴心。園果紛堪摘，池蓮冷欲沈。重陽佳節近，風日快登臨。

宿三山別業

秋深寒露候，地僻水雲鄉。落日楓千樹，殘霞雁幾行。桂香清小院，蛬語近匡牀。自卧滄洲穩，逾憎世路忙。

柏坊驛題壁

風雨蕭蕭滯客程，荒亭獨宿峭寒生。今宵羈思知多少，聽盡千山墮葉聲①。

① 原注：「叙卿詩，如《綺霞閣小集》云：『酒邊過白鳥，鏡裏出青山。』《浪禪房》云：『閒花苔上落，清磬雨中沉。』《送胡懋誠》云：『離愁隨草長，别淚迸鶯啼。』《江南春遊》云：『宿雨清郊潤，和風白帢輕。』《和幼安泛秦淮》云：『潮起輕風生遠浦，夜凉明月滿扁舟。』觀其風流吐納，居然名士也。」

莫貢士是龍〔一〕三首

是龍字雲卿，以字行，更字廷韓，華亭人。方伯子良之子。十歲善屬文，以諸生久次，貢入國學。廷韓有才情，風姿玉立。少謁王道思於閩，道思贈詩云：「風流絶世美何如，一片瑶枝出樹初。畫舫夜吟令客駐，練裙書卧有人書。」其風致可想也。廷韓猶妙於書法，常作《送春賦》，手自繕寫，詞翰清麗，皇甫子循、王元美皆激賞之。廷韓及張仲立皆翩翩佳公子，青溪社中之白眉也。

〔一〕「是」，原刻卷首目録作「士」。

得顧茂儉書及所著離思賦悵然有作

緑鬢傷春卧薜蘿，青山起色近如何。慣看交態尊前好，較是君情别後多。明月自裁希逸賦，片雲閒伴莫愁歌。家人倘問風塵色，慷慨中原但枕戈。

賦得窗中度落葉二首 青溪社題。

綺疏臨野渡，秋樹響前林。颯颯含風入，紛紛逗雨深。拂來紅袖掩，積處緑塵侵。誰送哀蟬曲，無端攪客心。

獨樹蕭蕭下，邊淮正可憐。誤投齋閣裏，不似御溝前。酒户驚秋夢，翻經助夜禪。江潭悽惻處，但莫問長年。

張臨清文柱二首

文柱字仲立，崑山人。父士淪，字心甫。仲立年十二，賦《關山月》詩云：「閨裏紅顔愁少婦，塵邊白骨怨征夫。」一坐嗟賞。萬曆戊子領鄉薦，除臨清州守，凡四年，卒於官。孫齊之曰：「仲立才高燦發，託意幽玄，正如冰壺秋月，本宜着煙霞外，乃强使適俗，故少年即有子建憂生之嗟。」

惜別

惜別復惜別，殘更爲爾遥。青楓薄命葉，黄柳斷腸條。天迥遲寒雁，江空急暮潮。秣陵煙雨際，留得鬢蕭蕭。

窗中度落葉 青溪社題。

裊裊迴風下，蕭蕭薄歲陰。一山方隱几，片雨自前林。重以輕霜色，凄其入曲心。高居尚摇落，不敢更登臨。

李臨淮言恭七首

言恭字惟寅，岐陽武靖王之裔孫也。萬曆二年，襲封臨淮侯，環衛扈從，屢荷恩眷，以勳戚留守陪京，位元戎，列師保，累年而後卒。李氏自岐陽父子已好文墨，親近文士。惟寅沿襲風流，奮迹詞壇，招邀名流，折節寒素，兩都詞人遊客望走如騖。子宗城，字汝藩，亦有文好事。東封之役，奉使不終，家於金陵，賦詩結社，徵歌選妓，有承平王孫之風。惟寅詩風氣婉弱，時有韻致，《送安茂卿》詩云：「夢回芳草遠，人去落花多」，藝苑至今傳之。汝藩以敏捷自誇，其佳句如《秋夜》云「醉後晚鐘頻入枕，夢回寒月半當樓」、《贈汪子建》云「夢去月明秋水闊，愁來霜逐鬢毛新」，皆可誦也。

訪楊逸人山居

野人高卧處，只在白雲顛。絶壁疑無路，深林忽有煙。門開千樹上，犬吠一峰前。爾亦揚雄輩，山中獨草《玄》。

山居樂二首

一徑杳無車馬，萬山忽有人家。相問不知歲月，惟見開花落花。

夜静白雲鶴睡，春深紅樹鶯啼。若問幽棲何處，胡麻流出山溪。

村晚

山下數聲犬吠，村中幾處人歸。短笛醉横牛背，斜陽正對柴扉。

曉渡

煙樹曉棲鴉，長汀帶白沙。中流聊擊楫，新水快浮槎。雲與人争渡，春隨客到家。遥知飛綵日，開滿石城花。

曉發應城

古道風煙接，天涯曉夢迷。猿啼千樹露，人過一村鷄。遠浦餘燈暗，隔林殘月低。此時有高卧，予獨愧羈棲。

漢江城樓

樓閣依山出，城高逼太空。帆檣入煙霧，波浪過簾櫳。燈火深林裏，星河流水中。人家半漁者，蓑笠掛秋風。

附見　金陵社集詩一十六人三十二首

海宇承平，陪京佳麗，仕宦者誇爲仙都，游談者指爲樂土。弘、正之間，顧華玉、王欽佩以文章立墠，陳大聲、徐子仁以詞曲擅場，江山妍淑，士女清華，才俊歙集，風流弘長。嘉靖中年，朱子价、何元朗爲寓公，金在衡、盛仲交爲地主，皇甫子循、黄淳父之流爲旅人，相與授簡分題，徵歌選勝。秦淮一曲，煙水競其風華；桃葉諸姬，梅柳滋其妍翠。此金陵之初盛也。萬曆初年，陳寧鄉芹解組石城，卜居笛步，置驛邀賓，復修青溪之社。於是在衡、仲交以舊老而莅盟，幼于、百穀以勝流而至止。厥後軒車紛遝，唱和頻煩，雖詞章未嫻大雅，而盤遊無已太康。此金陵之再盛也。其後二十餘年，閩人曹學佺能始迴翔棘寺，遊宴冶城，賓朋過從，名勝延眺，縉紳則臧晋叔、陳德遠爲眉目，布衣則吴非熊、吴允兆、柳陳父、盛太古爲領袖。臺城懷古，爰爲憑弔之篇；新亭送客，亦有傷離之作。筆墨横飛，篇帙騰涌。此金陵之極盛也。戊子中秋，余以銀璫隙日，采詩舊京，得《金陵社集詩》一編，蓋曹氏門客所撰集也。嗟夫！日中月滿，物换星移，舟壑夜趨，飲獵旦改。白門有烏，無樹枝之可繞；華表歸鶴，悵城郭之併非。撰文懷人，吁其悲矣！謂我何求，亦無嘗焉。

集鷄籠山賦得臺城懷古

柳應芳得離字 別見。

臺城遺跡動凄其，總爲前朝足亂離。舊路人非芳草在，故宮春盡落花知。江山白首猶餘恨，烏雀黄昏亦自悲。更是傷心張緒柳，年年空被野風吹。

王嗣經得高字

嗣經字曰常，上饒人。故姓璩。身魁梧，多笑言，吟詩不輟。面圓而紫色，人戲呼爲「蟹臍」，王笑而應之。博學多撰述，有《秋吟》八章，一時傳之。

湖山迤邐接亭皋，前代遺踪有石壕。別殿珮環歸杞棘，修陵梟雁出蓬蒿。臺荒過午樵歌入，寺近經時梵鐸高。腸斷覆舟山下路，年年青草似青袍。

張正蒙得凝字

正蒙字子明，江寧人。居通濟門外之晋灣，臨河結廬，柴門晝閉。帶索拾穗，未嘗俯仰於人。年逾九十，隱淪終老。今體詩幾萬首，今刻其什一，顧鄰初爲序。

臺城一上路層層，景物蕭條感慨增。玄武湖秋鴻雁下，華林園冷露霜凝。空山僧寺三更磬，隔岸人家半夜燈。霸業只今消歇盡，惟餘明月照金陵。

陳仲溱得臺字

仲溱字惟秦，侯官人。性抽直，寡言笑，與人交接，言辭少拂即掩耳而去。詩苦求工，不愜意不止。每出其詩示人，以手按紙，手顫口吟，人或誦其詩，口喃喃與相應和，其自喜如此。

平湖一片浸崔嵬，城近黄昏鳥雀哀。春草自深沽酒市，天花空落講經臺。雲埋故壘誰爲主，水出青溪更不回。六代興亡成舊夢，翠華馳道上蒼苔。

吴文潛得陽字

文潛字元翰，莆田人。孤癖苦吟，詩不多作，或累月始成一章。棄家學道，寄食武夷山中，數載後剃髮爲僧。

謾將遺迹問齊梁，寂寂臺城露草荒。廢井尚封陵寢氣，初鐘不唤景陽妝。蒼茫野水迷官道，高下寒山出女墻。還憶誦經梁武帝，臨風倚樹弔斜陽。

程　漢

漢字孺文，歙人。生性簡傲，目斜視，鬚髯奮張，見人輒自誦其詩。年八十，老於布衣。

獨上臺城望遠空，當年遺迹動悲風。懷春羅綺旗亭外，向夕牛羊輦路中。幾寺殘碑深野草，故宫眢井落梧桐。衹今多少興亡感，湖水蒼茫背郭東。

姚　旅

旅字園客，初名鼎梅，莆田人。以布衣遊四方，卒於燕。著《霞書》若干卷。詩苦吟，不多作，有集行世。

苑城遺迹盡煙霞，草色登臺起暮笳。地卷豹湖埋帝輦，山横雉堞抱人家。風來百舌聽經鳥，露泣胭脂墜井花。估販還尋芳樂路，酒帘不動夕陽斜。

集臧晉叔希林閣寓目鍾山詩

臧博士懋循

懋循字晉叔，長興人。萬曆庚辰進士。風流任誕，官南國子博士，每出，必以棋局蹴球繫於車後，又與所歡小史衣紅衣，並馬出鳳臺門。中白簡罷官。時南海唐伯元上書議文廟從祀，恭進石經《大學》，與晉叔偕貶，同日出關。湯若士爲詩云：「却笑唐生同日貶，一時臧穀竟何云。」藝林至今以爲美談。

鍾山鬱佳氣，龍變與雲蒸。君看芒碭澤，何以望春陵。

集沈氏水亭餞送曹能始北上詩

臧懋循

相送江亭暮，尊空客漸稀。楊花不解别，到處逐君飛。

後湖看荷花共用水香二韻

王　野　别見。

芬馥滿湖田，燁燁朝霞綺。朱顔笑倚風，分影與秋水。

吴　兆　别見。

松杉交翠夾堤長，蓮子花開滿署香。玉溆覃拖深覆艇，碧潭歷亂密迎榔。紅舒粉飾齊金製，星綴霞蒸鄂繡張。莖刺健能棲翡翠，藕腸弱可繫鴛鴦。已鍾秀麗三山色，復染鉛華六代妝。城帶夕陽翻堞影，岸縈芳草映苔光。珠擎既愛田田葉，規接還憐各各房。爽氣驚林知露早，陰嵐拂檻覺杯凉。西園夜月同飛蓋，南國秋風藉作裳。何幸承君生顧盼，豈辭零落委寒塘。

梅主簿蕃祚

蕃祚字子馬，宣城人。禹金之從弟也。以上舍爲寧鄉主簿，遷滋陽縣丞。貧而有傲骨，與典中馬湘蘭善，每出遊困乏，馬輒解囊貲之。詩率意不甚求工，集失傳。

山翠重重傍湖起，北柳南楊映湖水。水態秋來錦不如，宛轉荷花三十里。底用花開十丈長，繞堤無處不聞香。葉密花深難辨色，紅衣緑羽鬥鴛鴦。

陳寺正邦瞻 別見。

緑水紅蕖欲斷腸，可憐秋色似横塘。晚風不見木蘭枻，明月無人花自香。

曹評事學佺 別見。

法曹清殺大堤傍，路入荷花不覺長。爲惜六朝餘綺麗，還邀群彦醉壺觴。煙輕故罩新開粉，風細時吹不斷香。綵鷁底須愁蕩却，文鴛偏自解成行。

七夕公讌詩

陳邦瞻賦得博望槎

梧桐聲脱秋聲起，迢迢秋色澹如水。天上佳期玉露中，人間良夜金波裏。此時漢使向河源，此夕乘槎犯斗垣。但驚城舍嚴官府，那識天孫遇河鼓。雲階月地難久留，飄然枯木復乘流。歸來不問成都卜，肯信身親見女牛。從此人疑有天路，俱言河漢清可度。帝子英靈空有人，千秋别淚自沾巾。可憐匹練高樓色，年年愁殺問津人。

送梅主簿子馬之長沙

王　野

青山滿畫舫，蓋影漾通津。秋減江南葉，凉生水上蘋。人同梁燕别，月共旅愁新。盛世長沙好，之官異楚臣。

胡潛得深字

潛字仲修，歙人，僑居武林。遊跡甚廣，北抵燕，南遊閩，西入秦、蜀。善詼諧，年八十餘，耳聾目眵，猶多微詞，口吃吃笑不休。屬余序其詩，而未果也。

憶子脂車久，淹留乃至今。離情吴市酒，秋色楚臣心。傲逐世途減，貧憐宦後深。襄陽問耆舊，揮手峴山岑。

送曹能始還閩中　各拈古詩一句，分賦七體，以次成篇。

新安謝陛少連序曰：「出幽溺職，北山致使移文；充隱來徵，南山嗤爲捷徑。是皆方内方外，徘徊並有所縻；以故匪介匪通，進退兩無所據。能始先生丰神璧立，聲欬璣馳，技擅雕龍，名齊繡虎。陳瑚登璉，昭回雲漢之章；漱石枕流，癖有煙霞之錮。南都法吏，西署閒司，爲政無苛，自公多暇。燕磯牛首，佳麗藉以品題；桃渡桐灣，繁華屬其賞目。拂蠅揮麈，雲低駐以不飛；著屐班荆，日下春而忘返。爰賦黄華之什，使命式將；賡歌屺岵之篇，親闈在望。時臨七夕，節弁三秋，風一金飆，星雙銀漢，青菰滿睫，白水盈襟，幨帷將菡萏飛芳，葆蓋共蒹葭搖翠。歸心切矣，離思悽然。傷物候則鴻雁排空，愛人風則鶺鴒下仞。結金蘭而貴舊契，志合虚舟；贈縞帶以定新交，情投雜佩。捲波浮白，徜徉玄武之湖；授簡分題，聯翩朱雀之桁。秘書供奉，諸子多絶調之詩；康樂宣城，吾家有驚人之句。發石頭而夢斷，望京口以魂銷。山連鐵甕之城，溪接銅官之路。吴江吴岫，方背楚於金陵；越嶠越雲，漸臨閩於玉斗。湖水霜清而開鏡，赤城霞起以建標。桂落靈隱之秋，草濕姑蘇之夕。暫且山陰泛棹，終將海上揚帆。丹實重開橘柚之天，紫房再咽荔支之露。嗟夫！自南自北，無非歧路之人；或去或留，總是他鄉之子。登山臨水，惟黯然其別乎；落葉哀蟬，復悲哉此秋也。方舟鷁舉，並駕鳧分，不堪衰柳撩人，聊借輕蓮款客。清風朗月，我則因玄度相思；獻歲發春，公其爲蒼生早出。人探一韻，各詠一題，用表心旌，毋稽手筆。」陛字少達，歙人。早棄諸生，留心史學，著《季漢書》行世，不以詩名。

王嗣經分賦得李白詩湖清霜鏡曉

歸客金陵道，霜帆夢鏡湖。天秋水衣斂，海曙日輕孤。幔捲波紋縠，舟凌露藻珠。潮平光稍白，風定浪還無。清映冰花薄，澄涵錦樹鋪。鳥來分水碧，人去亂汀菰。賀監風流在，臨風酹一觚。

雨中集清凉寺送梅子馬赴楚曹能始還閩

柳應芳

客路東西莫厭長，七閩原自隔三湘。離人不道俱千里，一夜相思夢兩鄉。

梅蕃祚酬别二首

楚客怨青蘋，吳儂愛紫蓴。扁舟難共載，羞殺渡江人。

一片秋林色，如迎去客舟。更憐江月好，且爲故人留。

人日送范東生還吴澹然之燕

臧懋循

客居還送客，人日更愁人。江樹停殘雪，沙禽赴上春。笙歌吴苑酒，裘馬雒京塵。相念不相共，音書空復頻。

柳應芳

無端人日勝，兄弟對離觴。草霽遥開色，梅寒細作香。江猿含北思，寒雁繫南行。欲共臨歧送，春波兩岸長。

王嗣經

共沾人日醉，那謂客程分。早樹呼鶯友，晴沙戀雁群。夢交南北路，情作去留雲。管取秦淮柳，連枝好贈君。

集臧晋叔希林閣賦得雨中鍾山春望

柳應芳

春早城東連騎來，雨中延眺北山隈。氣銜遠岫朝初合，陰結重林晝未開。融雪併沾馳道柳，和風争落寢園梅。雕窗不閉朱簾捲，坐待晴光陌上回。

王嗣經

風光帝里入韶年，紫闕丹山霽景懸。繞禁柳容開羽葆，傍陵嵐翠結鑪煙。催花氣暖先蒸雨，消雪巖空漸迸泉。曾是高皇布時令，至今猶自發春偏。

程可中 別見。

天成雲阜扆宸居，東望春回王氣餘。淺碧露痕經燒後，嫣紅隨意着花初。波紋捲縠冰還裂，山黛如鬟樹自疏。一自文皇遷鼎後，至今輦道未曾除。

賦得千山紅樹送姚園客還閩

柳應芳

蕭蕭淺絳霜初醉，槭槭深紅雨復然。染得千林秋一色，還家只當是春天。

潘之恒 別見。

秋岸繁華景，紅霞萬樹春。西風無限意，吹盡送歸人。落葉蕭蕭路，秋風湖上波。到家紅樹少，不怨客愁多。

陳邦瞻

江南九月霜暗飛，秋光春色兩依稀。萬樹欲丹疑濕霧，千山如醉帶斜暉。畫史含情拂輕縞，解作秋妍秋不老。自識晴雲慕錦林，莫疑赤燒連衰草。此時遊客正天涯，此際離腸忽憶家。聽絶啼鶯嬌映緑，愁看飛鶩齊落霞。閩天杳杳接江路，酒罷送君從此去。想得遥窺茘子丹，尚疑題葉銷魂處。

王嗣經

秋山何處無紅樹，君歸獨向秋山去。霜錦千章照客衣，林霞一片隨行屨。幾曲雲林到武夷，幔亭高處坐題詩。南天氣暖無冰雪，直到春花憶此時。

白門新社二十一人

萬曆末年，閩人謝傑輯《白門新社詩》八卷，凡一百四十人。金陵之耆宿，與四方之孝秀，皆與焉。採而録之，得二十餘人，附《金陵社集》之後。

杜山人大成二首

大成字允修，金陵人。其先安道，以櫛工侍高皇帝，官至太常卿。允修幼嗜聲詩，長解音律，喜畫禽蟲花木，掃除一室，焚香酌醴，以待四方之士。自號爲山狂生，人亦以稱之。盛仲交言：「太常與蔣恭靖用文暨陳秋碧、史卧癡，皆世居冶城之麓，二百餘禩，蔣、杜躋大官，而陳、史有聲藝苑，皆得冶城山川靈秀之氣。」盛亦冶城人也。

柳

千株楊柳翠透迤，裊裊煙絲風細搓。鶯囀市橋牽客思，馬嘶官道促驪歌。水邊膩欲堆金縷，花外輕堪度玉梭。漢苑隋宫俱寂寞，古堤草滿夕陽多。

書愁

愁多奈可度殘春，浮世榮枯總未真。細雨夢中憔悴質，落花影裏寂寥人。山僧乍見仍憐瘦，野鶴長隨不厭貧。獨抱遺經卧空谷，恐妨容鬢涅緇塵。

方處士登七首

登字嘯門，建業人。慕孫登之爲人，故以爲名及字。愛冶城林木幽邃，即其麓家焉。自號樵城子。畫仿史癡翁，書摹雲麾，間爲小詩以自適。一生不見貴人，晚以目眚并謝親串。年七十餘卒。友人陳藎卿叙次其詩，以爲顧清父、盛仲交之流也。嘯門詩有「鳥銜帆外雨，船響夜分潮」、「法堂雙樹古，禪榻半林秋」、「晚風吹别酒，曉霧濕征車」、「水落痕猶緑，雲開山更明」、「鳥銜殘照去，樹惹片雲來」，皆佳句也。

次陳藎卿生辰述懷

不屑投時好，年光寄薜蘿。著書人借讀，種竹鳥飛過。有興詩筒滿，無錢酒債多。丹楓與湖水，相映醉顔酡。

顧懋高移居

卜築城隅地，無營閒讀書。移花紅雨墮，洗竹翠雲新。簾捲迎初燕，樽開款故人。閉門題句好，未是虎癡貧。

晚坐

日入群動息，蕭然坐草堂。樹暝晚煙合，花收夕露凉。白髮催年暮，青燈照夜長。林端新月出，松影過鄰墻。

自述

人生各有志，而今得遂初。但揮池上墨，不簡案頭書。山雲茶屋暖，海月竹窗虚。香巷多芳草，春風吹敝廬。

偶成

晝長山更寂，無客到柴扉。詩成一葉落，酒醒孤雲飛。推窗竹子瘦，把釣魚兒肥。參透窮通理，誰言吾道非。

秋晚

秋晚行堤上，書聲在茅屋。月出不逢人，風來弄修竹。

春日漫興

懸巖絶壑春雲滿，亭子無人鳥自啼。昨夜雨飛寒未解，桃花零落石城西。

胡布衣宗仁一十九首

宗仁字彭舉，上元人。隱於冶城山下。生而偉壯，美髯。晚年衲衣拄杖，反手徐步，鬚髯從風飄揚，市人皆目爲神仙。喜譚論，作畫師雲林、子久。本富家子，老而食貧，不謁時貴，嘗詠唐六如詩「閑來自寫青山賣，不使人間作業錢」，殊自得也。有詩二千餘首。鍾伯敬爲論定。余見其手藁，每自誇其「寒星徹夜疏，明月爲我至」，以爲神來之句，亦可見其清意也。

立秋後夜起見明月

深夜見明月，漸低西南隅。光華射虚檐，照我牀頭書。開函見細字，歷歷如貫珠。老眼未能讀，惆悵坐庭除。風生梧葉鳴，光景殊蕭疏。昨方入秋序，清凉便有餘。

黄鳥日來啼

黄鳥弄美響，日啼簷間樹。檐樹多佳陰，覆我庭前路。主人懶出門，坐卧送宵曙。若云此中非，黄鳥亦應去。

曉聞寒鳥兼呈遠客

霜林棲鳥冷，曙聽語檐間。争盼朝暾出，移羽就其暄。籬外犬忽吠，有客至我門。問客何能早，云從遠道還。命僕燒松火，炊黍慰勞煩。而我尚慵卧，見客生愧顔。

閒居寄友

家住青溪曲，春深花竹迷。君來若相問，直過石梁西。屋壁峰陰合，門籬槿葉齊。蕭然半迂事，課水灌園畦。

林茂之新居

客舍何常定，三年迹屢遷。今來營一室，形勝石門前。地僻幽巖列，池平野水連。知余日相過，短榻不須縣。

歲暮送姚園客自白下往吴越

逼歲難禁出，白門猶客中。寒生夜山雪，晴卜曙江風。花落竹堂静，煙消石屋空。并州望音信，莫久滯郵筒。

夜坐

篝燈常獨坐，瀹茗與攤書。殘月半窗白，寒星徹夜疏。不眠增晝短，延漏惜冬餘。此意自終古，中懷未忍虚。

園家

茅屋野人家，種桑還種麻。翠畦飛亂蝶，紅藥報孤花。蘇旱望新雨，卜晴占暮霞。閑時留客坐，酒向塢西賒。

春晚喜晴

高樹風疏欲散陰，坐來爽氣漸能深。渚雲乍去猶拖水，山月初生不過林。有鶴日閒眠古石，無人時到抱清琴。明朝雙屐尋芳去，花塢乘春看翠岑。

聞烏

烏聲誰喜聞，日啼白門樹。愁來删樹枝，認得白門路。

聞蛩

秋夜寒蛩語，淒淒孤月明。空牀自難寐，不但百愁生。

坐月

明月爲我至，終夜與徘徊。猶恐雙扉啓，清光欲去來。

桃葉曲

桃葉渡頭桃葉春，家家桃葉鬭妝新。不知何處初來客，未省吴姬會笑人。

郊行

每出幽尋杖短藜，無窮勝事愜幽期。村村野老柴門裏，日對雲山自不知。

暮煙

送客歸來息樹根，蕭疏楓葉掩柴門。暮煙未即全遮眼，猶露橋西一兩村。

郊行

郊原負杖趣無窮，洞壑陰深細路通。村霧濃來時變雨，江雲飛處忽成風。

雨後

陰陰春日暖風輕，新水溪灣到岸平。宿雨濕山深樹暗，夕陽開浦遠山明。

茂之乞畫楚山圖余將遊武林走筆戲答

片帆已掛曉須開，無奈遊情日與催。欲畫楚山青萬叠，待余行看越山來。

江上看山

江上看山分外青，更憐山畔有雲行。因之認熟橋西路，孤杖無勞藉友生。

張秀才正蒙二十首

雨夜宿王孟起山莊話舊

山堂聞夜雨，隔牖灑長松。漬草悲蛩語，浸苔冷鶴踪。林喧和葉下，澗響雜村舂。不倦連牀話，憐君意轉濃。

秋日卧病溪上懷饒士駿

偃卧青溪上，閒愁入病中。露華侵夜簟，風子落秋桐。白白千絲鬢，哀哀四壁蛩。所期乘興客，孤棹幾時通。

東郊

東郊棲息久，老至謝逢迎。秋霧沉山白，寒流拍岸清。葛巾還自正，茅屋不須營。小摘畦邊菜，常留共友生。

立秋夜溪聞笛有懷程孺文

相思意不盡，迢遞且登樓。玉笛梅花夜，銀牀梧葉秋。開簾片月上，傍水一螢流。今日蕭條色，憐君萬里遊。

秋日王孟起山莊

天末商飆起，家家聞擣衣。砌蟲經候響，籬豆及秋肥。自是機心息，寧知世事違。鄰僧有高致，日暮扣巖扉。

溪上秋思

窮巷故人少，衡門暇日多。凉風時着樹，衰葉欲辭柯。生事只如此，幽心諒匪它。乃知溪上樂，把酒對漁簑。

秣陵館夜對張山人

秋風山館夕，一榻近燈前。共話忽深夜，相看非少年。斗垂天末樹，磷出雨餘田。亦有茅簷下，飯牛人未眠。

秋日卧病

隱几荒齋寂，深知偃卧情。新方隨藥簡，久病喜秋清。掩徑流雲色，穿林響葉聲。無人見惆悵，白髮一重生。

江上早起有懷侯師之

江流無日夜，客路渺東西。霧接寒潮上，天連曉樹齊。聞蟲思寂歷，過雁惜書題。何日長干道，煩君駐馬蹄。

溪上

自識茅茨趣，風光合在兹。柳青春雨潤，山白曉雲遲。幽意居偏得，閒身懶更宜。忘機溪上鳥，來往日無期。

秋日即事有懷黄任甫

開門涼氣入，默默坐移時。積雨逢初霽，斜陽照短籬。交秋桐落早，閏月菊開遲。朋好遥相憶，清尊何所期。

冬日閒居二首

僻居心遠矣，閉户日蕭然。一水帶寒月，孤村幕夕煙。貧惟尊酒在，詩豈衆人傳。却憶蒙莊子，冥搜内外篇。

夜永衾孤擁，簷深月半窺。霜村鷄唱早，風樹鵲棲遲。舊社嗟搖落，新詩記别離。挑燈坐不寐，無夢到天涯。

秋日雜詠

孤村秋雨暗，萬井暝煙迷。鄰杵時飄響，林鴉不住啼。茅茨慚野老，燈火對山妻。因笑病莊舄，空勞楚執珪。

江閣

寂寂重扉掩，悠悠倦客情。江深當五月，閣迥接層城。細雨鶯聲潤，微風水氣清。科頭坐長日，詎羡世間名。

夏至對雨柬程孺文

堂開垂柳下，默默坐移時。歲序一陰長，愁心兩鬢知。雨簷蛛網重，風樹雀巢攲。惆悵無人見，深杯空自持。

初夏園林即事

夏入園林好，欣逢霽景明。藥闌香醉蝶，柳岸緑迷鶯。道在心逾逸，情閒跡自清。夕陽紅欲盡，一抹暮山横。

春暮淮上遣興有懷恩公

水漫秦淮舊釣磯，一竿每與俗情違。垂垂密柳鶯啼早，寂寂重扉客到稀。緑暗桑林蠶葉老，青連藥圃兎苗肥。焚香欲就蒲團坐，鐘磬沉沉隔翠微。

溪上居

小結衡茅避市喧，寒流孏孏抱孤村。扉懸白板心猶遠，几隱烏皮道自存。傍岸漁舟分爨火，倚窗明月引開樽。寂寥何限幽棲意，不識風光似陸渾。

溪閣坐雨招胡國珍陳用甫二丈

背郭衡門迥，棲遲一徑幽。隔簾風挾雨，虚閣晚生秋。水鳥日堪狎，村醪客可留。不嫌成簡略，煩爲過溪頭。

周秀才暉八首

暉字吉甫，上元人。弱冠爲博士弟子，老而好學，爲鄉里所重。博古洽聞，多識往事。年八十餘，撰《金陵舊事》二卷，《瑣事》十卷。焦弱侯稱其「胸饒韞畜，性好編録，几格不虚，巾箱恒滿」。吟詠自適，不求人知。晚年賦《移居》詩，通人皆屬和，自喜其「鶯啼催小飲，鶴步伴閒行」。其句法多類此也。

春日移居六首

只隔秦淮路，情幽與市分。溪聲數番雨，鶴夢幾重雲。古研臨池洗，名香掃石焚。客來方坐定，鳥語恰殷勤。

蹇士何須賦，幽人不厭尋。有時忽大笑，無事只長吟。聞道晚知淺，結交貧覺深。澗邊芳草色，消盡一春心。

負郭久無田，幽居僅數椽。緑尊堪累月，青鏡不藏年。客至漁樵半，狂來笑語偏。周顒有猿鶴，尚在北山顛。

垂柳緑依依，煙蘿護竹扉。酒醒雙燕語，病起亂花飛。繡澀芙蓉劍，輕便薜荔衣。轉因貧與懶，漸覺昔年非。

最憐佳麗地，蕭散愜幽情。不著《潛夫論》，無求處士名。鶯啼催小飲，鶴步伴閒行。欲結村中社，題詩報友生。

春風花事過，空翠落垂藤。白版扉常閉，烏皮幾獨憑。半酣疑有得，多病掩無能。一室何蕭索，分明似野僧。

冬日雜興二首

失路無知己，青山是可人。高僧留半偈，俠客笑長貧。開口哭何事，掀髯怪此身。只因錯料事，寂寂老乾坤。

性偏難入俗，多病損閒心。雲斂山光瘦，風攢落葉深。過頭九節杖，信手七絃琴。安得如顔闔，幽踪不可尋。

朱侍郎之蕃二首

之蕃字元价，金陵人。萬曆乙未狀元，官終吏部右侍郎。元价爲史官，出使朝鮮，盡却其贈賄，鮮人來乞書，以貂參爲贄，槖裝顧反厚，盡斥以買法書名畫古器，收藏遂甲於白下。詩篇冗長，頗不爲藝林所許。《和移居》二首，頗瘦勁，非其本色。喜而亟録之。

和周吉甫春日移居二首

墻短山争出，庭空月易留。泉香浮茗碗，漁唱送蘋洲。終歲一無事，雙眉百不憂。狂馳渾未解，自苦復何由。

身健當何患，樽盈不計貧。古今成過客，風月屬閒人。但許横飛斝，休論倒着巾。漫憐同調病，吾亦任吾真。

魏畫史之璜三首

之璜字考叔，上元人。起孤貧，業丹青以糊口，一部郎見之，賞其筆意，稍稍知名。杜門匿影，日事盤礴。天性孝友，養老親，撫諸弟，胥取給於十指，不以干人。軒車過訪，不一報謝，惟招之飲酒則往。清言戲酬，坐無考叔不樂也。少不知書，因傭書通曉文義，遂能爲詩，清迥絶俗，而不以詩名，以晝掩也。以老壽終於家。

過山庵問郎公病

一庵剛十笏，卧病有餘清。短榻延朝夕，孤燈伴死生。地閒惟種藥，門闢不關荆。爲學龐居士，知君蓄髮情。

訊程孺文

不得巢湖信，時詢渡口居。繞籬河路折，背郭草堂虚。林静風驚犬，溪暄晚聚漁。主人遊未倦，閒殺半牀書。

冬夜同陳康侯秦京集畢康侯樓共用寒字

不憚通宵坐，因思聚首難。簾疏霜氣薄，燭短漏聲殘。載見一回老，相逢各盡歡。殷勤今夜酒，莫使後期寒。

陳布衣玄胤三首

玄胤字叔嗣，江寧人，性温雅，行止如孤雲野鶴，見人有驚異狀，久之，坐譚甚洽。家貧，庭中種扁豆，豆花盛開，坐起其中，烹茗焚香，孤吟不輟。即以豆花名其齋，以壽終。

過桃花塢有感

滿塢東風去路遥，野桃開處遍山椒。林疑玉洞仙何在，花醉紅顔酒未消。飛雨亂浮春水渡，蒸霞偏染夕陽橋。含情悵望門前立，崔護重來鬢已凋。

過鷲寺訪吴非熊

緑陰深寺獨經過，有客孤吟寄薜蘿。容易相逢容易去，晚花歷亂鳥聲多。

初春鷲峰寺送吴非熊之楚

蘼蕪緑遍柳垂絲，黯澹東風乍别時。蘭若曉鐘鄉夢斷，布帆春漲客程遲。月明湘岸聞猿嘯，花落黄陵共鳥悲。猶戀同心與同調，酒尊詩卷隔天涯。

姚布衣旅一十二首

送游元封

相知不相見，相見即離歌。欲吐别來事，逢君醉日多。嚴霜束高樹，落日捲寒波。况此送歸客，其如鄉思何。

琅琊道上

魯酒猶堪醉，琅琊奈可棲。荒村花不笑，殘日樹含凄。城郭黄沙外，人家古西墓。唯餘霜月夜，烏似白門啼。

夕佳樓

託意聊西嶺，嵐陰過水濃。煙能添晚翠，霞亦勝朝容。客散樓頭月，人間野水鐘。於兹遠塵侣，倦鳥每相從。

諸朋好郊餞作

平生不喜飲，今日醉尊前。別意無濃澹，臨歧共黯然。草頭魚子雨，花外鷓鴣天。莫道辭家苦，難消是此筵。

賦得秋鴻送客

候氣向鄱陽，星河掠桂香。銜霜憐羽白，催葉渡江黄。顧影成佳侶，將雲束遠裝。他鄉有離別，撩恨綺尊傍。

春　日

爲憐春欲盡，臨水賽琵琶。羅袂縈垂柳，空舟載落花。尊欹眠緑草，日下半平沙。各抱幽情去，争橋向狹斜。

囊山雨夜集

寺如蜂舍掛崔嵬，尊酒偏宜向暮開。春雨燈前僧共話，麻姑道上客初回。窗蕉葉響時清耳，林橘花香夜到杯。不是吾曹耽勝事，杉關竹院冷蒼苔。

辟支巖

選勝藤蘿更上攀，龕巖一點翠微間。江城作斗蹲平地，海水如雲貼遠山。茶竈堪消今日福，酒杯仍值野僧閒。同遊幽僻同猿鳥，不到昏鐘不肯還。

楊子曲二首

遥望隔水人，只見隔水樹。知郎未出門，烏在樹頭住。

望郎猶見樹，日落浦煙迷。還知郎宿處，烏在樹頭啼。

山家 次忠州。

水盡重重客路，山開處處人家。粉壁斜銜落照，朱簾半捲桃花。

柏葉麝餐雲暖，柳枝烏踏煙寒。稚子出墻看客，隔籬犬吠衣冠。

吴比丘文潜一首

宫　詞

銀箭初添漏水痕，星河如練影長門。晨憐一片深宫月，得見清光是主恩。

程布衣漢四首

塘上雜詩四首

亂水明明原上村，金沙路接白沙痕。燈藏石塔遥穿牖，鐘出山樓近到門。鳧爲藻牽原自樂，鶯知花謝欲無言。年來不讀英雄傳，抱甕林中且灌園。

少年賣畚事康卑，出入南陵郭外溪。自昔家空漁浦上，于今人老栅塘西。浮煙直港乘槎小，斜日疏籬曬網低。向夕烹魚誰可問，山厨不見舊山妻。

幽居敢謂謝玄暉，茅舍蕭條自掩扉。歲月獨憐青竹杖，水雲元傍蒼苔磯。沙昏宿鷺愁饑立，草腐新螢學暗飛。往事十年俱莫問，泪痕唯有舊牛衣。

蚤年長自望飛騰，老去安居戀秣陵。傍水深籬無過客，隔堤高閣有閒僧。牀頭宿酒開何用，石上殘棋了未曾。晚食秋來那可供，稚兒齊整豆花棚。

王山人嗣經一十首

金陵元夕曲四首

三市非煙五劇塵，九微焰接百枝新。楚萍散作星重暈，趙璧飛爲滿月輪。

十二龍城徹曉開，金徒銀箭不相催。行隨燈市家家月，看到花林樹樹梅。

邸第高依尺五天，衆中誰過李延年。移圍夜色嬌羅綺，徙隊春聲散管絃。

武騎喧闐衛富平，紅燈千隊導蜺旌。三山火炤瓊花發，人在南天赤玉京。

青溪水亭遲葉五循甫

渌水微風爽氣新，重重樓榭接花津。葡萄葉暗宜留客，楊柳條疏好望人。

郊遊

禁樹青郊外，重城緑水湄。園林春閏月，花鳥晝晴時。遠岫平浮檻，清泉曲到池。晚紅私蛺蝶，新緑遂黄鸝。煙斷遊絲見，風輕落絮知。一陂芳草色，禁得馬蹄遲。

曉望

雨餘湖色静，雜樹曉氲氲。空水遥難辨，山花近漸分。葉齊增岸影，魚聚矗波紋。日出林光白，英英散宿雲。

陳藎卿杏花村移家因納姬

不離井閈近移家，草徑茅堂帶郭斜。豈爲秘書增斗帳，轉因載櫝問香車。新人路半邀桃葉，鄰舍籬根問杏花。何事多情舊時燕，隨君將子過簷牙。

秋吟八章録二

悲夕蟲

悲夕蟲，夕蟲戀殘暑。露下爲誰啼，風前還自語。寓籬兮旅井，依蒲兮蒙楚。隙文石之雕墻，繚枳叢之土宇。歲如何其歲向陰，彼候蟲兮俟秋吟。展衣裳兮如雪，鼓喙翼兮如琴。雜觱篥兮關塞遠，催砧杵兮閨闥深。念啓蟄兮昨日，炎易凉兮電疾。感蜉蝣之朝夕，譬在條之日及。將自鳴兮及時，願傾竭夫小知。樂振羽之豳什，漏局促於唐詩。方委蜕以順變，寧鼓簧以媚俗；顧卵翼之溢恩，宰何心而亭毒。東序兮南榮，蕭蕭兮夜聲。寒階兮雨作，枯樹兮霜鳴。繄無衣之遊子，聞絡緯以何情！

悲寒荄

王孫行未歸，春草秋更緑。鶗鴂忽以鳴，衰朽一何速。柯葉向凋殘，華滋謝芬馥。物去新而就故，每傷心於觸目。臨高臺之鳳凰，望絶塞之鶤鹿。此苕華之雲暮，況兜鈴與苜蓿。去日遠兮憂思煩，撫蕙草兮不敢言。春朝負彼陽春色，秋夜禁兹秋露繁。被女蘿兮帶茹藘，肴蘭芷兮蒸文無。余慕子兮甘如薺，荃何謂兮集於枯。集枯兮去滋，辭榮兮若遺。順生殺以成歲，得大易之隨時。隨時兮狼籍美，如英兮憯無色。想衣帶之餘芬，戀綦組之舊跡。雖根荄之日陳，寧無意乎弱植；諒芳心之不死，庶春風而還碧。

附見　欽秀才叔陽三首

叔陽字愚公，吴人。博聞好學，戟髯甚口；以風情意氣自負。不得志於場屋，毷氉而死。和王曰常《秋吟》八章，葛震父叙而傳之。

涼　月

秋光盈盈秋氣肅，河漢無聲涼萬斛。何來天鏡濸明玉，不照華堂照空谷。空谷佳人顰翠眉，寶奩斜掩罘罳垂。當軒畏見光如練，窺户愁看景似規。似規如練總堪憐，辜負鉛華送少年。幾曾燕笑真花下，幾曾信誓不星前。花嬌兮易落，星繁兮易沉。桂樹疑初謝，蟾蜍怨復侵。但見齊紈任捐棄，那將半照宛相尋。已焉哉！彼明月兮，誰照余之素心。心不忘君君不知，清輝轉映轉難持。俄隨凉吹穿帷入，乍逐纖阿掛樹飛。耀瑶臺之環佩，爛綺席之履綦。杳咫尺之如晦，胡千里之可期。桂香浥露，鵲飛繞枝。徘徊此夕，數問何其。掇餘光而自照，望曠宇而升遲。遲亦不常圓，疾亦不常缺。但悲對凉秋，爲輝倍明潔。月缺不復圓，乃敢與君絶。

夕蟲

君不聞兮候蟲，彼何憂兮忡忡。俟秋吟兮獨切，如有悲兮迴風。棲倚雕闌之宇，潛躍文礎之宫。時遊井幹，獨翳蒙茸。振商歌兮出金石，奏凄響兮韻琴箜。爾其鼓翼振振，衣裳楚楚。殷殷善悲，唧唧交語。或泣翠於瑶階，或啼紅於綺户。聱啁哳之不休，似哀樂之無主。飽清露兮焉求，溯凄風兮自詡。以若哀啼申旦，收響白日。攬衾曳杖，參横斗昃。已焉哉！彼蟀蟋兮，如助余之嘆息。嘆復嘆兮哀盡寫，蟲乎聒聽終未舍。朱明倏换素節至，疾鳴不休胡爲者！今何依兮牀下，昔何曠兮在野。草頭方看露珠湛，木末瞥見霜花灑。對兹蟲兮淚沾臆，流光荏苒真煎逼。深閨砧杵塞上笳，未若蟲聲倍悽惻。欲寄長相思，但願加飡食。吾猶鉛槧誤青鬢，君莫風塵怨顔色。

寒荄

出其東門，遥望平原。離離衰草，漠漠黄昏。豈必離别，始爲銷魂。望王孫兮不歸，思公子兮無言。悲何來兮沉鬱，心偶觸兮煩冤。乃有輕霧爲之弄晴，薄煙於焉籠月。雨微集而釀寒，露凝霜而欲結。終隕落其銷盡，暫抽萌而芽茁。色黯淡其非榮，□□□□□□。離鷟緑而先摧，佩茎蓀而併折。望遥天兮碧淺，臨江皋兮緑蕪。舜華縱落，根荄半蘇。已焉哉！彼百草兮，宜似余之集枯。旋掩三徑，卒我捋荼。愾歲序之奄忽，還高卧而遂初。徐於起視，帶經可鋤。理蘭畹兮植蕙畝，芼杜若兮羮文蕪。采衆美之陸離，表雅志之潔素。羌金石之不遷，矧芳馨之猶故。甫結根於邇室，敢背指於中路。君棄余兮若遺，余怨君兮如慕。待還碧於東皇，矢同心於歲暮。

黄山人世康一首

世康字元幹，莆田人。詞筆藻贍，善六朝聲偶之文，製《孟姜女廟碑》，余亟賞之，作長歌以贈，淮揚間人用是多乞其文。意氣豪舉，槖中裝與貧交共之。久客廣陵，遨遊青樓，極宴放歌，有杜牧之之風。卒以客死。

新柳篇

靈谷看梅初駐杖，青溪又見柳條長。稚葉晴窺拾翠堤，流絲暗撲遊春仗。帶結柔腰不自持，笛弄新腔那得知。小樓思婦見愁别，南陌征人折恨離。離亭欲折未堪折，昨夜迴風復迴雪。黯黯妝成寒食天，毿毿怯近清明節。漢苑三眠髻欲斜，隋宫一望雲半遮。此時出谷綿蠻鳥，此時曳艷桃李花。縈花狎鳥空青滴，金縷千行照窗碧。抹黛當壚何氏娘，垂鞭繫馬誰家客。客來索酒葡萄香，巾懸結緑衣蘸黄。迎陰半上鞦韆架，踏影爭登蹋踘場。場前歌舞少年路，綺羅綷盡傷心樹。但憐蘇小門庭清，誰知嵇大林園暮。一年柳色一年新，新柳年年弄早春。章臺曲斷驚殘夢，月淡煙疏惱殺人。

郭比丘昭二首

昭字伏生，南昌人。少有家難，剃髮爲僧。性孤峭，處叢林不能説衆。事解，仍冠巾，遊吴、越、閩、楚間，望之棱然骨立，故是比丘相。詩亦澀硬，尚帶蔬筍氣。有《郭昭詩》數卷。

木末亭

亭子山之上，登之復隱山。每過深樹下，常見一僧還。醉怯春風麗，遊同夜月閒。可憐荒冢竹，碧血總成斑。

自秣陵泛舟抵廬江

水宿屢遷次，寒深霜染衾。孤征憚早起，半醉喜微吟。舟子每相詎，漁人時見尋。悠悠客途裏，倚棹看秋陰。

鄭太守之文一首

之文字應尼，南城人。公車下第，薄遊長干。曲中馬湘蘭負盛名，與王百穀諸公爲文字飲，頗不禮應尼。應尼與吴非熊輩作《白練裙雜劇》，極爲譏調，聚子弟演唱，召湘蘭觀之，湘蘭爲之微笑。定襄傅司業清嚴訓士，一旦，召應尼跪東廂下，出衛袖一編擲地，數之曰：「舉子故當爲輕蛺蝶耶？」收以榎楚，久之乃遣去。應尼舉進士，傅公爲北祭酒，介余往謝過，公一笑而已。應尼官南部郎，稍遷至□□太守，免歸。崇禎末，余作長歌寄之，有曰：「子弟猶歌《白練裙》，行人尚酹湘蘭墓」。應尼亦次韻相答，是後寂不相聞矣。

金陵元夕篇

朱樓隱軫薄層霄，渌水縈堤蕩畫橋。十里香風吹紫陌，一年明月始今宵。今宵無處無蕭鼓，佳麗名都較得數。美酒留連拚十千，少年歡笑唯三五。三五年時二八遊，個儂無賴逐風流。香輪寶勒紛填巷，翠燭紅燈擁上樓。樓前九陌連三市，中有侯家通戚里。千蝶春星舞袖翻，九枝夜閣歌鐘起。歌舞唯應此夕陳，魚龍百戲競爭新。銀花絳樹開千丈，佛火神燈照百輪。花燈在處如人好，半醉筵前看飽老。何客燈前到肯遲，何人花下歸能早。花下燈前出畫裾，衣香一路暗氤氳。不知南陌人如月，且道東門女似雲。雲移月墮歡難歇，虬水丁冬霜澌咽。郎心尚逐紫騮嘶，妾意先憎烏柏舌。歸去燒燈總不眠，含情脈脈定相牽。餘宵冷焰留紅燭，明日芳塵拾翠鈿。

吴秀才上瓚二首

上瓚字亦山，後更名贊，字助卿，連江人。吴司馬桂芳之從弟。以家難挾重貲寓金陵，久之，貧落而歸。與其鄉林古度善，每作詩，必相商訂，而後具藁。詩多散逸不存，其佳句云：「片雨欺貧病，浮雲薄世情。」情意悲凉，殊可誦也。

秋寒

浪遊春復夏，秋更滯陪京。片雨欺貧病，浮雲薄世情。已知蓬鬢短，不逐客愁生。忽聽南征雁，空思寄遠聲。

同林興祚登臺城

寺側尋山徑，從空古蝶平。湖頭舟不繫，樹杪葉無聲。落日寒秋壑，飛煙薄暮城。歸鴉聲不住，相與愴遊情。

齊王孫承綵二首

承綵字國華，齊藩宗支，散居金陵。高帝子孫，於今爲庶，國華獨以文采風流厚自標置，掉鞅詩壇，鼓吹騷雅。萬曆甲辰中秋，開大社於金陵，胥會海内名士，張幼于輩分賦授簡百二十人，秦淮伎女馬湘蘭以下四十餘人，咸相爲緝文墨，理絃歌，修容拂拭，以須宴集。若舉子之望走鎖院焉。承平盛事，白下人至今艷稱之。其詩亦殊清拔，「天迥孤帆没，江空獨雁寒」，所謂「送别登樓，俱堪淚下」者也。

春暮集巨源弟群鷗閣

客來情不淺，月白興逾長。開閣驚春暮，傳杯惜衆芳。水清魚戲藻，花落蝶愁香。剪燭西窗裏，無妨入醉鄉。

送茅平仲

置酒長干路，譚深夜未闌。山川牽恨遠，風雨逼年殘。天迥孤帆没，江空獨雁寒。從兹君别去，月共幾時看。

黄監丞居中三首

居中字明立，晋江人。中萬曆乙酉鄉試，與李解元光縉齊名，皆老於公車，海内惜之。明立專勤汲古，得異書，必手自繕寫。自上海教諭遷南國子監丞，遂僑居金陵。年八十餘，猶篝燈誦讀，達旦不倦。古稱老而好學，斯無愧焉。子虞龍，字俞言，少負逸才，作《落花》、《水中雁字》詩各數十首，長老嘆異，未及艾而卒。嗜酒及書，作書酒詩云「我自呼書傖，君當恕酒人」、「池上酌君酒，山中讀我書」、「蟹佐持螯酒，牛供掛角書」、「安得中山千日酒，載來惠子五車書」、「杯中有聖方中酒，天上無仙不讀書」，亦可想見其風致也。弟虞稷，能纘其家學。余采詩於白下，盡發其所藏，以資披擷，又汲汲表章父兄之遺文，其有志如此。

有渚軒宴集用韻答潘景升軒以顧渚茶得名余與景升不善酒而有茶癖故云

獨醒慚逋酒債頻，隨君啜茗坐花茵。酒樓邀月人懷楚，茗渚抽煙鳥報春①。話到丁年驚逝水，歌翻《子夜》動梁塵。猶憐擲果當年客，日日江皋賦雒神。

① 原注：「顧渚山有鳥，喚『春來去採茶』，人呼爲報春鳥。」

壬戌春日閲邸報有感二首

徵兵索賦罷何時，西蜀東韓事可危。戈戟舌端謀國少，軍麾紙上出關遲。天威未取鯨鯢僇，廟算猶同燕雀嬉。戰守茫茫紛聚訟，孤臣緯恤淚空垂。

徵發傳呼貔豸威，臺臣擁傳有光輝。書生講武皆投筆，遊客從戎盡着緋。使括登壇名半假，效韓驅市計全非。逍遥河上如風影，愁絶成都未解圍。

唐公子獻可一首

獻可字君俞，武進人。荆川先生順之之曾孫，太常少卿鶴徵之孫，庶吉士效純之子也。讀書任俠，畜聲伎，鑒别古書畫器物，家畜女伎，極園亭歌舞之勝，風流好事，甲於江左。崇禎初，詣闕爲荆川請謚，不就蔭叙，歸而家益落。有大志無所展，悵怏而卒，士論惜之。有三才子，皆以制科有聞。

次白門江上

十日無端學泛家，隨緣詩酒坐星槎。汀頭煙舞盤青鳥，江底光翻墜彩霞。浪激寒潮初破夢，月移子夜淺銜沙。長年快説東風急，吹落蘆洲幾里花。

沈秀才春澤三首

春澤字雨若，常熟人。福建參政應科之孫也。少孤，兒時驕稚。長而才情焕發，能詩，善草書畫竹，折節勝流，輸寫肝膽，遂爲吴下名士。大父没後，不得志於里閈，移家居白門，治園亭，潔酒饌，招延結納，交游歙集。負氣骯髒，多所睚眦。酒悲歌怨，聲淚交咽。故有羸疾，兼以酕醄，忽忽發病而死。余愛其才而閔其志，翻閱其詩二千餘首，才情故自爛然，率易叢雜，成章者絶少。士之負才自喜，而不知持擇，迄以無成，良可悲也。鍾伯敬官南都，雨若深所慕好，鄭重請其詩集序而刻之。伯敬亡，雨若著論曰：「大江以南，學伯敬者以寂寥言簡練，以寡薄言清迥，以淺俚言冲淡，以生澀言尖新。篇章句字多下一二助語，輒自命曰空靈，余以爲空則有之，靈則未也。波流風靡，彼倡此和，未